O QUE RESTOU

O QUE QUE RESTOU

O
QUE
RESTOU

ALEXANDRA OLIVA

TRADUÇÃO DE SIMONE CAMPOS

Rocco

Título original
THE LAST ONE
A Novel

Este livro é uma obra de ficção. Nomes, personagens, lugares e incidentes são produtos da imaginação da autora e foram usados de forma fictícia. Qualquer semelhança com pessoas reais, vivas ou não, acontecimentos ou localidades é mera coincidência.

Copyright © 2016 by Alexandra Oliva

Todos os direitos reservados.

Direitos para a língua portuguesa reservados
com exclusividade para o Brasil à
EDITORA ROCCO LTDA.
Av. Presidente Wilson, 231 – 8º andar
20030-021 – Rio de Janeiro – RJ
Tel.: (21) 3525-2000 – Fax: (21) 3525-2001
rocco@rocco.com.br
www.rocco.com.br

Printed in Brazil/Impresso no Brasil

Preparação de originais
HALIME MUSSER

CIP-Brasil. Catalogação na fonte.
Sindicato Nacional dos Editores de Livros, RJ.

O41q   Oliva, Alexandra
          O que restou / Alexandra Oliva; tradução de Simone Campos. – 1ª ed. – Rio de Janeiro: Rocco, 2018.

          Tradução de: The last one: a novel
          ISBN 978-85-325-3104-9 (brochura)
          ISBN 978-85-8122-730-6 (e-book)

          1. Ficção americana. I. Campos, Simone. II. Título.

17-46648   CDD–813
                                                 CDU–821.111(73)-3

O
QUE
RESTOU

O QUE RESTOU

0.

O primeiro da equipe a morrer vai ser o editor de vídeo. Ele ainda nem se sente mal, e já não está na locação. Só esteve lá uma vez, antes de começarem as filmagens, para ver a floresta e apertar as mãos dos homens cujas imagens depois viria a editar: transmissão assintomática. Ele já voltou faz mais de uma semana e agora está sozinho na sala de edição, sentindo-se perfeitamente bem. Sua camiseta diz: LIBERTE UM GÊNIO – DEPOSITE CAFÉ AQUI. Ele acerta uma tecla e imagens entram em movimento na tela de trinta e duas polegadas que domina sua bagunçada mesa de trabalho.

Créditos de abertura. Um vislumbre de folhas, de carvalho e bordo, seguindo-se imediatamente após a imagem de uma mulher que descreveu sua tez como "cor de café com leite" na ficha de inscrição, e com toda a razão. Ela tem olhos escuros e seios volumosos que mal cabem no top de ginástica laranja. Seu cabelo é uma massa de miúdas espirais negras, cada uma delas perfeitamente posicionada.

A seguir, um panorama de uma cadeia de montanhas, um dos orgulhos do Nordeste do país, verde e vibrante com o auge do verão. Surge um coelho pronto para correr e vê-se um rapaz branco mancando por uma clareira, cujo cabelo raspado cintila ao sol feito minério em pó. Close-up neste mesmo jovem, na expressão séria de seus penetrantes olhos azuis. A seguir, uma pequenina descendente de coreanos com uma blusa azulada xadrez se agacha sobre um dos joelhos. Ela segura uma faca e olha para o chão. Atrás dela, um homem alto e careca de pele negra e barba crescida por fazer. A câmera dá zoom. A moça está esfolando um coelho. A isto se segue outra tomada, com o homem de pele escura, mas desta vez com a barba feita. Seus olhos castanho-escuros encaram a câmera com calma e confiança, como quem diz: *estou aqui para vencer.*

Um rio. Um paredão de rocha cinzento pontilhado de líquen – e outro homem branco, este com cabelo ruivo e desgrenhado. Ele está pendurado na beira do penhasco, o foco da tomada manipulado de forma que a corda que o sustenta quase desapareça junto da rocha, feito um buril cor de salmão.

A próxima tomada é de uma mulher de pele e cabelos claros, os olhos verdes cintilando atrás de um par de óculos quadrados de armação marrom. Nesta imagem, o editor pausa. Tem alguma coisa no sorriso desta mulher e na forma como ela olha para o lado da câmera que o agrada. Parece mais autêntica do que os outros. Talvez ela simplesmente finja melhor, mas ainda assim ele gosta, gosta dela, porque ele sabe fingir também. Não faz dez dias que as gravações começaram, e esta mulher já é sua aposta para ser a Queridinha do Público. A loura que adora animais, a estudante aplicada. A mente célere com a risada fácil. Tantos ângulos bons para se escolher – ah, se essa escolha fosse só dele...

A porta do estúdio se abre deixando passar um homem branco de grande estatura. O editor se retesa na cadeira assim que o produtor remoto chega para espiar por cima de seu ombro.

– Onde você colocou a Zoo agora? – pergunta o produtor.

– Depois do Mateiro – responde o editor. – Antes do Rancheiro.

O produtor assente pensativo e se afasta um pouco. Está usando uma bem-passada camisa azul, uma gravata amarela de bolinhas, e jeans. O editor tem a pele tão clara quanto a do produtor mas, ao sol, sua pele escureceria. Sua ancestralidade é complexa. Desde pequeno, nunca soube qual grupo de etnia escolher; no último censo, declarou-se branco.

– E quanto ao Força Aérea? Você botou a bandeira? – pergunta o produtor.

O editor rodopia na cadeira. Iluminado por trás pelo monitor, seu cabelo escuro cintila com um halo irregular.

– Aquilo da bandeira era sério? – pergunta ele.

– Claro que era – diz o produtor. – E quem você colocou por último?

– Ainda a Carpinteira, mas...

– Não dá para eliminá-la agora.

Mas é nisso que estou trabalhando foi o que o editor quase chegou a dizer. Desde ontem vem enrolando com a remontagem dos créditos de abertura, e ainda precisa terminar o episódio final da semana. Tem um longo dia pela frente. Uma longa noite também. Aborrecido, ele se volta de novo para a tela.

– Eu estava pensando no Banqueiro ou no Médico Negro – diz ele.

– O Banqueiro – diz o produtor. – Pode confiar que é melhor. – Ele faz uma pausa, depois pergunta: – Você viu os vídeos de ontem?

Três episódios por semana, nenhuma possibilidade de alguma margem de tempo extra. Era quase o mesmo que estar transmitindo ao vivo. É insustentável, pensa o editor.

– Só a primeira meia hora.

O produtor dá uma risada. Sob o brilho do monitor, seus dentes bem-alinhados parecem amarelos.

– É uma mina de ouro – comenta ele. – A Garçonete, a Zoo e, hã... – Ele estala os dedos, esforçando-se em lembrar. – O Rancheiro. Eles não terminam a tempo e a Garçonete surta quando encontram o... – aspas no ar – ... "cadáver". Ela chora até ficar sem fôlego... e daí a Zoo perde a linha.

O editor se remexe na cadeira, nervoso.

– Ela pediu pra sair? – pergunta ele. A decepção esquenta o seu rosto. Ele estava torcendo para poder editar sua vitória, ou, mais provavelmente, sua digna derrota na grande final. Afinal, ele não tem ideia de como ela poderia superar o Mateiro; Força Aérea tem o tornozelo torcido para atrapalhá-lo, mas Mateiro é tão focado, tão sabido, tão forte, que parece destinado à vitória. Cabe ao editor fazer a vitória de Mateiro parecer um pouco menos inevitável, e ele planejava usar Zoo como principal ferramenta para esse fim. Ele adora editar os dois juntos, gerando arte a partir do contraste.

– Não, ela não desistiu – diz o produtor. Ele espalma o ombro do editor: – Mas foi malvada *pacas*.

O editor olha para a imagem afável de Zoo, para a gentileza daqueles olhos verdes. Ele não gosta de saber que as coisas tomaram esse rumo. Não combina com seus planos, nem com ela.

– Ela gritou com a Garçonete – continua o produtor –, disse que perderam por causa dela. Falou um monte de merda. Maravilhoso. Claro, ela pediu desculpas um minuto depois, mas não importa. Você vai ver.

Até mesmo as melhores pessoas podem perder a cabeça, pensa o editor. Aliás, é bem essa a ideia por trás do programa, afinal de contas: fazer os participantes perderem a cabeça. Embora os doze que toparam a proposta tenham ouvido dizer que o objetivo era a sobrevivência. Que era um concurso. Tudo verdade, no entanto. Até mesmo o título que ouviram era uma enganação. Sujeito a mudança, conforme diziam as letrinhas miúdas. O título em sua caixa de texto não dizia *Na floresta*, e sim *Às escuras*.

– Bom, vamos precisar dos novos créditos até o meio-dia – diz o produtor.

– Eu sei – rebate o editor.

– Certo. Só pra garantir. – O produtor transforma seus dedos em uma pistola e dispara um tiro imaginário contra o editor, depois se vira para sair. Mas se detém, fazendo um meneio na direção do monitor. A tela escureceu para poupar energia, mas ainda se vê o rosto de Zoo, embora obscurecido.

– Olha o sorriso dela – diz ele. – Coitadinha, não tem a menor ideia do que a espera.

Ele dá risada, um ruído suave situado em algum ponto entre a piedade e o divertimento, e depois sai da sala.

O editor se volta para o computador. Balança o mouse, iluminando o rosto sorridente de Zoo, depois volta ao trabalho. Quando ele estiver terminando de editar os créditos de abertura, a letargia estará começando a se instalar em seus ossos. A primeira tosse, ele dará assim que concluir a edição do desfecho semanal amanhã cedo. Na noite seguinte ele já terá se tornado um ponto à parte dos demais dados, situado pouco antes da explosão generalizada. Especialistas farão seus melhores esforços para entender, mas não vai dar tempo. Seja lá o que for essa coisa, fica latente antes de atacar. Primeiro pega uma inocente carona para depois tomar o volante de assalto e jogar o carro no penhasco. Muitos dos especialistas já estão infectados.

O produtor também irá morrer, dentro de cinco dias. Estará sozinho em sua casa de 380 m², frágil e abandonado, quando a hora chegar. Ele passará seus últimos instantes de vida lambendo inconscientemente o sangue que pinga de seu nariz, de tão ressecada que sua língua vai estar. Nesse momento, todos os três episódios da semana de estreia já terão ido ao ar, o último deles como uma deliciosa distração inocente em relação ao noticiário assustador. Mas eles ainda estão filmando, isolados na região mais atingida, e atingida antes das outras. A equipe de produção tenta tirar todo mundo dali, mas estão todos em Desafios Solitários e muito espalhados. Havia planos de contingência, mas não para uma coisa dessas. É uma espiral como a daquele brinquedo de criança: caneta sobre o papel, guiada pelo plástico. Um padrão perfeito, até que algo desliza e – loucura. Incompetência e pânico entram em colisão. Boas intenções dão lugar à autopreservação. Ninguém sabe muito bem o que aconteceu, seja em pequena ou em larga escala. Ninguém sabe ao certo o que deu errado. Mas, antes de morrer, uma coisa o produtor saberá: *Algo deu errado.*

1.

A porta do mercadinho pende torta e quebrada do batente. Atravesso-a desconfiada, sabendo que não sou a primeira a vir procurar mantimentos aqui. Logo junto da entrada há uma caixa de ovos emborcada. As entranhas sulfurosas de uma dúzia de *Humpty Dumptys* estão grudadas no chão, estragadas demais para eu sonhar em reaproveitá-las. O resto da loja não parece em melhor estado de conservação do que os ovos. As prateleiras estão praticamente vazias e vários mostruários foram derrubados. Percebo a câmera instalada na quina do teto sem fazer contato visual com a lente, e, quando dou mais um passo, um cheiro horrendo me assola. Sinto o odor de fruta podre, do laticínio estragado nos refrigeradores abertos e desligados. Noto também outro cheiro, um que faço o melhor possível para ignorar enquanto começo a minha busca.

Entre duas gôndolas, vejo um saco de salgadinhos de milho esparramado pelo chão. Uma pisada humana reduziu boa parte da pilha a migalhas. A pegada é grande, com um salto pronunciado. Creio que é uma bota de operário. Pertence a um dos homens – não ao Cooper, que alega não usar botas há anos. Ao Julio, talvez. Eu me agacho e pego um dos salgadinhos. Se estiver fresco, é porque ele esteve aqui há pouco tempo. Esmigalho o biscoito entre os dedos. Está molengo. Não me diz nada.

Penso em comer o salgadinho. Não como desde que estive na cabana, antes de ficar doente, e isso foi há dias, talvez há uma semana, eu não sei. Estou com tanta fome que nem a sinto mais. Estou com tanta fome que mal controlo minhas pernas. Não paro de me surpreender tropeçando em pedras e raízes. Eu as *vejo* e tento passar por cima delas, *acho* que estou passando por cima delas, mas meu pé prende e eu tropeço.

Penso na câmera, em meu marido me vendo comer restos de salgadinho do chão de um mercadinho do interior. Não vale a pena. Eles devem ter me deixado alguma outra coisa. Largo o salgadinho e levanto de uma vez só. O movimento me deixa zonza. Paro, recuperando o equilíbrio, e sigo para o estande das frutas. Dezenas de bananas podres e esferas marrons murchas – maçãs? – observam a minha passagem. Agora eu sei o que é passar fome, e fico brava que tenham deixado tanta coisa se estragar só para dar um clima de catástrofe.

Por fim, algo rebrilha sob uma das prateleiras de baixo. Caio sobre minhas mãos e joelhos; a bússola que pende de um fio ao redor do meu pescoço cai junto e toca o chão. Enfio a bússola entre a camiseta e o top, percebendo nesse instante que o ponto de tinta azul-celeste na sua parte de baixo quase desapareceu de tanto ser esfregado. Estou tão cansada que preciso me obrigar a lembrar que isso não é importante; significa apenas que o estagiário que incumbiram da tarefa usou uma tinta vagabunda. Eu me abaixo mais. Sob a prateleira há um vidro de pasta de amendoim. Uma pequena rachadura corre de baixo da tampa até sumir sob o rótulo, logo acima do O de Orgânico. Passo o dedo sobre a marca no vidro, mas não consigo sentir a fenda. É claro que me deixaram pasta de amendoim; detesto pasta de amendoim. Guardo o vidro na mochila.

Os refrigeradores verticais da loja estão vazios, salvo por algumas latas de cerveja, que não pego. Eu queria água. Uma de minhas garrafas está vazia e a segunda sacoleja ao meu lado com um quarto da capacidade. Talvez algumas outras pessoas tenham chegado aqui antes de mim; elas devem ter se lembrado de ferver *toda* a água delas e não perderam dias inteiros vomitando sozinhas no meio do mato. Seja lá quem tenha deixado aquela pegada – Julio, Elliot, ou o rapaz asiático nerd de quem não consigo lembrar o nome –, ficou com as coisas boas, e ser a última a chegar significa isso: um vidro rachado de pasta de amendoim.

A única área da loja que ainda não olhei foi atrás da registradora. Sei o que me espera ali. O cheiro que não admito estar sentindo: carne podre e excremento animal, com um toque de formaldeído. O cheiro que querem que eu ache ser de morte humana.

Cubro o nariz com a camisa e me aproximo da caixa registradora. O objeto cenográfico deles está bem onde eu esperava, com o rosto virado para cima atrás do balcão. Eles o vestiram de camisa de flanela e calça cargo. Respirando atrás da camisa, piso atrás do balcão, passando por cima da coisa. O movimento perturba um bando de moscas que vêm zumbindo para cima de mim. Sinto suas patas, suas asas, suas antenas roçarem minha pele. Minha pulsação acelera e meu bafo escapa para o alto, embaçando a parte de baixo dos meus óculos.

É só mais um Desafio. É só isso.

Vejo um saco de mix de cereais e passas no chão. Eu o pego e corro, passando de novo pelas moscas, pelo falso cadáver. Até me ver fora da porta quebrada e torta, que debocha da minha saída com um aplauso.

– Vão se foder – sussurro, mãos sobre os joelhos, olhos fechados. Vão ter que censurar isso, mas fodam-se também. Palavrões não são contra as regras.

Estou sentindo o vento, mas não o cheiro da floresta. Só consigo sentir o fedor daquele corpo falso. O primeiro deles não cheirava tão mal, mas era recente. Este e aquele que achei na cabana foram criados para parecer mais antigos, acho. Assoo o nariz com força, mas sei que vai demorar horas até o cheiro sair de mim. Não conseguirei comer, não importa o quanto meu corpo necessite de calorias. Preciso seguir adiante, para me distanciar um pouco desse lugar. Encontrar água. Isso é o que estou me dizendo, mas o pensamento martelando em minha cabeça é outro – sobre a cabana e o segundo corpo cenográfico deles. Sobre o boneco envolto num pano azul. O primeiro Desafio de verdade dessa fase tornou-se uma memória pegajosa, uma mancha na minha consciência.

Não pense nisso, falo de mim para mim mesma. É inútil. Por vários minutos continuo ouvindo os gritos do boneco na brisa. E então – *já basta* – saio da posição fetal e coloco o saco de cereais na mochila preta. Jogo-a sobre os ombros e limpo os óculos com a barra da camisa de microfibra de manga longa que uso por baixo da jaqueta.

Então faço o que fiz quase todos os dias desde que Canguru se foi: caminho e procuro Pistas. *Canguru* porque nenhum dos câmeras queria nos dizer como se chamavam, e suas aparições logo de manhã cedo me lembraram da vez em que viajei para a Austrália para acampar, anos atrás. No segundo dia, acordei em um parque nacional junto à baía de Jarvis e encontrei um pequeno e pardacento canguru do pântano sentado na grama, me olhando fixamente. Menos de um metro e meio entre nós. Eu tinha dormido com as lentes de contato; meus olhos coçavam, mas eu vi claramente a faixa de pelo claro riscando a bochecha do canguru. Era um bicho lindo. O olhar que recebi em troca da minha admiração parecia me avaliar de forma altiva, mas também totalmente impessoal: feito a lente de uma câmera.

A analogia é imperfeita, claro. O Canguru humano não chega nem perto de ser tão belo quanto o marsupial, e um colega de acampamento próximo acordar e gritar "Canguru!" não o espantaria na mesma hora. Mas Canguru era sempre o primeiro a chegar, o primeiro a mirar a câmera na minha cara sem dizer bom dia. E quando eles nos deixaram no acampamento em grupo foi ele quem reapareceu a tempo de extrair cada depoimento de que precisavam no confessionário. Confiável como o sol matinal até o terceiro dia desse Desafio Solitário, quando, então, o sol nasceu sem ele, atravessou o céu sem ele, se pôs sem ele – e pensei, *Alguma hora isso aconteceria de qualquer forma*. O contrato dizia que ficaríamos sozinhos por longos períodos de tempo, monitorados a distância. Eu estava preparada para esse momento, até mesmo ansiosa para isso – para ser observada e julgada discretamente em vez de descaradamente. Neste momento, ouvir as passadas pesadas do Canguru pela floresta me deixaria feliz.

Estou tão cansada de ficar sozinha.

A tarde de fim de verão começa a chegar ao fim. Ao meu redor, os sons são camadas: o roçar dos meus passos, o rufar de tambores de um pica-pau próximo, o farfalhar do vento acariciando as folhas. De vez em quando, outro pássaro se junta ao coro, cantando um alegre *chip chip chip chi-pi chip*. O pica-pau foi fácil, mas não conheço esse segundo pássaro. Eu me distraio da sede imaginando o tipo de ave a que pertenceria esse piado. Um pássaro pequenino, acho. De cores vivas. Imagino uma ave que não existe: menor que meu punho fechado, asas amarelinhas, a cabeça e a cauda azuis, e, estampando a barriga, tições em brasa. Esse seria o macho, é claro. A fêmea seria marrom esmaecido, como tantas vezes visto entre os pássaros.

A canção do pássaro-tição ressoa uma última vez, distante, e então o coral se enfraquece com a sua ausência. Minha sede retorna com toda a força. Sinto o aperto da desidratação no fundo de minhas têmporas. Busco minha garrafa d'água quase vazia, sinto sua leveza e o tecido áspero da bandana azul amarrada ao redor da tampinha. Sei que meu corpo consegue aguentar muitos dias sem água, mas não estou suportando a secura da minha boca. Tomo um gole cuidadoso, depois passo a língua pelos lábios para coletar gotículas que possam ter sobrado. Sinto gosto de sangue. Ergo a mão; a base do meu polegar está manchada de vermelho. Ao ver isso, passo a mão pela rachadura do meu lábio superior ressecado. Não sei há quanto tempo ela está ali.

Minha prioridade é água. Estou andando há horas, acho. Minha sombra está bem mais comprida agora do que quando saí da loja. Já passei por algumas casas, mas nenhuma loja e nada marcado em azul. Ainda sinto o cheiro do corpo cenográfico.

Conforme vou andando, tento pisar nos joelhos da minha sombra. É impossível, mas pelo menos distrai. Distrai tanto que não percebo a caixa de correio até quase ter passado por ela. É uma caixa em forma de truta, e o número da casa é formado por escamas de madeira multicoloridas. Ao lado da caixa de correio fica o início de uma longa entrada para carros, que serpenteia entre carvalhos brancos e uma ou outra bétula. Não consigo ver a casa que deve existir no fim do caminho.

Não quero ir até lá. Não entro em uma casa desde que um punhado de balões azuis me levaram a uma cabana toda azul por dentro, azul demais. O lusco-fusco e um ursinho de pelúcia observam tudo.

Não consigo.

Você precisa de água. Eles não vão usar o mesmo truque duas vezes.

Começo a avançar pela entrada de carros. Cada passo é penoso e meu pé não para de tropeçar. Minha sombra está à direita, escalando e saltando de tronco em tronco enquanto passo, tão ágil quanto eu mesma sou desajeitada.

Logo vejo uma monstruosa casa estilo Tudor terrivelmente necessitada de uma nova demão de tinta *off-white*. O casarão está afundado em meio ao gramado alto, o tipo de lugar que quando criança eu teria brincado de acreditar que era mal-assombrado. Um utilitário esportivo está estacionado do lado de fora, me impedindo de ver a porta da frente. Depois de andar tanto tempo a pé, aquele utilitário me parece sensacional. Disseram que é proibido dirigir e o carro não é azul, mas está aqui e talvez isso queira dizer alguma coisa. Vou me aproximando devagar do veículo, e, por consequência, da casa. Talvez tenham colocado um pouco d'água no banco de trás do veículo. Assim não preciso entrar na casa. O utilitário está salpicado de lama, que mesmo ressecada insiste na forma que tinha quando líquida. Mesmo seca, não é terra e sim lama. Parece um teste de mancha de tinta, mas não enxergo nenhuma figura.

Chip chip chip, ouço. *Chi-pi chip*.

Meu pássaro-tição voltou. Viro a cabeça para avaliar onde o pássaro está e percebo outro som: o burburinho suave de água corrente. O alívio me invade; não vou precisar entrar na casa. A caixa de correio estava ali só para me levar até o riacho. Eu deveria ter ouvido aquilo sem ajuda, mas estou tão cansada, com tanta sede. Precisei daquele pássaro para mudar meu foco da visão para o som. Eu me viro para seguir o som da água fluindo. A ave canta de novo e eu formo a palavra *Obrigada* com os lábios. Meu lábio rachado dói.

Enquanto retorno para encontrar o riacho, penso em minha mãe. Ela também pensaria que a caixa de correio fora colocada ali de propósito, mas para ela a mão que me guiou não seria a de um produtor. Imagino-a sentada na sala de estar, em meio a uma névoa de cigarro. Imagino-a assistindo, interpretando todo meu sucesso como confirmação e toda decepção como um ensinamento. Cooptando minhas experiências como se fossem suas, como sempre fez. Porque eu não existiria se não fosse por ela, e isso sempre lhe bastou.

Penso também no meu pai, em sua padaria vizinha à casa, encantando turistas com amostras grátis e verve interiorana enquanto tenta esquecer sua esposa que há trinta e um anos cheira a cigarro. Eu me pergunto se ele também estará me assistindo.

Então vejo o córrego, uma coisinha linda, embora minguada, logo a leste da entrada de carros. Minha atenção se aviva e meu corpo se alegra, aliviado. Meu impulso é colocar as mãos em concha e encostar aquela matéria fria e molhada nos lábios de uma vez. Em vez disso, termino de beber o líquido morno na minha garrafa – que talvez encha meia caneca. Devia ter bebido isso antes; já ouvi falar de gente que morreu de desidratação com água guardada. Mas isso em climas mais quentes, o tipo de lugar onde o sol arranca o couro da pessoa. Não aqui.

Depois de beber, sigo riacho abaixo para ver se encontro algum detrito preocupante, como animais mortos. Não quero ficar doente de novo. Caminho seguindo o córrego por uns dez minutos, deixando a casa cada vez mais para trás. Logo encontro uma clareira com uma enorme árvore caída na beirada, a uns cinco metros da água, e me entrego ao hábito, limpando um círculo no solo e coletando madeira. O que coleto, separo em quatro pilhas. A que está mais à esquerda contém tudo mais fino do que um lápis, a mais à direita tudo que é mais grosso do que o meu pulso. Quando tenho o suficiente para algumas horas, pego algumas espirais secas de casca de bétula, picoto-as até virarem iscas de fogo, e coloco-as sobre um sólido pedaço de casca de árvore.

Desengancho um mosquetão do passador de cinto à esquerda do meu quadril. Minha pederneira desliza pelo metal prateado e vem à minha mão, que está queimada de sol e com uma crosta de sujeira. A pederneira parece um pouco com uma chave e um drive USB emendados em uma corda laranja; foi isso o que pensei quando a ganhei numa mistura de habilidade com sorte após o primeiro Desafio. Logo no primeiro dia, quando eu sempre conseguia ver a câmera e tudo era empolgante, até as partes chatas.

Após alguns rápidos golpes, as iscas começam a soltar fumaça. Com todo o cuidado, pego-as na mão e começo a soprar, invocando primeiro mais fumaça e por fim minúsculas chamas. Engancho a pederneira rapidamente de volta no passador de cinto, e então, usando ambas as mãos, deposito a isca no centro da minha clareira. À medida que vou colocando mais iscas, as chamas vão crescendo e a fumaça satura minhas narinas. Alimento as chamas com os gravetos mais finos, depois com os grossos. Em minutos o fogo está alto, forte, embora não deva parecer tão impressionante assim na câmera. As chamas não têm nem meio metro de altura, mas é só disso que eu preciso – não uma fogueira sinalizadora, e sim calor.

Puxo minha caneca de aço inox da mochila. Está amassada e meio chamuscada, mas ainda sólida. Depois de enchê-la com água, coloco-a junto do fogo. Enquanto espero a água esquentar, me forço a comer um pouco de pasta de amendoim. Depois de tanto tempo sem comer, pensei que até o alimento de que menos gosto pareceria o néctar dos deuses, mas é nojento, espesso e salgado, e gruda no céu da boca. Cutuco a maçaroca com minha língua seca, pensando que devo parecer ridícula, tipo um cachorro. Devia ter mentido uma alergia na ficha de inscrição; assim teriam sido obrigados a me deixar alguma outra comida. Ou então eu nem teria sido escolhida. Meu cérebro está muito emperrado para ponderar as implicações de eu não ter sido escolhida, onde eu estaria agora.

Por fim, a água ferve. Concedo aos micróbios alguns minutos para morrer, e depois uso a manga esfiapada da minha jaqueta como pano de prato e tiro a caneca da chama. Assim que as bolhas cessam, despejo a água fervida em uma das minhas garrafas, preenchendo-o até cerca de um terço da capacidade.

A segunda caneca esquenta mais rápido. Lá se vai a água para dentro da garrafa, e depois da terceira rodada de fervura a garrafa está cheia. Fecho a tampa com força, depois a enfio no fundo lamacento do córrego de forma que a água fria flua ao redor do plástico até quase engoli-lo. Quando termino de encher a segunda garrafa, a primeira está quase gelada. Encho a caneca e coloco-a para ferver mais uma vez, enquanto bebo uns cem mililitros da garrafa gelada, fazendo a pasta de amendoim deslizar pela garganta. Espero alguns minutos, bebo mais cem mililitros. Com essas tentativas curtas e espaçadas, termino de beber toda a garrafa. A caneca levantou fervura de novo e já sinto as membranas do meu cérebro se reidratando. Esse trabalho todo nem deve ser tão necessário; o riacho está límpido e corre rápido. A água parece segura para se beber, mas já apostei nisso antes e perdi.

Enquanto sirvo a última caneca d'água na minha garrafa, me ocorre que ainda não construí meu abrigo, e o céu está nublado, com cara de chuva. A luz em declínio me diz que não resta muito tempo. Eu me obrigo a ficar de pé, fazendo careta por causa da rigidez dos meus quadris. Coleto cinco pesados ramos na floresta e apoio-os a sota-vento na árvore caída, do menor para o maior, criando uma estrutura triangular que dá perfeitamente para me abrigar. Puxo um saco de lixo preto da mochila – um presente de despedida de Tyler, inesperado, mas apreciado – e o estendo por cima da estrutura. Enquanto ajunto braçadas de folhas secas e empilho-as em cima do saco plástico, penso nas prioridades de sobrevivência.

As regras de três. Um comportamento inconsequente pode matar você em três segundos; asfixia pode matar em três minutos; exposição às intempéries, em três horas; desidratação, em três dias; e a fome, em três semanas – ou será em três meses? Não importa: morrer de fome é a menor das minhas preocupações. Embora esteja bem fraca, não faz tanto tempo assim que comi. Seis ou sete dias no máximo, e isso sendo generosa. Quanto às intempéries, mesmo se chover hoje à noite não vai fazer frio suficiente para me matar. Mesmo sem um abrigo, eu ficaria encharcada e infeliz, mas provavelmente não em perigo.

Mas eu não quero ficar encharcada e infeliz, e não importa quão extravagante seja o orçamento deles, não podem ter colocado câmeras em um abrigo que não existia até eu construí-lo. Continuo a ajuntar braçadas de folhas, e quando uma aranha-lobo do tamanho de uma moeda sobe pela minha manga, eu me assusto. O movimento brusco faz com que eu sinta tontura, minha cabeça parecendo se destacar do lugar. A aranha está agarrada ao meu bíceps. Dou-lhe um peteleco com a mão oposta e vejo-a ir parar na pilha de folhas junto à cabana improvisada. Ela corre para o interior do abrigo e não consigo me importar tanto; essas aranhas são só um pouco venenosas. Continuo coletando húmus e logo tenho uma camada de quase meio metro sobre meu abrigo de detrito vegetal, e dentro dela ainda mais, como estofamento.

Por sobre a estrutura, espalho alguns ramos caídos com pontas folhosas para segurar tudo no lugar e depois viro e vejo que minha fogueira agora não passa de brasas. Estou totalmente dessincronizada hoje. É a casa, acho eu. Ainda estou abalada. Enquanto vou partindo gravetos em pequenos pedaços e alimentando as brasas com eles, dou uma olhada no abrigo. É uma improvisação muito mal-ajambrada com teto baixo e gravetos apontando para todos os lados e ângulos. Lembro-me do cuidado, da lentidão com que costumava construir meus abrigos. Queria que ficassem tão bonitos quanto os do Cooper e da Amy. Agora só quero saber de funcionalidade, embora, verdade seja dita, todos os abrigos de detrito vegetal sejam muito semelhantes – exceto pela cabana bem grande que fizemos juntos antes de Amy ir embora. Era ótima, coberta com ramos entrelaçados feito sapê e grande o bastante para nós todos, embora Randy tenha ido dormir na sua própria cabana.

Bebo mais alguns mililitros d'água e sento ao lado do fogo ressurrecto. O sol já se pôs e a lua está tímida. As chamas estalam, uma mancha em minha lente direita lhes confere um resplendor raiado.

Hora de me recolher para mais uma noite solitária.

2.

A tomada de abertura da estreia será de Mateiro ao lado de um rio. Ele está vestido de preto e sua pele é escura, cor de terra recém-arada. Ele passou anos cultivando sua aura de pantera, e atualmente exala sem o menor esforço um ar felino de vigor e elegância. Seu rosto está tranquilo, mas seus olhos observam a água intensamente, como se caçassem algum bicho na correnteza. Há uma ligeira curvatura na postura do Mateiro que vai fazer os telespectadores pensarem que ele está prestes a dar o bote – em quê? – e de repente Mateiro dá uma piscada lenta na direção do céu e parece igualmente provável que vá se estirar num canto ensolarado e tirar uma soneca.

Ele está pesando suas opções: tentar atravessar ali ou procurar um lugar melhor mais para cima. Ele tem certeza de que é capaz de pular de pedra em pedra para cruzar o rio de seis metros de largura, que é veloz, mas não profundo, mas há uma pedra que o deixa desconfiado. Está achando que a vê se mexer com a força da correnteza. Mateiro não gosta de se molhar, mas admira os poderes transformadores da água, e por isso sorri com admiração.

Os telespectadores vão projetar suas próprias justificativas nesse sorriso. Aqueles que não gostarem de Mateiro por motivos raciais ou devido a sua postura – nada mais viram dele que não seja ele ali, de pé, então sua antipatia só pode ser questão de preconceito – vão pensar que ele é metido. Um produtor remoto particularmente ferino vai ver essa tomada e pensar alegremente: *Ele parece maléfico.*

Mateiro não é maléfico, e sua autoconfiança é merecida. Ele já superou desafios bem mais tenebrosos do que um rio raso e veloz, e muito mais naturais do que o espera na outra margem do rio: o primeiro Desafio lançado.

Do outro lado do rio também é o local onde Mateiro vai conhecer seus onze concorrentes. Ele sabe que vai ser necessário trabalhar em equipe, mas não quer pensar nos outros como nada mais além de concorrentes. Até chegou a dizer isso numa sessão de confessionário gravada antes de a competição começar, junto com muitas outras coisas, mas, como é o concorrente mais forte, não vão lhe permitir uma motivação simpática. O "porquê" do Mateiro não chega ao corte final, e o clipe inserido nessa tomada será de seus olhos vítreos sobre uma parede branca, dizendo somente: "Não estou aqui pela experiência. Estou aqui para ganhar."

Sua estratégia é simples: ser melhor do que os outros.

Mateiro se demora no lugar; a tomada percorre a correnteza borbulhante, passa por ramos folhosos e chega à Garçonete, que consulta uma bússola. Ela usa calça de lycra preta e um top de ginástica verde-limão que realça seu cabelo ruivo, que desliza pelo ombro com seus cachos abertos. Ela é magra e tem quase um metro e oitenta. Sua cintura é minúscula – "É impressionante que as tripas dela caibam ali dentro", debochará um internauta. Seu rosto é comprido e pálido, sua tez suavizada por uma grossa camada de base com fator de proteção 20. A sombra no seu olho é da mesma cor que seu top, e cintilante.

A Garçonete não precisa atravessar o rio, somente usar a bússola para achar seu caminho pela floresta, a sudoeste. Para ela, isso é um desafio, conforme a tomada dá a entender: a Garçonete de pé, com os cachos emoldurando o rosto, girando no lugar enquanto perscruta aquele instrumento desconhecido. Ela morde o lábio inferior, em parte porque está confusa, em parte porque pensa que assim vai parecer mais sensual.

– O norte é a ponta vermelha ou a branca? – pergunta ela. Disseram-lhe para ir narrando seus pensamentos, e ela vai obedecer. Muitas vezes.

O segredo da Garçonete, um que os telespectadores nunca ficarão sabendo, é que ela nem se candidatou. Foi recrutada. Os mandachuvas do programa queriam uma mulher bonita mas essencialmente inútil, se possível uma ruiva, posto que já haviam escolhido duas morenas e uma loura – não uma loura platinada, mas loura o suficiente, o tipo de cabelo que ficaria mais claro ao sol. Sim, pensaram eles; uma bela ruiva seria o arremate perfeito para o elenco.

– Certo – diz Garçonete. – A ponta vermelha é mais pontuda. Tem que ser o norte. – Ela gira no lugar, mordendo de novo o lábio. A agulha se detém no *N*. – E preciso ir para... sudeste. – E embora os pontos cardeais da bússola estejam claramente marcados à sua frente, ela recita cantarolando: "Nunca Lave Sua Ovelha."

Ela começa a andar na direção sul, então murmura outra vez o dispositivo mnemônico e vira um pouco para a direita. Após alguns passos, ela para. "Espera", diz ela. Consulta a bússola, deixa a agulha sossegar, depois dobra à esquerda. Por fim começa a andar na direção certa. Ela dá uma risadinha e diz:

– Até que não é tão difícil.

Garçonete sabe que é improvável que vença, mas não é por isso que está ali. Está ali para deixar uma impressão – nos produtores, no público, em quem quer que seja. Sim, ela trabalha em tempo integral em um restaurante de *tapas* espanholas, mas estrelou um comercial de doce aos seis anos de idade e se considera primeiro atriz, depois modelo, e só em terceiro garçonete. Andando em meio às árvores, ela pensa em algo que não diz em voz alta: esta só pode ser a sua grande chance.

Junto ao rio, Mateiro decide que a pedra é um risco relativamente pequeno, e que um obstáculo conhecido é melhor do que um desconhecido. Ele salta. O editor vai deixar o vídeo em câmera lenta, como se aquele fosse um documentário sobre a natureza e Mateiro o grande felino que ele pensa secretamente ter sido na encarnação anterior. Os espectadores vão ver a força e a extensão de sua passada. Vão ver – alguns já o terão notado, mas um close-up vai atrair a atenção dos demais – seu estranho, mas reconhecível calçado, seu logotipo amarelo se sobressaindo em meio à mancha negra que é o resto do corpo dele. Vão ver seus dedinhos do pé individualmente embalados se agarrando à pedra. Vão perceber seu equilíbrio e velocidade, o controle que Mateiro exerce sobre seus movimentos, e alguns deles irão pensar, *eu devia comprar um par desses calçados*. Mas o calçado de Mateiro é um mero realce do seu controle, maravilhosamente expressado enquanto ele pula de pedra em pedra por cima do torvelinho d'água. Seu corpo parece ser mais extenso em movimento do que parado, e até nisto ele é felino.

O calcanhar do seu pé direito aterriza sobre a pedra insegura, que afunda para a frente. Este momento é importante. Se Mateiro cair, será um personagem. Se ele fluir adiante sem maiores problemas, será outro. O processo de seleção do elenco já terminou, mas apenas oficialmente.

Mateiro abre os braços buscando equilíbrio – revelando uma bandana vermelha amarrada feito um bracelete ao redor de seu pulso direito – e sua elegância entra em xeque por um raro momento; ele cambaleia. Ele segue o movimento da pedra, e lá se vai ele para a próxima pedra, firme no lugar. Segundos depois, terminou de atravessar, respirando com cansaço moderado, seco desde o couro cabeludo raspado a zero até seus dedos do pé separados um a um, seco por todo o corpo, exceto por uma ligeira umidade nas axilas, que os telespectadores não podem ver. Ele ajusta as alças da mochila preta magra quase vazia e continua na direção da floresta, na direção do Desafio.

Seu cambaleio vai ser cortado na edição. Mateiro foi escalado como o impenetrável, invencível.

Enquanto isso, Garçonete tropeça em uma raiz saltada e deixa cair a bússola. Ela se dobra para apanhá-la, e a gravidade realça o seu decote – exatamente o que Garçonete planejava.

Dois extremos de um espectro convergem.

Entre estes dois extremos, Rancheiro passeia à vontade pela floresta, usando um chapéu de caubói que parece tão surrado quanto seu rosto sulcado com barba por fazer. Está com sua bandana preta e amarela também à moda caubói ao redor do pescoço, pronta para tapar a boca e o nariz caso haja alguma tempestade de areia. Ele está a mil e quinhentos quilômetros de seu cavalo Appaloosa malhado, mas de seus calcanhares encouraçados desponta um par de esporas. As esporas são uma oferenda para a câmera, presenteadas a Rancheiro pelo produtor de locação. Ao aceitá-las, Rancheiro deu um peteleco em uma delas, para girá-la. A borda não estava afiada, mas ainda assim era uma espora. Talvez venha a ser útil, pensou ele. Também lhe ofereceram um poncho listrado, que ele recusou.

– Que mais? – perguntou ele. – Vão querer que eu carregue uma pilha de tortilhas e uma pimenta-malagueta também?

Os ancestrais de Rancheiro antigamente eram chamados de mestiços e eram essencialmente desdenhados pelos poderosos. Seu avô atravessou a fronteira e encontrou trabalho como revirador de adubo e ordenhador de vacas em um rancho familiar. Anos depois, ele se casou com a filha do chefe, que herdou os negócios. Seu filho de pele clara se casou com uma costureira de pele escura da Cidade do México. A pele de Rancheiro tem o tom claro resultante dessa união. Ele está com cinquenta e sete anos, e seu cabelo desordenado na altura do queixo é tão marcadamente preto e branco quanto suas crenças sobre o bem e o mal.

Não há obstáculos entre Rancheiro e o Desafio. A competência – ou a falta dela – não é a característica que o define. É sua caminhada orgulhosa de caubói que está em foco. Em poucos segundos, seu personagem estará demarcado.

Já a Asiática é mais difícil de entender. Ela veste calça cargo cáqui e uma blusa azul xadrez. Seu cabelo é comprido e liso, amarrado em um simples rabo de cavalo cor de piche, acentuado por uma bandana amarelo fosforescente, que está amarrada ao redor da cabeça feito uma faixa, o nó oculto atrás da nuca. Asiática usa apenas a maquiagem que lhe foi empurrada pela produção: traços de delineador que alongam mais ainda seus olhos oblíquos, e uma leve camada de batom rosado cintilante.

Ela faz uma varredura do ambiente ao sair do meio das árvores para uma clareira. No centro da clareira, ela vê um homem à sua espera.

Atrás do homem, do outro lado da clareira, Força Aérea acaba de sair ao sol.

Para preencher a cota militar, os produtores queriam um clássico, de forma que o homem que escolheram é exatamente assim: cabelo louro à escovinha rebrilhando ao sol, olhos azuis penetrantes, um queixo pronunciado perpetuamente projetado à frente. Força Aérea veste jeans e uma blusa de manga comprida, mas suas passadas parecem a de alguém em trajes formais. A postura de tábua o faz parecer mais alto do que seus um metro e setenta e dois. Sua bandana azul-marinho – em tom pouco mais escuro do que o azul oficial da Força Aérea norte-americana – está amarrada à esquerda do seu quadril, em volta do cinto.

Força Aérea será vendido como um piloto, mas essa afirmação será de uma omissão calculada. Não será mencionado *o que* ele pilota. Aviões caça, a maioria do público irá presumir – e é bem o que se pretende que presumam. Força Aérea não é piloto de caças. Quando ele decola, é para transportar carga: tanques e munição; baterias e bobinas de metal; revistas e doces para abastecer as prateleiras dos shoppings centers que os Estados Unidos tiveram a gentileza de erigir para seus homens e mulheres estacionados fora do país. Ele é uma espécie de Papai Noel magro que trabalha o ano todo, transportando pacotes de artigos, um oferecimento da amada Pátria. Em uma organização em que pilotos de caça são semideuses e pilotos de bombardeiros voam transportando um pequeno sol, seu trabalho não comanda grande admiração.

Força Aérea e Asiática se encontram no centro da clareira, se cumprimentam com um meneio de cabeça, e se postam à frente do homem que os aguardava. É o apresentador. Ele não será mostrado até falar, e não vai falar até que todos os doze concorrentes tenham chegado.

Mateiro emerge do meio das árvores atrás do apresentador. Rancheiro aparece a leste, e com ele um homem alto, branco e ruivo de uns trinta e poucos anos usando uma bandana verde-limão. Logo surgem concorrentes de todos os lados. Uma mulher branca com vinte e tantos anos, de cabelos claros e óculos, uma bandana azul-celeste amarrada no pulso. Um negro de meia-idade, um branco recém-saído da adolescência, um asiático que poderia passar por menor de idade, mas na verdade tem vinte e seis anos. Um homem branco nos meados dos trinta, e uma hispânica cuja idade é irrelevante porque é jovem o bastante e seus seios são enormes e naturais. Cada um tem uma bandana de cor distinta bem visível em algum lugar do corpo. A última aparecer é Garçonete, que se surpreende ao encontrar tanta gente já no campo. Ela mordisca o lábio inferior, e Força Aérea sente uma pontada de luxúria.

– Bem-vindos – diz o apresentador, uma subcelebridade de trinta e oito anos que espera poder reavivar sua carreira ou, pelo menos, pagar suas dívidas de jogo. Ele é bonito sem quaisquer características especiais, com olhos e cabelos castanhos. Seu nariz foi descrito em vários blogs eminentes como "aquilino", e ele finge que sabe o que isso significa. O apresentador usa roupas para atividades ao ar livre, e qualquer tomada que o mostre falando incluirá seu tórax, que estampa orgulhosamente o nome de um patrocinador. – Bem-vindos – diz ele de novo, em um tom grave, excessivamente masculino, e decide que quando gravarem a saudação de verdade, ele vai usar esse tom. "Bem-vindos à Floresta."

Um suave zunido chama atenção dos participantes; Força Aérea é o primeiro a se virar para trás.

– Puta merda – diz ele, um deslize incomum e o primeiro palavrão a ser censurado. Os outros também se viram. Atrás do grupo, um drone de um metro e meio de diâmetro com uma lente de câmera no centro paira no nível de seus rostos. É a deixa para mais uma profusão de palavrões surpresos e um "Legal" sussurrado pela mulher de cabelos claros.

O drone vai subindo e zumbindo até o céu. Em poucos segundos ele está longe e silencioso o suficiente para ser quase invisível.

– Aonde ele foi? – cochicha Garçonete. Quando ela termina de perguntar, Mateiro é o único que ainda consegue distinguir o drone das nuvens e do céu.

– Um dos *muitos* olhos que estarão sobre vocês – informa o apresentador ao grupo. Sua voz vem impregnada de insinuações, embora na verdade só exista aquele drone e, como os concorrentes estarão sob as copas das árvores a maior parte do tempo, ele esteja sendo usado mais para tomadas de ambientação.

– Agora vamos começar – continua o apresentador. – Pelas próximas semanas, suas habilidades serão testadas e sua resistência será levada até o limite. No entanto, vocês têm uma saída. Se um Desafio estiver difícil demais, ou caso vocês não suportem mais uma noite sendo picados por mosquitos, digam simplesmente "*Ad tenebras dedi*" e pronto, acabou. Lembrem-se desta frase. Ela é a sua saída. – Enquanto fala, ele vai entregando um cartão a cada um dos participantes. – Sua única saída. Escrevemos a frase para todos vocês memorizarem. *Ad tenebras dedi*. Quero que fique bem claro: uma vez que disserem esta frase, não tem mais volta.

– O que ela quer dizer? – pergunta Rancheiro.

– Depois vocês vão descobrir– responde o apresentador.

O Médico Negro é menor e mais rotundo do que Mateiro, com um cavanhaque. Uma bandana amarelo-mostarda recobre sua cabeça. Uma de suas sobrancelhas pontilhadas de branco sobe enquanto ele olha para o cartão em sua mão. Então um depoimento dele em frente às árvores, em close-up, com uma sugestão de barba por fazer ao redor do cavanhaque:

– É latim – dirá depois o Médico Negro. – "Eu me rendo à noite." Ou "às trevas", não sei direito. É um pouco pretensioso para as circunstâncias, mas fico feliz de termos uma frase de segurança. Bom saber que existe um jeito de jogar a toalha. – Ele faz uma pausa. – Tomara que todo mundo consiga se lembrar dela.

Sentado em uma cadeira de camping de lona junto a uma fogueira acesa em pleno dia, o apresentador dirige-se diretamente aos telespectadores.

– Os participantes não estão por dentro de tudo – diz ele, com tom macio e queixo inclinado para baixo, convidando o público a compartilhar de seu segredo. Sua linguagem corporal diz: *estamos conspirando juntos*. – Eles sabem que ninguém pode ser expulso por votos, que se trata de um concurso, ou melhor, de uma série de pequenos concursos durante a qual todos vão acumular vantagens e desvantagens. O que eles não sabem é que esse concurso não tem linha de chegada. – Ele se inclina para a frente. – O jogo vai continuar até restar uma única pessoa, e a única forma de sair é desistindo. – Ninguém sabe quanto tempo o programa vai durar, nem os criadores, nem os concorrentes. Seus contratos diziam *no mínimo cinco semanas e no máximo doze*, embora uma nota de rodapé em letra miúda autorizasse até dezesseis semanas em circunstâncias especiais. – "Ad tenebras dedi" – diz o apresentador. – Não existe outro jeito de sair. E como não sabem disso, os concorrentes estão verdadeiramente *Às escuras*.

Segue-se uma série de depoimentos ao confessionário, todos com floresta genérica ao fundo.

Garçonete, que sabe que sua única chance de ganhar dinheiro é obter o prêmio de Queridinha do Público:

– O que eu vou fazer primeiro se ganhar um milhão de dólares? Ir para a praia. Jamaica, Flórida, sei lá, algum lugar bem legal. Ia levar minhas amigas comigo e ficar sentada na praia o dia inteiro, bebendo cosmopolitans e qualquer coisa no cardápio que termine em "tíni".

Rancheiro dá de ombros com toda a sinceridade:

– Estou aqui pelo dinheiro. Não sei o que vão aprontar para a gente, mas não pretendo dizer as tais palavras. Meus meninos estão lá em casa cuidando do rancho, mas quero mandá-los para a faculdade e não tem jeito de eu pagar por isso e ainda por cima ficar sem a ajuda deles no serviço. É por isso que estou aqui, pelos meus filhos.

A moça de cabelos claros com os óculos marrons. Ela estava segurando um lagarto amarelo espinhudo em seu vídeo de inscrição, e o editor vê mais nela do que apenas seus cabelos.

– Sei que vai soar meio ridículo – diz ela –, mas não estou aqui pelo dinheiro. Quer dizer, não vou dizer *não* a um milhão de dólares, mas eu teria me inscrito mesmo sem haver um prêmio. Estou com quase trinta anos e sou casada há três; é hora de dar o próximo passo. – Zoo dá um suspiro nervoso. – Filhos. Hora de ter filhos. Todo mundo que conheço que tem filhos diz que nunca mais é do mesmo jeito, que isso muda a sua vida, que você perde todo o seu tempo para você mesma. Eu estou preparada para isso, estou em paz com ceder um pouco da minha individualidade, e, sim, minha sanidade mental. Mas antes disso, antes de eu trocar meu nome pelo epíteto de *Mãe*, quero uma última aventura. É por isso que estou aqui, e é por isso que não vou pedir para sair, haja o que houver. – Ela estende o papel com a frase de segurança e o rasga ao meio. É um ato simbólico, já que memorizou a frase, mas sincero devido à carga dramática do gesto. – Então – diz ela, mirando a câmera com intensidade serena, um sorriso oculto por trás de seu rosto sério – mandem ver.

3.

Fico deitada no meu abrigo boa parte da noite, mas não consigo dormir devido à rigidez que sinto por toda parte – pernas, ombros, costas, testa, olhos. As solas dos meus pés gritam como se apenas a pressão do movimento as tivesse mantido quietas durante o dia. Meu corpo reidratado vibra, diferente, precisando de algo mais.

Por fim, tiro a mochila da entrada do abrigo e saio dele engatinhando, ainda com a noite escura. Folhas crepitam sob minhas palmas e joelhos, e meus cadarços afrouxados se arrastam feito cobras. O ar gelado corta meu rosto. Detendo-me, fico ouvindo grilos e o coaxar dos sapos. O riacho, o vento. Fico achando até que consigo ouvir a lua invisível. Fico de pé, deixando meus óculos dobrados ao redor de uma das alças de minha mochila. Sem eles, minha visão é um borrão pixelado de tons de cinza que se alternam. Aliso a base do meu dedo anular esquerdo e revivo a palpitação inquieta do meu coração quando tirei a aliança de ouro branco. Lembro-me de recolocá-la em sua caixinha forrada de veludo e depositá-la na primeira gaveta da cômoda. Meu marido estava no banheiro, aparando a barba para deixar só aquela poeirinha de que eu gosto tanto. Ele falou mais do que eu no caminho até o aeroporto, uma inversão de papéis.

– Você vai ser incrível – disse ele. – Mal posso esperar para ver.

Mais tarde, no breve voo para Pittsburgh, engoli meus soluços e pressionei a testa contra a janela, preferindo compartilhar minha aflição com o céu a ter de fazer com o desconhecido roncando ao meu lado. Para mim não costumava ser tão difícil partir, mas antes do meu marido as coisas eram diferentes. Antes – ao deixar Stowe para ir à faculdade, naquele verão de hostel em hostel pelo Leste Europeu, nos seis meses na Austrália depois de me formar em Columbia –, meu medo vinha sempre temperado com empolgação suficiente para a balança pender para o lado bom. Partir era sempre assustador, mas nunca difícil. Mas dessa vez não deixei apenas a familiaridade para trás, deixei também a felicidade. Há uma diferença cuja magnitude eu não previ.

Não me arrependo de Nova York, nem da Europa, nem da Austrália. Não sei ainda se me arrependo de vir para cá, mas me arrependo de ter deixado minha aliança de casamento para trás, apesar das instruções que recebi. Sem meu anel, o amor que deixei para trás parece distante demais, e os planos que fizemos, irreais.

No aeroporto, ele me prometeu que adotaríamos o galgo inglês idoso de que falamos desde que compramos a casa.

– Vamos encontrar um bom quando você voltar – disse ele. – Malhado, com um nome de atleta profissional ridiculamente comprido.

– Ele tem que se dar bem com crianças – respondi, porque era isso que eu tinha que dizer, já que foi o motivo que dei para poder ir.

– Eu sei – disse ele. – Vou dar uma olhada enquanto você estiver fora.

Fico pensando se ele está dando uma olhada nesse exato momento. Trabalhando até tarde, mas, na verdade, espiando o *Petfinder* ou olhando o site da organização de resgate de galgos que vimos na feira livre algumas semanas antes de eu ir embora. Ou talvez tenha finalmente saído para beber com o colega novo do trabalho, que ele não para de dizer que parece um tanto solitário.

Talvez ele esteja sentado no escuro, em casa, pensando em mim.

Sozinha na noite cinzenta, observando folhas voejarem ao vento, sinto necessidade dele. Preciso sentir o peito dele pulsando junto do meu rosto enquanto ele ri. Preciso ouvi-lo reclamando que está com fome, com dor nas costas, de forma que possa deixar meu próprio desconforto de lado e ser forte por nós dois em vez de só por mim.

Aqui não tenho nada dele a não ser memória, e a cada noite ele fica menos real para mim.

Penso em minha última Pista. *Lar Doce Lar*. Não é um lugar, porque não posso imaginar que pretendam que eu ande os mais de trezentos quilômetros até em casa, mas uma indicação. Uma provocação.

Meu estômago ruge – mais alto do que os grilos e os sapos – e de repente me lembro de como é sentir fome em vez de simplesmente saber que preciso comer. Feliz pela distração, pesco o saco de mix de cereais da mochila e o abro. Despejo cerca de cem calorias de nozes e frutas secas na palma da mão. Uma quantidade patética, que mal encheria a mão de uma criancinha. Torço o saco para fechá-lo e o enfio dentro do bolso da jaqueta. Como primeiro as passas velhas, pareando-as com amendoins, amêndoas, e metades estilhaçadas de castanha de caju. Os quatro confeitos de chocolate eu deixo por último. Deposito-os na língua todos de uma vez, aperto-os contra o céu da boca e sinto suas cascas finas se partirem.

Antigamente eu tinha medo de que precisar do meu marido fosse sinal de fraqueza. Que qualquer concessão de independência era uma traição à minha identidade, uma avacalhação da força que sempre usei para me impelir para longe do familiar e na direção do desconhecido. Do interior para a cidade, da cidade para o exterior. Sempre me jogando nas coisas – até conhecê-lo: um engenheiro elétrico de bem com a vida e corpo atlético ganhando mais de seis dígitos ao ano enquanto eu batalhava pelos meus quarenta mil ao ano, explicando a diferença entre mamíferos e répteis para manadas de alunos barulhentos e indóceis. Levou dois anos até eu reconhecer que ele não se importava, que ele jamais jogaria na minha cara nossa diferença de salário. No instante em que eu disse sim, entendi que há uma diferença entre ceder e cooperar, e que permitir-se confiar em alguém demanda outra espécie de força.

Ou talvez pensar assim fosse só um jeito de eu me convencer.

Um fragmento de casca achocolatada espeta minha gengiva, quase chegando a doer, depois derrete e desaparece. O gosto residual é de chocolate ao leite vagabundo, mais uma sensação adocicada do que sabor de verdade. Eu me dobro ao meio, alongando meus tendões. Uma maçaroca de cabelo que um dia foi um rabo de cavalo cai pelo meu ombro, e meus dedos estacam a uns trinta centímetros dos meus pés. Faz anos que não sou mais capaz de tocar a ponta dos pés sem dobrar os joelhos sempre que assim desejo, mas eu deveria ser capaz de chegar mais perto do que isso. Minha incapacidade de chegar pelo menos aos tornozelos parece um fracasso, e, estranhamente, uma infidelidade. Toda noite, por semanas, antes de eu deixar minha casa, meu marido e eu fazíamos "sessões estratégicas" aninhados na cama, lançando ideias do que eu poderia fazer para ganhar. Alongamento era uma das coisas sobre as quais conversamos – a importância de continuar flexível. Tocando meus tornozelos, eu me convenço de que de agora em diante vou fazer questão de fazer uma sessão de alongamento toda manhã e toda noite. Por ele.

Eu queria fazer algo grandioso. Foi o que eu disse para ele no inverno passado, a frase que deflagrou a coisa toda.

– Uma última aventura antes de começarmos a tentar – disse eu.

Ele entendeu, ou disse que entendia. Concordou. Foi ele que achou o link e sugeriu que eu me candidatasse, porque gosto de mato e uma vez falei que abrigos de detrito vegetal são legais. Oferecendo uma solução, como sempre, porque quem tem cabeça para matemática acha que todo problema tem solução. E apesar de a cada dia eu estar achando mais difícil sentir que ele existe, sei que ele está me assistindo. Sei que está orgulhoso de mim – tive meus momentos ruins, mas estou fazendo o melhor possível. Estou me empenhando. E sei que, quando eu voltar para casa, essa distância que estou sentindo agora vai se evaporar. Vai *sim*.

Ainda assim, eu queria estar com minha aliança.

Eu me arrasto de volta para o abrigo. Horas mais tarde, enquanto observo o céu clarear pouco a pouco pela fresta da minha cabana de folhas, estou certa de que não preguei o olho – só que me lembro de um sonho, então devo ter dormido. No sonho, havia água; eu estava num cais ou barco e deixava cair meu bebê que se remexia e resmungava e nem cabia direito nos meus braços. Mas por que eu estava com ele, aliás? Ele escapou das minhas mãos e minhas pernas estavam paralisadas, e o observei afundar nas profundezas, bolhas subindo de sua boca enquanto ele chorava com som de estática e eu continuava parada, impotente e hesitante.

Exausta, saio do meu abrigo devagar e realimento o fogo. Enquanto a água esquenta, como o resto do mix de cereais, contemplo o fogo, e espero o sonho se desvanecer, como sempre.

Eu estava na faculdade quando comecei a ter pesadelos sobre matar acidentalmente crianças concebidas sem planejamento. Sexo era novidade para mim, e a cada experiência havia minha preocupação de a camisinha estourar. Uma transa de uma noite resultava em semanas de sonhos esporádicos em que eu esquecia meu filho recém-nascido e o abandonava em lugares como o interior de um carro abafado, ou em que ele rolava da ponta da mesa e caía no piso de concreto quando eu não estava olhando. Uma vez o bebê escapuliu das minhas mãos suadas no alto de uma montanha e o observei rolar até chegar à estrada distante que serpenteava lá embaixo. Piorava quando eu estava namorando alguém, quando não era apenas um caso, mas um ato de amor, ou ao menos de afeição. Os pesadelos foram rareando conforme eu me aproximava dos vinte e cinco anos, e pararam por completo um ano depois de eu ter conhecido meu marido, a primeira pessoa com quem já cheguei a pensar que um dia estaria pronta a tentar.

Os pesadelos reapareceram na noite depois do Desafio da cabana. Não todas as noites, que eu me lembre, mas na maioria delas. Às vezes até quando estou acordada. Nem preciso fechar os olhos, basta perder a concentração, que já o vejo. Sempre é um *ele*. Sempre um menino.

Depois de encher as garrafas d'água, desmonto o abrigo a pontapés e extingo a fogueira. Então volto à mesma estradinha de interior desgastada pelas intempéries que venho trilhando há dias, mais ou menos na direção leste. Deixo a bússola pendurada no pescoço e de vez em quando verifico a direção.

Estou andando há mais de uma hora quando uma dor no ombro me lembra de que não me alonguei. Bastaram poucas horas de quase sono para me fazer esquecer da promessa. *Desculpe*, digo sem som, olhando para o alto. Puxo meus ombros para baixo e para trás, ajusto minha postura enquanto caminho. De noite, penso. De noite vou alongar todos os meus músculos doloridos.

Contorno uma curva na estrada e vejo um sedã prata mais adiante, estacionado torto com todos os pneus, menos o esquerdo traseiro, invadindo o acostamento, em cima da terra. Inquieta, sigo as marcas de derrapagem, a garrafa d'água batendo no meu quadril. É óbvio que esse carro foi colocado aqui. Lá dentro deve ter suprimentos, ou então uma Pista.

Meu estômago se contrai. Estou tentando não demonstrar meu nervosismo – não estou vendo as câmeras, mas sei que estão escondidas nos galhos mais altos, e provavelmente no próprio veículo. Eles devem ter posto um daqueles drones de vigilância lá no alto.

Você é forte, digo para mim mesma. Você é corajosa. Você não tem medo do que possa haver dentro desse carro.

Olho pela janela do motorista. O banco está vazio, e no do carona há apenas resquícios de fast-food: embalagens engorduradas, um copo de isopor do tamanho de um balde do qual brota um canudo mastigado saindo de uma tampa manchada de marrom.

Há um cobertor amarfanhado jogado sobre o banco traseiro, e um pequeno cooler vermelho imprensado atrás do banco do carona. Experimento a porta traseira, e o som dela abrindo é algo que não ouço há semanas: o estalo da maçaneta, a porta se descolando da borracha, tudo tão característico e ao mesmo tempo tão corriqueiro. Já ouvi esse barulho centenas de vezes, milhares. É um barulho que passei a associar à partida – uma associação até agora inconsciente, pois no instante em que abro aquela porta, ouço-a se descolar, sinto meu medo se transformar em alívio.

Você vai partir. Vai embora daqui. Vai para casa. Não são pensamentos, mas garantias silenciosas que prometo a mim mesma. Você já teve o suficiente, diz meu corpo. É hora de ir para casa.

Então o cheiro me atinge, e um momento depois, entendo o que é.

Recuo, aos tropeções, para longe da putrefação cenográfica deles. Agora vejo a forma vagamente humana atrás do cobertor. É pequena. Minúscula. Foi por isso que não a vi pela janela. Sua cabeça estava apoiada sobre a porta, e agora está ligeiramente dependurada para fora do banco, uma mecha de cabelo castanho-escuro saindo por baixo do cobertor. Os caroços feitos para imitar os pés mal alcançam a metade do banco.

Não é a primeira vez que deixam uma falsa criança, mas é a primeira vez em que deixam uma falsa criança abandonada.

– Certo – sussurro. – Essa merda já perdeu o impacto.

Mas não perdeu; cada cadáver cenográfico é tão horrível e assustador quanto o último. Agora são quatro – cinco, se contar a boneca – e não sei o *porquê*, que papel têm, o que querem dizer com isso. Bato a porta forte, fechando-a, e esse som, que associo a uma chegada triunfal, me deixa com mais raiva ainda. Acertei a cabeça da criança cenográfica, prendendo o cabelo castanho na porta.

Será cabelo de verdade? Será que uma mulher, em algum lugar, passou máquina na cabeça pensando que seus fios de queratina reforçariam a confiança de uma criança lutando contra o câncer, mas eles acabaram fazendo parte desse jogo doentio? Será que a doadora está assistindo, e vai reconhecer o próprio cabelo? Será que chegará a sentir o impacto da porta do carro contra a própria cabeça?

Pare.

Dou a volta no carro, inspiro fundo, prendo a respiração, e abro a porta daquele lado. Arranco o cooler do carro e bato a porta. O barulho ecoa no meu cérebro.

Segurando o cooler, eu me agacho até o chão na frente do carro e me apoio no para-choque. Meus dentes parecem ter se fundido de cima a baixo, e tremem, de tão forte que estão apertados. De olhos fechados, eu me sento e me obrigo a relaxar a mandíbula.

O primeiro falso cadáver que vi foi no final de um Desafio em Equipe. O terceiro, acho eu. Talvez o quarto – difícil lembrar. Éramos eu, Julio e Heather seguindo os rastros: respingos vermelhos nas pedras, uma marca de mão no barro, um fio de roupa preso em espinhos. Nós nos embolamos, perdemos a trilha quando passamos por um riacho. Heather escorregou e se molhou, depois deu uma topada num toco ou coisa assim e começou a choramingar por um dedo do pé machucado como se tivesse quebrado a perna. Perdemos muito tempo e, no fim das contas, o Desafio. O grupo de Cooper e Ethan chegou primeiro, claro. Naquela noite, Cooper me contou que encontraram seu alvo com uma falsa ferida na cabeça, sentado perto do topo do paredão de rocha. Lembro a raiva na voz dele, na surpresa que foi ouvi-lo falar daquele jeito. Mas compreendi.

Nós vimos nosso alvo despencar do alto do penhasco.

Eu vi a cadeira de alpinismo sob a jaqueta dele; eu vi a corda. Mas mesmo assim.

No fundo do abismo, encontramos uma polpa retorcida toda coberta de sangue falso à base de maisena. Não parecia muito real, não daquela primeira vez, mas ainda assim foi um choque. O construto feito de látex e plástico estava de jeans, e precisávamos pegar uma carteira. Heather chorou. Julio colocou o chapéu sobre o peito e murmurou uma prece. Deixaram tudo para mim. Depois que peguei a carteira, meus nervos estavam à flor da pele, e a histeria da Heather mexeu comigo. Não lembro exatamente o que eu gritei, mas sei que usei a palavra "perua", porque depois fiquei pensando, "Mas que palavra estranha para se escolher, mesmo tendo sido eu que escolhi". Lembro-

-me de todos me olhando fixamente, com expressão chocada. Eu tinha me esforçado tanto para ser legal, para torcerem por mim – votarem em mim. Mas paciência tem limite.

Ao terminar aquele Desafio, pensei que finalmente entendia do que eles eram capazes. Eu *pensei* que entendia o quanto estavam dispostos a passar dos limites. E entendi que eu tinha que me sair melhor. Pedi desculpas a Heather – com toda a sinceridade que consegui, já que tudo o que eu dissera eu realmente achava e me arrependia apenas de tê-lo falado em voz alta – e me fortaleci até me sentir pronta para tudo.

Sinto que estou ficando mais dura a cada dia. Mesmo quando me assusto e esmoreço, mesmo quando minha fachada desaba, parece que me reergo mais endurecida, feito um músculo que se fortalece com o uso. Detesto isso. Detesto estar me tornando fria e que meu ódio esteja me endurecendo ainda mais. Detesto já estar expulsando a criança cenográfica da minha cabeça, pensando no cooler, em vez de focar nela.

Aperto o botão, puxo a alça para a tampa sair.

Um saquinho *ziploc* cheio de mofo verde e branco. Embaixo dele, uma caixa de suco. De romã com mirtilo. Pesco a caixa de suco lá de dentro e depois fecho o cooler. Sinto que talvez devesse colocar o cooler de volta no carro, da mesma forma como espalho os componentes das minhas cabanas de folhas toda manhã, devolvendo tudo ao seu lugar natural. Mas isso é diferente, não há nada de natural na localização desse carro e do cooler. Fico de pé e imprenso o cooler sob o para-choque dianteiro com o pé. Um momento depois, com a caixa de suco na mão, já estou andando de novo.

Imagino se vou conseguir chegar em casa sem topar com uma barreira ou encontrar outra Pista – se vão me deixar chegar assim tão longe. Será que organizaram uma espécie de corredor para que eu chegue ao litoral? Até mesmo isso me parece possível agora. Ou talvez – talvez eu não esteja nem indo para o leste. Talvez o nascer e o pôr do sol tenham sido reduzidos a truques de salão. Talvez minha bússola esteja viciada, e meu norte magnético seja um sinal controlado remotamente me atraindo a uma espiral inconsciente.

Talvez eu nunca mais consiga voltar para casa.

Às *escuras* – Previsões?
Nunca ouvi falar de um programa assim! Começaram a gravar ontem e o primeiro episódio vai ao ar na segunda-feira. Começar numa segunda-feira, imagine! E a produtora de Monte Cianureto é a responsável, então já sabem que os efeitos especiais vão ser INCRÍVEIS. O website deles está chamando o programa de "uma experiência de reality em escala inédita". Claro, eles têm que vender o peixe, mas fiquei bem empolgado. E vocês, o que estão achando?
postado há 38 dias por LongLiveCaptainTightPants
114 comentários

melhores comentários
ordenados por: **popularidade**

[-] CharlieHorsell há 38 dias
Aposto que vai ser tipo Monte Cianureto parte 2. Os vulcões que cospem ácido vão voltar em dose dupla! Corram para as montanhas!

    [-] HeftyTurtle há 38 dias
    Pelo que eu li, a grana deles dá mesmo para essas coisas. Estimando por alto, é tipo US$ 100 milhões.

        [-] CharlieHorsell há 38 dias
        O orçamento do Monte Cianureto foi o dobro disso. Não quero metade dos vulcões de ácido, quero TODOS os vulcões de ácido.

        [-] LongLiveCaptainTightPants há 38 dias
        Fonte?

            [-] HeftyTurtle há 38 dias
            Aqui. Não oficial, mas parece verdade.

            [-] LongLiveCaptainTightPants há 38 dias
            Uau. Aí sim. Agora, mais empolgado ainda!

[-] JT_Orlando há 37 dias
Vocês viram os contratos que vazaram ontem? 98 páginas! O elenco teve que assinar umas paradas muito doidas. Não deu pra ler tudo, mas, do que li, mi-

nha parte preferida foi que tiveram que aceitar: "todos os riscos provenientes da participação em atividades físicas vigorosas em áreas naturais despovoadas sem fácil acesso a serviços de emergência, nas quais pode haver condições variáveis e riscos não imediatamente aparentes, nas quais o clima pode ser imprevisível e haja a possibilidade de deslizamento de rochas." E também: "Riscos provenientes de flora e fauna venenosos, inclusive riscos provenientes de aparição de ursos, coiotes, cobras venenosas e demais espécimes silvestres nativos." O texto todo está aqui.

[-] DispersingSpore há 37 dias

Gostei de "Severa exaustão mental resultante de isolamento, períodos prolongados de fome e fadiga e outras condições psicologicamente árduas".

[-] Hodork123 há 37 dias

Linguagem padrão de contrato de isenção de responsabilidade numa sociedade tão litigiosa. Aposto como a coisa acaba soando bem mais perigosa do que é.

[-] DispersingSpore há 37 dias

Ame-o ou deixe-o, seu comunista.

[-] Hodork123 há 38 dias

Outro reality show de sobrevivência na selva? Pq é bem isso que está em falta na TV.

[-] Coriander522 há 38 dias

Alerta de *spoiler*: na verdade é um show de calouros.

[-] CoriolisAffect há 38 dias

Meu amigo é câmera nesse programa. O CaptainTightPants está certo sobre o intervalo de produção – é uma maluquice. E meu amigo disse que estão planejando umas paradas doentes pra car@lho mais para a frente.

[-] NoDisneyPrincess há 38 dias

Zumbis?

[-] CoriolisAffect há 38 dias

Como dizem por aí, eu poderia te contar mas aí teria que te matar.

[-] NoDisneyPrincess há 38 dias

ZUMBIIIIIIS!!!!

[-] LongLiveCaptainTightPants há 38 dias
Foda! Você devia convencer o seu amigo a fazer uma sessão de perguntas e respostas depois que tudo chegar ao fim. Eu queria muito saber mais sobre os bastidores.

    [-] Coriander533 há 38 dias
    Apoiado!

    [-] CoriolisAffect há 38 dias
    Vou ver o que posso fazer.

...

4.

– As regras do seu primeiro Desafio são simples – diz o apresentador, em pé no meio da clareira sob a luz forte da tarde. – Cada um de vocês tem uma bandana e uma bússola marcadas com a sua cor ou cores pessoais. Durante essa aventura, tudo que for direcionado especificamente a cada um de vocês estará marcado com essas cores. A começar por... – Ele gira para apontar uma série de bastões pintados espalhados pelo campo – ... esses bastões.

– Bastões? – sussurra a Asiática para ninguém em especial. – O que eles fazem?

O apresentados faz *shiii* para ela, apruma os ombros, e continua falando.

– Usando a bússola, vocês vão precisar encontrar uma série de pontos de controle, e, no final, uma caixa contendo um embrulho. Não é permitido abrir o pacote. – Ele sorri e percorre a fileira de concorrentes com o olhar, enfia os dedões nos próprios bolsos da frente, assumindo uma postura relaxada que deixa implícito que ele sabe de algo que os concorrentes não sabem, o que, claro, é verdade. É prerrogativa dele saber muitas coisas de que os participantes não sabem. – Encontrem as suas cores e tomem suas posições.

Garçonete já está com a bússola na mão, assim como duas outras pessoas: Mateiro e Zoo. Zoo não precisou usar sua bússola para chegar ao ponto de encontro, mas retirou-a da mochila mesmo assim no momento em que começaram a gravar. Ao fazê-lo, ela sorria, e continuou sorrindo enquanto caminhava com ela desnecessariamente em sua mão, na direção de alguns graus à direita do norte – acompanhando a trilha que lhe disseram que a levaria ao primeiro Desafio. Ela ainda está sorrindo quando olha de novo para o pingo de tinta que percebeu logo de primeira – azul-bebê. É esse sorriso fácil que a torna tão querida entre seus colegas e alunos no refúgio e centro de reabilitação de animais silvestres em que trabalha – que não é um zoológico, mas é quase. É esse sorriso fácil que, suspeitam os produtores, vai fazer o público gostar dela.

Zoo vê seu bastão. Ela aperta o passo, quase saltitante. Há alguns meses ela fez aulas de orientação. Sabe colocar a agulha dentro da "casinha", e encostar bem a bússola no corpo. Sabe contar seu primeiro passo como "e" e o segundo passo como "um" para fazer o "passo duplo". Acha que vai ser divertido colocar seus conhecimentos em prática. Por ora, essa experiência está muito fácil. Ela corre para pegar suas instruções em um saco plástico ao lado do bastão azul-claro.

Um rapaz magrelo de cabelos ondulados e castanho-avermelhados corta o caminho de Zoo.

– Licença – diz Garoto Cheerleader em um tom mordaz que trai seu desconforto. Ele detesta mato e detesta que a cor da bandana que enfiou dentro do bolso da camisa como se fosse um lenço seja rosa. Ele se inscreveu no programa porque a cheerleader do topo da pirâmide do seu pelotão o desafiou a fazê-lo, sendo que na verdade era ela que deveria estar ali, pois é a pessoa mais corajosa que ele conhece. Garoto Cheerleader não esperava ser escolhido e aceitou a oferta por falta de algo melhor para ocupar o verão entre o segundo e terceiro anos de faculdade – além disso, como poderia recusar uma chance de ganhar um milhão de dólares, mesmo que uma chance mínima? Quando ele percebeu que as gravações só iam começar na metade de agosto e teria que perder aquele semestre, já havia se comprometido.

Os criadores do programa concordam unanimemente que o tom hostil de Garoto Cheerleader para com os participantes mais simpáticos foi a apresentação perfeita do personagem que criaram para ele: o do homem afeminado tão desambientado que é mais caricatura do que homem. Questionado, o produtor remoto vai alegar que simplesmente seguiram a história oferecida por essa tomada de abertura. Raciocínio circular. Eles escolheram a tomada, escolheram o momento, esse vislumbre de uma das muitas facetas da personalidade desse jovem. Ele poderia ter sido muitas coisas – assustado, prestativo, investigador – e, no entanto, é um babaca.

Chegando ao seu lugar próximo a um bastão laranja não muito longe de Garoto Cheerleader está Biologia, que usa sua bandana como faixa na cabeça, com o nó sobre a orelha. Biologia também é gay – viu, é justo, dirão eles: por ela, tudo bem você torcer. Mas Biologia, que ensina essa matéria a uma turma de sétima série em uma escola pública de pequeno porte, é o estilo de lésbica menos ameaçador possível: uma formosa e feminina que não dá bandeira de sua sexualidade. Seu cabelo negro cacheado é comprido, sua pele castanho-clara, bem hidratada. Ela vai de vestido para o trabalho com frequência, e sempre usa maquiagem. Se um homem hétero fosse imaginá-la com outra mulher, provavelmente também se imaginaria junto.

Força Aérea chega a um marcador azul-escuro entre Biologia e Garoto Cheerleader. Ele olha Biologia de alto a baixo e depois fica observando como Garoto Cheerleader suspira e tenta afastar o nervosismo sacudindo as pontas dos dedos. Faz anos que caiu a lei que proibia gays nas Forças Armadas norte-americanas, e Força Aérea não presume que Garoto Cheerleader seja inexperiente nas habilidades que serão necessárias nas próximas semanas. Na verdade, o primeiro pensamento dele é: *ele parece amador, mas aposto que não é.*

Os concorrentes pegam suas instruções. O apresentador acena para chamar atenção deles enquanto operadores de câmeras, pé ante pé, saem um a um da frente da tomada do outro. Minutos são resumidos em segundos. O apresentador grita:

– Já!

Mateiro sai trotando com os olhos fixos num objetivo longínquo. Rancheiro dá suas passadas largas e pachorrentas. Zoo sorri e começa a contagem mental enquanto caminha com a bússola colada perpendicular ao corpo. Garoto Cheerleader olha para os lados, depois estuda o seu mapa e a bússola, inseguro. Garçonete gira sobre o próprio eixo e faz um breve contato visual com Biologia, que dá de ombros.

De olho nos demais temos Engenheiro. Ele está com sua bandana vinho e marrom amarrada em volta do pescoço feito a do Rancheiro, mas o efeito é muito diferente nesse rapaz sino-americano magrela de óculos. Engenheiro nunca se apressou para nada na vida, exceto por algumas noites na faculdade em que o consumo liberal de álcool o levou a comportamentos fora do padrão. Certa vez, ele correu pelado pelo campus. Eram quatro da manhã, e além do amigo que propôs o desafio, só mais duas pessoas o viram. Engenheiro se orgulha dessa memória, de sua espontaneidade naquele instante. Quisera poder ser espontâneo mais vezes. É por isso que está aqui – devido a uma decisão longamente ponderada de se colocar em uma situação que exigirá espontaneidade. Ele quer aprender.

Engenheiro confere suas instruções: uma série de tópicos.

– Cento e trinta e oito graus – diz ele. – Quarenta e dois passos.

Ele gira o limbo da bússola, alinha uma pequenina marca pouco antes do indicador de 140 graus com uma linha na frente da bússola. Ele não sabe qual o tamanho que um passo deveria ter, mas vai fazer experimentos até que a resposta fique clara, e, de fato, logo vai ficar.

Os doze concorrentes se dispersam feito moléculas de gás até preencher o espaço da clareira.

Mateiro para próximo ao início do bosque, espiando os ramos acima de sua cabeça, e de repente sai do chão de um pulo – agarrando um galho grosso com ambas as mãos. Ele se iça para o alto da árvore. Todos os participantes voltados em sua direção – sete, ao todo – param para olhar, mas Zoo e Força Aérea são os únicos que serão mostrados para os telespectadores. Zoo arregala os olhos, impressionada. Força Aérea ergue uma sobrancelha e sacode a cabeça, não tão impressionado.

Mateiro se deixa cair da árvore, aterrizando com suavidade sobre os dois pés na grama. Em sua mão há uma bandeirinha vermelha. Ele não quer deixar uma trilha, nem mesmo a trilha que se pretende que ele siga. Ele se empertiga, enfia a bandeirinha no bolso, consulta suas instruções e bússola, e parte rumo ao segundo ponto de controle.

Médico Negro tem dificuldades para encontrar seu primeiro ponto de controle. Ele errou em duas coisas.

Primeiro erro: depois de ajustar sua bússola para os 62 graus assinalados e se voltar para a direção correta, ele olha para o chão e começa a andar assim. Não quer deixar de ver a bandeira, que pode estar escondida na grama alta. Uma preocupação racional de um homem racional. Mas é fato comprovado, ainda que inexplicável, que as pessoas são incapazes de andar em linha reta quando vendadas, e Médico Negro está simplesmente vendando os próprios olhos ao focalizar apenas a grama. A cada passo ele se desvia ligeiramente para a direita, o bastante para tirá-lo de curso.

Segundo erro: ele conta cada passo como um só, em vez de fazer o "passo duplo" recomendado para uso de bússola. Quando Médico Negro chega ao que acredita ser o primeiro ponto de chegada a ele atribuído, não encontra nada a não ser mais grama e um arbusto baixo. Detendo-se, ele olha para os outros e vê Força Aérea e Rancheiro encontrarem suas bandeiras. Vê Zoo encontrar a dela. Percebe que todos os três estavam na beirada da clareira, enquanto ele está só na metade dela. Ele mede sua posição, olha para uma árvore, e anda reto na direção dela.

Ele vai encontrar seu marcador mostarda não nesta árvore, mas em uma mais para a esquerda, e vai dobrar a quantidade de passos anotada em suas instruções para cada um dos pontos de controle seguintes.

Biologia e Asiática vão aprender de forma similar, assim como Engenheiro e os dois homens brancos que até agora só vislumbramos – o altão notável por sua cabeleira ruiva, o outro nem um pouco notável.

Garçonete e Garoto Cheerleader não vão aprender. Às voltas pelo campo, ficarão cada vez mais frustrados. Quatro vezes Garçonete retorna ao seu marcador violeta e parte na direção mais ou menos correta, primeiro murmurando, depois berrando: "Um, dois, três, quatro..." até parar no quarenta e sete, girar para olhar em volta, e jogar as mãos para o céu. De tanto ir e voltar, ela deixou uma depressão na grama.

Ela senta no chão, e Garoto Cheerleader, igualmente perdido, sai de sua trilha e se aproxima dela.

– Acho que estamos fazendo alguma coisa errada – diz ele.

– Você *acha*? – Ela o enxota, balançando a mão. Garoto Cheerleader parece alguém de quem ela poderia gostar na vida real, mas nesse contexto ele é claramente uma desvantagem. Ela sabe que ninguém a ajudará caso ele esteja por perto, também precisando de ajuda.

O apresentador está fora da tomada de propósito. Mandaram que ele saísse de perto. Ele está olhando o celular, à espera de um e-mail do seu agente.

Mateiro chegou à quarta bandeira; está em primeiro. Força Aérea, Rancheiro e Zoo encontraram três cada um. Biologia já passou da segunda e procura, procura, até que, com um sorriso, acha.

Os sucessos ficam para trás rápido; há muita coisa a se fazer na estreia, e sucesso não é o que os telespectadores querem ver.

Engenheiro tropeça e fica enganchado numa árvore; um galho bate no seu rosto. Ele recua, esfregando o machucado.

Vinte e três minutos depois – ou, dependendo da perspectiva da pessoa, oito incluindo os comerciais – Mateiro encontra sua caixa vermelha. Ele a abre, vê o embrulho vermelho e um pedaço de papel. Ele lê o papel só para confirmar. Deduziu o ponto de chegada a partir do caminho dos pontos de controle. Dois minutos depois, ele volta a entrar na clareira.

Garçonete e Garoto Cheerleader o veem, e por um instante Mateiro se surpreende. Não acredita que aqueles dois possam ter ganhado dele. E aí Garoto Cheerleader diz:

– Só pode estar de brincadeira. – E Mateiro percebe que eles nem chegaram a sair dali.

– Muito bem – diz o apresentador, de volta do mundo além-câmera. Ele cumprimenta Mateiro com um aperto de mão. – Você vai ficar sabendo sua recompensa quando todos estiverem de volta. Você pode descansar ou ajudar os que estão precisando. – Ele indica Garçonete e Garoto Cheerleader com a cabeça. Garçonete está afundada na melancolia e Garoto Cheerleader está tão frustrado que sente quase raiva.

– Hã – diz Mateiro, em sua primeira palavra em frente às câmeras depois das entrevistas pré-gravações. Não quer ajudar a concorrência, mas esses dois parecem tão patéticos que ele acha difícil acreditar que qualquer um deles possa se tornar uma ameaça. – Contem dois passos como um e mantenham a bússola nivelada com o plano – ensina ele, familiarizado com os erros de principiante. – E olhem bem para a frente, não para seus pés.

Os olhos de Garçonete se arregalam como se aquela informação tivesse lotado o espaço disponível no interior de sua cabeça; Garoto Cheerleader sai correndo na direção do seu bastão rosa.

Força Aérea entra na clareira. Uns trinta metros à sua direita, apenas alguns segundos depois, Zoo entra também. Ambos estão com suas caixas coloridas na mão, em diferentes tons de azul.

– O primeiro que me alcançar! – grita o apresentador. Zoo e Força Aérea disparam na direção dele.

Força Aérea toma a dianteira fácil, até seu pé direito encontrar um buraco e ele dar um solavanco, recomeçando a correr aos pulos enquanto sente a dor subir pelo seu tornozelo torcido. Ele desacelera, priorizando o pé. Zoo não vê nada disso; está correndo a toda. Ela chega ao apresentador muito antes de Força Aérea.

– Achei! – grita Garçonete ao longe. Um momento depois, Garoto Cheerleader encontra sua bandeira também.

– Esses dois só começaram agora? – pergunta Zoo, ofegante enquanto ajeita os óculos no nariz. Mateiro faz que sim, dando uma boa olhada nela. Ela parece estar em forma o suficiente. Talvez seja uma concorrente à altura. Ele percebeu que Força Aérea começou a mancar, e, se não deixou de considerá-lo um oponente viável, pelo menos já diminuiu sua expectativa dele.

O transmissor do microfone de Zoo está incomodando sua lombar depois da corrida. Ela o ajeita, depois se vira para Força Aérea.

– Tudo bem?

Força Aérea resmunga que sim. O apresentador está tentando decidir se chama um paramédico. Força Aérea está claramente sentindo dor, mas também está demonstrando sua tentativa de ignorar a dor. E ainda está de pé. Falaram para o apresentador reservar a assistência médica para situações de emergência. Aquilo ali, decide ele, não é uma emergência. Ele informa desnecessariamente a Zoo e Força Aérea que eles são o segundo e terceiro a terminar, depois retoma seu posto, esperando os outros enquanto os primeiros dizem seus nomes e batem um papo que não será mostrado. Dos três, Zoo é a que mais fala.

Rancheiro é o próximo a chegar, com uma folha de bordo espetada em sua espora direita. Em seguida chega Biologia. Cinco minutos depois, aparece Engenheiro, depois Médico Negro, que pisca surpreso ao rever a clareira. Ele não tinha percebido que suas instruções o estavam fazendo traçar um amplo círculo. Asiática e o ruivo disputam o oitavo lugar.

O ruivo vence, e se curva para recobrar o fôlego. Está vestido em roupas básicas de montanhismo com sua bandana verde-limão amarrada acima do cotovelo feito um torniquete. Mas usa botas de estilo gótico, e uma pesada cruz de ouro pende de um cordão junto à sua bússola. A câmera dá zoom na cruz, e então – um depoimento pré-gravado, pois a tomada atual não pode expressar a essência deste homem.

Ele está vestido no que parece ser – e é – uma beca de formatura preta com um colarinho branco costurado à mão. Seu cabelo cor de cobre está com gel, e se curva para cima feito uma labareda.

– Existem três sinais de possessão demoníaca – diz Exorcista. Sua voz é um tenor irritante e presunçoso. Seu dedo indicador aponta para o teto e ele continua: – Força anormal, como uma garotinha virar um utilitário esportivo de borco, coisa que já vi acontecer. – Um segundo dedo salta do lugar para se juntar ao primeiro. – A súbita compreensão de idiomas que a pessoa não tem nada que saber. Latim, suaíli, essas coisas. – Três dedos. – Ter conhecimento de coisas ocultas... como o nome de um desconhecido ou o que está trancado em um cofre e não tem como você saber o que é. – Ele recolhe os dedos, mete-os no interior de sua gola, e puxa a cruz dourada. – Aversão ao sagrado é um ponto pacífico, é claro. Já vi pele queimar ao tocar a cruz. – Ele passa o polegar com ternura pelo amuleto. – Não sou um exorcista *oficial*, só um amador fazendo o melhor que posso com os instrumentos de que disponho. Pelas minhas contas, já despachei três demônios de verdade deste plano mortal, e já ajudei umas duas dúzias de pessoas que *pensavam* que estavam possuídas a banir um demônio interior de natureza mais metafórica.

Ele sorri e tem alguma coisa no seu olhar – alguns vão achar que ele não acredita no que está dizendo, que está só atuando; outros vão achar que ele está mesmo delirando; uns poucos excêntricos vão ver a própria realidade naquela que ele está projetando.

– É a minha missão – diz ele.

Na clareira, Exorcista bufa, limpa o suor da testa com a manga, e fica em pé de novo. Ali ele parece até normal, mas o papel que lhe atribuíram é o de coringa, aquele cujas bizarrices serão usadas para encher linguiça caso necessário e para testar a paciência dos outros concorrentes. Ele sabe disso, e comprou a ideia. Está contando com os telespectadores gostarem do tipo de loucura em que ele se especializou. Sua peculiaridade será revelada aos demais em cerca de uma hora, e cada um dos outros participantes vai pensar a mesma coisa – não a mesma, mas quase: algo como "Por quanto tempo eu vou ter que ficar no meio do mato com esse *doido*?".

Poucos minutos depois do triunfo do Exorcista, chega Banqueiro, o último dos concorrentes a ganhar um close-up. Seus cabelos e olhos são de um castanho opaco, e ele tem um nariz como o do apresentador, só que maior. Sua bandana preto e branca é usada como faixa de cabeça larga, e está torta. Banqueiro foi escolhido para preencher buracos; só por causa de sua profissão, muitos telespectadores já vão torcer contra ele, pensando que ele não precisa do dinheiro, que não o merece, que sua presença no programa prova a infinita ganância inerente a sua profissão. Ele é um embusteiro, um parasita inescrupuloso e um oportunista da desgraça alheia.

A verdade é que mesmo com esforço para encaixá-lo nesse estereótipo, Banqueiro não cabe nele. É o filho mais velho de uma família de judeus de classe média. Muitos de seus colegas de infância passaram a adolescência numa névoa de maconha e apatia, mas Banqueiro deu duro; estudou; conseguiu entrar para uma faculdade entre as melhores dos Estados Unidos. A empresa para a qual ele trabalha desde que terminou o MBA floresceu na recessão, mas não a causou. Todo ano ela doa quase o mesmo valor que Banqueiro para caridade, assim como fazem com as doações todos os demais funcionários, e não só pelo desconto no imposto de renda. Banqueiro já não aguenta mais defender sua profissão. Está aqui de licença sabática do trabalho, para se desafiar a aprender coisas novas, para fugir à ira antielitista dos que dizem querer os filhos nas melhores escolas e nas carreiras mais rentáveis, mas ao mesmo tempo têm rancor de todos os adultos que se esforçaram desde a infância até conseguir precisamente isso.

Vinte e oito minutos em tempo real depois de Banqueiro terminar, Garçonete consegue retornar à clareira. O apresentador está tirando uma soneca sob um guarda-sol. A maioria dos concorrentes está batendo papo, entediados e assando ao sol. A recepção a Garçonete é morna:

– Eu esperava que isso fosse mais empolgante – diz Asiática.

– Eu também – diz Biologia.

Os olhos de Mateiro estão fechados, mas ele está ouvindo tudo. Cerca de cinco minutos depois, Garoto Cheerleader entra cabisbaixo na clareira com sua caixa rosa. Ninguém o saúda. Até Garçonete sente que está esperando há um tempão.

O produtor de locação acorda o apresentador, que alisa a camisa, ajeita o cabelo com a mão e posta-se solene perante os concorrentes, que estão enfileirados segundo a ordem de chegada e calados.

– A noite se aproxima – diz o apresentador. Sempre é verdade, mas a Mateiro parece esquisito; ele tem excelente noção de tempo e sente que ainda são três da tarde.

O apresentador prossegue:

– Hora de falar de suprimentos. Há três grandes preocupações para se sobreviver na floresta: abrigo, água e comida. Cada um de vocês tem um embrulho marcado com o símbolo de uma dessas coisas.

Sucessivamente, os espectadores verão o traçado de uma tenda minimalista – feito um A maiúsculo, mas sem a trave horizontal – uma gota d'água, e um garfo de quatro dentes.

– As regras do jogo são simples: você pode ficar com o seu pacote ou trocar com o de outra pessoa, mas sem saber o que tem dentro. Exceto pelo nosso ganhador – diz o apresentador, apontando Mateiro –, que vai ter a vantagem de abrir três embrulhos antes de escolher, e nosso último lugar – ele se vira para Garoto Cheerleader –, que não vai ter escolha.

Uma troca de presentes tipo "elefante branco", mais ou menos, exceto que a vida de um participante pode vir a depender do artigo que escolher – ou assim os produtores querem que os espectadores acreditem. A ironia é que, apesar de ninguém ali acreditar nisso, em ao menos um dos casos será verdade.

– Outro bônus para o vencedor é este – diz o apresentador, tirando um cobertor térmico vermelho e prata de cima de uma mesa. Como aquilo foi parar ali? Um estagiário desvalorizado sai correndo abaixado. Mateiro recebe o cobertor. – Ele é todo seu, não vale roubarem de você. Vamos começar.

Mateiro desembrulha os seguintes itens: as pílulas de iodo de Zoo; as garrafas d'água marca Nalgene do Médico Negro (duas delas cheias); o kit de pesca de emergência do Engenheiro. Ele fica com as garrafas, renunciando ao seu embrulho marcado como abrigo, que Médico Negro aceita de boa vontade. Médico Negro tem medo de patógenos; queria o iodo, que lhe renderia bem mais do que dois litros de água potável.

Zoo é a próxima. Ela escolhe o pequeno embrulho do Exorcista marcado como abrigo. Seu tom irreverente ao pedi-lo faz com que sua escolha pareça arbitrária, mas não é. Ela acha – certo – que a maioria das outras pessoas vai atrás de comida e água. Ela sabe purificar água e acha também – certo outra vez – que depois vai haver outras oportunidades de obter mantimentos. Ninguém vai roubar a pederneira roubada e ainda embrulhada que agora está em suas mãos.

Força Aérea está confiante que pode sobreviver com o que cada concorrente já tem: uma bússola, uma faca, uma garrafa de um litro, um kit de primeiros socorros, uma bandana da cor atribuída à pessoa e uma jaqueta à sua escolha. Ele permanece com sua caixa azul-escura marcada com um garfo. Rancheiro rouba o artigo da Garçonete, marcado como água. Asiática leva o alimento de Força Aérea, embora seu embrulho tenha mais ou menos o mesmo tamanho e também esteja marcado com um garfo – um flerte, puro e simples. Engenheiro permanece silenciosamente com seu kit de pesca, pensando no que pode construir com ele. Médico Negro pega empolgado as pílulas de iodo que tanto cobiçava; ninguém se importa. Exorcista fica com as duas garrafas de Mateiro, devolvendo a Mateiro seu embrulho original fechado. Agora Mateiro tem um cobertor e um mistério. Biologia fica com sua comida. Banqueiro troca seu artigo triangular de água pelas garrafas cheias. É a vez de Garçonete, e ela está com sede. Rouba as garrafas para si, entregando seu embrulho de abrigo que caberia em um bolso a Banqueiro. Garoto Cheerleader mantém o item com o qual entrou na clareira. É retangular e fino, e quando ele o aperta, se amassa. Está pensando se não será outro cobertor. Se for, é mais fino do que o outro.

Tudo isso é comprimido em trinta segundos. *Injustiça*, pensam os telespectadores que se preocupam em pensar. Os concorrentes que terminaram antes tinham, na verdade, uma desvantagem, e a penúltima colocada teve garantia de ficar com o objeto escolhido.

Não se preocupem, a virada vem aí.

Os participantes recebem a ordem de abrir seus pacotes. Zoo solta um "Isso!" empolgado ao desembrulhar sua pederneira. Asiática sorri ao descobrir um pacote com doze barras de chocolate. Rancheiro assente enigmático perante sua caneca de metal com alças dobráveis; é grande o bastante para servir também como panelinha. Garoto Cheerleader deixa escapar um palavrão cansado ao ver sua pequena pilha de sacos de lixo preto. Força Aérea encolhe os ombros diante de um pacote de repolho liofilizado. Biologia vira sua caixa de barras de proteína sabor massa de biscoito e franze a testa diante da longa lista de ingredientes. Garçonete se espicha por cima de seu ombro e pergunta:

– Essas barras têm glúten?

As sobrancelhas de Biologia se erguem, mas Exorcista rouba a vez de sua resposta com uma risada que parece o crepitar de uma fogueira. Em suas mãos está uma vara rabdomântica de três pontas. Ele estende a varinha, caminhando para a frente. Olha bem nos olhos do telespectador e diz:

– Isso é a minha cara.

Os outros onze concorrentes se incomodam visivelmente, como se fossem um.

A vara de detectar água pertencia inicialmente a Banqueiro. Ele pensou que poderia ser um estilingue, mas agora entendeu tudo, embora seu menosprezo seja mais sutil do que o dos demais. Ele aponta a vara rabdomântica meneando a cabeça, depois chacoalha a caixa de fósforos à prova d'água que acabou de desembrulhar.

– Por mim, a troca está ótima.

O apresentador coloca-se no meio e à frente de todos:

– Mais para a frente, vocês vão ter que montar seus próprios acampamentos e sobreviver sozinhos – diz ele. – Mas hoje o acampamento é em grupo e amanhã haverá um Desafio em Equipe. Para escolher os times, vamos chamar nossos três primeiros vencedores. Capitães, os membros do seu time levam junto todos os suprimentos que possuem, e embora continuem sendo donos de seus pertences amanhã, hoje à noite eles são seus. – Ele faz uma pausa para permitir que o significado disso penetre bem, depois explica melhor com um sorriso sinistro. – Participantes, se o seu capitão quiser usar, comer ou *beber* o seu pertence, vocês não podem dizer não.

– Ah, não! – diz Garçonete. A câmera dá zoom em seu rosto chocado: a água ela não quer dividir.

Mateiro, Zoo e Força Aérea se adiantam e escolhem seus grupos, um por um. Mateiro está com uma lanterna ainda embrulhada que não quer usar. Sua primeira escolha confunde o público: Rancheiro e sua caneca de metal. Uma caneca de metal, quando poderia ter água a mais, ou fósforos, ou pílulas de iodo? Isso precisa ser explicado. Mais tarde, vão mandar Mateiro sentar. Ele terá de responder uma só pergunta, cuja resposta será apresentada aos telespectadores imediatamente:

– Não gosto do sabor do iodo. Prefiro ferver a água.

Zoo escolhe Engenheiro e seu kit de pesca. Nada a explicar: o rio fervilha de trutas cintilantes. Força Aérea escolhe Médico Negro porque ele parece competente, e se por um lado adoraria ter a água límpida de Garçonete, a incompetência dela parece um preço alto demais a pagar. A escolha de equipes prossegue e, no final, os times são apresentados aos telespectadores com seus suprimentos como legenda.

Time Um: Mateiro (cobertor térmico, lanterna), Rancheiro (caneca de metal), Biologia (barras de proteína) e Banqueiro (fósforos).

Time Dois: Zoo (pederneira), Engenheiro (kit de pesca), Garçonete (garrafas com água) e Asiática (caixa de chocolates).

Time Três: Força Aérea (repolho liofilizado), Médico Negro (pílulas de iodo), Garoto Cheerleader (sacos de lixo reforçados) e Exorcista (vara rabdomântica).

É informação demais; poucos dos que assistem vão ser capazes de lembrar quem está com o quê. O apresentador nem sequer faz um esforço. Ele está cansado, louco por um intervalo.

– Ótimo – diz ele. – Esta noite, sua base vai ser essa clareira. Vocês podem montar acampamento aqui ou na floresta aqui ao lado, vocês que sabem. Venho ver vocês na alvorada para seu primeiro Desafio em Equipe. – Ele dá uma assentida solene, e entoa: – Podem começar.

Enquanto os três grupos se dispersam, o drone zumbe por cima da clareira. Todos olham para o alto, menos Mateiro. Exorcista dá uma piscadela e joga sua vara rabdomântica por cima do ombro. Mateiro conduz seu time para o lado norte da clareira. Zoo fica com o oeste e Força Aérea, o leste. Médico Negro percebe que o líder está mancando e pede para olhar seu tornozelo.

– Uma entorse – anuncia ele, partindo em busca de uma muleta.

Do processo de montagem do acampamento em si, pouco é mostrado. Mateiro e Força Aérea sabem o que estão fazendo, e os abrigos de seus times são rapidamente erigidos à medida que vão distribuindo tarefas.

Zoo está menos acostumada a liderar. Sua primeira ordem é uma pergunta:

– O que vocês acham de...? – Mas ninguém a ouve.

Garçonete está reclamando do frio; Asiática lhe dá uma bronca:

– Você devia ter vestido uma camisa.

Engenheiro está estudando seu kit de pesca; um carretel de pipa envolto em linha de náilon em vez de fio normal. O cabo não se encaixa em sua mão; é do tamanho adequado para uma criança. Três anzóis, dois pesos, dois clipezinhos chamados destorcedores que Engenheiro ainda não entendeu para que servem. Zoo observa enquanto ele desenrola um pouco da linha e testa sua força. Sua pergunta continua no ar, sem conclusão e sem resposta.

O time do Mateiro acende a fogueira em segundos de TV, que correspondem a cerca de vinte minutos em tempo real. O time de Força Aérea tem um abrigo pronto momentos depois, após os comerciais, e Garoto Cheerleader fica passado ao descobrir que seus sacos de lixo são essenciais para impermeabilizar a exígua cabana improvisada.

Zoo tenta uma nova abordagem. Agacha junto a Engenheiro:

– Por que você não dá uma testada nisso no rio? – pergunta ela. – Veja se consegue fazer funcionar?

Engenheiro olha para o sorriso atraente de sua líder e vê sua própria empolgação refletida nele. Zoo se volta para as demais:

– Estou com a pederneira, então, da fogueira cuido eu – diz ela. – Por que vocês duas não cuidam do abrigo?

Asiática despacha Garçonete meneando a mão e dizendo:

– Deixa comigo.

Convocada a agir, ela revela uma identidade a mais: a de Asiática Carpinteira. Experiente em marcenaria, ela constrói o abrigo do grupo com confiança. Embora a construção não tenha pregos e nenhum de seus componentes tenha sido medido, ele é a imagem da solidez. Mais do que isso, é bonito, afinal o cérebro humano está adaptado para ver beleza na simetria. Mesmo o produtor de locação, tão amargurado que seu instinto para a beleza murchou feito um limão velho, reconhecerá que a cabana comprida e simétrica tem um certo apelo bucólico. A identidade dela fica para trás, deixando a pele da antiga característica definidora em segundo plano e revelando outra, de forma que Carpinteira se junta ao elenco.

Para o jantar, Mateiro distribui uma das barras de proteína de Biologia para cada membro de seu time. Biologia não parece se importar, e nesse caso a aparência expressa a realidade. As barras de fato não têm glúten, mas contêm sucralose, que lhe embrulha o estômago. Ela come uma delas só porque um estômago embrulhado é ligeiramente melhor do que um vazio. Mateiro encarrega Rancheiro de terminar seu abrigo e sai dando uma corrida, sumindo pela floresta feito um espectro. Um espectro bem veloz; o câmera não consegue acompanhar. Dispositivos de gravação afixados a cada trinta metros nas árvores capturam fragmentos de sua preparação e montagem de várias armadilhas mortais de pequeno porte. A expectativa de Mateiro é capturar o café da manhã durante a noite. Ele também não gosta das barras de proteína; acha que têm um gosto industrializado.

No rio, Engenheiro amarra um anzol à linha, usando como isca uma minhoca que achou sob uma pedra. A minhoca rapidamente se perde no torvelinho da corrente. Engenheiro pega um chumbo e um dos clipes de seu bolso, corta o anzol, amarra o destorcedor no lugar. Anexa também o anzol e o chumbo. Não lhe parece correto, o chumbo e o anzol juntos daquele jeito, mas ele experimenta.

Muito depois que sua cabana foi construída e o sol está começando a se pôr, Zoo o encontra à beira do rio, ainda fazendo experimentos e ajustes. Agora há metros de linha entre o destorcedor e o gancho.

– Caramba – diz ela. – Você transformou mesmo isso em algo que dá para pescar.

Engenheiro sente uma onda de orgulho. Seu punho está ralado devido ao cabo pequeno demais.

– Acho que a próxima variável a ajustar é a isca.

– Boa ideia. Mas amanhã, ou não conseguiremos mais voltar ao acampamento.

A equipe deles se prepara para o jantar dos sonhos de toda criança: todo o chocolate que conseguirem comer e mais um pouco.

A leste, Força Aérea se reidrata e compartilha seu repolho, e vai mancando em direção à floresta com a ajuda de uma muleta para preparar algumas armadilhas mortais, algo que ele não faz desde o ensino fundamental. Médico Negro o acompanha para aprender como fazê-lo.

– Se tivéssemos a linha de pesca, poderíamos fazer armadilhas de laço.

– Fica para a próxima – responde Médico Negro.

As armadilhas de Força Aérea não vão funcionar, mas construí-las não é totalmente inútil; nossa primeira aliança está se formando.

A noite cai sobre os acampamentos. Todos estão exaustos em diferentes medidas, mas Garçonete é a mais exausta de todas. Ela está tremendo há horas, mesmo com sua jaqueta de lycra fechada em cima do top de ginástica. Está enrodilhada junto à fogueira, sem se sentir suficientemente à vontade com seus colegas de time para aproveitar o calor de seus corpos.

– Aqui está mais quentinho – diz Zoo, embrulhada em sua jaqueta de fleece.

Garçonete faz que não com a cabeça. Um operador de câmera a observa, registrando sua aflição e desejando poder lhe emprestar sua jaqueta bem mais quente. Quando Garçonete dá as costas à fogueira, ele quase brada um alerta sobre seu cabelo, mas ela o puxa por cima do ombro sem precisar de aviso. Garçonete está inquieta. Ela queria que o câmera dissesse alguma coisa ou fosse embora. Ela sabe que deveria falar, não com ele, mas com seus colegas de equipe ou ao menos consigo mesma, mas está com frio e cansada demais. A noite se instala. O turno do câmera acaba. Ele retorna ao acampamento da equipe de produção, muito mais elaborado do que aquele, em uma segunda clareira a quatrocentos metros ao sul. Ali, há barracas e grelhas de churrasco. Coolers cheios de carne, leite e cerveja. Redes antimosquito. Os operadores de câmera incumbidos dos dois outros times também se recolhem. Câmeras fixas são deixadas a vigiar os concorrentes.

Essas câmeras não se importam se Garçonete está com frio, ou se o tornozelo de Força Aérea está latejando. Gravam Rancheiro se arrastando para fora de seu abrigo para fazer xixi, e a tremedeira incessante de Garçonete, mas perdem mais do que registram. Perdem Banqueiro oferecendo a Biologia sua jaqueta acolchoada como travesseiro, e seu rosto se descontraindo de alívio quando ela educadamente a recusa. Perdem Zoo, Engenheiro e Carpinteira trocando suas vivências num sussurro de quem conta histórias para dormir. Perdem os lábios do Exorcista formulando uma prece sincera quando já está deitado para dormir contra a parede da cabana do seu time.

Na maior parte, o que gravam é fogo que se extingue.

5.

O céu está tremendo. A primeira coisa em que penso é que é um drone--câmera caindo, e fico com vontade de ver. Olho para o alto, erguendo um dos braços para bloquear o sol. Em vez de um drone escangalhado, vejo um avião arando o céu azul e deixando um fiapo de trilha branca. Leva um instante até eu processar a visão, o som, a sensação de ter minha pequena presença humana tão completamente diminuída. É a primeira vez em que noto um avião desde que começaram as gravações. Ainda não sei se eu não havia percebido porque não estava prestando atenção ou porque eles não estavam por perto para serem notados.

De qualquer modo, isso é importante – quer dizer que eles são incapazes de controlar todos os aspectos do ambiente. Uma pequena dose de tranquilidade, mas em mim tem o efeito de uma revelação. Sinto meu isolamento se reduzir. Pela primeira vez em tanto tempo, não sou *a* pessoa, mas *uma* pessoa. Uma dentre tantas outras. Penso nos homens e mulheres acima de minha cabeça. O avião é gigantesco; deve haver centenas de passageiros lá no alto, sentados sob suas saídas de ventilação individuais, cochilando, lendo, assistindo a filmes em seus iPads. Um ou dois chorando, talvez, assustados pela enormidade da jornada em que estão embarcando.

Fico parada, pescoço dobrado, até o avião sumir de vista, sua trilha de vapor se dispersando. Espero que um de seus passageiros esteja indo para casa. Que haja no mínimo uma pessoa naquele avião que conheça o amor verdadeiro e esteja voltando para ele.

As próximas horas são mais fáceis do que as anteriores, exceto pelo fato de eu estar morta de fome. Chego a um riacho algumas horas antes de o sol se pôr e resolvo acampar cedo para tentar capturar algum tipo de proteína. Os galhos da armadilha em forma de 4 que esculpi durante o acampamento em grupo estão na minha mochila, e agora que tenho algo diferente de pinhões para usar como isca, talvez consiga mesmo pegar alguma coisa.

Pego o trio de gravetos e monto a armadilha sob uma árvore alta. Levo um minuto para entender qual graveto vai onde, e então alinho os entalhes, ajustando e equilibrando. Quando consigo fazer a armadilha ficar em seu formato angular característico apenas segurando o eixo de cima, lambuzo a ponta do graveto-isca com pasta de amendoim e apoio um toco pesado sobre a parte de cima para ficar no lugar da minha mão. É uma obra precária, mas é assim que deve ser, e a estrutura se sustém.

Fervo água de pouco em pouco e construo meu abrigo, periodicamente olhando na direção da armadilha. A isca está à sombra do toco, intacta. A floresta vai escurecendo e fico sentada junto à fogueira, à espera, tentando não pensar os pensamentos que acodem à mente. Eu os detesto. Preciso me manter ocupada, de forma que decido construir uma armadilha nova. Procuro gravetos do tamanho adequado – cada um com uns oito milímetros de diâmetro e trinta centímetros de comprimento – e começo a esculpi-los. Preciso só de quatro entalhes e duas pontas afiadas, mas precisam estar perfeitamente alinhados. A tarefa demora mais do que o esperado – a essa altura do campeonato, a faca que me deram já está tão cega que não cortaria nem manteiga congelada. Quando termino, minhas mãos estão doendo, meus dedos cheios de bolhas. Largo os gravetos junto à base de uma árvore e rumo para o riacho para pegar uma pedra chata e comprida para usar como peso da armadilha.

Tiro minhas botas e meias e mergulho no riacho. Seixos massageiam meus pés, dando uma dorzinha. Enquanto faço força para soltar a pedra do chão, fico pensando que nunca seria capaz de fazer tudo isso se não estivesse no programa. Esta aventura que eu tanto procurei não é como eu estava pensando, não era o que eu queria. Pensei que me sentiria competente, mas só me sinto exausta.

Consigo deixar uma ponta da pedra de fora. É pesada demais para carregar, de forma que a arrasto para fora da água até chegar à árvore. A pedra deixa uma trilha de quinze centímetros de diâmetro pelo meu acampamento. Lembro-me de uma entrada para carros muito mais larga serpenteando pela mata, indo de uma caixa de correio lotada de balões até uma cabana com mais balões junto à porta. A própria cabana era azul também, acho, não tenho certeza. Talvez só tivesse remates azuis. E havia tantos balões; a cada vez que me lembro, me lembro de mais balões. Eles não estavam sozinhos: uma garrafa sobre a pia, um punhado de embrulhos sobre a mesa. Todos azuis. Até a luz do quarto parecia azul quando eu encontrei ele – encontrei aquilo.

Não desisti naquela hora. Não desisti quando fiquei doente depois, nos dias que passei tremendo e alimentando a fogueira, fervendo água a toda hora porque estava perdendo líquido e não tinha fervido a água da torneira da cabana e era isso que devia ter me deixado doente. Vômito e diarreia e um frio desgraçado, um frio interminável.

Largo a pedra junto da árvore.

Nada pode ser pior do que o que já me fizeram penar. Jamais escolheria passar por tudo isso, não de novo. Mas estou aqui e sou uma mulher de palavra, e prometi a mim mesma que não ia desistir.

Calço as botas de novo, e me ajoelho para montar a segunda armadilha. Quando estou testando o graveto de apoio, ouço um baque abafado atrás de mim. Eu me viro; a primeira armadilha foi ativada. Acho que vejo algum movimento, mas quando chego lá, o esquilo já morreu, sua barriga esmagada na terra sob o toco. Uma faixa preta finíssima está exposta entre suas sobrancelhas peludas. Nunca gostei muito de esquilos; prefiro as tâmias, com aquelas listras duplas de carro de corrida. Quando tinha seis ou sete anos, passei um verão inteiro deitada imóvel entre os bordos e bétulas da casa dos meus pais, torcendo para uma tâmia me confundir com um tronco. Eu queria tanto conhecer a sensação das patinhas delas caminhando sobre minha pele. Isso nunca aconteceu, mas uma vez uma delas veio parar bem perto, ficou olho no olho comigo. Aí ela espirrou na minha cara e sumiu. Feito mágica, conforme contei ao meu marido no nosso primeiro encontro. *Puf!* Uma história que já contei tantas vezes que nem sei mais se é verdade.

Esquilos cinzentos, porém – eu os associo a cidades, superpopulação e lixo. Mesmo assim, me sinto mal ao pegar o esquilo pela cauda. Matar mamíferos é difícil, mesmo quando são esquilos, mesmo quando é para comer.

– Foi mal, meu pequeno – digo.

Cooper conseguia limpar um esquilo em menos de um minuto. Uma vez o cronometramos contando um-Mississippi, dois-Mississippi. Geralmente eu ficava cuidando do fogo. Já cozinhei um esquilo, mas nunca esfolei um.

Não parecia ser muito difícil.

Deito o esquilo de barriga para baixo sobre um tronco. Cooper começava com uma ranhura abaixo da cauda, então é isso que eu faço, forçando minha faca cega a furar a pele. Vou serrando através da base da cauda. E – esta parte me impressionava toda vez que eu via, de tão fácil que era – cubro a cauda com meu pé, pisando com força, e dou um puxão nas patas traseiras do esquilo.

Vermelho se esparrama pelo ar: o esquilo se rasga ao meio e eu quase caio para trás. O movimento inesperado me deixa zonza; me sinto numa jangada, balançando no rastro de um navio. Segurando firme o pedaço de esquilo que veio junto comigo, me ajoelho e me forço a inspirar fundo e expirar três vezes, bem devagar.

Não sei o que eu fiz de errado. Quando o Cooper puxava, a pele do esquilo sempre saía inteira, feito uma casca de banana.

Não importa o que eu fiz de errado. Preciso salvar o que der. Olho para a carcaça que pende da minha mão direita. Uma surpresa positiva – ela não se partiu ao meio. Estou segurando tudo, menos a cauda. Isso dá para consertar, desde que eu tenha paciência.

Volto ao tronco e vejo a cauda arrancada sobre ele, um tufo de pelo branco e cinzento. A memória me traz uma imagem: Randy, seu cabelo ruivo suado todo empinado, feito o de um anime, sua bandana verde-bílis apertando sua testa, uma cauda de esquilo pendurada em cada orelha. Vejo-o dançando enlouquecidamente ao redor da fogueira, suas orelhas de cauda abanando enquanto ele uiva um suposto uivo de lobo que é puro jogo de cena.

Sento no tronco e atiro a cauda destacada no chão, tentando me concentrar. Randy não importa. Tudo o que importa agora é esfolar este esquilo. Talvez meu corte tenha sido profundo demais ou eu tenha puxado com força demais, não sei, mas acho que sei o que fazer a seguir. Enfio meus dedos na junção do músculo, separando a pele de pouco em pouco. Demora uma eternidade. Mas no fim das contas o couro foi puxado até as patas frontais do esquilo. Apoio a lâmina da faca de lado contra a metade de uma das patas frontais, e depois jogo o peso sobre ela, puxando. O osso se parte, e a faca se enterra no tronco; preciso arrancá-la dele. Uso menos força para as três patas seguintes e o pescoço. Minhas mãos estão ensebadas e doloridas, mas estou quase acabando. Agora só falta estripá-lo. Giro a carcaça para ficar de barriga para cima, depois viro a faca de forma que a lâmina esteja voltada em minha direção.

Não posso perfurar os órgãos. Pelo menos disso eu sei.

Insiro aos poucos a ponta da faca pelo alto do tórax, perfurando-o. Então, em breves golpes, trago a faca na minha própria direção, cortando a pele de dentro para fora como se rompesse pontos cirúrgicos. Desta vez, não faço merda. A barriga se abre e eu meto meus dedos lá dentro. Pego o esôfago e pulmões e tudo o mais que consigo enrodilhar com meus dedos e puxo. As entranhas vêm de uma vez só, um sistema coeso que lanço ao chão. A espinha nodosa do esquilo me contempla do fundo da cavidade.

Vou andando até o riacho e lavo o sangue do esquilo das mãos e pulsos, escavando a terra do fundo para fazer fricção. Depois, fatio o esquilo e o coloco para ferver na minha caneca. Queria ter sal e pimenta, um pouco de cenouras e cebolas. Se estivesse com mais energia, procuraria cenouras silvestres, mas não vi nenhuma por aqui e não estou confiante na minha capacidade de identificar plantas agora, especialmente não uma com similares venenosos.

Enquanto o esquilo fica pronto, pego seus pedaços não comestíveis e os levo para longe do meu acampamento. Não longe, talvez a uns quinze metros. Eu deveria enterrá-los, mas não enterro. Estou cansada, e é tão pouca coisa que deixo tudo numa pilha e depois lavo as mãos de novo. Deixo o esquilo ferver até a pele se soltar do osso quando a cutuco, então tiro a caneca do fogo e pesco um dos pedaços. Está muito quente e o seguro com os dentes até poder mastigar sem queimar a língua. A carne mal tem algum gosto discernível, mas pelo menos não é pasta de amendoim. Deve haver, não sei, pouco mais de duzentos gramas de carne, se tanto. Sugo cada pedacinho e, quando o líquido esfria, bebo-o também. Quando escurece, tudo o que sobrou do esquilo é uma pilha de ossos fininhos, que atiro na floresta.

Satisfeita, sinto vontade de dormir um mês inteiro. Mas primeiro, alongo braços e pernas, fico ereta e me inclino para um lado e para o outro, cumprindo minha promessa. Despejo água na minha fogueira, me arrasto para o abrigo e penduro os óculos na alça do alto da mochila. Permito-me deslizar para a inconsciência, feliz.

Acordo com um som de fungada. Por um instante sonolento acho que é a respiração do meu marido. Eu me mexo para cutucá-lo, e algo espeta a minha mão. Sobressaltada, desperto de vez, lembro onde estou, vejo o graveto que me espetou.

Algo está andando do lado de fora do abrigo. Concentro a atenção no som: uma bufada forte fossando a terra, pisadas crepitantes. Eu devia ter enterrado aquelas sobras de esquilo. Um urso-negro as achou e agora também está querendo minha pasta de amendoim. Os ruídos animalescos são altos demais para não ser de um urso. Ele fuça a lateral do abrigo de detrito vegetal; folhas tremulam, e um filete de luz do luar aparece junto da entrada. Odeio pasta de amendoim mais do que nunca.

Mas não estou com medo, não mesmo. Assim que eu deixar claro que não sou uma presa, o urso vai recuar. Não vou ter problemas a não ser que ele esteja habituado à presença humana, e mesmo assim ele vai provavelmente fugir quando eu me fizer de grandona, gritar um pouco. Animais selvagens não gostam de tumulto.

Tento alcançar minha mochila, vagarosa e silenciosamente, deslizando os dedos na direção dos meus óculos enquanto meus músculos do ombro pinicam e doem, oferecendo resistência.

Uma rosnada estrondosa; um bafo quente e úmido. Um focinho desfocado marrom e cinza baba uma grossa espuma branca a um metro do meu rosto. Na mesma hora sinto meu coração pulsar feito um golpe de martelo. Mesmo no escuro, mesmo sem meus óculos, a agressividade e a saliva espumante da moléstia são inconfundíveis. Sentado bem na única saída do abrigo há não um urso, mas um lobo raivoso.

Os únicos animais raivosos que eu já vi antes foram guaxinins e alguns morcegos emaciados, e dentro de gaiolas – ou mortos, aguardando a autópsia. Não perigosos, não para valer, e não assim: um lobo do tamanho de um urso, do tamanho de uma casa. Um lobo pré-histórico gigante que voltou da extinção com o único desígnio de arrancar minha cabeça do pescoço.

Sinto um terror que parece petrificar minhas veias quando a fera rosna e dá o bote com sua cabeçorra. Um fio de baba pinga dos dentes expostos e vai parar na minha mochila.

Agarro a mochila enquanto o lobo tenta me atacar. Não sou de gritar. Montanhas-russas, casas mal-assombradas, um 4x4 furando o sinal vermelho e vindo direto para cima de mim – nenhum desses jamais me fez gritar, mas agora eu grito. Meu grito força minha garganta e o lobo fazendo pressão contra a mochila força o resto do meu corpo. Ouço sua mandíbula fechando, sinto umidade – meu suor, a saliva dele, sangue-não-por-favor-sangue-não – e eu vislumbro o tecido preto da minha mochila, pelos e dentes. Estou espremida atrás da mochila, aninhada na ponta do abrigo, ombros pressionados contra o teto.

O lobo recua, apenas um ou dois passos, e ronda de um lado para o outro, dando um passo em falso. E volta a rosnar.

E embora eu mal consiga respirar, um pensamento me atravessa: não tem como eu lutar com esse lobo raivoso confinada assim. Não tem nenhum jeito de eu lutar com um lobo raivoso, mas especialmente não assim. Mas *preciso*; preciso voltar para casa. Forço a mochila para cima do lobo e jogo meu peso contra a parede do abrigo. Com um berro, eu a atravesso. O forro de saco de lixo resiste, mas depois cede, espalhando folhas e ramos por todo lado. No momento em que meus ombros passam pela abertura, a cabana vegetal começa a desmoronar ao meu redor – e eu sinto um tranco, um puxão violento na minha perna.

O lobo pegou meu pé. Sinto a pressão de sua dentada através da bota, me alfinetando. Feito isca na linha, estou sendo arrastada aos trancos e barrancos, só que cada vez mais para baixo.

Tudo o que consigo enxergar é o verso das minhas lágrimas. Estrelas faíscam em meio ao líquido, uma ampliação não dos detalhes, mas do esplendor etéreo de um mundo que não estou pronta para deixar para trás.

Chuto. Chuto e grito e tento me agarrar à terra a unhadas. Eu me debato em meio às ruínas da cabana. Meu pé livre acerta um crânio; sinto seu impacto pelo calcanhar da bota, e é como ter batido num piso de concreto, e de repente meu outro pé também foi libertado. Eu me arrasto às pressas na direção da luz do pré-alvorecer, da grama falhada e do riacho murmurante. Atrás de mim, o lobo se debate enquanto a cabana de folhas desaba sobre ele.

Eu me obrigo a ficar de pé e agarro um galho grosso, e quando o focinho cortante do lobo aparece no meio das folhas bato com força no vulto dele. Sinto o *tunc* do impacto, ouço algo que pode ser osso ou madeira se partindo, e continuo golpeando. Bato e bato e bato até perder o fôlego, até as folhas estarem escuras e pesadas. Bato até quando a adrenalina permite, um instante infinito, e perco as forças. Recuo, tropeçando, baixando o galho. Tudo o que sobrou da minha cabana foi um monte de pelos silencioso e um brilho líquido.

Dói tudo. Não é dor de inflamação nem de fadiga, dor de verdade. Dor de morte.

Meu pé.

De tanta pressa de ver se estou ferida, caio no chão.

Todos os meus nervos estão gritando tanto que não consigo distinguir detalhes, não consigo separar o medo da dor física. Apalpando minha perna, sinto os pelos crescidos me espetando, mas nenhuma ruptura na pele. A bainha da perna esquerda da calça está em frangalhos e úmida, mas não ensanguentada, acho que não.

Minha bota foi arrancada do pé. Passo a mão pela meia de lã que restou. Gravetos e folhas espetam meus dedos. Nenhum furo.

Está tudo bem comigo.

Se eu ainda tivesse o hábito de tirar minhas botas antes de dormir – não quero nem pensar nisso.

Levanto as mãos para enxugar os olhos, e vejo que meus dedos e palmas estão totalmente molhados com a saliva do lobo, feito uma membrana mucosa.

Saio correndo na direção do riacho.

Tantos arranhões, tantos cortezinhos pelos quais o vírus da raiva poderia penetrar. Esfrego as mãos freneticamente dentro d'água.

Eu paraliso.

Será que esfregando as mãos eu facilito a penetração do vírus pela ferida? Será possível?

Não sei dizer. Eu deveria saber a resposta; trabalho com animais, e isso é o tipo de coisa que eu sei. Só que não sei.

Permaneço sentada na água, tremendo. Encharcada da cintura para baixo, e gelada, estou fora de mim. Não sei onde estou. Não sei o que fazer, o que pensar. Só sei onde estou agora: sozinha, sentada no meio de um córrego.

Com o tempo percebo que sei, sim, mais uma coisa: lobos não habitam essa região. O lobo selvagem mais próximo estaria no Canadá, ou talvez na Carolina do Norte. A probabilidade de o animal que me atacou ser um lobo é ínfima.

Seja lá o que for, eu o matei. Não para comer, não de forma limpa, com uma armadilha. Eu, a amiga dos animais, que passei a vida profissional inteira trabalhando com crianças para inspirar nelas respeito – amor – pela natureza. E não fiz isso em prol das crianças. É isso que ninguém entende. Não é da parte de ensinar que eu gosto. Penso em Eddie, o búteo de cauda vermelha, em Penny, a raposa. Não era para eu dar nome aos animais que depois vamos soltar na natureza, mas eu dou. Sempre.

Por fim, recupero o controle dos meus movimentos e me arranco do riacho. Sinto minhas pernas dormentes ao caminhar de volta à cabana destruída. O lusco-fusco foi substituído pela aurora; espremendo os olhos, me aproximando em incrementos mínimos, consigo mal e mal distinguir o bicho, cuja metade frontal se projeta do monte de folhas. Sua cabeça parece que foi atropelada por um bloco de pedra.

É isso que sou agora – um bloco de pedra descendo ladeira abaixo, arrastada pela inércia em vez de pela própria vontade?

Apanho um galho e espano as folhas carmesins de cima do abrigo, depois afasto os gravetos que recobrem o corpo. Ainda estou tremendo inteira, minha garganta arde.

O bicho é menor do que eu pensava – mais ou menos do tamanho de um collie –, as patas finas, sua cauda felpuda manchada de excrementos.

Não é um lobo, mas um coiote. Quanto mais tempo eu olho para ele, menor ele parece.

Sinto muito.

Sinto muito por você ter pegado essa doença.

Sinto muito por eu ter matado você.

Escavo as ruínas até encontrar a bota e a mochila. Rasgos enormes atravessam a parte da frente da bota. Eu os cutuco com um graveto, e ele passa facilmente até tocar a palmilha interna. Alguns dos buracos chegaram a perfurar a sola; a bota está imprestável. A frente da minha mochila também está em frangalhos, e demoro vários minutos até encontrar meus óculos. A armação está torcida, as duas hastes foram arrancadas. Só uma das lentes está intacta, a outra se estilhaçou por ação de um dente: parece até que levou bala.

Um medo diferente do medo que senti durante o ataque começa a me acometer. Um medo idêntico, mas oposto. Um medo lento. Minha visão não chega a ser a de uma toupeira, mas é ruim o suficiente. Não passei um dia desde a quarta série primária sem usar lentes corretivas.

– Não estou enxergando nada – digo, virando-me. Ergo o rosto, estendendo meus óculos arruinados, e falando diretamente com as câmeras pela primeira vez desde que começou o Desafio Solitário. – Não consigo enxergar.

A esta altura, eu já devia estar recebendo ajuda. Um paramédico deveria estar me fazendo sentar, me entregando o par de óculos feioso que confiei ao produtor no dia anterior às gravações começarem. Olho para um arranhão vermelho-vivo que risca o verso da minha mão direita, pontilhado com marcas de sangue seco.

– Preciso da vacina – falo para as árvores. Meu coração está se acelerando. – Dia zero e dia três, após a exposição à raiva.

Eles requisitaram que tomássemos vacina antirrábica antes de vir para cá. Era um dentre inúmeros requisitos: um exame físico completo, um reforço de tétano, comprovação de um monte de outras doses que eu já tinha tomado por causa da escola e do trabalho. Só faltava mesmo a antirrábica para cumprir as exigências deles.

– Não estou imunizada – grito. Minha voz falha. A vacina antirrábica é atípica, pois em vez de criar imunidade, recebê-la antes do contato com a doença só diminui quantas doses serão necessárias após o contato. Ergo a mão bem alto e giro ao meu redor. – Estou cortada, vejam. Entrei em contato com a saliva dele. Preciso das vacinas.

Nenhuma resposta. Fico olhando para o borrão de folhagem, estreitando os olhos, procurando alguma câmera montada em um galho, algum drone voando lá em cima. Tem que estar ali, *tem que estar*. Penso no bloco de pedra, no urso empalhado de Heather e no primeiro corpo cenográfico esborrachado na base do penhasco. Penso no boneco, em seus gritos mecânicos rasgando o ar sufocante da cabana. Meu medo começa a se transmutar, a se afiar, e embora eu ainda esteja à espera, já sei que não virá ninguém.

Porque eles planejaram isso.

Não sei como, mas eles planejaram isso e agora meus óculos estão quebrados e não estou vendo nada.

Tenho a sensação de que minha raiva vai abrir minha pele, me esfolar viva de dentro para fora.

Não estou enxergando porra nenhuma.

6.

O apresentador projeta a voz como se estivesse em um palco.
– Em nosso primeiro Desafio em Equipe, vocês vão trabalhar juntos para encontrar plantas comestíveis – diz ele. Ele dormiu bem. Os concorrentes não, exceto por Mateiro, que dorme melhor ao ar livre do que em lugar fechado. – O time que coletar o maior número de plantas comestíveis em meia hora vence. Porém, isso não quer dizer que vocês possam sair colhendo flores de qualquer jeito. Não, senhores! – O apresentador faz que não com o dedo, e o revirar dos olhos de Carpinteira provoca risadas em Zoo. A revirada de olhos e o som da risada serão cortados; este é para ser um momento sombrio. – Para cada identificação incorreta que seu time fizer, será deduzido um ponto do seu placar. – Ele entrega um folheto de cores fortes dobrado em três partes a cada líder de grupo. – Vocês estão competindo por algo muito importante: o almoço.

Mateiro acordou antes do alvorecer para olhar suas armadilhas, e um coelho serviu de desjejum para o seu time. Biologia também dividiu suas barras de proteína, embora não fosse mais obrigada a fazê-lo. Os oito concorrentes que não estão nos times deles estão com muita fome, e o apresentador não sabe do coelho.

Muitos minutos seguintes são comprimidos em um instante. Os times ficam a postos, e o apresentador brada:

– Já!

– Aposto que Cooper sabe tudo isso – diz Carpinteira para seus colegas de time. – Um de nós deveria simplesmente segui-lo.

– Deixa comigo – diz Garçonete, que queria estar no time dele.

Zoo não gosta dessa ideia. A vida inteira ela foi de seguir o espírito da lei, não apenas a letra.

– Conheço algumas dessas plantas – diz ela, olhando para o folheto. – E acho que vi cenouras silvestres ontem mesmo. Podemos cuidar disso sozinhos.

– Concordo – diz Engenheiro.

Ontem ele ficou se perguntando se dera azar ou sorte em acabar numa equipe de três mulheres. Agora ele acha que é sorte. Gosta de como Zoo resolve os problemas; acha que eles têm alguma chance.

– Tanto faz – diz Garçonete. Ela está com fome, mas está acostumada a essa sensação. Seu mau humor, no momento, provém mais de fadiga associada à dor de cabeça por abstinência de cafeína.

Zoo lhe entrega o guia.

– Algumas dessas plantas são fáceis. Todos podemos procurar dentes-de-leão, chicória e pinhões, mas que tal cada um de nós se concentrar em uma ou duas das outras?

– Você é quem manda – diz Carpinteira.

O time do Mateiro começou com o pé direito; Biologia já colheu um punhado de folhas de menta. Ela encontrou a touceira noite passada, mastigou um pouco depois de terminar sua porção de coelho. Além de ensinar ciências naturais, Biologia é orientadora de um clube de jardinagem. Contando com ela e Mateiro, seu time obviamente tem a vantagem.

O tornozelo de Força Aérea está doendo mais hoje, e está tão inchado que mal cabe na bota.

– Você tem que descansar – diz Médico Negro. – Deixe que cuidamos disso.

Garoto Cheerleader se esgueira para junto deles, musse no cabelo, olhos vermelhos e exaustos mal conseguindo ler o folheto.

– O que é um verticilo basal? – pergunta, empenhado.

– Quer dizer que vem da base – diz Médico Negro.– De forma que todas as folhas ou pétalas viriam do mesmo ponto na base, não espalhadas ao longo do... – Ele junta seu polegar e indicador e faz um vaivém com eles pelo ar, como se desenhasse uma linha curta.

– Talo? – sugere Exorcista.

– Feito num dente-de-leão? – pergunta Garoto Cheerleader.

– Exatamente – diz Médico Negro. – O que precisamos achar que tem um verticilo basal?

– Um dente-de-leão.

Exorcista dá risada e um tapinha nas costas de Garoto Cheerleader.

Em seguida, uma montagem:

Os times trilhando a floresta, à procura.

Força Aérea sentado com o pé dentro da água gelada de um riacho, pobre pássaro ferido.

Banqueiro agachado junto a um tufo de mato crescendo na base de uma rocha limosa.

– Acho que isso aqui pode ser beldroega.

Zoo partindo uma folha, cheirando-a. Ela a estende para os outros e diz:

– Cheirem só isso.

Eles passam a folha entre si.

– Tem cheiro de... – Engenheiro não se decide.

– Cenoura – completa Carpinteira.

– Isso mesmo – diz Zoo.

No canto da tela, um cronômetro decresce rapidamente e mostra de trinta a zero. Há quem creia que o tempo é uma dimensão – uma sequência contínua –, enquanto outros alegam que o tempo é um construto incalculável da mente humana pelo qual não se pode viajar – um conceito, e não uma coisa. Os produtores e o editor pouco se importam com a física ou a filosofia, e viajarão pela meia hora aos trancos e barrancos até os minutos se esvanecerem em bocados irregulares. E, consigo, levarão os telespectadores.

Garoto Cheerleader dá um tapa num galho cheio de agulhas.

– Essas plantas são todas iguais – diz.

Exorcista segura o galho em que ele bateu e diz:

– Pinheiro.

– Pinheiro – diz Carpinteira.

– Pinheiro – diz Biologia. Sua fala aconteceu há quinze minutos, porém será apresentada como arremate às outras duas faltando nove minutos para o final.

Mateiro lidera silenciosamente, rasgando folhas, cheirando os dedos, à procura.

— Dá mesmo para comer isso? – pergunta Garçonete, segurando o pedaço de raiz que Zoo lhe entregou.

— Acho que precisa ser cozido primeiro – responde Zoo.

Um gongo ecoa pela floresta; todos se detêm ao ouvi-lo. Cinco minutos, pisca o cronômetro.

— Acham que é hora de voltar? – pergunta Banqueiro.

— Não temos todas as plantas – responde Biologia.

— Temos o suficiente – retruca Rancheiro. Ao seu lado, Mateiro concorda com a cabeça.

O time de Força Aérea vai buscá-lo.

— Encontrei menta perto do riacho – comenta ele.

Médico Negro o ajuda a se levantar.

— Ótimo. Ainda não tínhamos essa. – Muito embora tivessem, sim.

Os times se reagrupam na clareira. O apresentador está à espera, e não está sozinho. Ao seu lado está postado um homem enorme e barbudo que só precisa de um machado para se parecer com alguém fantasiado de lenhador.

É o Especialista.

Sem sorrir, ele assente com sua enorme cabeça e passa os olhos pelos participantes. Sua camisa de flanela e barba avermelhada tremulam ao sopro da brisa. Zoo mal consegue conter uma risada – o gigante desceu pelo pé de feijão, pensa ela, e parece que agora está escolhendo a próxima vítima para assar.

O apresentador lista as credenciais do Especialista, que vão passar em branco pelos concorrentes assim como passarão em branco pelos espectadores, ao mesmo tempo impressionantes e obscuras. Ele tem graduação, dá aulas. Orienta equipes de agentes de segurança pública e de resgate emergencial. Sobreviveu por meses sozinho nos ermos do Alasca, em condições bem mais severas do que essas. Ele já rastreou panteras, ursos e lobos cinzentos ameaçados de extinção, assim como seres humanos, tanto perdidos como homicidas.

Em suma, ele sabe o que está fazendo.

Os líderes de equipe apresentam suas coleções ao Especialista. Zoo é a primeira.

— Dente-de-leão, é claro. Menta, pinheiro. Os fáceis, você acertou – diz o Especialista. Sua voz é áspera, mas não rude. Ele projeta uma confiança absoluta que não chega a cruzar a linha da arrogância. Ele não precisa provar nada a ninguém. Mateiro sente aversão e atração simultâneas devido às características que têm em comum.

– Chicória – diz o Especialista. – Muito bem. Bardana. Espinheiro. Cenoura selvagem. E... o que você achou que este era? – Ele mostra uma folha lustrosa e larga.

Zoo olha para o seu folheto:

– Podofilo?

O Especialista faz um leve *tsc*.

– Isso aqui é sanguinária-do-canadá. – Ele aponta para onde o rizoma foi rompido.

– Está vendo o vermelho?

– Tóxico? – pergunta ela.

– Em grandes doses, sim. Folhas de podofilo têm uma aparência mais de guarda-chuva e são mais lustrosas quando jovens. É uma das primeiras a brotar na primavera, então nessa época do ano já estão um pouco murchas, e você deveria encontrar frutos pequenos, amarelo-esverdeados.

O time de Zoo perde um ponto, ficando com um total de seis, mas pelo menos ela aprendeu alguma coisa.

O time de Mateiro marca sete pontos fáceis sem nenhuma identificação incorreta, incluindo uma bolinha amarela e dura que se comprova um fruto de podofilo. O Especialista fica impressionado. Mateiro fica indeciso entre sentir orgulho e se envergonhar de seu orgulho.

Força Aérea apresenta a coleção de seu time sem saber o que ela contém. O Especialista verifica cada planta:

– Pinhão, menta, bardana, beldroega, dente-de-leão, arônia.

Há mais uma. Se estiver correta, o time de Força Aérea empata com o primeiro lugar. Se estiver errada, eles ficam em último.

Inserção de drama artificial: longas pausas, um close-up nos olhos expectantes de Médico Negro. Garoto Cheerleader se remexe no lugar, franzindo a boca. Exorcista sorrindo feito um manequim. Força Aérea firme, de pé, sem demonstrar qualquer sinal de desconforto no momento. O Especialista metendo a mão no alforje, expirando forte a ponto de tremular a barba. Ele extrai um talo oco salpicado de roxo encimado por um grupo de pequenas protuberâncias pardas, finas feito papel, que antes eram minúsculas flores.

E agora, uma palavra de nossos patrocinadores, e de qualquer outro que tenha comprado alguns momentos para apresentar seus produtos e serviços. Alguns dos espectadores vão resmungar, mas logo voltam; outros aturam apenas uma sugestão de propaganda em staccato e logo o programa está de volta. O espectador também pode manipular o tempo, pagando um preço.

O Especialista ergue a parte cortada e franze o nariz, deixando o espectador a par do fedor da planta. Força Aérea chupa suas bochechas; já entendeu que tem algo de errado.

– Cenoura selvagem? – pergunta Especialista.

Força Aérea não sabe; atrás dele, Médico Negro faz que sim.

– Não é – diz o Especialista. – E, se alguém tivesse comido isso, poderia ter morrido. Alguém aqui já ouviu falar num homem chamado Sócrates?

E assim se revela a cicuta.

O apresentador dá um passo à frente, fazendo floreios com a mão ao som de uma música que nunca ouvirá. Ele não se importa com as diferenças entre cicuta e cenoura selvagem. Ele se volta para a equipe de Mateiro.

– Parabéns – diz ele. – Hora da sua recompensa.

7.

Limpo e enfaixo minha mão usando o mini-kit de primeiros socorros que me deram no começo do programa, e então começo a andar. Estou sem um dos sapatos e muito irritada. Cada ramo em que roço sussurra uma lembrança dos rosnados do coiote. Se tento focalizar algo a mais de poucos metros de distância, começo a estreitar os olhos, o que não ajuda muito e me dá dor de cabeça. Então não focalizo nada. Zanzo pela floresta, arrastando os pés pelas folhas no solo. E embora eu esteja sentindo as pedras e ramos sob meu pé esquerdo descalço, minha visão reduz todas as texturas a algo felpudo. Objetos separados se aglutinam. O solo da floresta é um enorme carpete verde e marrom de tema "mãe natureza".

Enquanto ando, seguro por fora do bolso da jaqueta a lente que restou dos meus óculos e passo o polegar por sua parte côncava. A lente se tornou meu amuleto antipreocupação – mais do que isso, meu amuleto antirraiva, meu amuleto pró-pensamento, meu amuleto de sentir que posso continuar.

Aquilo não pode ter sido um coiote de verdade. Não é *possível* que tenha sido. Agora que passou o calor do momento, o ataque se distanciou e adquiriu um quê de sonho. Estava tão escuro, foi tão rápido. Eu me concentro, recordando e procurando falhas. Acho que me lembro de uma dureza mecânica nos movimentos dele, talvez um lampejo de metal sob o luar. Tenho *certeza* de que me lembro de um zumbido eletrônico anunciando a inautenticidade nos gritos pré-gravados do boneco; talvez esse som também estivesse sob os rosnados do coiote. Eu estava com tanto medo, sem conseguir ver nada, e aconteceu tão rápido, que não posso ter certeza.

Ad tenebras dedi. Três palavras e acabou. Tudo o que preciso fazer é admitir a derrota. Caso estivesse pensando direito durante o ataque, eu poderia ter dito a frase, mas agora que passou o momento, meu orgulho não vai me deixar desistir.

Orgulho, penso eu, andando pelo borrão abstrato que me rodeia. Tenho só umas poucas lembranças das aulas de catecismo que minha mãe me obrigou a frequentar durante o ensino fundamental, mas lembro-me de ter aprendido sobre o pecado do orgulho. Lembro-me da velha sra. Fulanadetal com seu cabelo tingido de ruivo e vestido floral largo nos fazendo às seis sentarmos à sua mesa da cozinha e apontar para um pingente de opala que eu estava usando.

– Orgulho – disse ela – é se achar mais bonita do que as outras meninas. É usar joias demais e se olhar no espelho a toda hora. É usar maquiagem e saias curtas. E é um dos sete pecados capitais.

Lembro-me de ter ficado ali sentada muito irritada ao ouvir aquelas palavras. Odiei ser usada como exemplo, e odiei como esse exemplo foi inconcebivelmente injusto. O pingente fora da minha avó paterna, que falecera havia alguns meses. Usar aquela peça não me fazia me achar mais bonita do que as outras meninas, era uma recordação de uma mulher por quem eu sentia amor, saudades e tristeza. Além do mais, por ser um tanto moleque, eu nem sequer tinha experimentado maquiagem ainda.

Nesse dia o lanche teve biscoitos digestivos, e quando fui pegar o segundo recebi um alerta contra a gula. Essa lembrança em particular faz brotar uma risada amarga na minha garganta enquanto arrasto os pés pelo chão.

Que mais?

Lembro-me de estar ajoelhada no genuflexório de uma igreja enquanto a professora nos fazia a mesma pergunta várias vezes, minha cabeça girando – por que ninguém está respondendo? Timidamente, ofereci uma ideia, recebendo em seguida um grito para me calar como resposta. Não lembro a pergunta que eu não devia ter respondido, nem da resposta que eu não devia ter dado, mas lembro a vergonha que senti. Naquele dia aprendi que não importa o quanto o tom de voz de uma pessoa seja insistente, não importa quantas vezes ela te faça a mesma pergunta, talvez ela não queira de fato uma resposta.

Também me lembro de chegar para minha mãe, semanas ou meses depois, pedindo-lhe por favor para não me obrigar a voltar lá. Não porque as aulas me entediassem ou assustassem, mas porque mesmo sendo tão nova eu sabia que tinha algo de errado ali. Não importa que eu ainda não conhecesse a palavra *hipócrita*; era o mesmo caso de *retórica*, aprendi o significado sem a palavra junto. Eu pressentia o orgulho da minha professora. Eu era uma criança imaginativa, ávida por declarar que havia fantasmas em uma casa ou por enxergar pegadas do Pé-Grande na lama, mas se às vezes eu me permitia me perder numa brincadeira, ainda assim sempre sabia que estava só brincando. Eu sabia que não era de verdade. Assistir a um desenho animado de Adão e Eva acreditando nas insinuações ridículas de uma serpente e em seguida sendo expulsos de seu lar por Deus era uma coisa. Admitir que esse desenho seria não uma fantasia, mas uma representação acurada da história humana era outra. Mesmo aos dez anos de idade, fiquei enojada. Quando me apresentaram as ideias de Charles Darwin e Gregor Mendel na escola, anos depois, tive a experiência mais próxima a uma revelação espiritual de toda a minha vida. Ali, eu reconheci a verdade.

Foi essa verdade que moldou a minha vida. Não tenho aptidão para as ciências maiores nem matemática – isso eu descobri na faculdade –, mas compreendo o suficiente. O suficiente para não precisar de baboseiras. Já ouvi gente religiosa falar que a ciência é fria e sua fé, calorosa. Mas minha vida não foi nada fria, e eu tenho fé. Fé no amor, e fé na beleza inerente do mundo que se formou a si próprio. Quando meu pé ficou preso na boca do coiote, minha vida não passou diante dos meus olhos; eu vi apenas o mundo. A majestade dos átomos e tudo aquilo que se tornaram.

Essa experiência pode ser um terrível construto de uma equipe de produtores, e eu posso até me arrepender de algumas das escolhas que me trouxeram até aqui, mas essas escolhas foram totalmente *minhas*. E mesmo que eu tenha cometido erros, isso não muda o fato de que o mundo é bonito por si só. As espirais escamosas dos cones de uma conífera, o fluxo helicoidal da curva de um rio mordiscando a terra da margem, a faísca alaranjada na asa de uma borboleta alertando os predadores de que seu gosto será amargo. Isto é ordem a partir do caos; isto é beleza, e é ainda mais bonito por ter se inventado sozinho.

Saio da floresta; a estrada se estende à minha frente feito uma trilha de fumaça.

Eu não tinha como esperar aquele ataque, e ainda assim eu devia ter esperado alguma coisa do tipo. Uma farsa. Quanto mais penso a respeito, mais clara fica a verdade: o coiote era um animatrônico. Era grande demais para ser real; seus movimentos eram duros demais. Ele não piscava e seus olhos de bola de gude jamais mudavam de foco. Não acho nem que a boca abrisse e fechasse, embora talvez os lábios se mexessem um pouco. Ele não mordeu o meu pé; embrulharam a minha bota com uma armadilha boca de lobo enquanto eu dormia. Fui pega de surpresa e fiquei assustada. Estava escuro e eu estava sem óculos. Por isso que ele pareceu estar vivo.

O mundo que estou cruzando agora é uma versão deliberadamente perversa da natureza fabricada por seres humanos. Isso eu não posso esquecer. Preciso aceitar que é isso. Já aceitei.

Com minha visão, minha falta de bota, e meu corpo rígido e dolorido, provavelmente não ando nem quinhentos metros até precisar descansar. Ainda está de manhã cedo, tenho tempo para um rápido descanso. Sento me recostando na cerca de segurança e fecho os olhos. Não paro de ouvir passos farfalhantes na floresta que sei que não existem. Recuso-me a abrir os olhos para verificar.

Minha sede me acorda, uma secura interminável se estendendo boca adentro. Tateio à procura da minha mochila, encontro uma garrafa d'água pela metade e engulo tudo o que sobrou nela.

Então percebo que o sol está do lado errado do céu. O pânico ameaça me dominar – o mundo está errado – e por fim o lado racional do meu cérebro entra em marcha e entendo que o sol está se pondo. Dormi o dia todo. Nunca fiz isso antes. Mas estou me sentindo melhor. Minha cabeça clareou, meu peito se desafogou. Estou me sentindo tão melhor que só agora percebo como devo ter me sentido mal antes. Minha bexiga incomoda e estou morrendo de fome, meu estômago ronca alto, implorando. De tão faminta, desencavo a pasta de amendoim e enfio várias colheres de sopa na boca, tentando ignorar seu detestável gosto e textura. Pulo a cerca de proteção e me agacho entre as árvores. Minha urina sai âmbar-escuro, escura demais. Pego minha segunda garrafa e bebo alguns mililitros. Embora eu esteja totalmente desidratada, essa água precisa durar; andar à noite pelo mato é impossível sem meus óculos.

Enquanto recolho madeira para o abrigo, descubro um pequeno tritão vermelho. Eu o pego com as mãos em concha, agachando-me bem para o caso de ele conseguir deslizar para fora. Admiro a pele laranja vivo do anfíbio, os círculos de borda negra pontuando seu dorso fino. Sempre adorei tritões vermelhos. Enquanto eu crescia, os chamava de salamandras de fogo. Só vergonhosamente tarde na vida – em meados do meu primeiro ano como educadora profissional sobre a vida selvagem – fui perceber que o tritão vermelho não era uma espécie, e sim um estágio da vida do tritão do leste americano. Que esses jovens de cores vivas cresciam e viravam adultos marrom-esverdeados.

O tritão se acostuma à minha pele e começa a caminhar para a frente balançando o rabo, cruzando a palma da minha mão.

Calculo quantas calorias eu obteria se o comesse.Pele laranja cor de fogo: toxinas vívidas. Não tenho certeza do quanto tritões vermelhos são venenosos para o ser humano, mas não posso arriscar. Mergulho a mão junto a uma pedra coberta de musgo, deixo o tritão ir embora saracoteando, e termino de construir o abrigo.

À noite sonho com terremotos e bebês animatrônicos que engatinham e têm presas afiadas. De manhã, desmancho meu acampamento e me arrasto para o leste, seguindo a estrada esfumada. Minha visão pode não ter foco, mas meus pensamentos sim, e bastante. Preciso de suprimentos. Mochila nova, botas e comida – qualquer coisa menos pasta de amendoim. Estou de novo nervosa em relação à água; mais parece que voltei no tempo – quantos dias se passaram, três, quatro? A mim parecem semanas – logo depois da cabana azul, depois da qual fiquei doente, quando consegui começar a me mexer de novo, mas antes de encontrar o mercado. Estou sem comida, quase sem água, e estou indo na direção leste em busca de uma Pista que tenho certo medo de que nunca vai aparecer. É exatamente igual, só que agora não enxergo nada e estou sem um dos sapatos.

Estou indo muito devagar, devagar demais. Mas toda vez que tento andar mais rápido, tropeço, escorrego ou piso em algo pontudo. A sola do meu pé esquerdo parece um hematoma gigante recoberto por uma bolha gigante.

A manhã é gélida e interminável. Isso é pior do que o *coiotebot*, quase tão ruim quanto o boneco anterior, essa monotonia desfocada. Se querem que eu perca a cabeça, é isso o que têm de fazer, me fazer andar sem parar, sem nada para olhar, nem ninguém para conversar. Nenhum Desafio a vencer ou perder. A frase de segurança está se infiltrando em minha consciência, me provocando. Pela primeira vez desejo não ser tão teimosa. Que eu pudesse ser como a Amy – simplesmente dar de ombros e admitir que, para mim, já deu. Que isso é louco demais pra valer a pena.

E se – e se eu resolvesse andar mais rápido apesar da minha visão ruim? Talvez eu tropeçasse de verdade. Talvez torcesse o tornozelo, e de um jeito pior que Ethan, uma entorse feia talvez até mesmo o quebrasse. Mas e se eu não tivesse tanto cuidado assim com a faca? Talvez ela escorregasse e a lâmina entrasse na minha mão numa profundidade pouco mais que o suficiente para o kit de primeiros socorros não dar conta de fechar o ferimento. As circunstâncias não me permitiriam continuar. Eu seria obrigada a ir embora, e todos diriam:

– Não foi culpa sua.

Meu marido beijaria a mão enfaixada e maldiria minha má sorte, dizendo ao mesmo tempo o quanto está feliz por eu ter voltado para casa.

A ideia tem um certo apelo. Não a de me machucar intencionalmente – jamais –, mas me permitir a oportunidade de cometer um deslize. A cada passo, a ideia me parece menos ridícula, e percebo uma construção borrada mais à frente; alguns passos cautelosos e distingo um posto de gasolina com uma placa SEM GASOLINA pintada à mão afixada às bombas, tão grande que mesmo sem óculos consigo lê-la a trinta metros de distância. Minha atenção se volta bruscamente para o jogo e o desassossego aperta o meu peito. Conforme vou me aproximando do posto, vejo um aglomerado de edificações em uma segunda estrada mais abaixo, à minha esquerda.

Cores fortes pontilham o cruzamento. Espremendo os olhos e, ao chegar perto, descubro que são placas espetadas no gramado. Vejo um anúncio de testes para a liga de beisebol infantil e uma bobajada pró-armamentista. Uma das placas diz simplesmente: ARREPENDAM-SE! À margem do grupo, há outra placa recoberta de adesivos de para-choque – pelo menos uma dúzia. Destacando-se entre os adesivos: uma seta azul apontando para a direita.

O tom está errado, mais escuro do que a cor que me atribuíram. Não tenho certeza de que a seta foi feita para mim, posso estar vendo chifre em cabeça de cavalo, mas estou tão necessitada de suprimentos, e o Emery falou que nem sempre eles seriam tão óbvios de encontrar. Qual o risco de seguir a seta, se a distância é tão curta? Se eu estiver errada, eles não vão me deixar sair muito do trajeto, acho eu.

Viro para o norte. Caminho tensa e desconfiada, mas não percebo nada de anormal, exceto pelo silêncio. A primeira edificação a que chego é uma cooperativa de crédito; parece estar fechada. Talvez seja domingo, ou talvez os funcionários estejam lá dentro, agachados e escondidos, até eu passar. Não vejo nada em azul. Poucos minutos depois, chego a um segundo imóvel, recuado em relação à rua. Atravesso o pequeno estacionamento vazio para investigar. Vejo vitrines, e, atrás delas, silhuetas. Pessoas? Mas acho que não estão se mexendo. À medida que me aproximo, percebo que as silhuetas na vitrine são manequins posicionados ao redor de uma barraca de acampamento. Estreito os olhos para ler a placa sobre a porta. TRAILS 'N THINGS. Penso na minha mochila estragada, na minha bota faltante.

A porta está trancada. Isso nunca aconteceu antes. Fico pensando, parada nos degraus. As regras nos proibiam de dirigir, de bater na cabeça ou na genitália de outras pessoas, e de usar qualquer tipo de arma. Não diziam nada sobre arrombar locais trancados, não que eu lembre. Na verdade, diziam que era perfeitamente válido o uso de quaisquer abrigos ou recursos que se encontrassem.

Um dos manequins femininos está usando um colete azul e um gorro felpudo combinando. Azul-celeste, o meu azul.

Dou com o cotovelo na seção envidraçada mais baixa da porta. O vidro se estilhaça e a dor que sinto não é nada se comparada ao resto das coisas que senti esses dias. Passo o braço pelo buraco da vidraça e destranco a porta por dentro. Tiro a minha mochila, depois minha jaqueta, sacudindo-a para o caso de haver algum estilhaço alojado na manga. Amarro a jaqueta em volta do meu pé direito. Ao entrar na loja, vou andando com cuidado para evitar perfurar minha pantufa improvisada. O vidro estrala sob minha bota direita e vejo um papel jogado no chão. Eu o pego, pensando que pode ser uma Pista. Desdobro o papel e leio:

PESSOAS QUE ESTEJAM COM OS SINTOMAS – LETARGIA, DOR DE GARGANTA, NÁUSEA, VÔMITO, TONTEIRAS, TOSSE – COMPAREÇAM IMEDIATAMENTE AO CENTRO COMUNITÁRIO OLD MILL PARA A QUARENTENA OBRIGATÓRIA.

Olho para aquilo por um momento sem entender. E então, feito uma fileira de dominós desabando, eu entendo tudo. Sumir com meu câmera, aquela cabana, varrer todo outro ser humano do meu caminho – eles estão contando uma nova história. Lembro-me de ter pesquisado nos mapas do Google, antes de sair de casa, a área em que disseram que seriam as gravações. Lembro-me de ter percebido uma área verde não muito longe dali: Parque Estadual Worlds End, "fim do mundo". Lembro-me disso porque adorei o nome, mas a falta da apóstrofe me doeu no âmago. Mas talvez esse nome não seja um título, mas uma declaração. Talvez a proximidade do parque com nosso ponto de partida não tenha sido coincidência. De fato, me parece que foi *dali mesmo* que partimos.

Que espertalhões.

Largo o folheto no chão. Sim, é uma Pista, uma que não diz aonde ir, mas onde estou. A história por trás de seus falsos cadáveres.

Posso pegar tudo nessa loja.

O primeiro artigo de que me aposso é o gorro felpudo azul da vitrine. Arranco-o da cabeça plástica do manequim e assento-o sobre meu cabelo engruvinhado. Então, vou para o caixa, onde vejo um refrigerador vertical cheio de bebidas, patrocínio da Coca-Cola. Pelo menos uma dúzia de garrafas d'água. Pego uma, bebo inteira. Encho minhas garrafas esportivas, pego o restante. Passo para um display rotativo de barras energéticas. Barras KIND, barras Luna, barras Lära, barras Clif e meia dúzia de outras marcas. Encho meus bolsos com sabores que já conheço e devoro uma delas. De limão. Doce feito sobremesa, mas não me importo; engulo-a inteira e abro uma segunda. Mas depois de duas eu me obrigo a parar, para assentarem no estômago. Quatrocentas calorias; a mim parece um banquete.

Em seguida, caminho por entre as gôndolas, saboreando, passando os dedos por roupas e lanternas e fogareiros de acampar. Isto, começo a perceber, é minha recompensa por ter passado no Desafio do coiote. Esqueci completamente que haveria uma recompensa.

Na parede dos calçados vejo os ridículos não sapatos que Cooper usa. Será que ele também enfrentou um coiote no último Desafio? Talvez cada um de nós tenha ganhado um bicho diferente, de acordo com nossas habilidades. O de Cooper foi um urso, e ele – não sei que jeito ele deu, mas deve ter se saído perfeitamente; se ele perder a cabeça, por pânico é que não vai ser. Se a Heather ainda estiver no jogo, deve ter ganhado um morcego ou aranha. Mas me parece improvável ela ter durado tanto; ela teria saído na segunda noite se a tivéssemos feito se virar sozinha. O rapaz asiático – não consigo lembrar o nome dele – ganhou um guaxinim ou raposa, algo menor que um coiote, mas mais esperto. Um esquilo para o Randy, é claro; ou não, vários esquilos – um *bando inteiro* de esquilos.

Sejam lá quais tenham sido seus Desafios, torço para que tenham gritado e pedido ajuda. Espero que todos os outros tenham se lembrado da frase de segurança e a gritado para o céu.

Espero que estejam todos bem.

Encontro uma bota de trilha que me agrada – leve e à prova d'água – e levo a etiqueta do mostruário para o que eu imagino que seja o estoque, uma porta à esquerda dos calçados todos. A sala depois da porta é escura, sem janelas. Apenas um raiozinho de sol penetra pela porta que abri. O quarto não cheira mal.

Volto às gôndolas, acho uma lanterna e uma embalagem de pilhas AA. Meus dedos rígidos não conseguem abrir a embalagem e minha faca não faz muito melhor, de forma que vou até o setor de Canivetes Suíços e Leatherman. Hesito um instante – armas são proibidas – mas enquanto escolho um que fica confortável na minha mão e estendo a lâmina mais comprida, fico lembrando que eles são chamados de *ferramentas* multiuso e que não são mais perigosos do que a faca que me deram. Abro o pacote de pilhas com o canivete. Isso está começando a parecer uma gincana. Ou um videogame. Encontre o item A para obter acesso ao item B, encontre o item C para abrir o item A. A sensação de realização que tenho ao encaixar as pilhas na lanterna é estranhamente intensa, e essa mesma sensação me deixa desconfiada. Estão me deixando à vontade. Algo vai dar errado, logo, logo. Tem alguma coisa esperando por mim naquele estoque.

Mas quando ilumino o interior da sala com a lanterna, só encontro produtos. Os calçados estão empilhados em prateleiras ao longo de uma parede. Encontro as botas que eu queria no meu tamanho. Elas servem como se eu já as tivesse usado algumas vezes.

A seguir, me encaminho à seção de vestuário feminino. Estou usando as mesmas roupas há pelo menos duas semanas, e estão grossas de sujeira. Quando pinço o tecido da minha calça, fica uma ruga no lugar, e tenho quase certeza de que vejo subir uma névoa de poeira. Escolho roupa íntima de secagem rápida, depois um monte de blusas e calças. Estou me divertindo, quase, no momento em que levo os produtos até o provador. Não sei por que me dou ao trabalho de ir ao provador; há tanta probabilidade de terem câmeras aqui quanto em qualquer outro lugar e minha timidez já foi para o espaço há tempos. A esta altura, não só eles já me filmaram agachando e cagando, como poderiam muito bem montar um episódio inteiro só comigo fazendo minhas necessidades.

Fecho a porta do provador. Não há teto; um pouco de luz mortiça se insinua pelo alto, dando um ar de fim de tarde. Deposito a muda de roupas em um banco, depois viro e quase engasgo, recuando tomada de pânico. Por um instante me convenço de que estou sendo atacada por um andarilho esquálido.

Um espelho. Ao que parece, esqueci que eles existem. Mas existem, e estou surpresa com as mudanças que percebo. Chego mais perto do espelho para inspecionar meu rosto. Sob o gorro azul-claro, minhas bochechas chupadas. Olheiras gigantes dependuradas sob meus olhos. Nunca estive tão magra na vida. E nem tão suja. Quando tiro as camisas, vejo minhas costelas pontiagudas sob o sutiã. Meu estômago está côncavo. Não acho que isso seja normal. Se eu encolher a barriga, praticamente desapareço. Será por isso que ando sentindo tanto frio? Dou um passo para trás e meu reflexo se torna um borrão encardido.

Minhas prioridades mudam.

Ao deixar as roupas que escolhi no provador, vasculho a loja em busca de sabonete, lenços higiênicos, qualquer coisa que sirva para me livrar da camada de sujeira que cobre minha pele. Tomei alguns banhos, mais ou menos, e tenho alternado entre dois pares de roupa íntima. Limpo cada par o melhor que posso quando não está em uso, mas faz dias que me troquei pela última vez, e ambos os pares estão manchados e malcheirosos.

Encontro o banheiro atrás de uma porta que diz SOMENTE FUNCIONÁRIOS. À luz de uma lanterna de camping, ligo a torneira. Nada. Sem me surpreender, tiro a tampa atrás do vaso sanitário e encho um prato dobrável com a água. Termino de me despir e me lavo da forma mais completa possível, dizimando um sabonete de cânhamo orgânico e deixando três toalhinhas de viagem marrons. Uso o resto da água da descarga para me enxaguar. Depois, ainda fico sentindo uma camada escorregadia de sabão nas minhas pernas e pés. Não é uma sensação de todo ruim. Meu cabelo ainda está nojento, mas o resto todo está praticamente limpo.

Olho para a calcinha e sutiã imundos no chão e encontro meu transmissor do microfone perdido entre as dobras. Ele é pequeno e leve, e já estava tão acostumada com ele que esqueci que estava lá. A bateria acabou; já faz tempo que acabou. Mas com certeza há microfones na loja e no coiote também havia.

Tiro o microfone só para garantir – deve ser caro, e aposto que deve haver alguma cláusula de que não me lembro no contrato dizendo para sempre ficar com ele – e o levo junto enquanto ando nua até o provador, o gorro azul na outra mão. Visto roupas íntimas limpas e um top de ginástica fino decorado com listras azuis e verdes. A primeira camiseta que visto parece um saco. A calça parece pronta para cair assim que eu der um passo. Não sou mais tamanho médio. Volto aos cabides e alguns minutos depois estou vestida da cabeça aos pés – totalmente em tamanho P. As peças estão todas frouxas no corpo, mas param no lugar.

Eu sabia que perderia peso durante as filmagens. Em segredo, eu pensava nisso como um benefício por participar do programa. Mas perder essa quantidade de peso me assusta; com essa aparência, é difícil eu continuar me convencendo de que sou forte. Minha última menstruação terminou há cerca de uma semana antes de o programa começar; fico pensando se esse corpo frágil é capaz de menstruar de novo.

Escolho uma jaqueta nova, uma verde-escura com um capuz forrado de fleece. Ela tem zíperes sob as axilas, então não vou precisar tirá-la e colocá-la a toda hora. Transfiro minha lente de óculos sobrevivente para o bolso da jaqueta. Depois arrumo uma mochila, que encho de suprimentos: roupas íntimas extras, minha segunda garrafa d'água, algumas embalagens de purificador de água em gotas, lenços higiênicos biodegradáveis, uma garrafinha de sabonete líquido, a lanterna, pilhas extras, um poncho compacto, minha faca cega e o canivete Leatherman que usei para abrir as pilhas, minha panelinha alquebrada, um novo kit de primeiros socorros para substituir o que usei, duas dúzias de barras de proteína de marcas e sabores sortidos, um pouco de granola e carne-seca, sacos de lixo encontrados atrás do balcão. Estou atraída por supérfluos: uma colher-garfo sem bisfenol A, binóculos, uma pá portátil, desodorante. Destes artigos de luxo, me permito ficar apenas com uma caneca dobrável e um pacotinho de chá de ervas. Não há por que me obrigar a carregar peso. Por fim, enfio o microfone apagado no bolso para celular no alto da mochila.

Estou pronta para seguir adiante, mas o sol está se pondo. Parece burrice ir embora agora.

É uma loja, não uma casa. Talvez esteja tudo bem em dormir aqui. Talvez seja o previsto para mim. Olho para a barraca na vitrine. Talvez isso ainda faça parte da minha recompensa.

Arrasto a barraca por entre as gôndolas, deixando-a entre o mostruário de calçados e um rack de meias Darn Tough. Empilho em seu interior vários colchonetes para acampamento e dois sacos de dormir, depois jogo uma braçada de minúsculos travesseiros de camping lá dentro. Ilumino meu acampamento de salão com lanternas a pilha, e por fim me concedo o máximo dos luxos: acendo um fogareiro. Encontro um mostruário de refeições instantâneas em um canto. Todos os sabores parecem deliciosos. Escolho três – frango ao curry com castanha de caju, ensopado de carne, frango ao teriyaki com arroz – e as coloco no chão. Fecho os olhos e misturo os pacotes, depois escolho um deles sem olhar. Frango ao curry com castanhas. Fervo a água e a derramo sobre o saquinho. Decorridos o que me parecem os treze minutos ditados pelas instruções, devoro a comida reidratada com a colher-garfo que ainda estou jurando que não vou levar. A comida não está totalmente hidratada; as lascas de frango estão borrachudas e as coisinhas verdes – aipo? – um tanto crocantes. Mas está uma delícia – sabor penetrante e um pouco adocicado. Amaciadas pelo líquido quente, as castanhas de caju parecem uma grande novidade em relação às frutas oleaginosas do mix de cereais. Quando fecho os olhos quase consigo me convencer de que é uma refeição preparada na hora. Depois que termino de comer, enfio cinco pacotes na mochila nova. É tudo o que cabe nela.

Poucos minutos depois, entro na tenda, de gatinhas. Já me acostumei ao espetar das palhas de pinheiro, ao crepitar das folhas secas, às ocasionais pontadas de pedras e pinhas. O piso da barraca é uniformemente macio. É esquisito, e não sei se eu gosto. Aqui também está mais quente do que estou acostumada. Afrouxo os cadarços das botas novas e deito em cima dos sacos de dormir. Continuo deitada encarando o céu de náilon até meus músculos começarem a relaxar. Até que isso não é tão ruim, penso. Poderia me acostumar com isso.

De manhã já mudei de ideia. Estou aflita para seguir adiante. Lembro-me vagamente de acordar no meio da noite, indisposta e semiconsciente disso. Não sei quantas vezes foram, mas com certeza mais de uma. A rigidez da minha mandíbula e um medo difuso me informam que tive pesadelos, e, embora não me lembre dos detalhes, acho que foram sobre coiotes. Sim, sobre uma sinuosa manada de coiotes se aglutinando e passando sem nenhum ruído por entre as árvores, feito gotas d'água.

Expulso do corpo a impressão de estar encurralada. Estou há muito tempo em lugar fechado, e dormir sobre tanto acolchoado me deixou dolorida. Não posso ficar parada. Reidrato uma omelete Denver para o café da manhã, e parto logo depois, voltando à minha estrada e, ao passar do posto de gasolina, seguindo para leste pela floresta.

8.

Rancheiro cutuca Mateiro com o cotovelo e faz sinal em direção à mesa de piquenique que surgiu ao lado do buraco de sua fogueira.

– Um banquete e tanto – diz ele.

Mateiro se afasta do braço dele. Banqueiro e Biologia estão sorrindo; a folha de menta presa entre os dentes de Biologia será apagada na edição. Há muito mais comida na mesa do que os quatro podem comer de uma vez só. Peitos de frango grelhados, hambúrgueres, pãezinhos, saladas César, aspargos, espigas de milho, saladas de batata, uma pilha enorme de batatas-doces fritas em um cesto de palha, jarras de água filtrada e de limonada. O banquete poderia alimentar todos os doze participantes, fácil. Banqueiro olha para as outras equipes na clareira, rumando para seus respectivos acampamentos.

– Podíamos dividir – diz ele.

Rancheiro faz que não com a cabeça.

– Nããão, a gente ganhou de forma justa.

– Não é como se estivessem morrendo de inanição – diz Biologia. – É um jogo, só isso.

Seu último comentário será apagado. O produtor de locação falará com ela mais tarde, relembrando-lhe que não deve chamar a situação deles de "jogo".

– Estamos tentando manter um certo *clima* – dirá ele, com os olhos variando na direção dos seios dela.

– Claro, foi mal – responderá ela, cansada demais para reclamar daquela olhada inapropriada.

Enquanto o time de Mateiro come tudo, Zoo e Engenheiro se dirigem ao rio, o kit de pesca a reboque. Carpinteira e Garçonete estão sentadas junto às cinzas da fogueira, cutucando brasas em extinção com gravetos.

– Está se divertindo? – pergunta Carpinteira.

Nesse dia faz calor, mas Garçonete se lembra do frio da noite passada. O rímel borrado acentua a exaustão dos seus olhos.

– Muito – responde ela, em tom inexpressivo.

O batom de Carpinteira já desbotou, mas parte de seu delineador continua nos olhos, deixando um reflexo cinzento em suas pálpebras. A primeira reação que ela teve a Garçonete foi de desdém, mas agora está começando a ter pena daquela menina tão bonita e tão triste. É assim que pensa nela agora – como uma menina, não obstante serem só dois anos que as separam e Garçonete ser quase trinta centímetros mais alta do que ela.

– Qual você acha que vai ser nosso próximo Desafio? – pergunta ela.

– Não sei, mas espero que tenha a ver com cafeína. – Garçonete pressiona seu graveto contra uma brasa laranja. – Eu matava por um cappuccino desnatado.

Carpinteira parou de tomar cafeína um mês antes; fica surpresa ao saber que outro concorrente não tenha pensado em fazer o mesmo. Ela se pergunta se Garçonete não fez *um* preparativo que seja.

Zoo está sentada em uma pedra próxima ao rio, sobre um poço a uns dez metros de onde Mateiro atravessou ontem. Engenheiro está agachado ao seu lado. Por trás dos óculos, seus olhos cintilam – ele está confundindo respeito com atração. Zoo não percebe esse olhar, mas o editor se aprofunda nele, uma música mais alta o exagera: nasce uma paixão. Os telespectadores vão perceber, e o marido de Zoo também, ao assistir. Ele não vai condenar o jovem *geek* – entende o charme de sua esposa –, mas vai sentir ciúmes dele. A inveja simples de um homem com saudade da mulher. Claro, na altura em que o primeiro episódio for ao ar, quase uma semana terá se passado desde que sua mulher passou um anzol por um grilo e o arremessou no rio. Na altura em que o marido de Zoo vir isto, o mundo estará prestes a se transformar radicalmente.

Mas por ora – Zoo pegou um peixe! Ela o puxa da água, enrolando a linha ao redor da manivela. A truta de vinte centímetros espadana sobre a terra, sem fôlego, enquanto Zoo e Engenheiro comemoram. Engenheiro faz menção de abraçá-la. Ela prefere encontrar a mão dele no ar para um "toca aqui", depois esmaga a cabeça da truta contra uma pedra. São três pancadas até matá-la. Apesar de todo o seu amor pelos animais e trabalho junto a eles, ela não sente muito remorso. Está confortável, pois sabe que humanos são onívoros e que assegurar fontes de proteína confiáveis foi o que permitiu à espécie evoluir até sua inteligência atual. Ela não matará por matar, mas matará para comer, e vê pouca diferença entre os olhos de um peixe morto e os de um vivo.

– Grilos – diz ela a Engenheiro. – Boa ideia.

Exorcista e Médico Negro estão a caminho para ir ver as armadilhas de Força Aérea. Se há algum animal por perto, Exorcista os espanta tagarelando.

– O último demônio de verdade que eu vi foi há um ano – diz ele. – Ele possuiu uma menininha de oito ou nove anos que era um doce. No dia em que cheguei, fiquei esperando na frente da casa dela. A garota estava na escola, onde geralmente o demônio a deixava em paz. De qualquer modo, estava eu esperando na frente da casa junto com a mãe dela quando a menina saiu do ônibus escolar. Ela mal deu uns passos, quando, de repente, BAM! – Ele bate com a mão contra um tronco de árvore. Médico Negro pula de susto. – Eu o vi entrando nela – diz Exorcista. – Bem ali, na frente de casa. O corpo inteiro dela estremeceu, e ela... ela cresceu. Não tanto a ponto de você notar se não estivesse olhando, mas eu estava. Dei um passo na direção dela... – Ele se agacha um pouco e anda cautelosamente para a frente enquanto fala. – ... e o demônio rugiu. Ele tomou o corpo da garota e ordenou-lhe que exibisse sua raiva. Ela foi batendo os pés no chão... – Ele bate o pé no chão. – ... até o carro da mãe, um utilitário esportivo gigantesco, acho que um Escape, algo assim, enfim, um carro *bem* grande, e com aquelas mãozinhas minúsculas agarra o veículo por baixo, bem embaixo da porta do motorista, e *vup*, vira ele de borco. – Ele joga as mãos para o alto. – O utilitário dá um salto mortal no ar, depois aterriza amassando o teto, exatamente no mesmo ponto em que ele tinha sido estacionado. – Ele exibe dois centímetros de distância entre seu dedo indicador e polegar. – Não chegava nem a essa distância de onde a menina estava. E ela nem se mexeu. O demônio não *deixou* ela se mexer. Vou contar uma coisa, esse caso foi do arco-da-velha. Quatro dias para expulsar o demônio, e mais vômito do que gosto de lembrar. – Exorcista faz uma pausa.

– Saiu um escorpião da garganta dela, sem sacanagem. Foi o demônio fugindo. – Ele esmaga sua bota na terra, triturando uma folha com o calcanhar. – Eu o esmigalhei, e fim de papo.

– Você matou um demônio – diz Médico Negro, sem tom. Está tendo dificuldades em identificar o quanto Exorcista acredita em sua própria história. A possibilidade de que ele acredite um pouco nela inquieta o Médico Negro.

– Bem, não. – Exorcista ri. – Não chego nem perto de ter esse tipo de poder. Simplesmente interrompi sua manifestação. O demônio está de volta no inferno, provavelmente planejando sua próxima viagem à Terra.

Médico Negro não sabe o que dizer. Exorcista está acostumado a essa reação e se conforta com aquele silêncio.

Chegam à primeira das armadilhas de Força Aérea. Foi disparada, mas está vazia.

– Talvez o vento a tenha disparado – diz Exorcista.

Médico Negro olha de esguelha para ele e replica:

– Ou um demônio.

Enquanto a equipe do Mateiro termina o almoço, o apresentador se aproxima.

– Além desta lauta refeição – diz ele, postando-se na cabeceira da mesa de piquenique –, vocês ganham uma vantagem para o próximo Desafio.

Ele puxa quatro mapas de uma mochila. Assim que vê os mapas, Mateiro enche suas garrafas com uma jarra d'água. O apresentador continua:

– Eu falei que ele aconteceria amanhã, e, tecnicamente, é verdade. A hora de início é zero hora e um minuto da manhã. A vantagem de vocês é começar de dia, e ganharem isso aqui... só para garantir. – Ele entrega uma lanterna a cada um.

Mateiro olha para a sua. É maior ainda do que a lanterna que ganhou em seu primeiro Desafio, e ele não vai usar nenhuma das duas – na experiência dele, com suas habilidades, luz artificial só vai atrapalhar a visão noturna. Ele a devolve na hora. O apresentador fica olhando para a lanterna por um segundo, depois brinca:

– Nossa, mas como estamos confiantes! – E em seguida volta ao seu script. – Lembrem-se de que este Desafio é Solitário. Isso não quer dizer que vocês não *possam* cooperar, mas vai haver recompensas conforme a ordem em que vocês terminarem. – Com isso, ele distribui os mapas e diz: – Boa sorte.

Rancheiro desdobra seu mapa e fala para Mateiro:

– O que você acha...

Mas Mateiro já está se mexendo, embrulhando três peitos de frango que sobraram em um maço de guardanapos de papel.

– Devíamos ficar juntos, pelo menos no começo – diz Banqueiro.

Mateiro enfia o frango e as garrafas d'água em sua mochila, depois a joga sobre os ombros e embrulha o cordão de sua bússola ao redor do pulso esquerdo. Ele abre o mapa e o estuda rapidamente. Olha para sua equipe e, sem uma palavra, a abandona.

– Espere! – grita Banqueiro. Mas Mateiro já se foi. O câmera mais atlético sai correndo atrás.

O que o resto do time vai fazer? Até agora, se deram bem. Banqueiro quer cooperar. Rancheiro está dividido; tinha presumido que andariam juntos, mas com a deserção de seu líder suas suposições se esfumaçaram. Biologia enche sua garrafa d'água até a borda, e declara sua independência:

– Boa sorte, meninos.

No momento em que ela desaparece entre as árvores, Rancheiro e Banqueiro já estão enchendo as mochilas, dividindo as sobras da comida entre si. Sobrecarregam-se ainda mais com talheres de plástico e pratos de papel. Logo, pouco além da salada de batata permanece sobre a mesa, e o prato com maionese já começa a ter ar de passado.

Parceiros por ora, Rancheiro e Banqueiro seguem seus mapas e antigos companheiros de time na direção do ponto assinalado. Ninguém dos outros dois times percebe que eles estão caminhando. Estão ocupados em assar um peixe e algumas cenouras selvagens, pondo iodo em garrafas cheias de água do rio. Muitos telespectadores vão rir: tolinhos, mal sabem o que os aguarda.

Carpinteira entra no acampamento, ajustando o nó de sua bandana amarela em volta do cabelo, sem menção de onde ela teria ido, nem imagens: manutenção feminina. Zoo morde cautelosamente a cenoura assada. Mastiga, ponderando, até que diz:

– Falta um pouco de tempero, mas fora isso, nada mau. – E oferece a raiz para Engenheiro provar.

Exorcista conta aos seus colegas de equipe várias histórias ridículas com ares de quem crê cegamente nelas. Ele agita sua bandana verde para maior efeito enquanto começa a contar a enésima:

– Fantasmas não são minha especialidade, mas já vi alguns. Eu estava no Texas alguns anos atrás...

– Cala a boca! – explode Garoto Cheerleader. – Meu Deus do céu, não aguento mais. Vê se cala a boca.

– Ele é meu Deus também – Exorcista responde, de cara limpa. – Mais meu do que seu, suspeito.

Seria isso uma insinuação homofóbica? Ninguém tem certeza – nem o Garoto Cheerleader, nem os produtores, nem o editor. Garoto Cheerleader prefere errar para o lado da ofensa.

– Não quero ter nada a ver com você nem com seu Deus – diz ele. – Sai de perto de mim.

Exorcista não se mexe; fica olhando Garoto Cheerleader de forma intensa. Sem o sorriso, ele é um pouco assustador. Médico Negro e Força Aérea ficam de pé. O tornozelo de Força Aérea sucumbe e na mesma hora Médico Negro vai intervir, mas não é necessária intervenção. Garoto Cheerleader suspira e diz:

– Que seja.

E vai para o outro lado do acampamento.

O editor distorcerá o momento. Pelo que os telespectadores veem, Exorcista não falou nada desde sua caminhada com Médico Negro bem mais cedo. Por que Garoto Cheerleader explodiu daquele jeito, sem motivo? Um ateísta ressentido, irracional, cheio de ódio. A interpretação forçada declara que é *isso* – e não sua sexualidade – a sua grande falha de caráter. Um político não chega à presidência norte-americana sem se declarar um homem temente a Deus, e um incréu sem papas na língua não pode ser considerado um concorrente viável em um programa que pretende ser amplamente popular entre os cidadãos de uma nação unida sob Deus. É pura questão de marketing.

Mateiro consulta sua bússola, e em seguida contempla um par de rochas indicadas por triângulos sólidos no mapa. Está no percurso certo e fazendo um tempo notável. Seus ex-colegas de equipe estão lá para trás. Biologia está embaixo de um pequeno penhasco, mais a sul de outro, pensando que está no mais a norte. Banqueiro e Rancheiro se afastaram um do outro; Rancheiro está na frente. Na verdade, está na frente de Biologia também, embora nenhum deles saiba disso. Os telespectadores saberão. Eles verão um mapa coalhado de estranhos símbolos: arados de quatro pontas, sem cabo, simbolizam rochedos, e o ponto amarelo e preto que simboliza Rancheiro vai progredindo, passando do rochedo ao norte, enquanto o ponto laranja de Biologia serpeia na direção sul. O Banqueiro está um tanto para trás, prestes a atravessar um riacho assinalado por uma linha ondulada.

No acampamento, Médico Negro pergunta:

– Como está o tornozelo?

– Melhor – diz Força Aérea. Ele não acha que vai precisar da muleta por muito mais tempo. Pretende estar de volta ao jogo logo, logo. Garoto Cheerleader está do outro lado da fogueira, amuado.

Zoo engajou seus colegas de equipe numa tentativa de filtrar a água. Ela já leu a respeito, assistiu a passo a passos online, mas nunca o fez. Carpinteira a ajuda a montar um tripé de gravetos, do qual três bandanas pendem feito redes empilhadas: vinho com listras marrons, amarelo neon e azul-claro. Perto dali, Engenheiro está triturando carvão até virar pó. Essa poderia ter sido a tarefa de Garçonete, mas ela se opôs a ficar com as mãos todas pretas, de forma que Zoo lhe pediu para encher as garrafas de todos com água do rio. É lá que ela está agora. Ajoelhada, Garçonete xinga baixinho; os pedregulhos machucam seus joelhos.

– Queria ver a senhorita "Tive Uma Ideia" carregar água para o filtro idiota dela – resmunga ela. Sua bandana violeta segura seu cabelo para trás.

Zoo larga punhados de terra na bandana amarela, depois ela e Carpinteira vão ajudar Engenheiro a moer o carvão, pois precisam de uma boa quantidade. Quando Garçonete reaparece com as garrafas de todos pesando entre seus dedos, os demais pegam punhados da poeira preta finíssima e a empilham na bandana azul de Zoo.

– E como isso funciona? – pergunta Garçonete, depositando as garrafas no chão. Seu rosto brilha de suor e seu top escureceu entre os seios.

– Você despeja a água na bandana de cima, e ela vai se filtrando a cada camada. Cada uma vai tirando mais sujeira – diz Zoo. – Pelo menos, a teoria é essa.

– A maioria dos filtros à venda em lojas têm base de carvão – acrescenta Engenheiro.

Zoo entorna cerca de um terço de garrafa na bandana listrada vazia de Engenheiro. A água imediatamente começa a pingar para o andar intermediário, onde umedece a terra.

– Só está molhando a terra – diz Garçonete.

– Tem que esperar um tempo – diz Engenheiro, enquanto Zoo despeja mais água.

Logo o líquido começa a pingar da parte mais baixa da bandana amarela, batendo no carvão abaixo. Carpinteira despeja o conteúdo de uma segunda garrafa na bandana de cima. As gotas se aglutinam formando um fio d'água fino e constante.

– O que vai acontecer quando a água tiver passado pelo carvão? – pergunta Garçonete.

– A gente bebe – diz Zoo.

– De onde?

Zoo dá risada, uma risada alta e surpresa – não há recipiente embaixo de sua bandana.

– Esqueci – diz ela, e coloca uma garrafa vazia sob o andar de baixo; não há espaço suficiente para ela caber sem deformar a bandana, de modo que ela cava um buraco. As primeiras gotas de água limpa batem no solo, mas o editor as corta fora. Pelo que os telespectadores veem, ela termina bem a tempo de pegar a primeira gota.

A uns cinco quilômetros dali, Mateiro chega a uma cabana de toras marrom, onde o apresentador – com a ajuda de uma carona de 4x4 via uma antiga estrada madeireira – o aguarda.

– Que rápido – diz o apresentador, verdadeiramente admirado. Mateiro atravessou os quilômetros de densa floresta em apenas sessenta e quatro minutos. Rancheiro, o concorrente mais próximo, está a mais de um quilômetro dali. O apresentador abre o braço num gesto em direção à cabana.

– Como você ganhou o Desafio, o quarto principal é seu – diz ele a Mateiro. – Última porta à esquerda.

Mateiro entra e encontra um quarto pequeno, mas luxuoso: uma cama tamanho *queen* estufada de colchas e travesseiros, um banheiro anexo com chuveiro, uma tigela de frutas sobre a cômoda. Duas janelas, ambas as quais ele abre.

De volta ao campo, oito concorrentes se preparam para a noite: a atmosfera é agitada, de trabalho duro.

Rancheiro emerge do meio das árvores, vê a cabana e o apresentador esperando. Ele é recebido e encaminhado a um quarto bem em frente ao de

Mateiro. Um par de camas de solteiro com travesseiros e cobertores, além de frutas. Um banheiro para dividir, no corredor. Banqueiro chega poucos segundos – na realidade, vinte e dois minutos – depois. Ele ganha a cama em frente à de Rancheiro.

– Ela saiu antes de nós – diz Rancheiro a Mateiro. – Não sei onde ela está.

Biologia sabe que perdeu o rumo e está tentando determinar o quão longe dele foi parar. Ela vê um riacho e avança até ele. Estuda os acidentes geográficos próximos: um grupo de rochas, as ruínas de um muro. Com o dedo ela esquadrinha o mapa, consultando a legenda de vez em quando. Ela encontra a linha pontilhada do muro arruinado, uma dentre apenas duas assinaladas. Os símbolos combinam com suas imediações.

– Eu me encontrei – diz ela, dando um suspiro de alívio e uma olhada de lado para a câmera.

Ela consulta a bússola para determinar qual será seu próximo passo. A nordeste, na direção de uma área pantanosa – linhas finas, gravadas muito juntas – que ela deveria ser capaz de acompanhar até um matagal e uma pilha de rochas. Dali, uns oitocentos metros de floresta densa mas relativamente planos a leste até a chegada. Talvez ela consiga chegar antes de cair a noite.

Carpinteira entra engatinhando em seu canto na tenda de sua equipe.

– Boa noite – diz ela.

Esta noite o abrigo está mais cheio; Garçonete se juntou a eles. Um por um, os componentes da equipe de Força Aérea entram no abrigo. Os câmeras conversam pelos walkie-talkies sobre a necessidade de melhores imagens noturnas e se recolhem.

As sombras ao redor de Biologia estão se transformando em noite. Ela está com a lanterna na mão.

– Não pode ser muito longe – diz ela.

Ela quer correr, mas sabe que com a escuridão crescente e suas pernas cansadas, provavelmente vai é se machucar.

Exorcista ronca. Garoto Cheerleader está deitado no escuro, mas acordado, o rosto contraído de repugnância. No outro acampamento, Engenheiro é quem ainda não dormiu. O calor ao seu redor, a maciez às suas costas – ele decide que definitivamente está com sorte.

Biologia vê uma luz em meio às árvores. Feito uma mariposa, ela corre até ela. O apresentador está a postos para saudá-la, como se estivesse em pé e atento há horas, e não lendo comentários de postagens em seu smartphone.

– Você conseguiu – diz ele. – Bem-vinda. Você é a quarta pessoa a chegar, o que lhe permite escolher entre estas camas.

Ele abre a porta da frente da cabana para revelar o cômodo principal da cabana de toras, que o editor terá ocultado dos espectadores até agora. O cômodo está lotado de beliches – sem travesseiros, e cada um com um lençol. No total, seis camas, comportando mais cinco concorrentes, o que leva à pergunta: onde vão dormir os outros três?

Os homens aparecem para parabenizar Biologia por sua chegada. Todos os três acabaram de tomar banho. O torso de Banqueiro está nu, sua camiseta secando junto à lareira após ter sido lavada à mão. Claramente ele frequenta uma academia de ginástica, mas Biologia está bem menos impressionada com seu físico do que a telespectadora média. Ela desaba na parte de baixo do beliche mais próximo do fogo. Mateiro franze a testa. Babaca, gosta de julgar os outros, pensarão os espectadores predispostos, presumindo que ele desdenha da relativa fraqueza de Biologia. Mais uma interpretação errada. Mateiro se sente mal a respeito da exaustão de Biologia, do quanto lhe custou chegar à cabana. Ele está se forçando a relembrar que está aqui pelo dinheiro e que ajudar aquelas pessoas só vai atrasá-lo.

A janela atrás de Mateiro mostra o sol se pondo. Nos acampamentos, o céu escureceu e a lua apareceu. Nossas narrativas estão dessincronizadas.

Uma sirene estridente corta o silêncio dos acampamentos – um som que é o medo encarnado: alto e forte e ubíquo. Os concorrentes despertam feito uma massa confusa de braços e pernas. Garçonete geme; Força Aérea está de pé, esquecido do ferimento; Exorcista fica paralisado, tenso, à espera.

– Boa noite! – diz a voz do apresentador, amplificada. – Preciso que todos compareçam ao centro da clareira rapidinho! Tragam seu equipamento. Vocês têm três minutos.

Piscando repetidamente, Zoo enfia seus óculos no rosto, depois mete o pé na bota e joga a mochila nas costas. Carpinteira fica pronta com a mesma rapidez. Engenheiro não consegue encontrar os óculos; sua visão é pior do que a de Zoo. Carpinteira enxerga perfeitamente bem; encontra a armação no chão e entrega a ele. Garçonete está quase chorando, de tão cansada. Está se achando incapaz de fazer qualquer coisa, seja lá o que for. Zoo e Engenheiro desmontam rápido o sistema de filtragem de água. As bandanas são retomadas. Zoo quase joga fora o pó de carvão da sua bandana, depois muda de ideia e a amarra em uma trouxinha enquanto anda.

Garoto Cheerleader anda altivamente até o centro da clareira, sozinho. Força Aérea se enrola para cumprir o tempo; voltou a sentir o tornozelo. Médico Negro fica para trás e lhe oferece um braço, que é educadamente recusado – basta a muleta. Exorcista se ajunta discretamente a eles, mochila jogada sobre um dos ombros.

– Para quem já lidou com moradores do Inferno – diz ele –, ter que acordar mais cedo do que pensava não é tão ruim.

O apresentador aguarda. Está segurando uma caneca de café fumegante. Garçonete quase a arranca de suas mãos.

– Cadê a outra equipe? – pergunta Garoto Cheerleader.

– Bom dia! – diz o apresentador. – Mais exatamente, boa madrugada. São meia-noite e quatro. – Todos os oito concorrentes chegaram dentro dos três minutos estipulados. Que pena: o apresentador estava louco para penalizar alguém. – É hora do Desafio Solitário. Aqui nós temos mapas. – Ele aponta para um cesto à sua esquerda. – E aqui, lanternas. – Um cesto à sua direita. – Os cinco primeiros que chegarem ao local assinalado vão poder dormir em um espaço coberto. Quanto mais rápido terminarem, mais horas de sono vão ter. Já!

Engenheiro dispara na direção dos mapas; Zoo, Carpinteira e Garçonete, na das lanternas. Zoo pega uma lanterna para Engenheiro, e Engenheiro pega quatro mapas.

Garçonete está aterrorizada. Ela sabe que não vai conseguir atravessar a floresta à noite sozinha. Carpinteira faz contato visual com Zoo e insinua uma pergunta com um meneio de cabeça.

– Por mim, tudo bem fazer essa tarefa em grupo se vocês concordarem – diz Zoo. Se estivesse de dia, ou ela não fosse a líder, estaria menos inclinada a cooperar, mas no momento trabalhar em equipe parece o mais prudente a fazer. Os outros concordam; Garçonete tem vontade de abraçar todo mundo.

A cooperação entre Força Aérea e Médico Negro é tratada como certa, e com razão. O nível de confiança mútua que construíram em um só dia é impressionante. Mais tarde, os produtores vão conversar pelo telefone, buscando uma forma de usar a aliança contra o grupo.

– Talvez fosse bom ficarmos todos juntos? – pergunta Médico Negro para Exorcista e Garoto Cheerleader.

Garoto Cheerleader ainda está procurando o time do Mateiro, o melhor de todos. Não quer ficar preso neste. Médico Negro e Força Aérea são legais, mas Exorcista? Um minuto na companhia dele já é tempo demais. Garoto Cheerleader permite que sua antipatia pelo ruivo supere o bom senso.

– Ele falou que é um Desafio Solitário – diz ele. – Então eu vou sozinho.

Ele saúda seus ex-companheiros de equipe com um rápido aceno e sai andando – mas só alguns passos. Ele precisa consultar seu mapa.

– Então estamos aqui e precisamos chegar até... aqui – diz Zoo. Seu dedo atravessa o facho de uma lanterna e projeta uma grande sombra sobre o mapa.

– Que símbolos todos são esses? – pergunta Garçonete. Sua voz está trêmula.

– Olhe a legenda – diz Carpinteira. – Cada uma quer dizer uma coisa diferente. – Ela dá uma pausa. – O que quer dizer "fraga"?

– É um ser da floresta que gosta de pregar peças – diz Garçonete.

Seus colegas de equipe olham para ela incrédulos.

– Isso é um *trasgo* – diz Engenheiro.

O rubor envergonhado de Garçonete é invisível à luz da lua. Ela está abalada; seu cérebro não está funcionando bem. Risadas da produção, risadas dos espectadores. Perfeito.

Garoto Cheerleader está se mexendo, é o primeiro a partir. *Nordeste*, pensa ele. Simplesmente vai seguir a bússola para nordeste até encontrar o riacho sob o local assinalado, e vai descer para o sul. Fácil, fácil.

– Olhe – diz Engenheiro –, tem uma estrada a oitocentos metros para o sul. É fora do caminho, mas passa bem perto do local assinalado.

– Genial – diz Zoo. – Vai ser muito mais fácil de acompanhar no escuro. Vamos lá.

Carpinteira concorda, e Garçonete vai no embalo. Força Aérea observa-os indo embora.

– Aposto que estão querendo pegar a estrada de serviço – diz ele.

– Será que fazemos isso também? – pergunta Médico Negro.

– Nãaao – diz Exorcista. – É completamente fora do caminho.

Força Aérea está dividido. Está tentando tirar o melhor da decisão – o que vale mais: a distância mais curta ou o terreno mais fácil? Se seu tornozelo estivesse bom, a resposta seria óbvia. A bravata e a praticidade batalham dentro dele.

– Acho que a estrada é a melhor opção – diz Médico Negro. – Não quero ficar tropeçando em galhos e raízes no escuro.

Exorcista provoca os dois balançando sua lanterna, mas Força Aérea deixa seu novo amigo conduzi-lo à melhor decisão:

– Você tem razão, vamos pela estrada.

– Vão ser uns três quilômetros a mais! – diz Exorcista. – Estou fora. Vejo vocês na chegada.

Ele faz uma rápida medição com a bússola, depois começa a andar para leste. Há um trio de rochas a quatrocentos metros dali. Ele vai encontrá-las e se voltar para norte, na direção de um par de penhascos, decide. Parece tão fácil. É por isso que marcaram o Desafio para a noite, pensa ele – para acrescentar um elemento desafiador de verdade.

O mapa agora é mostrado aos espectadores em tom mais escuro para indicar que é noite. Pontos coloridos vão se movendo lentamente: um grupo, um par, e dois solitários.

– O que vocês acham que aconteceu com Cooper e os outros? – pergunta Zoo.

– Talvez já tenham ido embora? – diz Engenheiro.

– Talvez tenham ganhado uma carona – sugere Garçonete.

– Faz diferença? – pergunta Carpinteira.

Seus mapas estão dentro dos bolsos, e eles avançam pelo meio do mato emaranhado. Zoo consulta a bússola a cada poucos minutos.

– Eles estão nos seguindo – diz Engenheiro. Os demais olham para trás, veem dois fachos de luz atrás de seus operadores de câmera, que se multiplicaram. Há um por concorrente durante este Desafio, caso eles se dividam.

– Precisamos desse rapaz chinês no nosso time da próxima vez – diz Força Aérea. – Garantimos a linha de pescar, e um pouco de proteína.

– Eu trocava Josh ou Randy por ele, feliz – diz Médico Negro. – Ou os dois. Garoto Cheerleader tropeça contra as árvores. Seu ponto rosa está totalmente fora de curso – ele não consulta sua bússola desde que saiu da clareira. Ele esfrega os olhos ardidos, depois continua andando, a lanterna voltada para o chão. Seu operador de câmera dá uma parada momentânea. Para descansar, pensa Garoto Cheerleader; o câmera está carregando tanto equipamento, que deve precisar de um descanso. Ele também faz uma parada, e dá um tapa num mosquito de fim de noite. Embora jamais vá admitir, a presença do câmera é que lhe deu a coragem para entrar na floresta sozinho. É um sozinho só de mentirinha, pensa ele.

Mas o câmera não parou para descansar. Parou para dar um discreto close-up, que os espectadores verão agora: a bússola com ponto rosa de Garoto Cheerleader jaz no chão, sobre as folhas. O movimento a expeliu do bolso raso de sua jaqueta. Ele devia tê-la colocado em volta do pescoço ou do pulso. Agora é tarde demais.

A equipe de Zoo encontra a estrada: um caminho irregular, sem pavimentação, cheio de marcas recentes de pneus.

– Então, vamos acompanhar a estrada para leste por uns quilômetros, depois viramos para o norte – diz Zoo. – No meio do caminho até lá, há uma ponte, que deve ser óbvia. Depois disso... – Ela fica olhando o mapa, pensando.

Engenheiro se apresenta. Ele nunca usou um mapa precisamente como aquele, mas tem familiaridade com representações esquemáticas.

– Parece que o melhor lugar para virarmos é mais ou menos equidistante entre esse grupo de árvores e o final dessa vala – diz ele.

– Perfeito – diz Zoo.–Então, depois que atravessarmos a ponte, vamos ficar de olho para enxergar a... terceira vala, depois na metade do caminho entre ela e – ela ri, com leveza – umas árvores aí, nós viramos para o norte.

– Umas árvores aí – repete Garçonete.

– Vamos entender melhor quando chegarmos lá – garante Carpinteira.

A alguns quilômetros dali, Garoto Cheerleader arranca uma teia de aranha, estapeia o próprio rosto e deixa sua lanterna cair. Ele limpa os restos da teia do rosto, resmungando xingamentos que serão em sua maioria censurados, depois se abaixa para pegar a lanterna.

– Que ridículo – diz ele. – Andei quase quinze quilômetros, já devia estar no tal riacho. – Ele andou menos de dois quilômetros. Não está nem um pouco perto do riacho, mas está perto de saber o quanto um homem pode ficar solitário com apenas um observador mudo ao seu lado.

Exorcista, por sua vez, está cumprindo a missão em um bom tempo. Chegou à base do pequeno penhasco que Biologia visitou há horas, mas ele o identificou corretamente como o penhasco mais ao sul do par. Sua próxima meta é o penhasco mais ao norte. Ele confere a bússola e segue adiante, ágil no escuro.

Força Aérea e Médico Negro chegam à estrada. Veem o grupo de Zoo mais adiante. O tornozelo de Força Aérea está dolorido, mas estável. Ainda está usando a muleta.

O tempo é comprimido: botas de trilha retumbam sobre uma ponte de madeira de uma pista só, Exorcista assovia uma canção familiar, Garoto Cheerleader tropeça em um tronco apodrecido.

– Deve ser essa a vala – diz Engenheiro. – O grupo de árvores deve estar a uns trinta metros à frente.

Zoo leva Garçonete consigo para averiguar. As árvores são de fácil identificação, um grupo de sete caducifólias altas e juntas ao lado da estrada, uma faixa de grama as separando do restante da floresta.

– Achamos! – grita Zoo. A equipe se encontra no meio do caminho e segue reto para o norte. Basta seguir assim até o fim. Consultam frequentemente suas bússolas, e quando um obstáculo – mato emaranhado demais, uma eventual rocha – se lhes apresenta, eles preferem reduzir a velocidade a sair da direção correta.

O apresentador os aguarda na varanda, sentado em um banco de balanço. Ele acena com a mão.

A estratégia de retirada de Médico Negro e Força Aérea é outra.

– Se formos para o norte a partir desta vala, até esse muro aqui, dali é quase diretamente nordeste até a chegada – diz Força Aérea.

Bem à frente deles, Exorcista entra na clareira em frente à cabana. Acaba de faturar a última vaga de beliche. Do seu beliche, Biologia faz *shii* para a entrada barulhenta dele e se vira para a parede.

O apresentador recebe Força Aérea e Médico Negro em seguida, dizendo um "olá" cheio de pena enquanto para na entrada da cabana, impedindo a entrada.

– Infelizmente nossos beliches estão lotados – diz ele, e aponta para um barraco caindo aos pedaços a uns dez metros dali. O piso está forrado com serragem e uma das quinas do telhado desabou.

– Pelo menos não está chovendo – diz Médico Negro.

– Quem você acha que ainda está na floresta? – pergunta Força Aérea

Corta para Garoto Cheerleader, exasperado à luz da lua e da câmera.

– Cadê minha bússola? – pergunta ele, apalpando os bolsos e sentando em uma pedra. O facho de sua lanterna ilumina suas botas enlameadas. – Aquele cretino deve tê-la roubado – diz ele, embora saiba que isso é impossível. Não viu Exorcista desde que ele deixou o grupo, e estava com a bússola naquele momento. Ele sabe que a perdeu sozinho. – As estrelas – diz ele, olhando para cima. – Posso navegar pelas estrelas. – As copas das árvores escondem o céu, mas mesmo se não escondessem, Garoto Cheerleader dificilmente conseguiria identificar a Estrela do Norte, muito menos navegar por ela. – Certo – diz ele. – Está bem, eu vou conseguir.

Ele lança um olhar de súplica ao câmera, que por sua vez fica olhando a tela de seu visor. Quando Garoto Cheerleader desvia o olhar, o câmera desliga seu walkie-talkie, depois aperta um dos diversos acessórios presentes em seu cinto.

A lanterna de Garoto Cheerleader pisca.

– Não – diz ele, batendo-a contra a palma da mão. – Não, não, não.

A luz desliga. O câmera liga a visão noturna e filma Garoto Cheerleader levantando e jogando sua lanterna inútil no chão. O rosto esverdeado e granulado de Garoto Cheerleader se transmuta da frustração para o medo. Por cerca de trinta segundos, ele fica parado olhando para a lanterna. Depois pensa: *Se eu for embora agora, não vou perder o semestre.*

– Ad... – diz ele. – *Ad tedioso...* merda.

Ele se dirige direto ao câmera:

– Chega. – O câmera ajusta o enquadramento. – Não me lembro da frase, mas desisto.

Garoto Cheerleader mete a mão no bolso – o cartão! Ele o desdobra e segura bem perto do nariz:

– Ad... Ad...

Está escuro demais para ler.

Ele se senta novamente e esconde o rosto nas mãos.

– Meeeeeerda – diz ele. O telespectador ouvirá uma nota longa e tenebrosa. Não pode faltar muito para o amanhecer, pensa Garoto Cheerleader. Ele só precisa de um pouco de luz para ler a frase. Faltam horas, só isso. Ele vai esperar.

O câmera cutuca o cinto de novo. As árvores começam a ranger, um som de vento passando que gradualmente se torna um uivo e depois volta ao rangido. Garoto Cheerleader pensa que está ouvindo coisas que não existem, mas não é sua imaginação lhe pregando uma peça. Depois de quarenta minutos – dez segundos – desse ciclo assustador, ele começa a tremer.

Um grito, de gelar o sangue, vem de trás dele. Ele se ergue de um salto, olha ao redor, não vê nada. O lamento das árvores fica ainda mais alto.

Garoto Cheerleader se vira de novo para o câmera.

– Por favor – diz ele. – Já chega. Chegou para mim. Desisto.

Um silêncio tão absoluto quanto a escuridão. Os sons inaturais da noite fizeram uma pausa para pensar em seu pedido e rejeitá-lo. A súbita ausência de som é um baque para Garoto Cheerleader.

– Por favor – diz ele, deixando cair a primeira lágrima. Suas mãos avançam na direção do câmera. – Me tira daqui, por favor.

Ele está prestes a fazer contato físico.

Não podemos permitir isso.

Acende-se uma luzinha na parte de baixo da câmera. Garoto Cheerleader trava no lugar. A luz é fraca, mas suficiente para iluminar uma frase impressa discretamente embaixo da lente. Garoto Cheerleader quase cai de joelhos.

– *Ad tenebras dedi* – diz ele, a voz trêmula.

A tela fica toda preta.

Materializa-se o apresentador, encostado em uma parede externa com as mãos nos bolsos.

– Um a menos – diz ele, e o primeiro episódio de *Às escuras* terminará com seu sorrisinho malicioso.

9.

Estou passando por entradas de casas com mais frequência agora, uma ou outra fazenda. Ainda não vejo ninguém; somos só eu e as câmeras. Nos disseram que a produção ia ser grandiosa – sem precedentes – mas, ainda assim, a magnitude da coisa é espantosa.

Não nos disseram que andaríamos por áreas povoadas, mesmo que rurais.

Não nos disseram uma porção de coisas.

Vejo movimento em minha visão periférica. Sei instantaneamente que é de um animal. Eu me viro na direção de uma casinha branca obscurecida por árvores caducifólias. Um borrão castanho desaparece na esquina do quintal. Eu devia continuar andando. Não deveria querer ver o que é, mas alguma coisa na descoberta de ontem me deixou valente, ou imprudente mesmo.

Trilho a entrada para carros pé ante pé, chegando ao gramado, depois dobro a esquina da casa e estreito os olhos.

Três gatos saem correndo de mim, sibilando. Um tricolor, um branco, e um todo ou quase todo preto. Acho que o branco está de coleira – vejo algo rosa em seu pescoço. Eu me aproximo. O tricolor entra por uma janela na lateral da casa. Os outros dois somem no fundo do quintal.

Minha curiosidade me leva a chegar perto da janela e a espiar lá dentro. Um quarto pintado de verde pistache. Roupas coloridas e alguns bichos de pelúcia espalhados por um carpete cor de leite. Não consigo distinguir os detalhes dos muitos pôsteres pendurados na parede, mas dois deles parecem de bandas e reconheço o feitio de outro como relacionado com um filme de romance com lobisomens que chegou aos cinemas ano passado.

O gato surge de trás da cama de um pulo e palmeia o edredom amarrotado, atravessando-o. Ele me observa observá-lo. Avança em minha direção e abaixa a cabeça. Ele a ergue de novo, depois abaixa. Parece que o gato está comendo. Pisco algumas vezes para focalizar melhor. Com certeza está comendo alguma coisa. Aos poucos, consigo distinguir seu alimento: uma das mãos lívida e inchada com unhas negras. O gato mordisca entre o dedão e o indicador, arrancando um pedacinho carnudo que não solta sangue.

Por alguns segundos, não consigo parar de olhar, paralisada.

Aquilo não é uma mão. *Não é.* É claro que não é mão coisa nenhuma, sei que não é, mas estou cansada de ficar me repetindo o óbvio. Estou cansada de isso não me parecer óbvio.

Fecho os olhos e, devagar, respiro fundo. Preciso parar de deixar que me atinjam assim.

Abro os olhos e viro o rosto para o outro lado. Começo a andar. Quando percebo um movimento, alguns minutos depois, não vou investigar o que é. Só vejo a estrada desfocada, e acompanho uma de suas curvas até entrar pela floresta.

Horas depois, chega a hora de montar o acampamento. Faço meu abrigo e recolho lenha. Arranco cascas de árvores para começar o fogo, e apalpo o cinto da calça.

Nada nele.

Sinto um frio no estômago. Aperto as mãos em punho.

Minha pederneira está enganchada na calça velha, jogada no chão do banheiro da Trails 'N Things.

A perda me deixa tonta. Eu me reclino para trás, sentando-me; o mundo se reclina junto. Não posso voltar. Não posso passar de novo por aquela cidadezinha. Não posso perder mais dois dias; isso é uma corrida e já estou para trás. Minha garganta se aperta tanto que mal consigo respirar. Coloco as mãos em concha sobre a boca e o nariz, segurando meu queixo com os polegares. A proximidade deixa meus dedos translúcidos. Os pedaços de casca de árvore pressionam minha pele, ora macios, ora pontiagudos. A pior parte é que ter perdido isso foi inteiramente culpa minha – não foi um Desafio perdido, foi simplesmente burrice.

Eu não tinha ideia de que seria assim. Não falaram nada sobre uma falsa pandemia nem cadáveres cenográficos espalhados por aí. Sobre animatrônicos nem gatos silvestres. Cidades vazias e crianças abandonadas. Não falaram nada sobre ficarmos sozinhos por tanto tempo.

Não vou lhes dar a satisfação de me ver chorando.

Três palavras e acabou.

Fecho os olhos e esfrego as órbitas com as pontas dos dedos. Minha pele se desloca com a pressão, seguindo o contorno do meu crânio.

Pensei que isso ia ser divertido.

Ad tenebras dedi. Não consigo falar isso. Não vou falar. A jornada só é muito dura se eu for muito mole. Não quero ser muito mole. Não quero ser muito dura. Não sei o que eu quero ser. Eu passei no teste da trilha noturna. Passei no teste do rochedo. Passei no teste da cabana azul com o boneco. Passei no teste do coiote. Não vai ser esse o momento que vai me vencer. Não vou pedir para sair, *não vou*. Posso sobreviver a uma noite sem fogueira. Eu consigo. E amanhã? Tenho a multiferramenta. Posso fazer uma fagulha com um de seus instrumentos. Não preciso recorrer ao desespero de esfregar gravetos. Meu erro não é o fim do mundo. Dia a dia, passo a passo, vou conseguir chegar em casa.

Eu me arrasto para o abrigo sem comer e seguro firme na mão a lente dos meus óculos. Tenho um nó no estômago e inúmeros no meu cabelo. Meu sono é cheio de interrupções e sonho com um bebê, nosso bebê, que não para de chorar.

Na manhã seguinte, arrombo uma loja de posto de gasolina. Está bem abastecida e sem nenhum corpo cenográfico. Pego água, carne-seca e mix de cereais. Algumas latas de sopa instantânea abre-fácil. Levo um pacote de absorventes; parece que a época está próxima. Quando estou quase saindo, pego também uma caixinha de balas de menta com chocolate. Vou andando para longe do posto e chacoalhando a caixa como se fosse uma maraca. A estrada faz uma curva. Toco "La Cucaracha".

Estou tentando me animar, mas não está dando certo. Minha música improvisada só faz me lembrar de tudo o que deixei para trás. Sentir o coração leve, tirar um tempo para relaxar – que saudade disso. E saudades de comida de verdade, de modificar receitas ao meu bel-prazer. De fatiar cinco dentes de alho em vez de três, de despejar mais um fio de vinho, usar tempero fresco em vez de seco. Saudades do cheiro de cebolas refogando e de frango tostando. Do vapor delicioso que se desprende de um panelão de sopa de lentilhas.

Tomates maduros comprados na feira, com uma mancheia de manjericão roxo e outra de manjericão tailandês, ambas da minha horta.

– Moça.

Que saudade de tomar *latte*. De ir de carro à cafeteria boa na cidade uma vez por semana, o leite integral formando uma espuma perfeita. Na mesa ao lado bebês com iPhones, mamães e papais entornando espressos e fingindo que muffins são nutritivos. Hipsters deslocados empurrando carrinhos lá fora; cãezinhos de colo amarrados a cadeiras, latindo fino e balançando o rabo.

– Moça.

Que saudade das aulas de ioga. De *kickboxing* e *spinning*. Movimento que conduz à força, não a essa rigidez que sinto da cabeça aos pés. Que saudade do professor de jardim de infância conversador que sempre colocava o tapete dele à esquerda do meu e do advogado de meia-idade que dava *jabs* e cruzados atrás de mim. O advogado vivia me dizendo como eu estava ficando magrinha, quase toda semana; agora estou no menor tamanho que já tive. Fico pensando se estarão assistindo, e sentindo a minha falta.

– Moça.

Que saudade dos olhos negros e da risada leve do meu marido. A barba rala dele, negra com pontos brancos no queixo. Barba de pinguim, como a chamamos; não é exatamente como é, mas é engraçado. Saudade das nossas piadas. Saudade de nós dois.

– Ô, moça!

As palavras atravessam meus pensamentos. Palavras que alguém falou de verdade e não fui eu quem as falou. Paro e ouço apenas meu coração batucando e o marulho suave da água. Ouço passos atrás de mim. Eu me viro.

Um rapaz negro usando um suéter vermelho e jeans está parado a poucos metros de mim. Ele é menor do que eu, magro, com cabelo raspado. O branco dos olhos dele é impressionante. Além disso, não consigo distinguir muito mais coisas além de que seu cabelo é um cabelo, sua pele é uma pele, e o letreiro de seu suéter pulsa de leve quando ele respira. Por estar vivo, ele é belo, assim como tudo o que representa: um fim para minha solidão. Três vezes meu coração pulsa *sim sim sim*. Tenho vontade de abraçar forte esse desconhecido e dizer: que saudades de você.

Meus lábios se abrem, rachados. Quase sussurro, mas não consigo. As palavras não são destinadas a este homem. Pisco uma vez, com força, e faço meu coração se recordar do jogo. Dou um passo para longe. Ele está aqui por um motivo, penso de mim para mim. Ele pode estar aqui para ajudar.

– O que você quer? – pergunto. Minha voz vacila por falta de uso.

– Eu... – Ele hesita, inquieto. Sua voz é suave, e não muito grave. Nem um pouco grave. Não é possível que tenha mais de dezoito anos, e pelo jeito é do tipo que se desenvolve tarde. Letras brancas sobre seu tórax dizem: AUGERS? Estreito os olhos. Não, é RUTGERS. Ele está na faculdade – feito o Josh, que também parecia muito mais novo.

– É que faz tanto tempo que não vejo ninguém – diz ele. E fica olhando para mim como se isso provasse seu argumento.

Não posso confiar nele.

– Vá procurar outra pessoa – digo, e recomeço a andar.

– Aonde você vai?

Ele está andando ao meu lado. Quando não lhe respondo, ele pede:

– Pode me dar algo para beber?

Reúno toda a generosidade de que sou capaz.

– Depois da curva tem um posto de gasolina. Vá buscar lá.

– Você me espera?

Eu paro e fico olhando para ele de novo, estreitando os olhos. Deve ter sido difícil escalá-lo.

– Claro – digo. – Eu espero você.

Seus olhos se arregalam com um exagero de emoção – acho que a ideia é parecer alegria.

– Depois da curva? – pergunta ele.

– Depois da curva.

– Você fica aqui?

Faço que sim.

Ele começa uma corridinha, dando olhadelas para trás a cada poucos passos. Ele se torna um borrão vermelho e some na curva. Imagino-o aos pinotes na direção dos mantimentos, levando seu papel a sério.

Espero mais alguns segundos, depois me infiltro na floresta. Faço o melhor possível para não deixar rastros, embora qualquer um com um mínimo de experiência como rastreador vá ser capaz de identificar onde passei no mato alto. O garoto não tem cara de ter experiência com rastreamento, mas pode ser que tenha acesso às câmeras. Um walkie-talkie e um GPS. Meu progresso é lento, mas não importa. Estou sobrecarregada demais para conseguir andar em silêncio e não paro de pisar em gravetos secos e esmagar folhas que não consigo evitar. Até um cego me acharia. Talvez eu devesse parar de andar, afinal de contas, mas assim eu não estaria me aproximando da linha de chegada, ficaria aqui empacada e...

Um uivo angustiado e sem palavras ecoa pela floresta.

Eu paro, o tranco fazendo a garrafa d'água bater contra meu quadril. Ouço outro urro e pela entonação, percebo que este contém palavras, embora eu não consiga interpretá-las. Digo a mim mesma para não voltar, mas volto. Saio da floresta. Assim que saio, eu o vejo. Aqui a estrada é reta e não fui muito longe. Ele corre na minha direção, ganhando definição a cada passo.

– Você falou que ia esperar – choraminga ele. Seus olhos estão vermelhos e suas bochechas sujas são deltas de rio em pequena escala.

Ele atua melhor do que eu previra.

– Estou aqui – digo. – Cadê suas coisas?

– Larguei tudo – diz ele. – Quando vi que você não estava lá.

Vou com ele pegar os mantimentos. Eles caíram das sacolas plásticas que ele deve ter encontrado atrás do balcão. Garrafas e latas e pacotes alongados estão esparramados pela estrada, alguns ainda rolando.

– Você não tem uma mochila?

– Eu tinha, mas perdi.

Não gosto dele; seu personagem obviamente não é lá muito sagaz. Enquanto estamos embalando seus suprimentos – a mesma quantidade de refrigerante e água, e um monte de doce –, ele pergunta o meu nome. Por um segundo não me lembro dele, e em seguida, minto.

– Mae – digo. Maio é o mês do meu aniversário, então me inspiro nele. Sempre gostei de como as letras A e E parecem inteligentes, postadas lado a lado.

Ele fica olhando para mim. Talvez saiba que estou mentindo. Talvez tenham lhe dito o meu nome. Por fim, ele diz:

– Brennan.

Nunca conheci alguém chamado Brennan antes. Duvido de que seja o nome verdadeiro dele. Mas, afinal de contas, não me importa. Meus olhos passam a fitar seu moletom.

Começo a andar. O rapaz que já está na faculdade me segue, sacos plásticos na mão, fazendo perguntas. Quer saber mais sobre mim, de onde sou, como cheguei aqui, onde estou indo, onde eu estava "quando tudo aconteceu". *Por quê, por quê, por quê.* Quase fico na expectativa de ele me entregar um segundo panfleto. Resolvo fazer uma brincadeira e dizer-lhe duas mentiras para cada verdade. Sou de Raleigh, me separei de um grupo de amigos fazendo *rafting* numas corredeiras e estou sozinha desde então, e estou indo para casa. Logo acabo só contando mentiras. Sou de uma família grande, sou advogada especialista em direito ambiental, minha comida preferida é pasta de amendoim. Minhas respostas são contraditórias, mas ele não parece perceber. Acho que ele faz perguntas para ouvir minha voz, e para dar aos editores do programa algo para editar sem ser eu andando. Fico imaginando como minhas mentiras serão retratadas; se vou ser puxada de lado para me explicar no confessionário. Não faço isso desde a minha briga com a Heather.

O menino não faz comentários sobre meu ritmo de caminhada e não menciono meus óculos quebrados nem como o rapaz vira uma neblina quando fica distante mais de três metros. Por volta do meio-dia ele para de fazer perguntas tempo suficiente para reclamar:

– Mae, estou cansado.

E também está com fome; quer descansar. Percebo que não como desde ontem, e, ao percebê-lo, fico um pouco zonza. Sento em um aterro; ele senta ao meu lado, perto demais. Chego alguns centímetros para o lado, bebo um pouco d'água, e puxo a carne-seca da mochila. Ele puxa uma barra de chocolate e um pacote de confeitos da dele. Ele vai ficar mal depois do pico de açúcar, eu acho. Quase lhe ofereço um pedaço da carne-seca, depois me lembro de que, se ele tiver que parar, posso deixá-lo para trás. Ele enche uma das mãos com confeitos e joga tudo dentro da boca.

Eu me recordo das balinhas de menta e chocolate. O que houve com elas? Procuro nos bolsos, na mochila. Não as encontro. Não me lembro de tê-las descartado, nem comido, nem de nada mais depois de chacoalhar a caixa. Pelo que sei, ainda tinham que estar na minha mão. Será que eu simplesmente as enfiei em um dos sacos plásticos, sem pensar? Fico incomodada de não saber que fim levaram, mas não o suficiente para perguntar. Mastigo a carne-seca em silêncio.

Apesar de sua dieta questionável, o garoto mantém o ritmo a tarde inteira. Parece que a juventude dele e minha visão ruim compensaram a diferença entre nossa alimentação. Quando o sol está a poucos centímetros do horizonte, eu saio da estrada.

– Aonde você vai, Mae? – pergunta ele.

– Estou encerrando por hoje.

– Há casas vazias por toda a parte – diz ele. – Vamos procurar camas.

Continuo andando. Queria conseguir andar mais rápido sem me arriscar a cair.

– Que isso, Mae. Você está falando sério?

– Vá você procurar uma cama, é aqui que vou dormir.

Ele não permite que a distância entre nós cresça mais de alguns metros antes de me seguir.

Construo o meu abrigo usando um galho baixo como viga. O garoto me observa e poucos minutos depois começa a construir o seu próprio. O galho que ele usa é alto demais, quase da altura de um ombro. Ele deixa as duas pontas abertas e mal joga um punhado de folhas secas por cima, resultando em uma estrutura que está mais para túnel de vento do que para abrigo. Não falo nada; não me importo se ele passar frio. Lembro-me vagamente de ter lido em algum lugar que quartzo é bom para fazer faísca, e, enquanto recolho lenha, vou recolhendo também pedras que brilhem. Depois que arrumei o ninho de fogo, pego a maior das pedras que encontrei e limpo a terra de sua ponta mais afiada com minha camisa.

– O que você está fazendo, Mae? Uma fogueira?

Estendo algumas das ferramentas do canivete. Não sei qual delas é a melhor para fazer faísca, mas a pederneira tinha uma ponta afiada e outra curva, de forma que decido experimentar a haste da chave de fenda. Seguro a ferramenta com a mão esquerda e a pedra com a direita. Acho que vou acabar me machucando. Fico pensando se uma refeição quente em uma noite quente vale esse esforço todo.

– Você consegue mesmo fazer fogo sem fósforos?

Sinto um aperto repentino no estômago. Lojas de postos de gasolina sempre têm isqueiros no balcão, ou fósforos atrás do balcão. Eu nem sequer procurei. Como pude ser tão burra – outra vez? Aborrecida, bato o aço com força na pedra de cima para baixo. Não faço fagulha alguma, mas meus dedos ainda estão todos aqui. Tento de novo, e de novo. A bandagem suja nas costas da minha mão direita começa a sair. A pedra se espatifa. Escolho uma nova e troco a chave de fenda pela lâmina mais curta. Eu devia ter ficado com aquele arco de pua idiota que nos deram para o Desafio Solitário. Não cheguei a conseguir um tição, aliás, nem mesmo fiz fumaça, mas teria melhores chances com aquele kit do que golpeando essa pedra feito uma mulher das cavernas.

– Você nunca fez isso antes, não é?

Mal posso ver o rosto dele na escuridão cada vez maior. Minhas mãos doem.

– Posso tentar?

Eu lhe entrego o canivete e uma pedra. Ele tenta criar uma fagulha, sem sucesso, por cerca de trinta segundos, e pula longe.

– Ai!

Ele largou as ferramentas e está com a mão esquerda na boca, chupando a lateral do indicador.

Em minha próxima tentativa uma fagulha solitária pula da lâmina na direção da isca de fogo – prendo a respiração, observando. A centelha pega, mas em seguida morre. Atrasada, baixo o rosto até o chão e sopro.

– Faça de novo. – Desta vez não resisto e lanço um olhar feio para ele. – Desculpe – diz ele.

Quatro tentativas depois, outra fagulha pousa na isca. Desta vez, estou pronta. Expiro forte; pequenas chamas aparecem. O menino comemora e me pego sorrindo também. Em minutos, uma fogueira digna estala a nossos pés. Ela parece minha maior conquista em semanas, talvez na vida. Olho de esguelha para o garoto, que está esquentando as mãos em frente às chamas. Vejo o sangue secando em seu punho. Meu humor piora no mesmo instante. Não é com ele que quero dividir este momento.

Fervo um pouco d'água para reidratar um pacote de ensopado de carne e pego a colher-garfo que, afinal de contas, levei. O garoto olha para a minha comida enquanto mastiga uma barra de chocolate meio esmigalhada.

– Você pegou alguma coisa além de doce? – pergunto.

– Batatinhas. – Ele puxa da mochila um saco de batatas "artesanais" e seus olhos voltam a procurar o ensopado.

Eu escolhi meus mantimentos com cuidado. Não posso ficar dando coisas de bandeja para ele.

Poucos minutos depois, ele tosse, mão sobre o peito. Ele bebe um pouco d'água e tosse de novo. Quando ele vê que estou olhando, solta uma explicação:

– A pasta de amendoim da barra grudou na minha garganta.

Apesar dos pesares, fico com pena dele.

– Que tal a gente trocar? – pergunto. – Dou a você um bife com brócolis pelas batatas.

Ele concorda rapidamente. Não quero as batatinhas e elas tomam muito espaço. Abro o pacote, espremo o excesso de ar para fora, e o enrolo para fechar. Depois enfio na mochila.

O garoto despeja água quente na bolsa do bife com brócolis e a fecha com uma beliscada.

– Quanto tempo? – pergunta.

Ele está de olho no meu ensopado outra vez, mas já fiz muito por ele. Quando ele começa a comer vorazmente, poucos minutos depois, ouço a água ainda não absorvida marulhando na bolsa e cada mastigada ruidosa na comida ainda dura. Ele dá uma parada e enxuga o rosto com a manga. A fogueira provoca um lampejo em seu pulso. Um bracelete, acho eu, e estreito os olhos, focalizando o suficiente para distinguir uma região oval de cor e textura contrastantes.

Não é bracelete – é um relógio.

As regras proibiam eletrônicos. Não poderíamos trazer celulares, nem dispositivos com GPS, nem relógios de pulso, nem relógios de bolso, nem qualquer outro tipo de dispositivo que marcasse tempo. Meu marido e eu rimos da lista, e ele perguntou:

– Quem tem um relógio de bolso?

Não esse garoto. O relógio dele é de pulso. Fico olhando o dispositivo e sinto um peso no estômago. Então me dou conta – é por isso que ele está aqui.

Ele é o câmera.

No relógio dele tem uma câmera, e sabe-se lá onde mais – em sua fivela do cinto, escondida nas tramas de seu moletom. Microfones também. Ele é o contrário do Canguru – conversador e intrometido –, o que quer dizer que ele está aqui não somente para filmar, mas que é também um Desafio. Eles fizeram-no parecer jovem e desamparado, mas ele não é nada disso. Cada ato, cada palavra fazem parte de um mundo que estão criando. Porque ele não é *apenas* um câmera; permitiram que ele tivesse um nome.

Depois que acabo, me afasto para fazer xixi. Quando volto, os pés de Brennan, de tênis, estão para fora de seu abrigo imprestável. Ele está roncando e isso me faz odiá-lo. Piso em um graveto. Ele se parte, mas o garoto não acorda. Penso na lanterna em minha bolsa. Eu poderia abandoná-lo. Não teria nem que ir longe, uma hora ou duas andando e ele jamais me encontraria de novo. Mas não – isso não é o mesmo que o Randy fez; eles o ajudariam. Ele é uma peça, não um jogador, e parece que querem que ele fique junto comigo. Ainda assim, fico tentada, só para dificultar a vida deles, para fazer esse garoto sentir uma fração do que eu senti. No final, no entanto, decido que dormir é mais importante do que me vingar por besteira. Deslizo para dentro do meu abrigo e puxo minha mochila comigo. Estou cansada o bastante para adormecer, apesar dos roncos e sibiladas de Brennan.

Tarde da noite, um grito me acorda. Um bebê, uma fera, meus medos estrondeiam ao meu redor. Eu me debato contra eles, mas depois de alguns segundos de pânico percebo que não estou sendo atacada. O som parou. Coração pulando, me arrasto para fora. Vejo Brennan tremendo, com os joelhos junto do peito. Ele dá um grito, um grito rápido e agudo. O grito foi dele e ele ainda está dormindo, ou finge que está.

Obstáculo ao Desafio Solitário número cento e trinta e sete: aturar os terrores noturnos de um desconhecido. *Que ótimo.*

A adrenalina não vai me deixar dormir de novo. Fico sentada junto à fogueira apagada, cutucando as cinzas com um graveto e contemplando a noite. Um morcego esvoaça pelo céu e penso na minha lua de mel. Lembro-me do calor emanado pelas mãos do meu marido quando nos sentamos na varanda de uma pousada junto ao lago, três anos atrás, observando os morcegos ao anoitecer. Lembro dessa mão se aproximar e pousar sorrateiramente no meu cabelo. Lembro de dar um grito de falso susto, sair de perto com uma espécie de passo de dança – Sai! Sai! – e lembro ter voltado para os braços dele e de tudo o que se seguiu. No dia seguinte fomos nadar no lago, e, quando por acidente pisamos no forte de areia de uma menininha, meu marido agachou-se imediatamente para consertá-lo. O meu instinto foi simplesmente ficar ali parada pensando: *oh, não.*

A varanda. Os morcegos. A mão do meu marido em meu cabelo. Se ele estivesse comigo aqui agora, não seria capaz de fazer os dedos passarem por esses nós. Cubro o cabelo com o capuz e observo as cinzas, meio cega. Eu daria tudo, faria tudo para estar de volta com ele.

Tudo menos pedir para sair.

De manhã o olhar de Brennan é satisfeito, quase alegre. As perguntas de ontem se tornam as afirmativas de hoje. Enquanto caminhamos, ele me conta de sua família, de seu bicho de estimação – um peixe beta lutador –, sua escola, seu time de basquete. Não lhe pergunto sobre seu moletom; não lhe pergunto nada, e ainda assim ele fala a maior parte do dia, tagarela feito um bebê que acabou de aprender a falar. Ele salpica pela conversa frases como "Antes de todo mundo ficar doente" e "Teve esse médico na TV que disse"... Quando ele começa a falar sobre ebola transformado em arma, quase explodo, quase grito com ele como gritei com Heather. É esse o trabalho dele, me obrigo a lembrar. É por isso que ele está aqui, para me filmar e me irritar. Não posso deixar que ele me atinja. Eu me desligo das palavras dele o melhor que posso e continuo a caminhar.

À noite seus gritos me acordam de novo, e começo a achar que uma manada de robocoiotes hostis seria melhor do que ele. Mas preciso aturar, aturar tudo, porque ele é o câmera.

Às *escuras* – A surpresa?
O único jeito de sair do programa é falando latim? Era essa a grande surpresa? Pelos comerciais fiquei achando que a essa altura já teriam virado canibais. Mas os mapas são bem legais e o cara sobrevivencialista é fodão, então vou assistir a mais um episódio. Além do mais o gayzinho chorando na floresta foi hilário.
postado há 33 dias por Coriander522
242 comentários

melhores comentários
ordenados por: **antiguidade**
[-] 3KatRiot há 33 dias
Como a maior parte dos programas de "reality", Às *escuras* dá uma ideia totalmente errada de como é sobreviver na selva. Aquele "desafio" com mapa e bússola nem sequer se qualifica como um passeio escolar de primário. Coloque qualquer pessoa do elenco em uma situação de sobrevivência de verdade e eles não duravam nem um dia. Menos o Fodão da Sobrevivência. Sobre ele você tem razão.
[-] Velcro_Is_the_Worst há 33 dias
Meh. Pra mim não fede nem cheira.
[-] LongLiveCaptainTightPants há 33 dias
Vocês não estão entendendo nada: tudo isso ACABOU de acontecer! Eles estão lá na floresta NESTE EXATO MOMENTO! E poxa, só passou um episódio. Deixa eles pegarem o jeito. Sexta é a primeira final (uma final por semana? Maneiro!), pelo menos deem uma chance até lá. Eu vou assistir.
   [-] 3KatRiot há 33 dias
   Isso não faz do programa uma boa representação do que é sobreviver na selva. Além do mais estão isolando um monte de trilhas e locais de acampamento de acesso público para filmar essa porcaria. É isso que tem de errado com esse país.
      [-] LongLiveCaptainTightPants há 33 dias
      A pretensão deles nunca foi representar bem sobrevivência na selva. O programa não é sobre se virar bem numa floresta, é sobre

levar pessoas até o limite – ver até onde cada participante aguenta antes de pedir para sair. Deixaram isso bem claro quando deram a frase de segurança para eles. E se você quer discutir o que tem de errado com esse país, creio que tem um bom tópico para isso <u>aqui</u>.

[-] HamMonster420 há 33 dias

Não é possível ter "uma final por semana". Não é uma final se acontece toda semana.

[-] Velcro_Is_the_Worst há 33 dias

Esse programa precisava era de mais mulher gostosa.

[-] EarCanalSurfer há 33 dias

Por mim eu ficava vendo a ruiva se abaixar o dia todo.

[-] Velcro_Is_the_Worst há 33 dias

Ah, não! Magra demais. É impressionante que as tripas dela caibam ali dentro.

[-] 501_Miles há 33 dias

Gosto da loura. Ela tem garra! E que sorriso bonito.

[-] Velcro_Is_the_Worst há 33 dias

Sério mesmo? Se eu pudesse escolher, sem dúvida preferiria aquela peituda.

[-] CharlieHorse11 há 33 dias

Onde estão os vulcões de ácido? EXIJO VULCÕES DE ÁCIDO!

...

10.

De manhã, os onze concorrentes restantes se reúnem do lado de fora da cabana de toras, cochichando sobre o décimo segundo elemento, que desapareceu. Um estagiário circula entre eles, substituindo as baterias de seus transmissores de microfone do tamanho de caixas de fósforo. O apresentador se adianta. Em sua mão há uma mochila preta idêntica àquela usada pelos concorrentes. Um grande balde de plástico está no chão à sua direita e um longo poste de madeira se projeta ao céu à sua esquerda.

– Temos nossa primeira baixa – diz o apresentador. Ele tira da mochila a faca e a bandana rosa de Garoto Cheerleader. Prega a bandana à metade do poste, com um gesto violento, de facada. Seguem-se alguns segundos de silêncio chocado dos concorrentes, que então cochicham:

– Ele desistiu?

– Será que ele se machucou?

– Aposto que ficou com medo do escuro.

– Quem se importa?

O apresentador pede atenção com um imperioso passo à frente.

– Agora chegou a hora de distribuir os suprimentos dele. – Seu tom é leve e animado, num contraste escandalizante e intencional com a enérgica facada que acabou de desferir. Ele puxa os sacos de lixo de Garoto Cheerleader da mochila e dá um para Força Aérea e outro para Médico Negro. Exorcista se adianta para pegar o terceiro, mas o apresentador dá as costas para ele e encara o grupo de concorrentes que formavam a antiga equipe de Zoo.

Ele entrega o saco de lixo dobrado à Garçonete:

– Ele queria que você ficasse com isso.

Garçonete aceita o plástico negro com um misto de reverência e culpa. Embora sua cabeça pareça estar rangendo, ela dormiu sobre um colchão na noite passada e hoje de manhã tomou banho de chuveiro. Está se sentindo muito melhor do que ontem. Mas não tem certeza de como se sente sobre essa "herança". Ela não teria dado nada a Garoto Cheerleader.

Em seguida o apresentador puxa uma garrafa d'água da mochila. Está cheia – embora nunca se diga com todas as letras que, sempre que um concorrente sair, sua garrafa será preenchida com água limpa antes de ser cedida ao próximo dono.

– Quanto a essa garrafa, ela vai para...

O apresentador passa os olhos em cada um dos concorrentes e vai andando da esquerda para a direita, depois volta, prolongando o momento. Garçonete é a única deles que não deseja a água; já tem três garrafas e estão pesando.

A entrevista pós-desistência de Garoto Cheerleader será mostrada agora, intercalada com o vídeo de ele sendo levado para fora da floresta por um guia não identificado todo de preto.

– Se eu achei que seria o primeiro a sair? – diz ele. – Não, mas quem é que acha? – Ele está no banco de trás de um carro. As janelas têm vidros escuros. – Não me arrependo de ter vindo, mas já chega, estou pronto para ir para casa. Não me importo muito com quem vai ficar com minhas coisas.

O apresentador para em frente a Médico Negro.

– O doutor é legal – diz Garoto Cheerleader. – Além do mais, está bem preocupado em conseguir água limpa. Acho que pode dar a água para ele. Para qualquer um, menos o Randy. – Os músculos de seu rosto se contraem de ódio, quase rápido demais para se ver. Ele fecha os olhos e relaxa a postura no banco. – Mal posso esperar para chegar em casa.

Médico Negro aceita solenemente a garrafa, e o apresentador segue adiante.

– Nosso segundo Desafio em Equipe vai ser hoje – diz ele. – Mas antes, um Desafio Solitário para determinar os times.

Ele indica o balde com um gesto, e aos telespectadores será mostrado o que ele contém: água marrom rica em detritos orgânicos não identificáveis. A câmera se afasta, revelando uma mesa sobre a qual pousam mais dois baldes. Um contém areia, o outro, pedaços de carvão. Junto aos baldes há onze garrafas de refrigerante de dois litros, sem os rótulos. A mão de Zoo está em seu bolso, apertando uma bandana azul embolada. O apresentador explica o que ela esperava dele: usando os objetos da mesa, os suprimentos já em seu poder e o que mais conseguirem arrumar na floresta, os concorrentes precisam filtrar água. Têm trinta minutos.

– Vocês precisam ter pelo menos um copo filtrado no final do Desafio, ou estarão desclassificados. Quem tiver a água mais limpa ganha.

O Desafio de meia hora será comprimido em três minutos. Boa parte desses três minutos se concentra em Zoo, que se lança à ação, serrando uma garrafa de dois litros ao meio com sua faca, depois fazendo vários buraquinhos no fundo. Ela solta seu carvão em pó úmido lá dentro, depois deposita uma camada de areia por cima, seguida por seixos e folhas de grama. Usando a metade de cima da garrafa cortada, ela recolhe e despeja água suja em seu filtro improvisado. Enquanto a água de Zoo escoa para a parte de baixo, Mateiro termina de pulverizar seu carvão e começa a construir seu filtro. Os outros estão de olho nesses dois, imitando-os com mais ou menos sucesso.

– Ontem, pensei que ela estivesse sendo altruísta ao usar sua bandana para o carvão moído – diz Carpinteira, sobrepondo pedras ao carvão. – Pensei que ia ser dificílimo de limpar. Que droga que agora ela está com isso, mas, na verdade, ela mandou bem. Eu não teria pensado em guardar.

– Muito inteligente – diz Engenheiro.

– Sortuda – diz Garçonete. Ela cutuca sua garrafa de dois litros com a faca, experimentando.

A água de Zoo encheu seu copo medidor, mas ainda tem uma coloração marrom-amarelada.

– Dez minutos – diz o apresentador.

Ela raspa o grosso da gosma filtrada por sua camada superior e substitui a grama, depois joga a água já filtrada lá dentro de novo.

O filtro de Banqueiro é um torvelinho lamacento, seu copo medidor sequinho da silva.

– Será que eles vão notar se eu simplesmente encher direto daqui? – pergunta Médico Negro, mostrando a garrafa que ganhou de Garoto Cheerleader.

Rancheiro, Força Aérea e Engenheiro estão indo bem. Quase tão bem quanto Mateiro. Se não fosse pela vantagem de Zoo, seria uma disputa acirrada.

– Acabou o tempo!

Garçonete e Banqueiro mal têm água em seus copos medidores. Ao Exorcista, falta um terço do copo. Os três estão desclassificados. Dos oito restantes, há uma vencedora óbvia. A água de Zoo não está cristalina, mas está bem menos amarelada que as dos demais. O copo de Biologia parece que foi pego diretamente do balde sujo.

– Parabéns – diz o apresentador a Zoo. – Como recompensa, você vai poder escolher os times do nosso próximo Desafio. Duplas, mais um trio, dada a situação ímpar do grupo. – Os produtores não gostam da fala; depois ele terá de regravá-la, sem a piadinha.

– Eu fico sabendo algo sobre o Desafio antes de escolher? – pergunta Zoo.

– Não. Quem você vai querer como parceiro?

Engenheiro está tentando não sorrir; vai ser ele. *Tem* que ser ele – eles pegaram um peixe juntos.

Zoo não hesita em apontar Mateiro. Engenheiro fica silenciosamente arrasado. Zoo o pareia com Carpinteira, pensando que vão trabalhar bem juntos. Sua próxima jogada é romper a aliança nascente, pareando Força Aérea com Biologia e Médico Negro com Banqueiro. Com isso, Rancheiro, Garçonete e Exorcista ficam sendo o trio.

O apresentador faz um gesto para que todos o acompanhem. Ele os leva na direção oeste, a direção da clareira de ontem. A caminhada que se segue será limada na edição – chegaram! Estão no penhasco mais ao sul, o que foi visitado por Biologia e Exorcista durante o Desafio de ontem. Uma corda cor de salmão pende lá do alto do rochedo, onde está ancorada em dois troncos de árvore e em uma grande pedra enterrada.

Banqueiro sorri.

– Ótimo – diz ele. Vendo o olhar de curiosidade de Médico Negro, ele acrescenta: – Esta é nossa.

– Ah, não! – diz Garçonete. O editor decide transformar isso em seu bordão. – Ah, não. Detesto altura.

Exorcista lhe dá um olhar de condescendência:

– São só uns dez metros.

Rancheiro contempla o penhasco e a corda:

– Vamos ter que escalar isso aí? – pergunta. Não se sabe quem está mais assustado: ele ou Garçonete.

O apresentador dá um passo à frente para ficar bem junto à base do rochedo. Ele dá um puxão nas pontas soltas da corda com uma das mãos.

– Escalada – diz ele. – Pode não ser uma habilidade essencial para sobreviver na floresta, mas pode tirá-lo de uma encrenca. E além do mais – ele exibe um sorriso que parece uma cerquinha branca –, é divertido. A primeira parte desse Desafio é levar um membro do seu time até o topo o mais rápido que você puder. O tempo de sua chegada irá determinar a ordem em que vocês vão partir na próxima fase. – Ele se volta para Zoo. – Quem vai primeiro?

Zoo não ouviu o comentário confiante de Banqueiro para o seu parceiro e se pergunta se alguém ali tem cara de saber escalar. Ela foi algumas vezes com amigos a paredes de escalada *indoor*, mas nunca escalou em área externa. Passado um momento, ela indica que Biologia e Força Aérea irão primeiro.

– Você já escalou antes? – pergunta Força Aérea à parceira.

Biologia faz que não.

– Quem vai subir? – pergunta o apresentador.

– Eu – diz Força Aérea.

Pulamos direto para a ação. Força Aérea e Biologia usando capacetes e cadeirinhas de alpinismo. Todos os concorrentes receberam uma aulinha longe das câmeras de como ir retesando a corda conforme o alpinista vai subindo.

Banqueiro debocha do equipamento:

– Qualquer um consegue aparar a queda com um gri-gri. – Ainda assim, ajuda o Médico Negro quando ele fica confuso.

Um guia que nunca aparecerá para a câmera se posiciona atrás de Biologia para servir de reserva. Força Aérea é ancorado e o dispositivo de freio é conectado à cadeirinha de Biologia. As perneiras do arnês dela emolduram seu traseiro, levantando as nádegas, e o cinto da cintura a aperta poucos centímetros abaixo dos seios, sublinhando-os. A câmera se demora nela, sem-vergonha.

– Já escalei paredões de madeira, nunca um de pedra – diz Força Aérea. Seu cabelo curto está oleoso e sua pele rebrilha de suor. Há uma mancha de sujeira em seu pescoço por ele ter coçado uma picada de mosquito. Ele e Médico Negro são os dois únicos que não conseguiram tomar banho desde o Desafio noturno. – Vamos ver como eu me saio. – Ele faz uma pausa. – Meu tornozelo? Está melhor. Vai ficar tudo bem.

– Já! – diz o apresentador.

Força Aérea não tem experiência suficiente para subir o penhasco com rapidez, e sabe disso. Pondera por onde vai começar. Qualquer alpinista que estiver assistindo vai saber o que Banqueiro já sabe: que essa rota é um 5.5 – um 5.6 fácil, no máximo – um paredão liso com agarras protuberantes. Este Desafio é mais mental do que físico.

Força Aérea encosta na pedra acima de sua cabeça, depois apoia o pé em um sulco na altura do joelho. Saiu do chão. Biologia dá um puxão na corda folgada por meio do dispositivo de parada. Ela está tensa; acredita mesmo que tem a vida de alguém em suas mãos. Atrás dela, o guia mantém a mão na corda de segurança. Força Aérea começa a se elevar, agarrando-se na rocha e mantendo seu corpo junto dela. Ele está dependente demais de seus braços; logo seus antebraços latejam e seus dedos doem. Metade do paredão já se foi. Força Aérea se detém com a bochecha colada ao paredão gelado e olha para baixo. A vista não o afeta; ele está fora de sua zona de conforto, mas firme. Ele sacode as mãos para doerem menos, primeiro uma, depois a outra, e desliza os dedos até o próximo ponto de apoio.

Cinco minutos e quatro segundos depois de o Desafio começar, ele bate no X de fita adesiva branca no topo do penhasco com sua mão suja. Biologia tensiona a corda até o último centímetro, depois Força Aérea se senta e solta o paredão. Biologia solta a trava e sua dupla volta caminhando pela parede da rocha. Ela não respira até ele tocar o chão.

– Quem é o próximo? – pergunta o apresentador a Zoo.

Ela aponta o trio.

– Eu subirei ao Céu – diz Exorcista. Ele estala as juntas, e em seguida ataca o paredão, deslizando rocha acima feito um besouro. Garçonete fica de fora; Rancheiro luta para retesar a corda com a velocidade necessária. O movimento não lhe é familiar e ele não consegue manter o ritmo correto.

Exorcista escorrega, abanando braços e pernas enquanto tomba sem controle. Garçonete solta um berro. Exorcista é freado bruscamente no meio do caminho; Rancheiro fica erguido na ponta do pé e com o corpo puxado para a frente, as duas mãos segurando firme a corda ao redor de sua cintura. Seu reserva segura firme. Exorcista balança para a esquerda, rodopiando e batendo o ombro na rocha. Quando ele finalmente para, pendurado frouxamente em sua cadeirinha, há sangue em seu rosto e nas mãos.

Agora os telespectadores verão o Exorcista de cima, pois o drone com câmera desceu de sua invisibilidade aérea para dar zoom em seu rosto pálido e suado. O sangue de sua testa e bochecha esquerda parece pintura de guerra, borrado por sua palma e dedos ralados. Sua mandíbula está travada, seus olhos cor de amêndoa arregalados.

– Você consegue continuar? – brada o apresentador.

Exorcista faz que sim firmemente. Sua fanfarronice de escolhido divino vacila. Pela primeira vez desde o início das gravações, ele está visivelmente assustado. Seu medo o torna mais real, feito gente, e não caricatura. Os produtores se preocupam; não foi para isso que o colocaram no elenco. Mas concedem esse momento ao editor. Também estão curiosos sobre ao que ele vai levar.

Um minuto inteiro transcorre – para o espectador, meros segundos – enquanto Exorcista se recupera. Quando volta a subir, ele se mexe com o maior dos cuidados.

– Nossa – diz Carpinteira. – Que coragem.

Engenheiro faz que sim; ele não acha que seria capaz de continuar a escalada depois de uma queda dessas.

De todo, o respeito que os concorrentes têm por Exorcista sobe um pouco – de zero para um em uma escala ainda a ser determinada.

Exorcista termina num tempo de nove minutos e trinta e dois segundos.

Banqueiro e Médico Negro são os próximos. Está claro desde o primeiro movimento de Banqueiro que ele é um alpinista experiente. Ele desliza paredão acima, se mexendo com eficiência exemplar. Sua ascensão será intercalada com um depoimento:

– No verão, subo nos Gunks na maioria dos fins de semana, e ano passado escalei o El Cap. Estou confiante de que esse está no papo.

Ele bate no X branco apenas um minuto e quarenta e quatro segundos depois. Nem sequer ficou ofegante. Médico Negro solta um urro enquanto desce sua dupla. Os olhos de Exorcista se estreitam.

– Uau – diz Zoo. – Mandou bem. – Ela se vira para Engenheiro e Carpinteira. – Sua vez. Boa sorte.

Pela primeira vez, uma mulher se apresenta para escalar.

– Não sei – diz Carpinteira no confessionário. – Nunca me incomodei muito com alturas. Gosto de altura. Tive ótimos dias de trabalho em cima de telhados. Escalar parece divertido.

Carpinteira é baixa, o que limita seu alcance, mas também é leve e muito flexível – o resíduo de uma paixão de infância por ginástica olímpica. E embora não faça parecer tão fácil quanto Banqueiro, seus movimentos de escalada são ágeis. Ela bate no X com quatro minutos e treze segundos, fazendo de sua dupla com Engenheiro o segundo lugar.

É a vez de Zoo e Mateiro.

– Em parte, sinto que eu deveria ter me oferecido para escalar – diz Zoo, enquanto Mateiro se atrela. – Como se eu tivesse que experimentar de tudo, não importa o quanto seja assustador ou difícil. Mas é preciso levar em consideração estratégia também, e nesse caso está claro que meu parceiro vai se sair melhor do que eu nisso. Poxa, você o viu subir naquela árvore outro dia? Parece um macaco. Ou um gato. – Ela dá risada. – Um magato. Se existisse, seria um bicho fofo, não?

Acusações de racismo tomarão conta da internet – Zoo ficaria horrorizada se soubesse. Ela só quis dizer que ele era muito bom de escalada.

No penhasco, Mateiro não tem a experiência de Banqueiro, mas sabe se movimentar e conhece o seu corpo. Movimenta-se rápida e agilmente na direção do topo. O tempo corre.

– Temos um minuto – diz o apresentador.

Mateiro acabou de passar da metade. Tem quarenta e três segundos caso queira ganhar de Banqueiro. De fato, quer ganhar dele – mas também conhece seus limites. Seus dedos estão aprendendo sobre a rocha, seus olhos e cérebro trabalhando juntos para descobrir os melhores apoios antes da hora.

– Um minuto e trinta!

Ele está perto do topo, mas será que está perto o bastante? Médico Negro agarra o ombro de Banqueiro.

– Um e quarenta e quatro – diz o apresentador.

Médico Negro e Banqueiro dão um toca aqui em triunfo.

Catorze segundos depois, Mateiro chega ao X. Ele e Zoo terminam em segundo lugar.

Entre atrasos e transições, este Desafio durou horas. As frutas oferecidas na cabana já foram devoradas há horas. Rancheiro ainda tem um hambúrguer dentro da mochila, e Banqueiro um punhado de aspargos murchos. Mateiro terminou o último de seus frangos de manhã; ele prefere calorias na hora a calorias depois, sempre.

— Estou morrendo de fome — diz Engenheiro.

A Biologia só restaram mais algumas barras de proteína, e ela não vai mais dividir.

O apresentador comeu ovos com salsicha no café da manhã. Não houve tempo para almoçar, mas ele comeu um chocolate e bebeu uma Coca Zero entre as escaladas, de costas para os concorrentes. Está louco para despachá-los para a fase seguinte do Desafio para poder comer um sanduíche. Mas primeiro, mais perda de tempo. Os concorrentes dão voltas sem rumo, ansiosos para saber o que vem a seguir. Alguns minutos depois, um estagiário chega correndo do sul, gritando:

— Desculpem, desculpem!

Ele é gorducho e branco, e tem pouco mais de vinte anos de idade. Está segurando uma grande bolsa de mão cilíndrica, que passa para o apresentador.

— Já não era sem tempo — diz o apresentador, enquanto ordena aos concorrentes que se alinhem à sua frente.

A bolsa cilíndrica contém cinco mapas enrolados, um para cada equipe. O apresentador abre um deles com um gesto.

— A próxima fase deste Desafio em Equipe é mais difícil do que qualquer coisa que vocês tenham enfrentado até agora. E mais demorada. Dentro de seu mapa, vocês vão encontrar uma Pista impressa, que os levará até um local assinalado que conterá outra Pista. A terceira e última Pista vai levá-los até o fim do Desafio. — Ele faz uma pausa. — Vocês *não* vão terminar hoje. — Vários dos concorrentes resmungam, seus murmúrios servindo como pano de fundo às palavras do apresentador, que continua: — A ordem em que vocês irão partir para essa jornada será determinada pelo tempo em que terminaram a escalada. — Ele entrega um dos canudos de mapa a Banqueiro. — Vocês dois vão primeiro, e os outros depois, saindo a cada dez minutos. Seu tempo começa a contar agora.

Banqueiro e Médico Negro correm para juntar suas coisas, depois se afastam uns poucos metros para desenrolar seu mapa. Os outros estão às voltas pelo local; Garçonete está sentada, apoiada em uma árvore, de olhos fechados.

O novo mapa é topográfico, cobrindo muitos quilômetros a mais do que qualquer mapa que os concorrentes tenham recebido antes. Formas arredondadas, nunca exatamente concêntricas, e os Us e Vs da água corrente contando a história do terreno. Um ponto de Você-Está-Aqui localiza-se junto ao canto inferior esquerdo. A estrada de terra da noite passada parece muito próxima nessa escala. Um pedacinho de papel enrolado dentro do mapa diz:

Uma rocha toma sol na curva em U de um riacho. Depois que passa o meio-dia, o pico mais alto da terra projeta uma sombra que a tampa. Escondida no escuro mais escuro, sua próxima Pista o aguarda.

– Certo – diz Médico Negro. – Parece bem claro, não? Precisamos encontrar uma rocha ao longo de um riacho a leste da montanha mais alta. Onde fica isso?

Banqueiro percorre o mapa com o dedo indicador, acompanhando linhas de contorno.

– Aqui – diz ele. – Esta é a mais alta.

– E há uma linha azul – diz Médico Negro. – Mas não vejo a rocha.

Banqueiro engole a risada, sem querer ser rude. Médico Negro não vê seu sorriso, mas os telespectadores o verão.

– Não acho que eles vão indicar a pedra aqui – diz Banqueiro. – Não nessa escala. Precisamos procurar a curva.

– Ah, certo... Então é... aqui? – Médico Negro espeta o mapa com seu indicador. Inesperadamente surgirá um tópico na internet sobre esse tema – os dedos grossos de Médico Negro. *Como é que ele consegue usar um bisturi com esses dedos?* Perguntará uma usuária; a linha vermelha do erro de digitação muito óbvia sob a palavra quando ela clica em *postar*, mas ela nem liga. Outro, *eu que não queria esses cotoquinhos me operando!* Uma solitária voz da razão dirá a todos que na realidade não dá para determinar a destreza de uma pessoa simplesmente olhando para seus dedos, e além do mais eles nem sequer sabem que tipo de médico ele é. E é verdade: Médico Negro não é cirurgião. Ele é radiologista e seus dedos curtos e grossos dão conta do recado.

– Isso me parece ser a curva – diz Banqueiro. – Então, qual é o melhor jeito de chegar lá?

Eles se revezam cutucando o mapa, trocando ideias, e após alguns minutos se decidem por uma rota que na maior parte consiste em seguir rio acima. Eles consultam suas bússolas, e partem para a floresta.

Quando Zoo e Mateiro recebem seu mapa quatro minutos depois, determinam seu destino quase no mesmo instante, e Mateiro percebe algo que Médico Negro e Banqueiro não perceberam: a faixa branca gigante que corta o abundante verde do mapa a leste do riacho da montanha.

– Sugiro que a gente acompanhe essa clareira a norte, depois tire o rumo da curva em U a partir do limite norte dela – diz ele.

– Parece ótimo – diz Zoo dando risada. – Mas você me explica o que quer dizer "tirar o rumo"?

Mateiro não entende aquele riso. Nem a pergunta nem a ignorância dela são divertidas. Mas por ora são parceiros, de forma que ele responde:

– É usar a bússola para determinar em qual direção você deve andar, depois seguir o rumo de ponto de referência em ponto de referência em uma área onde, sem isso, seria muito fácil de perder a direção que pretendíamos seguir.

– Ah! – diz Zoo. – Foi quase o que nós fizemos ontem.

Mateiro pisca os dois olhos, depois tira sua bússola e a coloca no chão, sobre o mapa. Ele ajeita ligeiramente o papel para que o norte do mapa se alinhe ao de sua bússola, depois gira o limbo da bússola para colocar a agulha do norte no portão.

– Trinta e oito graus – diz ele, praticamente de si para si. – Isso vai nos levar até o campo. Porém... – Ele baixa o olhar para a borda do mapa.

– O que você está procurando? – diz Zoo.

– A declinação – diz Mateiro. Há letras miúdas, mas não as letras miúdas que ele está procurando. – Não diz. Nessa área tem que ser pelo menos de cinco graus. Então, quarenta e três graus. Eis o nosso rumo.

Zoo ajusta sua bússola para quarenta e três graus, depois a cola perpendicularmente ao seu tronco. Mateiro dobra o mapa de forma que seu local atual fique para cima.

– Aquela árvore seca? – pergunta Zoo. Uma bétula decadente, derribada, é o mais longe que ela consegue enxergar naquela reta.

– Por que não? – diz Mateiro.

Eles começam a caminhar.

– Já ouvi falar em declinação – diz Zoo –, mas, para ser honesta, não tenho ideia do que seja.

Mateiro não responde. Já falou mais do que gostaria.

Zoo lhe permite alguns passos em silêncio, depois insiste:

– E aí, o que é declinação?

– A diferença entre norte verdadeiro e norte magnético – concede ele. O olhar curioso de Zoo o incita a maiores explicações. – Mapas são feitos de acordo com o norte verdadeiro, ou seja, o Polo Norte. Bússolas obedecem ao norte magnético. Levando em conta a declinação, corrigimos essa diferença.

– Ah.

Zoo está tentando e fracassando em andar tão rápida e silenciosamente quanto Mateiro. Um ramo estala sob o pé dela e ela faz uma careta de desaprovação. O câmera que os segue é ainda mais barulhento do que eles. Ele tropeça e quase cai. Zoo começa a perguntar se ele está bem, depois aborta a gentileza. Ele não está aqui, recorda ela. E ela ri de novo ao pensar: *Se um câmera cai no meio da floresta e ninguém se virar para olhar, será que ele fez barulho?*

As costas e boca do Mateiro se curvam muito ligeiramente.

A próxima equipe a receber seu mapa é a da Carpinteira com o Engenheiro. Eles se põem a caminho em instantes, assim como Força Aérea e Biologia, uma vez que tiverem recebido os seus.

Mas o último grupo – o trio – tem problemas. Rancheiro fica tão completamente aturdido com o mapa que mal registra a Pista quando Garçonete a lê em voz alta. Ele conhece a terra, mas a terra que conhece é uma vogal solitária e ressonante. Aqui, a terra é uma série de consoantes bruscas. Linhas indecifráveis cavoucam por sua vista. Garçonete também está completamente perdida. O maior problema do grupo, porém, é Exorcista. Suas mãos, ombro e orgulho ainda estão doloridos da queda. Em sua cabeça, esta Pista pertence a ele e a ele somente – foi ele que escalou, ele que caiu. Está fervendo de raiva e de vontade de arrancar o papel da mão de Garçonete. Está cheio de pensamentos de ódio – pensamentos sexistas, racistas. A consequência de sua queda humanizadora é o afloramento de seu lado mais monstruoso.

Exorcista está plenamente ciente desse seu lado monstruoso, embora jamais pretendesse deixá-lo à solta. Ele queria ser capaz de bani-lo. Cada vez que convence uma mãe abandonada ou um garoto surrado com cinto de que seu ódio é um visitante de fora, ajuda. Converter o ódio de outra pessoa em demônio e expeli-lo torna possível a ele suportar o seu próprio. Mas aqui não tem ninguém para exorcizar. Ele vistoriou o terreno e viu que é estéril. Com isso, Exorcista fica refém das experiências passadas. A Pista ecoa em sua cabeça e ele diz:

– Rocha. Uma vez conheci uma mulher de um lugar chamado Rocha. Ela me ligou pedindo ajuda com uma certa situação.

– Agora não é hora disso – diz Garçonete.

Exorcista a ignora e continua. Precisa fazer aquilo.

– Ela não estava com um demônio de verdade, poucos estão. Mas, ainda assim, pude ajudar. Disse a ela: "Sim, você está possuída." Esta mulher, ela tinha ouvido "não" por tanto tempo que simplesmente ouvir "sim" fez a maior parte do trabalho. Senhor do céu, vocês tinham que ver a paz que surgiu nos olhos dela naquele momento.

– A gente precisa entender isso aqui – diz Garçonete.

Exorcista remexe no mapa, amarrotando um cantinho.

– Depois disso, tudo o que precisei fazer foi segurar um pouco na mão dela e orar. Muito fácil.

– O que a Pista diz? – pergunta Rancheiro.

Garçonete já a leu em voz alta duas vezes.

– Toma – diz ela, entregando-lhe o papelzinho.

– Nem todos são tão fáceis assim – diz Exorcista. – A maior parte deles exige muito mais esforço. Mas havia uma certa meiguice nesse caso. Eles sempre ficam agradecidos, mas ela ficou *gratíssima*. E não digo sexualmente... às vezes isso até acontece, embora geralmente faça parte da possessão.

— Dá para se concentrar, por favor? — diz Garçonete. — Algum de vocês sabe ler um mapa desses?

— Na curva em U de um riacho — murmura Rancheiro. — Bem, azul é água, né não? E um riacho é uma linha, então onde tem uma linha azul curva?

Ele se inclina por sobre o mapa. Seu chapéu está na mão, de forma que seu cabelo estriado cai e tapa o seu rosto feito cortinas se fechando.

— Em vários lugares — diz Garçonete. — Como é que achamos o pico mais alto?

— Acho que essas linhas são de elevações — diz Rancheiro.

Exorcista está calado. Está pensando mais na mulher agradecida. Ela foi uma das poucas, talvez a única, que entendeu. Segurou a mão dele antes de sua partida, apertando-a forte, e disse:

— Sei que isso não foi um exorcismo de verdade, mas seja lá o que você fez, foi excepcionalmente *real*. E me ajudou. Obrigada.

Ela não era o tipo de mulher que usaria uma palavra como "excepcionalmente", mas é assim que ele lembra, embora às vezes só ache que talvez ela só tenha segurado sua mão sem falar nada.

— Esse é o mais alto, certo? — diz Garçonete.

— Parece — diz Rancheiro. Garçonete o perturba, ali agachada com boa parte da barriga de fora. Ele acha que mulheres devem ter um pouco mais de pudor. Ainda assim, é difícil não dar uma olhada de rabo de olho de vez em quando. Ele é casado, mas não ama a esposa. Já esteve loucamente apaixonado uma vez, mas hoje isso não lhe parece mais possível. Mas a seus filhos ele ama, sim: dois meninos e uma menina, de quinze, doze e onze anos.

— Então, uma curva perto desse pico — diz Rancheiro. Não faz calor, mas ele sua. Está sentindo o olhar das câmeras sobre si.

— Há rio dos dois lados — diz Garçonete. — Os dois têm curvas. Como sabemos qual é?

— Alguma coisa a ver com o pôr do sol? — pergunta Rancheiro.

— Ah, sim! — Garçonete bate palmas uma vez e sorri. — Nunca... Lave... Sua... Ovelha! — Ela toca os pontos cardeais no mapa enquanto recita cada palavra. — Oeste. O sol se põe a oeste, é o rio deste lado. — Sua autoconfiança aflora; ela está cheia de orgulho por ter chegado a esta conclusão sozinha.

Rancheiro não percebe o erro de Garçonete. A maioria dos telespectadores também não perceberá.

Horas e horas de caminhada; quem tem paciência para tanta caminhada? É inassistível. Cinco equipes trilhando seis quilômetros cada uma, no mínimo. Algumas fazem desvios involuntários, e um está se dirigindo para um ponto a quase cinco quilômetros de onde deveria ser sua meta. Toda aquela andança, todo aquele perrengue, condensados em uma legenda: HORAS DEPOIS.

Horas depois, Mateiro e Zoo margeiam um longo campo de flores silvestres, depois cortam para oeste. Horas depois, Banqueiro e Médico Negro vacilam ao pisar em pedras para atravessar um riacho. Horas depois, Carpinteira empurra um galho tirando-o do seu caminho; ele volta para o lugar com força e bate no tórax de Engenheiro. Horas depois, Força Aérea está manquitolando, seu tornozelo precisando de um descanso que Biologia está disposta a conceder mas ele não está disposto a aceitar. Horas depois, Exorcista já se recuperou o suficiente para dizer:

– Deixe eu olhar o mapa.

Garçonete lhe entrega a carta.

– Aonde estamos indo?

Ela lhe mostra. Ele lê a Pista, olha para o mapa. Seu rosto se contorce, pensativo. Ele contempla a Pista mais uma vez.

– Está errado – diz ele.

– Como assim, "está errado"? – A postura de Garçonete descamba para uma pose ofensiva familiar a qualquer fã de reality shows; ela está postada com uma das mãos no quadril inclinado, sua cabeça jogada para trás e um pouco para baixo, desafiando-o, duvidando que ele tenha coragem de continuar a falar. Rancheiro espia por sobre o ombro de Exorcista.

– "Depois que passa o meio-dia, o pico mais alto da Terra projeta uma sombra que a tampa" – recita Exorcista. Ele dá um peteleco na montanha representada no mapa. – Se ele está projetando uma sombra à tarde, essa sombra vai ficar do lado leste.

– Não – diz Garçonete. – O sol se põe no *oeste*. – Ela revira os olhos. Logo vai acusar alguém de estar lhe puxando o tapete.

– Ele tem razão – diz Rancheiro, e Garçonete gira para encará-lo. – Veja bem. Se você está com uma luz à esquerda de um objeto – Rancheiro sustenta seu braço direito em frente ao próprio rosto, depois abre e fecha os dedos de sua mão esquerda ao lado –, a sombra vai parar do lado oposto.

Seu erro agora ficou óbvio para todos. O rosto de Garçonete cora. Ela fica com saudade de sua antiga equipe: os asiáticos raquíticos e a loura mandona.

Exorcista ri.

– Você devia ter sido professor – diz ele, batendo no ombro de Rancheiro. Fica rapidamente sério assim que volta a consultar o mapa. – Estamos bem fora do caminho. – diz ele. – Temos que cortar para leste.

A quilômetros dali, Mateiro e Zoo não estão fora do caminho. Estão perfeitamente dentro dele, do melhor caminho possível.

– Ali! – grita Zoo, apontando para uma rocha de quase dois metros de altura junto a um riachinho. A curva do rio é óbvia no mapa, mas sutil em pessoa. Aos telespectadores será mostrada uma tomada aérea para confirmar que o local é o indicado pela Pista.

Zoo dá uma corridinha, se adiantando a Mateiro, que ergue a sobrancelha diante de tanta empolgação. Faltam poucas horas até o sol se pôr, e essa faixa de terra está majoritariamente à sombra.

– Escondida no escuro mais escuro – diz Zoo, ao chegar à rocha. – Escuro mais escuro.

Ela está procurando um buraco junto à base da pedra. Demora oito segundos para encontrá-lo. Todos os oito segundos serão mostrados, e os telespectadores terão a sensação de que ela está fracassando, ou demorando séculos, pois estão acostumados ao encurtamento de cenas como esta. Na perspectiva de Zoo e Mateiro, ela encontra a caixa de metal muito rápido.

Ela puxa a caixa do nicho e a destrava. Agora Mateiro está a seu lado. Quando Zoo abre a caixa, ele estica a cabeça para ver.

Cinco rolos de papel, feito pergaminhos em miniatura.

– Fomos os primeiros a chegar – diz Zoo.

Mateiro não se surpreende ao saber que ganharam de Banqueiro e Médico Negro. Andar em campo aberto sempre poupa tempo.

– O que diz aí? – pergunta ele.

Zoo lhe entrega um dos pergaminhos, depois fecha a caixa e a esconde de volta nas sombras.

Mateiro abre a Pista e a lê em voz alta.

– Um animal é presa. Perseguido, deixou uma trilha. Em um quilômetro e meio, ele atravessa. Siga a trilha.

– Atravessa – diz Zoo, e olha para o riacho. Ela não vê trilha alguma. Mateiro sim. Ele também vê os indícios do ser humano que fez os falsos rastros de animal. O Especialista não tomou cuidado; ele quer que esses rastros sejam encontrados.

– Ali – diz ele.

Zoo acompanha seu olhar rio acima.

– Onde? – pergunta ela.

– Ali – repete Mateiro.

Ela se esforça para enxergar; não enxerga.

– Não sei para o que você está olhando – diz ela. – Você faria o favor de apontar?

Mateiro olha de relance para ela, numa declaração muda que Zoo entende perfeitamente.

Ela faz uma pausa. Depois diz:

– Eu sei. Entendo que a gente esteja competindo um contra o outro. Mas por ora somos é uma equipe. Não estou pedindo para me dar um curso, só quero saber onde procurar.

Tudo menos a última frase será cortado, e os telespectadores não vão ouvir pausa nenhuma.

Mais uma vez, é mais fácil para Mateiro ajudar do que se recusar. Ele caminha alguns metros rio acima, depois agacha junto da água.

– Aqui.

De má vontade, ele mostra o lugar onde Zoo deve olhar, e embora não possa ver tudo, ela vê o bastante. Ela vê o caule de flor partido, o minúsculo tufo de pelo em um espinho de arbusto de framboesas, o casco impresso na lama.

– Então ele atravessou aqui? – pergunta ela. Mas antes que Mateiro possa responder, ela continua: – Não, espere. Ele só está acompanhando o rio. Ainda não o atravessou.

Mateiro faz que sim com a cabeça. Juntos, eles seguem o rastro. Com calma, procurando mais sinais.

Banqueiro e Médico Negro se aproximam da rocha. O sol baixou; Mateiro e Zoo já sumiram de vista.

– Alguém chegou antes de nós – diz Banqueiro, atônito, ao abrir o pequeno cofre.

– Cooper e a loura, aposto – diz Médico Negro.

– O que eles fizeram, vieram de lá até aqui correndo?

– Talvez.

Médico Negro pega uma Pista e a lê em voz alta. Não está muito impressionado; esperava um desafio intelectual maior, talvez um jogo de palavras ou uma charada.

Já Banqueiro fica mais intimidado.

– Precisamos descobrir onde um bicho cruzou esse rio. – Ele olha na direção do sol cada vez mais baixo, agora escondido atrás de uma nuvem. – Estamos quase sem luz.

– Então é melhor começarmos logo – diz Médico Negro. – Você procura rio acima, eu abaixo?

Eles se separam.

A vários quilômetros dali, o bom humor de Exorcista já se dissipou. Nasceu uma bolha em seu dedão esquerdo e cada passo é uma agonia.

– Ninguém mandou eu ir atrás de uma mulher – resmunga ele.

Os tendões da perna de Garçonete gritam de dor, em parte por reação do seu corpo a ter passado vários dias sem cafeína. Ela esperava ter dores de cabeça – de fato, está tendo uma delas agora –, mas não esperava ter essas dores musculares agudas. Está achando que são simplesmente a reação do corpo a uma quantidade inédita de caminhadas. Está frustrada e incomodada, e morde a isca:

– Vai se danar – diz ela a Exorcista. – Você estava lá, podia ter dado pitaco a qualquer hora. Mas em vez disso, ficou tagarelando sobre uma cliente idiota. E isso foi escolha *sua*.

Exorcista dá meia-volta para encará-la. O visual é perfeito, ainda mais porque Garçonete dá um passo adiante e enfia o rosto junto do dele, seu perfil levemente empinado para cima. Nossos dois ruivos, cara a cara. Pausando o momento, alguém poderia até achar que eles estão prestes a se beijar, a raiva virando paixão. Mas não: a paixão entre esses dois é estritamente hostil.

Rancheiro coloca a mão no ombro de Exorcista.

– Brigar não leva a nada – diz ele. – Vamos lá.

– Você está muito enganada – diz Exorcista vagarosamente, aproximando-se ainda mais de Garçonete – se pensa que vou esquecer isso. – Uma súbita brisa sopra um dos cachos de Garçonete para a frente, roçando o peitoral dele. – E também não vou perdoá-la. Sou homem de Deus, e meu Deus é um Deus de guerra. – Ele cospe no chão, o glóbulo pousando junto ao tênis de Garçonete, dá meia-volta e sai andando.

– Psicopata – sussurra Garçonete, mas está claramente abalada.

No riacho, Banqueiro brada:

– Acho que encontrei um rastro.

Médico Negro corre para ver o que é. É a mesma pegada de animal que Mateiro mostrou a Zoo, cuja pegada está suavemente esculpida na terra a poucos centímetros dali.

Carpinteira e Engenheiro são os próximos a chegar à segunda Pista, mas Força Aérea e Biologia não estão muito atrás – quando avistam a rocha, a outra equipe ainda está de pé ao lado dela. É um momento constrangedor; os concorrentes não sabem se devem reconhecer que se viram ou não. O editor pega o constrangimento e o transforma em um silêncio de desprezo recíproco.

Força Aérea vê a primeira pegada de animal e fica indeciso. Ele não quer dar a indicação de bandeja para o outro time, mas cada segundo gasto em ponderar como ganhar vantagem sobre Carpinteira e Engenheiro é mais um segundo que separa Biologia e ele das duas equipes que estão na frente. Ele decide que isso é o mais importante e chama sua parceira com um grito. Carpinteira torce a cabeça para o lado dele feito um cão farejador.

Logo todos os quatro concorrentes estão indo para o norte, Força Aérea e Biologia à frente por uns três metros.

– Ele atravessou aqui – diz Mateiro, rio acima.

Zoo está prestes a perguntar como ele sabe, mas aí resolve descobrir sozinha. Ela se agacha junto ao mato ribeirinho. Não vê nenhum sinal da presa que estão seguindo, mas percebe que o riacho é mais raso ali, que estão numa espécie de ponto de travessia natural.

Aí ela vê: marcas de unhadas recentes na outra margem do rio, a lama revirada mostrando uma cor viva.

– Na outra margem – diz ela.

Mateiro sente algo que não esperava sentir: orgulho. Sente orgulho de sua colega de equipe faladeira e feliz, por não lhe pedir ajuda, por encontrar o rastro – o rastro mais óbvio, pelo menos – sozinha.

– Também tem essa pedra aqui – diz ele, apontando para uma pedrinha redonda que foi chutada do leito do rio e está posicionada sobre uma pedra maior, ultrapassando a linha d'água.

– Ah, sim – diz Zoo. – Parece um pouco com um moledro.

Um moledro é exatamente o que a pedra pequena centralizada sobre a grande deveria parecer, embora numa versão menor e mais sutil do que as pilhas de pedras que normalmente são construídas como marcos de trilha. O Especialista o fez assim para atrair o olhar.

Zoo e Mateiro atravessam o riacho. Zoo deixa várias pegadas de terra sobre as pedras, e percebe isso, mas Mateiro já vai adiante e ela prefere ir atrás. Dali em diante a trilha é óbvia, mato amassado e galhos partidos. Eles a seguem até um bosque de bétulas. Uma caixa de madeira pende da árvore mais próxima.

Mateiro abre a caixa pendurada. A parte de dentro da tampa está estampada com as palavras COM FOME?.

– Sim – trila Zoo. – Estou, sim.

Ela e Mateiro espiam lá dentro. A caixa contém cinco fichas circulares penduradas em ganchos. Cada ficha tem um desenho em relevo diferente: um cervo, um coelho, um esquilo, um pato, um peru.

– O que você acha? – diz Zoo. – O cervo?

– É o que viemos seguindo até aqui, supostamente – diz Mateiro, o que ela entende como um sim. Zoo retira a ficha. É do tamanho da palma da mão e é feita de madeira de bétula. Ela vira a ficha e lê o verso: há nele um rumo, de dezenove graus. Ela acerta sua bússola.

Banqueiro e Médico Negro quase já passaram do ponto da travessia quando Médico Negro diz:

– Ei, isso são pegadas?

Banqueiro escorrega e deixa uma marca funda na outra margem. A cada travessia, o caminho fica mais óbvio.

As árvores ao redor de Zoo e Mateiro ficam mais densas, depois mais esparsas, e por fim eles veem: uma corça, pendurada pelas patas traseiras em uma árvore. Sua língua pende da boca a uns sessenta centímetros do chão. Junto à corça morta há uma lona sobre a qual repousam um balde e uma frigideira de ferro fundido, assim como uma pequena caixa com um cervo esculpido em relevo e uma fenda do tamanho da ficha.

Embora já tenha visto diversos animais mortos, Zoo nunca viu um cervo dependurado desse jeito.

– Os olhos dela parecem bolas de gude – diz ela, depositando a ficha.

– A mim me parece um jantar – comenta Mateiro.

– Você sabe limpar caça?

Mateiro faz que sim. Intelectualmente, Zoo está interessada em aprender como esfolar e eviscerar um animal, mas seu estômago embrulha ao pensar em ficar com aquele sangue todo nas mãos. Ela quer comer a corça; ela não quer ter que ser a açougueira. E apesar de todo o seu bom humor, está exausta. Tudo o que quer fazer agora, com toda a honestidade, é sentar com as costas apoiadas em uma árvore bem retinha e adormecer.

– Vou pegar um pouco de lenha e fazer a fogueira – diz ela, indicando a pederneira que pende de seu quadril.

– Aqui não – retruca Mateiro. Ele já sacou sua faca.

– Por que não?

– O sangue e as vísceras podem atrair predadores. Volte para o riacho e encontre um lugar de fácil acesso à água.

Zoo ganhou o Desafio Solitário e foi ela quem o escolheu; com tudo isso, ela não deveria ser a líder? Ainda assim, ela vai fazer exatamente o que ele mandou. Antes que os telespectadores a vejam indo embora, verão um clipe do confessionário daquela noite.

– Cooper obviamente tem muita experiência – diz ela, ajustando os óculos. O suor grudou uma seção do cabelo à testa dela, e inúmeros fios soltos emolduram seu rosto. – Eu não teria a menor chance de estar na liderança agora se não fosse por ele. Além do mais, acho que ele é um pouco estoico. Nenhum desperdício de movimento, nem de palavras, sabe? Admiro essa atitude, eu mesma poderia ser mais assim. Já aprendi muita coisa com ele. Se minha escolha for entre ficar de bico calado, fazendo o que ele diz e aprendendo mais, ou – ela desenha breves aspas no ar – "marcar posição", com toda a certeza fico de bico calado. – Ela dá risada. – O que não é nada fácil para mim.

Mateiro faz o primeiro corte no nível do seu olho, a aproximadamente dois centímetros do ânus da corça. Ele serra um círculo, e depois, com sua mão livre, puxa o reto para fora, amarrando-o com um pedaço de barbante encontrado dentro do balde. Fora do quadro, o Especialista apareceu. Seus conselhos foram educadamente recusados, e agora ele está vendo que Mateiro de fato não precisa deles. Mas fica assistindo mesmo assim, já que está sendo pago para estar ali e a equipe seguinte ainda nem chegou perto.

Mateiro amarra a uretra da corça, depois corta seu couro ao comprido e em linha reta, de ponta a ponta. Antes que ele retire o primeiro órgão, seu câmera o incita a falar:

– Amigo, narre um pouco disso aí.

Mateiro faz uma pausa, sua faca pressionando o couro da corça de dentro para fora.

– Você precisa ter cuidado para não contaminar a carne – diz ele, voltando ao trabalho. – Foi por isso que amarrei o ânus e a uretra e por isso que tive tanto cuidado em evitar perfurar o estômago. Agora eu vou cortar a traqueia do animal.

Mateiro se agacha junto à cabeça da corça e a penetra profundamente com a faca. Quando ele retira as mãos, elas estão vivamente rubras e seguram não apenas uma traqueia, mas também o coração e os pulmões da corça. Ele joga os órgãos no balde, depois faz uma pausa e fala com a câmera:

– Vejam só isso.

Ele volta ao balde, de onde pega os pulmões rosados, que pendem murchos de sua mão. Em seguida ergue a traqueia cortada até os lábios e sopra nela. Quase todos os milhões de telespectadores que vierem a assistir a esse momento irão se assombrar com os pulmões inflando rápida e grandiosamente, feito balões. Balões que se curvam de forma angular e são riscados por pequeninos vasos sanguíneos. Mateiro aperta a traqueia para fechá-la e segura os pulmões inflados à distância de seu corpo. Há sangue em sua boca e seu torso fica eclipsado pelos dois lobos cor-de-rosa, que há apenas um momento pareciam tão minúsculos. Fica imediatamente claro que pulmões de cervo nunca poderiam caber dentro de uma caixa torácica humana.

Mateiro permite que os pulmões desinflem, depois fica imóvel por um momento, pensando na primeira vez em que viu alguém fazer aquilo que ele acaba de fazer. Estava com dezoito anos, fazendo um curso de sobrevivência na selva depois de se formar no ensino médio. Seu grupo de oito pessoas havia acabado de abater e esfolar um carneiro sob orientação de sua instrutora, que a partir daí assumiu a tarefa de estripar o animal, narrando seus atos à medida que os realizava. Aí, com a maior das indiferenças, a baixinha branca, atlética e de cabelos negros levou os pulmões à boca e os soprou. Foi este o momento em que tudo mudou para Mateiro, quando ele entendeu: somos todos carne. Antes dessa excursão, ele estava prestes a tomar um curso bem diferente na vida; tinha vagas ideias de virar contador ou talvez começar a mexer com informática. Mas uma combinação de ter consumido menos de mil calorias em quatro dias, de estar fisicamente exausto, e de ter constatado a própria mortalidade o deixou determinado a mudar isso. E embora anos se passassem até que ele tivesse conseguido ser proficiente naquilo, ele realizou o grande sonho humano de descobrir exatamente quem se está destinado a ser. Infelizmente para Mateiro, sua destinação pessoal não paga lá muito bem e ele tem uma mãe com câncer grave de quem cuidar. Despesas hospitalares acachapantes o trouxeram ali; é este o seu *porquê* inconfesso. Ele se volta de novo para a carcaça pendurada e cuidadosamente retira o seu estômago protuberante.

Médico Negro e Banqueiro chegam à caixa. Escolhem o pato.

– É que nem frango, mas mais saboroso – diz Banqueiro.

– Conheço o gosto de carne de pato – responde Médico Negro.

Eles seguem na direção indicada no verso de sua ficha e encontram um pato silvestre pendurado numa árvore. Médico Negro assume a tarefa de depenar e estripar a ave; ele pode não ter mãos de cirurgião, mas dissecou um cadáver na faculdade de medicina. Com essa experiência muito anterior mais a orientação do Especialista por trás das câmeras, ele se sai direitinho.

Mateiro chega ao pequeno acampamento de Zoo com o balde e a frigideira de ferro fundido na mão. Suas mãos e pulsos estão recobertos de sangue seco, o que confere uma aparência fosca à sua pele, mas, fora isso, é difícil de distinguir – até que ele mostra as palmas das mãos. Normalmente cor de pêssego claro, suas palmas marrom-avermelhadas berram que estão vindo do açougue. Zoo está cuidando do fogo e não se abala. Mas pensa uma coisa: se Mateiro fosse branco, será que o contraste mais forte entre sangue e pele a perturbaria mais? Ela suspeita que talvez sim.

– Como foi? – pergunta ela.

– Temos filé para o jantar – responde Mateiro.

– Ótimo. – Zoo pega a pesada frigideira e se volta para o fogo. – Vou começar a cozinhar se você quiser ir se lavar. Eu...

– Obrigado – diz Mateiro.

Zoo é percorrida por uma espécie de choque elétrico. Ela se detém, frigideira na mão, e ouve Mateiro ir embora.

Na volta do riacho, as mãos de Mateiro estão limpas e sua língua, mais solta.

– Tem uma ou duas coisas que você precisa saber sobre sobreviver na mata – diz ele. A carne chia na frigideira, torrando sobre uma grossa camada de gordura que Zoo derreteu como manteiga. – A primeira é que você precisa partir do plano geral. Não procure uma pegada, procure um rastro. É fácil se perder no detalhe quando você só precisa dar um passo atrás e olhar o todo. Um animal ou pessoa andando pela floresta nem sempre vai deixar uma pegada, mas sempre deixará um rastro. Folhas viradas, galhos partidos, coisas assim. Qualquer coisa mexida recentemente vai ter uma cor ou textura diferente do que estiver ao redor. Você precisa treinar o olhar para perceber essas diferenças no plano geral. Por exemplo, olhe para o local por onde vim. Você consegue distinguir o caminho que fiz?

Zoo olha para trás. Seus olhos se estreitam.

Mateiro admite no confessionário:

– Tive ótimos professores na vida. Em deferência a eles é que estou ajudando ela. Além do mais, mesmo que ela melhore, nunca vai se igualar a mim. Não quando preciso ganhar.

O marido de Zoo vai ver essa cena e pensar: "Ela conseguiu de novo, atraiu um sujeitinho difícil e encruado para fora da toca." Ele ficará maravilhado, como já ficou antes, com a facilidade com que ela conquista as pessoas.

– Não é para olhar, mas para fazer uma varredura. E se você não vir nada, mude sua perspectiva: vá para o alto ou para baixo. Observe as mudanças na luz.

Zoo abre bem os olhos e passeia o olhar pela floresta. Ela fica de pé. Lembra mais ou menos por onde ele andou, mas está tentando não se fiar na memória.

– Ali? – diz ela, apontando. – A folhagem no chão está um pouco diferente ali.

– Exato – diz Mateiro. – Andei pesado, para deixar mais claro. Além disso, segui sua trilha. A maior parte das trilhas de animal não é tão pronunciada, mas esse é um bom jeito de começar.

– Isso foi você andando *pesado*? – pergunta Zoo.

Mateiro surpreende a ambos dando uma risada.

– Os sapatos ajudam – diz ele, pegando em um dos pés e agitando os dedinhos. E aí, porque não é para isso que ele está ali, seu rosto volta à neutralidade. – Estamos ficando sem luz. Vou colocar isso na água para não estragar. – Ele pega o balde, que ainda contém quilos de músculo e gordura, e se vira para ir.

– Como você faz para nenhum bicho pegar? – pergunta Zoo.

Mateiro se detém:

– Vou cobrir com uma pedra chata. Isso previne a vinda da maioria dos animais.

Depois que ele vai embora, Zoo diz para a câmera:

– Não sei o que houve com ele, mas estou gostando.

As duas equipes seguintes chegam à caixa de madeira uma logo após a outra. Força Aérea é o primeiro a vê-la, e instada por ele Biologia corre na frente antes que Engenheiro e Carpinteira percebam. Ela escolhe o coelho, depois volta correndo para junto da dupla.

– Peru? – pergunta Carpinteira, segundos depois.

– Sim – diz Engenheiro. – Deve ter bem mais carne do que um esquilo.

As equipes se separam e encontram seu animal abatido. Sob orientação, eles preparam sua comida e abrigos. O sol já está quase se pondo.

O trio ainda está a um quilômetro e meio da pedra. Exorcista está cheio de raiva e rancor. Sente-se desvalorizado. Garçonete fuzila sua nuca com um olhar de fúria, e Rancheiro caminha a passos largos, com medo dos dois. A raiva deixa Exorcista descuidado. Ele tropeça em uma pedra e cai no chão.

– Filha da puta! – grita ele. O xingamento é censurado com facilidade, mas sua raiva não tem como ser. Garçonete e Rancheiro se encolhem, receosos, e muitos telespectadores também.

Exorcista se apoia em um joelho para se levantar e para, de cabeça baixa. Seus ombros latejam. Ele sente seu lado monstruoso tentando se libertar. Sabe que não pode deixar isso acontecer. Se fizer isso, vai perder o controle, e ele já fez coisas horríveis depois de perder o controle.

Ele já foi casado. Eram jovens e apaixonados: ambos com dezenove anos. A vida não saiu conforme o planejado, e o monstro interior de Exorcista se alimentou fartamente dessa decepção. Certa noite, sua mulher reclamou de dinheiro e Exorcista perdeu o controle. Bateu nela, com força, com o punho fechado, fraturando seu quarto metacarpo e fazendo sua esposa perder os sentidos. Ele se lembra da imagem da cabeça dela virando para trás, seu cabelo louro se espalhando em leque, e por fim ela desabando no carpete, onde caiu inerte em meio a um mês de migalhas e pelos de gato acumulados. Uma imobilidade tão completa – ele pensou que ela estava morta. Ela voltou a si, e o deixou naquela mesma noite. Os vasos de sangue de seu olho esquerdo estourados. A última olhada que ela lhe deu na vida ainda o assombra; era como se Satanás em pessoa estivesse refletido naquele olhar.

Os produtores nada sabem desse incidente. A ex-mulher de Exorcista não prestou queixa, de forma que não havia ficha criminal que pudessem localizar. Mas pelo menos uma pessoa assistindo àquela cena vai saber o que houve: ela o vivenciou. A ex-mulher vai assistir a Exorcista se ajoelhando, prestes a explodir, e vai pensar: *oh, não*. E quando Exorcista se levantar num pulo, girar para encarar Garçonete, e rosnar "Sua imbecil", ela vai sentir o medo de Garçonete como se fosse seu.

– Foge, querida – implorará ela, mas enquanto seus instintos tendem à fuga, os de Garçonete tendem à luta. Garçonete se prepara para dar um tapa na cara de Exorcista, mas Rancheiro lhe dá um abraço de urso e a puxa para trás.

– Me solta! – grita Garçonete, aos chutes. Ela é mais alta que Rancheiro; ele mal consegue segurá-la.

– Você vai ser desclassificada – diz Rancheiro.

– Não me importa. – O rosto de Garçonete se tingiu de fúria.

Mas Exorcista correu dali. Aconteceu algo que ele não consegue articular. Ele não quer ver sua raiva refletida, não quer ser a causa da fúria dessa quase desconhecida. Acrescenta-se a isso a tentativa de Rancheiro de contê-la; a nobreza daquele homem simples e de baixa estatura. Exorcista se acalma. Ele está arrependido de sua explosão, e muito embora sua desculpa esteja estampada em seus olhos, ele é covarde demais para pronunciá-la.

Em vez de se desculpar, ele diz:

– Uma mulher desprezada é uma fúria, realmente. Aprendi minha lição. – E sai andando.

Sua súbita transformação confunde Garçonete, que não viu ali um pedido de desculpas. Ela se aquieta, e Rancheiro a liberta, corando ao pensar em seus braços apertados tão fortemente em volta dela. Ele tem quase certeza de que roçou num mamilo.

O sol se põe e eles chegam à pedra. O luar ilumina a floresta; o trio encontra facilmente a próxima Pista.

– Não dá para andar na floresta no escuro – diz Rancheiro.

– Então o que devemos fazer? – pergunta Garçonete.

– Acampar aqui, e começar de novo assim que o sol raiar.

– Mas está todo mundo na nossa frente.

Exorcista senta com as pernas cruzadas e apoia as costas na rocha. Tira suas botas e massageia sua bolha.

– Ainda vão estar todos na nossa frente se passarmos a noite toda correndo no escuro – diz ele. – Só que aí vamos ficar exaustos e provavelmente vamos ter destruído as pistas que teríamos que seguir.

– Tudo bem – diz Garçonete. Ela não consegue olhar para ele, para a bolha pálida em seu dedão peludo. – Então, o quê? Temos que fazer um abrigo?

Exorcista dá um tapa na rocha atrás de si.

– Botar um quebra-vento apoiado nessa moça aqui não leva nem um minuto. – Ele se põe de pé com um resmungo e começa a recolher pedaços compridos de cortiça, descalço.

Rancheiro e Garçonete trocam olhares.

– Qual é a dele? – pergunta Garçonete.

– Acho que é só maluco mesmo.

– Maravilha – diz Garçonete. – Diversão pura.

Os demais grupos já jantaram e a maioria dos concorrentes já dormiu ou quase. Os braços de Banqueiro estão para dentro da jaqueta, junto ao peito. Engenheiro ainda está de óculos e, caindo de sono, vê o luar refletido no exoesqueleto retinto de um besouro que passa. Mateiro ronca, num sono que é seu momento mais barulhento. A seu lado, Zoo está embolada no cobertor térmico dele, contando carneirinhos e dedilhando o ponto do anular onde deveria estar sua aliança de casamento. Ela imagina os carneiros pulando em sincronia com a respiração ruidosa de Mateiro, de forma que esta pareça mais com vento roçando na lã.

Somente Biologia está do lado de fora. Ela está sentada junto a uma pequena fogueira abraçando os joelhos. Está com saudades da parceira e se sente muito sozinha. Está pensando em falar a frase de segurança, mas apenas vagamente – sem intenção real. Imagina como poderia ir embora dali, e se fosse, quanto tempo levaria até ela poder obter um frapê de manga.

– Eu dava toda a carne de coelho do mundo por um frapê de manga – diz ela. – Ou um sundae de chocolate. – Seu corpo sente tanta falta de açúcar que sua cabeça dói. Ela toma um gole de água, desejando que a água tivesse sabor, talvez umas borbulhas.

Exorcista, Rancheiro e Garçonete constroem seu diminuto abrigo e se aconchegam dentro dele, todos juntos.

11.

– Meu tio disse que a coisa estava na água, então parou de beber água que não fosse mineral – diz Brennan. – Minha mãe achava que eram terroristas que tinham soltado uma bomba invisível ou coisa assim.

Ele espera minha resposta, mas estou só ouvindo caso haja alguma Pista escondida nessa história. Ele tem falado muito na mãe, até demais. Estamos caminhando. É meio-dia e o tempo está seco, cada vez mais outonal. Pelos meus cálculos nada perfeitos, devemos estar em meados de setembro.

Ele se impacienta com meu silêncio.

– Você provavelmente deu sorte em ficar perdida por aqui enquanto o pior estava rolando. Da primeira vez em que ouvi falar na doença até o presidente ir falar na TV, foi tipo um dia de diferença. Mandaram todo mundo ficar em casa, e ouvi uns boatos de que crianças da minha rua teriam ficado doentes. No dia seguinte, todos nós tivemos que nos mudar para a igreja.

Minha menstruação ainda não veio. Está atrasada, acho.

– Aiden estava na escola fazendo um curso de verão, e a mamãe o mandou vir para casa, e ele disse que ia tentar, mas não o deixavam, e aí nossos telefones pararam de funcionar.

Fico pensando se eu deveria saber quem é Aiden, então lembro que ele disse alguma coisa sobre um irmão. Aiden deve ser ele, e nesse caso ele é irrelevante – enrolação apenas.

– Ficamos lá alguns dias – diz Brennan. Sacos plásticos pendem de suas mãos, abarrotados de garrafas de refrigerante, balas e outras porcarias. Seu café da manhã foi Cheetos e uma garrafa de Coca. – Eu estava tão entediado que nem sequer consegui contar os dias direito. As pessoas começaram a ficar doentes. Quer dizer, já tinha umas doentes desde o começo, mas as deixavam num lugar separado, acho que na sala da creche. E de repente, era muita gente, por toda parte, e as coisas estavam começando a cheirar muito mal porque todo mundo estava vomitando e tal.

Eu conheço essa história. Todo mundo conhece essa história. Ela não contém Pistas.

– Faltou comida? – pergunto. – Algum sujeito com cicatriz na cara resolveu ficar com a água toda para ele?

Ele faz que não com a cabeça, ao que tudo indica me levando a sério.

– Não, sempre tinha bastante comida; quem estava doente não comia. E as torneiras funcionavam. Algumas pessoas não queriam beber a água da bica assim, sem outro tratamento, mas eu simplesmente continuei enchendo nossas garrafas nas torneiras. Quer dizer, a água da pia do banheiro é a mesma da pia da cozinha, não é?

– Certo – digo, fazendo um gesto enérgico com o punho para enfatizar.

Lembro que assisti a um programa com uma premissa similar no Discovery Channel, anos atrás. Foi anunciado como um experimento; pessoas que haviam "sobrevivido" a um surto de gripe simulado tinham que construir uma pequena comunidade antes de achar o caminho para outro lugar seguro. Eles fizeram coisas legais como instalar painéis solares e construir carros. Tudo o que me dão para fazer é ficar andando sem parar e ouvindo a história mal contada e interminável desse pirralho. Além do mais, as pessoas do outro programa sabiam no que estavam se metendo. Talvez não conhecessem o nível de dificuldade, mas conheciam a premissa. Mas isso aqui, *isso aqui* era para ser centrado em sobreviver na selva.

Olho de esguelha para Brennan, que ainda está tagarelando sobre sua igrejinha inventada.

Os concorrentes do programa do Discovery estavam confinados: um número X de quarteirões urbanos na primeira temporada e uma seção de terra pantanosa na segunda temporada, se bem me lembro. Eu já cobri o equivalente a centenas de quarteirões. Talvez milhares. E não sou a única concorrente. Como é que estão fazendo isso? Como é que estão limpando o caminho?

A resposta é tão óbvia quanto a pergunta: dinheiro. Reality shows são famosos por serem baratos de produzir, mas este aqui tem orçamento de filme de Hollywood. Eles deixaram isso bem claro no processo de seleção, chamando isso de uma oportunidade de participar em uma "experiência de entretenimento sem precedentes". Uma *oportunidade*. Eles podiam esvaziar centenas de casas, consertar e reembolsar dezenas de lojas de material de trilha e montanhismo, e ainda assim seria uma gota no oceano para eles. É exorbitante, mas faz sentido. O mecanismo da coisa faz sentido.

– Quando não sobrou ninguém – diz Brennan –, comecei a andar. – Não é sua melhor performance; seu tom é tão indiferente que não combina com o que está sendo contado. Não sei por que acho essa incongruência tão irritante, mas eu acho.

Deveria ter havido uma terceira temporada do programa de pandemia, mas foi cancelada antes que o primeiro episódio fosse ao ar. Todas aquelas coisas legais que o elenco teve que construir? Também foi preciso que as protegessem. Um dos participantes (ou seriam cobaias?) da terceira temporada foi golpeado na cabeça por um falso saqueador durante um falso ataque e morreu, o que significa, acho, que afinal de contas o ataque não foi tão falso assim. Pelo menos foi essa a explicação que uma porção de sites deu para o cancelamento. Dizem para não acreditar em tudo que se lê na internet. Ainda assim, nosso contrato proibia com todas as letras que acertássemos qualquer pessoa na cabeça.

Será por isso que estão exibindo nossos episódios tão rápido? Para o caso de alguém morrer?

Duvido que esta seja a principal preocupação, mas faz sentido que prevejam a possibilidade de um acidente que suspenda a produção. Fico pensando em como fiquei doente. Passou perto – não de impedir o show de continuar, mas de encerrar minha participação nele. E já povoaram esse mundo de faz de conta com um monte de cadáveres cenográficos, um boneco de bebê que grita e tudo, um câmera interativo. Como próximo passo, um saqueador não está muito longe. De fato, estou até surpresa de que tudo de que eu tenha tido que me defender até agora tenha sido uma giardíase e um coiote animatrônico.

E esse garoto tagarela, não obstante o seu fingimento, está do lado deles. Do lado deles, não do meu. Não posso esquecer isso.

– Eu queria sair de perto – diz ele, balouçando seus sacos plásticos junto ao corpo. – Ir a algum lugar onde nunca tivesse estado antes. Aí eu te encontrei.

Como se nosso encontro fosse predestinado. Mas não foi nada disso, foi coisa da produção.

– Então – digo –, pelo que você está dizendo, sua mãe morreu?

Ele inspira rápido e quase tropeça.

– Quer dizer, tem que ter – argumento. – Vocês dois enfiados numa igreja com centenas de outras pessoas, todo mundo tossindo, vomitando e fazendo cocô na calça. Visivelmente você é um filhinho de mamãe, e você está aqui, e ela não. Isso quer dizer que ela morreu, certo?

Ele não responde. Pensei em provocá-lo para ele colocar um pouco de emoção em sua atuação, mas isso é melhor ainda. Silêncio.

Conforme vamos andando, pensamentos sobre a minha família vão se insinuando na minha consciência. A família que eu escolhi e a família em que eu nasci. Minha indiferença para com esta última. Meu medo de que, se eu tiver uma filha, ela vá sentir a mesma indiferença por mim.

Estranho como meus sonhos são sempre sobre um bebê menino, mas a possibilidade de ter uma menina é a que mais me assusta. Uma filha: me parece impossível criá-la bem.

– Todos que você conhece também estão mortos – diz Brennan.

Volto o rosto para ele, surpresa. Seu rosto está tão perto do meu, seus olhos estão vermelhos, e lágrimas descem pelo seu rosto contraído. O ranho corre de suas narinas para o lábio. Ele deve estar sentindo o gosto.

– A sua família – diz ele. – Seus amigos do *rafting*. Devem estar boiando no rio. Os peixes comendo a cara deles.

– Isso é... um pouco além da conta – digo. Tem algo no tom dele que não consigo definir precisamente. Não é maldade. Não acho que ele esteja tentando me magoar. Não sei o que ele está tentando fazer.

– Fatos são fatos – murmura ele. Ele passa suas sacolas plásticas para a dobra do braço e depois os cruza. O mostrador do relógio pisca para mim.

Ele está zangado de verdade, percebo. A percepção vem entremeada de incredulidade. E afinal de contas – por que não? Ele deve estar com saudade de casa. Provavelmente ele também não sabia em que tipo de programa estava se metendo. Sinto um pouco de pena dele, mas na maior parte, estou grata por ele ter ficado quieto de novo.

E se minha mãe *estivesse* morta? É uma pergunta que já me fiz antes; ela tem apenas cinquenta e seis anos mas parece muito mais velha, especialmente por causa da pele. Sessenta quilômetros, ida e volta, duas vezes por semana mantêm seu tom de pele sempre fora de estação, e o tempo inteiro tragando fumaça cancerígena. Inverno ou verão, aquele bronzeado forte está sempre fora de estação em Vermont quando não vem com a marca de camiseta que todo fazendeiro tem. Acrescente-se a isso sua dieta – uma refeição típica é waffles congelados com tortinhas de salsicha moída regadas com calda doce, seguidos por um sorvete de casquinha com calda de bordo – e basicamente seu pé na cova está garantido.

Ela *está* morta.

Penso nas palavras, medindo como me sinto com elas. Elas não têm nenhum efeito discernível. Deveriam me deixar mal, *quero* que me deixem mal, mas não é o que acontece. Lembro quando entrei para a Columbia e ela desfilou pela cidade inteira se gabando: a conquista era dela, não minha. Mas sempre que eu fracasso – perdendo aquela corrida quando eu tinha oito anos de idade, não conseguindo o emprego na Wildlife Conservation Society há dois anos – ela assume com ar de quem sabia que eu não ia conseguir, como se fosse irresponsável da minha parte sequer ter tentado. E ainda assim eu tentava, por anos me esforçava como ninguém. Lembro-me do dia do meu casamento, de como me senti feliz. E sortuda. Lembro-me da minha mãe beijando meu rosto na recepção:

– Você está linda – disse ela. – Igualzinha a mim quando era nova.

O passado dela: o meu presente. O presente dela: meu futuro. Parece uma maldição. O pior é que vi as fotos; sei que ela também já foi feliz, sim.

Mas e meu pai? Ele já é uma questão mais difícil. Não somos próximos – em algum ponto da minha adolescência, perdemos a capacidade de nos comunicar, e não acho que ele compreenda por que dei tanto duro para me afastar de um lugar que ele ama tanto. Mas não consigo pensar nele sem uma névoa de afeto nostálgico, sem imaginar o aroma doce de canela e calda de bordo assando no forno. Sempre o bordo.

– Será possível ter uma lembrança da infância ruim relacionada com doces? – penso alto.

– O quê? – diz Brennan.

– Esquece – digo, e penso: esses pensamentos não são para você.

Meu pai e eu compartilhamos dezoito anos, mas quase tudo de que consigo me lembrar é da gente fazendo doces. Quando eu era pequena, eu o ajudava na padaria antes de ir para a escola. Minha especialidade era esmigalhar as bananas para o pão de banana com bordo. Isso, e polvilhar açúcar de bordo por cima da massa quando ela já tinha sido despejada nas formas de pão. Quero lembrar alguma outra coisa, algo não relacionado a comida, mas tudo o que me vem é meu aniversário durante a quarta série – seja lá qual tenha sido a minha idade naquela época. Era uma festa com tema de golfinhos, meu animal preferido naquela época, embora eu não fosse ver um pessoalmente até anos depois. Meu pai assou o bolo, claro – em forma de golfinho, com uma generosa cobertura de creme amanteigado de bordo – e teve até uma pinhata. Também em forma de golfinho. A maior parte da minha turma da escola estava lá. David Moreau me deu uma pipa. Nós a empinamos juntos naquele mesmo fim de semana. Ou será que foi na quinta série? Não sei bem. Lembro-me do meu pai trazendo o bolo de golfinho, e minha mãe roendo uma unha enquanto despejava refrigerante laranja da lata em um copo plástico transparente.

E pronto, consegui – meu pai torcendo nas arquibancadas. Estamos no ensino médio, numa competição de corrida no meu primeiro ano, muito antes de eu ter chegado a capitã. Será que foi minha primeira competição? Na minha lembrança tem toda a intensidade de uma primeira vez. Recordo o borbulhar nervoso no meu estômago, da ligeira dor que senti enquanto alongava a perna. Lembro-me do meu pai gritando o meu nome, acenando. A competição não foi na pista do colégio; foi em outra cidade a meia hora de carro da minha escola. Papai fechou a loja mais cedo para poder vir, e me ver.

– Mae, desculpe.

Pisco. A corrida sumiu; não me lembro de como eu corri, em qual lugar fiquei.

– É difícil pensar nela – diz Brennan. – Tenho saudade dela. E... e é isso, estou com muita saudade.

Passa um momento até que eu perceba de quem ele está falando.

– Não se preocupe – digo. – Sei que ela está nos vendo.

– Eu sei – diz ele. Ele faz o sinal da cruz; a sacola pendurada no seu braço faz *tchap* em seu peito.

Meu rosto começa a ferver na mesma hora. Não foi isso o que eu quis dizer. Ainda que eu acreditasse que a sua mãe está morta, nunca teria dito intencionalmente uma coisa dessas. O que é pior – agora que ele distorceu as minhas palavras, provavelmente vão levá-las ao ar. A ideia de eu contribuir, ainda que por engano, à espiritualidade vazia que permeia a mídia norte--americana me enoja.

Alguns passos depois, Brennan começa a matraquear sobre seu peixe idiota, sobre tê-lo levado para a igreja em seu aquário redondo, mas um gato do vizinho tê-lo comido. Ele estava no banheiro enchendo garrafas com água quando aconteceu.

– Era só um peixe – explodo. – O destino deles é virar comida.

– Mas...

– Por favor, só... *por favor* só pare de falar por cinco minutos.

Ele me olha com uns olhos enormes, mas não passa nem um minuto antes de começar a me contar do seu irmão e da primeira vez em que andaram de metrô sozinhos. Ele se queixa do monte de ratos que viram e diz que o sistema de metrô inteiro deve ter virado isso agora: um monte de ratos.

– Detesto ratos – diz ele, e pelo menos disso não posso discordar. Faz parte do meu trabalho pegar em ratos e falar sobre como é errado esse estigma, pois na verdade são animais muito limpos, e é o que faço. Sorrio para mitigar o medo nervoso da turma, mas por dentro também estou enojada; nunca suportei a sensação dos rabinhos pelados deles apoiados na dobra do meu antebraço. Aí fico lá, de pé, sorrindo, e fingindo ter uma mente aberta que nunca tive, na esperança de que se torne verdade.

Naquela noite, depois de Brennan ter engatinhado para dentro do seu frágil túnel de vento, eu nem mesmo tento dormir. Fico alimentando a fogueira e me sento junto a seus breves estalidos. Meus pensamentos voam para o primeiro dia de gravações, depois que todos os contratos já estavam assinados e nossos últimos telefonemas para casa já tinham sido dados – uma torrente de eu-te-amos e boa-sortes, tudo sincero, mas nada de novo. Recordo ter andado até a clareira onde aconteceu o primeiro Desafio e de não sentir medo, não mais. Eu estava feliz e empolgada; sei que é assim que eu me senti, mas a lembrança é como de um resquício de doce no fundo da garganta – é um lembrete, não um gosto. Quero me sentir daquele jeito outra vez. Quero saber que posso me sentir daquele jeito de novo.

Um corujão jucurutu pia em algum lugar do breu. Fecho os olhos e escuto. Para mim, o jucurutu sempre soou meio agressivo, com aquele piado de *ur ur-ur urrrrr ur-ur* em vez do *uh-uh* indagativo das corujas normais. Também não acho que tenham aparência de sábios. Parecem é zangados, com aquelas sobrancelhas apontadas para baixo e tufos compridos nas orelhas.

Cooper era um pouco assim no início. Arredio. Não sei o que tanto me atraiu nele logo de cara. Não, sei muito bem. Seu ar de competência quase sobrenatural. A forma com que ele nos mirava um a um, avaliando-nos sem procurar aliados, porque do momento em que ele saltou para aquela árvore em diante ficou claro que ele só precisava é de si mesmo. Aposto que durante toda a sua idade adulta ele foi assim: sem precisar de ninguém, e sem ninguém precisar dele – existindo sem pedir desculpas e obtendo resultados maravilhosos. Eu nunca tinha tido ninguém tão independente por perto antes e fiquei fascinada. De início, achei estranho terem escalado alguém que mal falava, mas seus atos lhe bastavam, valiam por mil palavras, por assim dizer. E nós, que não tínhamos essa habilidade toda, preenchíamos o silêncio.

Se eu pudesse escolher qualquer pessoa para colaborar comigo de novo, seria Cooper, sem sombra de dúvida. Heather seria minha última escolha; até mesmo Randy seria preferível a ela.

Será que Cooper me escolheria?

O corujão pia de novo. Outro responde, ao longe. Uma conversa: piado de lá, piado de cá. Não é temporada de acasalamento, então não sei qual a natureza dessa comunicação, se seus piados são cooperativos ou competitivos. Fecho os olhos. Ouvindo esses sons familiares, quase posso fingir para mim mesma que estou acampando, só por uma noite. Que amanhã de manhã vou jogar meu material no porta-malas da minha Outback e partir para casa, onde meu marido estará à espera, o seu famoso ovo mexido com bacon e cebolinha fritando sobre o fogão enquanto o aroma de café fresquinho desce pelo corredor para me encontrar. Quase consigo sentir o cheiro.

Quase.

12.

Zoo abre os olhos e dá de cara com uma silhueta escura borrada bloqueando a luz da alvorada na entrada do abrigo que construiu com Mateiro. Por um segundo ela se esquece de onde está, com quem dormiu. Ela alcança os óculos. A memória e a visão entram em foco. Ela vê seu colega de equipe agachado, o rosto virado para longe dela, a frigideira ao lado.

– Café da manhã na cama? – indaga ela. Antes que a pergunta tenha acabado de sair da boca, ela já empalideceu.

Mateiro olha de soslaio para ela, depois se volta para uma pequena caixa a seus pés e retira dela a próxima pista dos dois:

– "Subam" – diz ele.

Zoo solta a respiração que havia prendido.

Em outro lugar da floresta, Carpinteira e Engenheiro leem sua Pista idêntica, comem sobras de peru frias, e planejam como vão subir a montanha. Força Aérea e Biologia não têm sobras; sem café da manhã mesmo, são a primeira equipe a começar a caminhada. Banqueiro e Médico Negro não estão muito atrás.

Mateiro e Zoo terminam de comer. Enquanto enxágua a frigideira, Zoo pergunta:

– Ficamos com isso?

Mateiro está desmontando o abrigo.

– Não – diz ele. – Não vale a pena. Muito pesado.

– E a carne toda que não conseguimos comer?

Mateiro espalha uma braçada de galhos e húmus pelo chão.

– A produção levou. Prometeu não desperdiçar.

Não obstante a predileção do editor por esta dupla, essa conversa não pode ir ao ar. Não podem existir equipe de produção nem câmeras, e quem não existe não come. O editor corta direto da refeição para Zoo jogando a mochila sobre os ombros e indo atrás de Mateiro, deixando a pequena clareira.

E ainda resta o trio, todo espremido em seu abrigo: Rancheiro o mais próximo da rocha, Exorcista no intermeio quentinho, e Garçonete na apertada quina externa. Garçonete é a primeira a despertar. Ela encontra a mão branca e peluda de Exorcista descansando em sua cintura. Uma câmera instalada na entrada do abrigo registra sua perplexidade, sua aversão instantânea. Ela expulsa o braço dali. Sem acordar, Exorcista se ajeita para o outro lado. Sua mão dá na cara de Rancheiro. Rancheiro acorda de supetão, topando com o joelho na rocha. Ele reprime um palavrão. Garçonete o ignora e se arrasta para o alvorecer lá fora. Pouco depois, Rancheiro pega o chapéu e a acompanha. Exorcista continua dormindo profundamente, estirando-se até ocupar o abrigo inteiro.

Garçonete e Rancheiro não encontram uma caixa esperando por eles. Estão uma pista atrás dos outros, e famintos.

Garçonete se espreguiça, torcendo o corpo de um lado para o outro. Rancheiro se afasta para urinar, meio manquitola pois seus músculos doem e seu joelho lateja. Quando ele volta, Garçonete pergunta:

– Podemos deixá-lo aqui?

– Acho que não. – Rancheiro cutuca o ombro de Exorcista com o pé. – Bom dia, flor do dia.

Os olhos de Exorcista se abrem numa fresta, depois ele resmunga e sai engatinhando do abrigo. Ele anda até a lateral da rocha e abre a braguilha. Garçonete se vira rápido, fazendo um muxoxo de desdém ao ouvir a urina bater na pedra. Exorcista fecha o zíper e diz:

– Vamos ganhar esse negócio. Eu vi num sonho.

– Nesse ritmo, vamos ter muita sorte se terminarmos no mesmo dia que os outros – redargue Garçonete.

– Tenha fé – diz Exorcista, estendendo a mão para tocar o seu ombro. Ela tira o corpo fora.

– Lave essa mão!

– Mijo é estéril. – Ele agita os dedos, aproximando-os do rosto dela, e de repente se vira para o riacho. – Vamos lá, vamos encontrar esses rastros.

Eles encontram o local de travessia rapidamente; agora o caminho está bem repisado, e além do mais há um operador de câmera na outra margem, devorando uma barrinha de frutas e nozes sabor morango enquanto espera. Exorcista sai pulando na frente de seus companheiros, e Rancheiro ajuda Garçonete a pular de pedra em pedra. Os dois câmeras se evitam meticulosamente com suas lentes.

O trio continua na trilha e encontra a caixa de madeira pendurada na bétula. Exorcista tira dali a única ficha que resta. Ao estudar a figura, ele diz:

– Hum.

Eles seguem a indicação e logo veem um esquilo-cinzento morto pendendo de um galho.

– Ah, não! – diz Garçonete. Ela pensou que *preparar suas próprias refeições*, uma das afirmações propositalmente ambíguas no contrato dos concorrentes, queria dizer jogar ingredientes numa panela. – Está doido que vou comer esquilos.

– *Esquilo* – diz Exorcista. – Só tem um.

Ele cutuca o roedor dependurado com o dedo, fazendo-o balouçar na corda fina. Garçonete vira o rosto para o outro lado com uma careta. Rancheiro se oferece para limpar o esquilo. Longe das câmeras, ele aceita os conselhos de como esfolar o minúsculo animal. Os telespectadores verão closes em suas mãos, de um moreno dourado, arrancando a pele, a vivacidade do músculo lustroso de roedor se libertando de sua coberta.

– Precisamos de uma fogueira se vamos comer isso – diz Rancheiro.

– Ah, não! – diz Garçonete. Ela está segurando os braços junto ao peito, olhando para todo lado, menos para o esquilo. – Ah, não.

– O quê? Você não está com fome? – diz Exorcista.

Ela nega com a cabeça, perturbada demais para sentir fome. Exorcista ri. Ele abre a mochila e lança sua vara rabdomântica para ela.

– Então tome aqui, veja se consegue fazer isso funcionar.

Ele ri outra vez, depois começa a recolher lenha. Garçonete chuta a vara rabdomântica de volta para ele e deixa seus companheiros, voltando ao riacho. Ela agacha junto à água e bochecha, limpando a boca.

Seu depoimento, gravado momentos depois:

– Um esquilo. Não vou comer esquilo. Quem come um esquilo? Que nojo.

Corta para o esquilo assando no espeto, e uma legenda: VINTE MINUTOS DEPOIS. Exorcista e Rancheiro estão sentados junto à fogueira, observando a carne assar. Garçonete paira ao fundo. Ela se aproxima centímetro a centímetro, atraída pelo cheiro. Por fim ela senta ao lado de Rancheiro.

– O que aconteceu com a cabeça dele? – pergunta ela.

– Eu cortei.

– Agora que está parecendo com comida você tem fome? – pergunta Exorcista. – Não sei se vai ter o suficiente para todo mundo.

Não tem o suficiente para todo mundo – é um esquilo. Mas todos os três estão com água na boca. Eles vão brigar, dividir, o que vai acontecer a seguir? Um intervalo comercial vai adiar a resposta a essa pergunta. Quando os telespectadores retornarem, a resposta vem rápido e sem graça: eles dividem. Rancheiro reparte o esquilo, colocando cada reduzida porção em um prato de papel, os últimos de seu estoque. Garçonete ergue uma metade de lombo até a boca e dá uma pequenina mordida. A carne carbonizada desgruda do osso. Ela mastiga, engole:

– Nada mau.

Rancheiro concorda, acrescentando:

– Pena que não tem mais.

– Podíamos pegar alguns – diz Exorcista. Ele pega sua vara rabdomântica e a faz rodopiar no ar. – Se eu afiar as pontas, daria um bumerangue literalmente de matar.

Pelo seu comportamento, não está claro se ele acha mesmo que conseguiria matar um esquilo arremessando uma vara de encontrar água de pontas afiadas contra ele. Ele palita os dentes com a fíbula do esquilo. Pouco depois, joga o osso longe e fica de pé de um pulo, fazendo expressão de grande surpresa:

– Ei, o que é isso? – pergunta ele.

Uma pequena caixa apareceu junto ao trio, colocada ali por uma estagiária que lhes implorou que nada dissessem com o dedo nos lábios. Mas agora que ela saiu de quadro, a caixa pode ser encontrada. Exorcista a abre e lê:

– *Subam.*

Enquanto o trio começa a caminhada em direção ao topo, os telespectadores verão um mapa mostrando as posições relativas de cada time. Médico Negro e Banqueiro assumiram a liderança e estão indo para o cume da montanha numa reta, abrindo caminho pelo mato vagarosamente, restando-lhes ainda mais de dois quilômetros pela frente. Força Aérea e Biologia estão mais ou menos na metade do caminho, subindo por uma trilha tortuosa. Zoo e Mateiro também estão na trilha, quatrocentos metros atrás de Força Aérea e Biologia. Carpinteira e Engenheiro estão a oeste dos outros. Começaram fazendo a trilha, mas depois de uma hora resolveram pegar uma reta para o topo, atravessando uma área onde as linhas de contorno mostram uma inclinação suave mas constante. Até agora, não lamentaram a decisão.

– Ei, olha só – diz Zoo. Acabaram de dobrar uma esquina antes de um trecho longo de trilha reta e viram Força Aérea e Biologia à frente. – Como eles chegaram na nossa frente?

– Nós ficamos enrolando – diz Mateiro.

Zoo adora ele ter escolhido essa palavra.

– Sim, enrolamos, mas em compensação, nossos tornozelos estão saudáveis. Vamos lá! – Ela dá alguns passos em ritmo de corrida, mas Mateiro assobia forte e ela para.

– É melhor só manter o ritmo – diz Mateiro. – Vamos passar deles, de qualquer modo.

– Eu devia ter percebido. Você não é a lebre, é a tartaruga.

Ele dá de ombros.

– Depende da distância da corrida.

Pouco adiante, Biologia pergunta:

– Você ouviu um assobio?

Força Aérea se volta e olha para trás.

– Tem outra equipe bem atrás da gente.

– Porcaria! – diz Biologia, em claro tom de palavrão. – Falta quanto até chegar lá em cima?

– Longe demais para tentar acelerar, mas vou tentar. – Força Aérea faz uma careta de dor e aperta o passo.

O esforço dele só faz adiar o inevitável. Minutos – segundos – depois, Zoo grita:

— Passando à esquerda! — E acena enquanto passa apressadamente. Mateiro se mexe com mais naturalidade. Ele faz um meneio com a cabeça quando passa, mas esse cumprimento será cortado na edição.

Zoo mexe os braços mais rápido para auxiliar a caminhada até que ela e Mateiro estejam a cerca de quinze metros à frente da outra dupla, e aí desacelera até voltar a um ritmo normal.

— Eu não devia me surpreender de você ter se apressado — diz Mateiro.

Zoo dá risada.

— A gente estava tão perto.

Logo a trilha se torna uma série de ziguezagues agudos e íngremes. O mapa dos telespectadores mostrará que Mateiro e Zoo estão à mesma distância de Médico Negro e Banqueiro, cujos pontos — um amarelo-mostarda, outro axadrezado em preto e branco — mal avançaram.

— Fico pensando o que deve ter lá em cima — diz Zoo.

Seis minutos e meio depois, ouve-se um estrondo montanha acima. O editor irá limar estes minutos, deixando implícita uma relação de causa e efeito onde não há nenhuma. Zoo e Mateiro param.

— O que foi isso? — pergunta ela, olhando para a esquerda.

Mateiro hesita antes de dizer:

— Soa como...

O som se repete, cortando a frase dele. Depois: ruído de algo raspando, rolando, um farfalhar forte, alguns *claque-claque-claques* mais débeis. Mateiro estende o braço sinalizando cautela para a parceira e volta o rosto para o alto, escrutinando a floresta. Zoo percebe que o câmera ficou para trás; ele está a uns quinze metros atrás deles, filmando atentamente. A tomada que ele consegue agora: o olhar preocupado dela para a lente, a pose protetora de Mateiro, a pele e cabelo claros dela, o tom escuro dele; o editor vai adorar o contraste, a história sendo contada naquele momento. Essa tomada será muito explorada na promoção do programa.

— Vá — diz Mateiro. Ele urge com Zoo a passar antes dele com um movimento do queixo. Ela se vira, confusa, dando olhadelas para o alto, e por fim dispara trilha acima. Mateiro vai atrás.

Eles mal dão uns passos quando as primeiras pedrinhas deslizam morro abaixo. A maioria delas cai atrás deles, mas não todas. Zoo pula por cima de uma pedra do tamanho de uma laranja que rola no caminho dela – uma câmera suspensa registra seus reflexos rápidos, e os movimentos mais fluidos e breves de Mateiro, que evita facilmente os detritos em queda. E – *crás!* – um barulho enorme atrás deles. Mateiro grita:

– Corre!

Mas ela vê o que é: uma pedra quase da altura dela ricocheteando por entre as árvores. A ela parece estranho, a pedra rola leve demais, quicando entre os troncos. Segundos depois, a pedra atravessa a trilha atrás deles e a floresta volta ao silêncio. Zoo faz uma pausa para tomar fôlego.

– Aquela pedra não era de verdade – diz ela.

– Não – diz Mateiro.

– Mas que doideira. – Os telespectadores não vão ter acesso ao primeiro comentário de Zoo, mas este vão ouvir, e logo em seguida o programa vai mostrar Biologia e Força Aérea ouvindo o som do início da queda à frente.

– O que foi isso? – pergunta Biologia.

– Não sei – diz Força Aérea. – Talvez uma árvore tenha caído?

Na base da montanha, Exorcista é voto vencido: Garçonete e Rancheiro preferem pegar a trilha. Exorcista se apropria da decisão deles marchando na frente. Garçonete está exausta, seus quadríceps latejando, fracos, e ela o acompanha devagar. Rancheiro fica na lanterna. Quando acham o começo da trilha, ele permite à distância entre ele e seus colegas de time aumentar. Olhando para o chão enquanto caminha, ele finge estar sozinho e pensa em seus filhos. Após uns poucos minutos, o câmera do trio o incita a seguir adiante.

– Vamos lá, cara. Preciso de vocês três no mesmo quadro.

Muito acima deles e em meio a um espinheiro, Médico Negro escorrega. Ele consegue se segurar em um toco de árvore em decomposição. Uma lasca do tamanho de um palito de dentes se insinua pouco abaixo da pele de seu mindinho e ele sibila de dor. Banqueiro se espreme pelo meio dos arbustos para ajudá-lo a se levantar.

– Não foi muito fundo – diz Médico Negro, inspecionando sua mão. Ele belisca a ponta externa da farpa entre as unhas e a puxa para fora. A madeira sai limpa e a ferida mal sangra. *Você viu isso?* Escreve um homem razoável em um fórum segundos depois que isso vai ao ar. *Visivelmente, ele é mais habilidoso do que parece.* Dentro de uma hora, este homem será chamado de racista, cretino, bundão e bichona, este último por uma menina de doze anos que ouviu o termo pejorativo pela primeira vez há pouco tempo e gosta da sensação de poder que tem ao usá-lo anonimamente.

Médico Negro joga fora a farpa e pega seu kit de primeiros socorros. Ele passa um pouco de creme antibiótico, depois embala o dedo com um band-aid.

– Por ora, é o melhor que dá para fazer – diz ele.

O cabelo de Banqueiro está grudado à testa suada, e uma poeirinha de barba irrompe timidamente em suas bochechas e queixo. Não é um visual que o favoreça, mas depois de amanhã a barba nascente atingirá seu comprimento ideal e ele será, por alguns dias, alguém atraente. Corações derreterão; não tantos quanto os que derretem por Força Aérea, mas suficientes para ele ser reconhecido semanas depois, em contextos completamente diferentes.

O rosto ainda não atraente de Banqueiro está crispado de preocupação com seu parceiro.

– Aquela lista de plantas dizia para o que cada uma servia? Se pudermos encontrar um antisséptico natural...

– Estou ótimo – interrompe Médico Negro. – Mal perfurou minha derme. – Ele muda sua expressão para uma de benevolência. – Além do mais, nem a melhor planta vai ser melhor do que esse kit. Mas obrigado.

E eles voltam a subir.

Zoo ainda está com o olhar perdido na falsa pedra.

– A gente podia ter se machucado – diz ela. – Se machucado sério.

Ela esperava desafios e perigo, mas não desse tipo. Não julgava que os criadores do programa seriam capazes de empurrar um obstáculo de um metro e meio de diâmetro pela floresta bem na direção dela. Seu assombro faz com que suas expectativas se alterem: um pequenino primeiro passo que acabará atingindo alturas inconcebíveis.

– Estamos bem – diz Mateiro. – E não falta muito para o topo.

Zoo se vira para acompanhá-lo. Ela não está mais sorrindo.

Quatrocentos metros a oeste deles, Carpinteira e Engenheiro abrem caminho pela floresta. Vários minúsculos gravetos estão presos no cabelo de Carpinteira, e a manga direita de Engenheiro está rasgada no punho e cheia de espinhos. Eles fazem uma pausa para consultar mapa e bússolas.

— Estamos tão perto — diz Carpinteira. — Mas só estou vendo árvores e mais árvores.

— A qualquer minuto o caminho vai se abrir — responde Engenheiro. — Temos menos de trinta metros de subida pela frente.

Ele guarda o mapa e sai andando na frente, mas em seguida para, dizendo:

— Opa.

— O que foi? — pergunta Carpinteira. Ela passa por baixo de um galho para ficar ao lado dele. O câmera que os acompanha força passagem para o lado deles para capturar seus rostos retraídos, depois dá um chicote à direita mostrando um penhasco de uns doze metros.

Lição do dia: linhas de contorno podem ser enganosas quando o aumento da altitude ocorre na forma de um penhasco no fim de um platô arborizado.

— Como a gente sobe *aí*? — pergunta Carpinteira.

— Com um elaborado sistema de polias? — replica Engenheiro.

Carpinteira fica em silêncio por um segundo, depois acrescenta:

— E talvez uma alavanca.

De repente, os dois estão se dobrando ao meio de tanto rir. Carpinteira dá um soluço e diz:

— Da próxima vez, vamos pegar a trilha.

Na trilha, Força Aérea faz caretas. A inclinação é uma agonia para o seu tornozelo. Ele só está se mexendo por força de vontade e um senso de trabalho em equipe que lhe instilaram — ele não pode deixar sua parceira na mão.

— A trilha parece diferente aqui — diz Biologia.

— Você tem razão — responde Força Aérea. Eles param juntos, a três metros do local da armadilha. O que Biologia e Força Aérea estão notando é sutil: terra remexida e pedras reviradas ainda sombreadas pela umidade do solo. No lugar deles, muitos outros teriam continuado a andar, absortos.

— Olhe isso — diz Biologia. Ela dá alguns passos adiante, apontando para a pedra de isopor que ameaçou Zoo e Mateiro. A pedra está alojada entre dois pinheiros pouco abaixo da trilha.

— Você acha que foi isso que caiu? — pergunta Força Aérea. — Uma pedra desse tamanho tinha que ter feito muito mais barulho. E muito mais estrago.

Biologia olha para o alto da montanha, depois se aproxima da rocha.

– Talvez – diz ela.

Ela está apreensiva, mas a experiência lhe ensinou como agir nessas situações: respirar fundo e canalizar o medo para transformá-lo em motivação. Por qualquer critério ela é uma mulher excepcional, mas com exceção deste momento e de abundantes tomadas objetificadoras de seu físico, ela não vai ter muito tempo na tela. Quietinha demais, dirá o editor. Em suas entrevistas de qualificação ela foi mais desenvolta, pois não precisava se acalmar através da respiração nem controlar o medo. Mas até mesmo ela sabe que não entrou no elenco por sua personalidade.

O pé de Biologia está no meio do plano entre um toco e uma árvore com uma falsa colmeia pendurada em um galho alto, e o câmera deles dá o sinal. Biologia espia a pedra caída. O isopor pintado foi danificado e lascado em alguns lugares, revelando pedacinhos brancos e empelotados.

– Acho que não é de verdade – diz ela, bem quando o farfalhar de alerta começa. – Corre! – diz ela, pegando no braço de Força Aérea. Ele dispara o melhor que pode.

Os produtores não pretendem acertar ninguém de verdade com as falsas pedras, não obstante os termos de renúncia assinados. Há bastante antecedência, antecedência suficiente para até mesmo os lentos Força Aérea e Biologia saírem da área perigosa. Estão quase quinze metros à frente quando a pedra irrompe pela trilha; eles não a veem, embora a ouçam. O câmera deles registra a passagem da rocha. Ela ultrapassa a primeira pedra, e o zigue-zague anterior da trilha, para finalmente ser aparada pelas raízes expostas de uma árvore há muito caída.

Longe demais para ouvir essa comoção, e tendo acabado seu ataque de riso, Carpinteira e Engenheiro trabalham juntos para resolver seu problema de doze metros de altura. A resposta é simples, ainda que árdua: eles alçam o próprio corpo por um declive íngreme pontuado por folhas, ramos soltos, e árvores caídas. Engenheiro tropeça e desliza ladeira abaixo, cavoucando uma trilha escura em meio ao detrito vegetal. Carpinteira o ajuda e eles escalam a montanha com pés e mãos. Estão quase chegando ao cume.

Mas eles não são os primeiros a terminar a última parte desse Desafio. Mateiro e Zoo chegam ao alto de uma ladeira e veem o apresentador lá na frente, esperando-os sobre uma face lisa da rocha, montanhas verdejantes espraiando-se atrás dele. Há sinais de civilização ao fundo: estradas, carros transformados pela perspectiva em brinquedos que passam zunindo em silêncio, grupos de construções. Os concorrentes os verão, mas o telespectador não – cada tomada será cortada para excluí-los ou desfocada para obscurecê-los.

Imperioso, o apresentador dá as boas-vindas a Mateiro e Zoo.

– Vocês são os primeiros a chegar – diz ele. – Parabéns.

– E agora, o quê? – pergunta Zoo. Ela está olhando para trás do apresentador, admirando a vista.

A voz do apresentador assume um tom de conversa:

– Vamos esperar os outros. Vocês podem descansar.

Zoo senta-se junto ao apresentador. Mateiro faz um gesto de adeus, e desaparece na floresta.

– Ele não está cansado? – pergunta o apresentador.

– Acho que ele não fica cansado – diz Zoo.

Doze minutos depois, Médico Negro e Banqueiro emergem das árvores a oeste da trilha. Têm folhas e espinhos presos no cabelo. Recebem o cumprimento altivo do apresentador, depois sentam-se ao lado de Zoo, que está deitada ao sol de olhos fechados. Longe dali, Mateiro está sendo enxotado do acampamento da produção. Força Aérea e Biologia aparecem momentos depois para aceitar seu terceiro lugar. Leva mais quarenta e cinco minutos até que Engenheiro e Carpinteira entrem cabisbaixos, pelo leste, na clareira do topo – estavam perambulando sem rumo pela floresta do cimo há meia hora quando esbarraram por acaso com Mateiro há pouco e eles lhe indicou a direção correta.

Lá embaixo, o trio se arrasta desconexo trilha acima.

– Falta muito ainda? – geme Garçonete, sentindo mal-estar. Apesar de sua boca seca, ela não toma um gole d'água há mais de uma hora. Seu corpo, carente de calorias, está cansado demais para ela querer levantar a garrafa, fazendo-a arrastar os pés. Em vez de deixar pegadas, ela está deixando sulcos na trilha.

Rancheiro está logo atrás dela, espiando seu traseiro quase por acaso.

— Agora não deve faltar muito. Você consegue.

— Preciso descansar — responde ela, se dobrando ao meio e apoiando as mãos nos joelhos. A barra de sua jaqueta desliza, passando de sua cintura. Rancheiro se pega olhando-a fixamente e arranca o olhar dali, focalizando umas árvores. Exorcista está adiantado, marchando firme e ruidosamente, mas sempre se mantendo à vista de seus colegas de equipe. Ele percebe que eles pararam e volta correndo.

— Machucou? — brada ele.

— Preciso só de um segundinho — responde Garçonete.

— Bebe um pouco d'água — sugere Rancheiro, antes de tomar um gole da sua. Garçonete faz que sim e pega uma de suas garrafas da mochila. Ela retém a água na boca por um momento antes de engolir, curtindo a sensação do líquido em sua língua ressecada e no interior de sua boca. É um momento insignificante, mas será manipulado para ser uma grande demonstração de sensualidade, a câmera subindo de seus seios pulsantes e lustrosos de suor para os lábios espremidos e olhos estreitados de deleite. Ela engole, e a narrativa corta canhestramente para mais tarde. Eles já andaram mais um quilômetro e meio na trilha e o sol já transpôs seu apogeu. Eles passam da segunda pedra de mentira, a que rolou mais que a primeira. Nenhum dos três percebe nenhuma das duas pedras. Seu câmera fica para trás. Exorcista está no meio de um monólogo fanfarronesco e circular do qual só serão exibidos pequenos trechos:

— O sangue dele era azul. Azul! E tinha um gosto meio metálico.

— Minha mãe me alertou sobre moças do tipo dela, mas eu gostava do cheiro dela e casei mesmo assim.

— E foi essa a primeira vez em que comi carne de lagarto!

O câmera acerta o disparador.

Nem Exorcista nem seus colegas ouvem os rugidos de alerta, ofuscados por seu falatório, e estão andando devagar. Um seixo rola por sobre o pé de Garçonete. Ela dá uma olhada para o lado, mas está exausta demais para processar o que está acontecendo.

É Rancheiro quem percebe primeiro, mas bem mais tarde em relação aos outros times. Ele mal tem tempo de gritar "Cuidado!" antes que a rocha de papelão chegue descendo pela trilha entre ele e Garçonete. Ele dá um pulo para trás, saindo do caminho da pedra, e Garçonete se volta, confusa. Exorcista também se vira, a uma distância segura; ele é uma figura ao fundo da tomada pega pelo câmera: a pedra acertando um tronco grosso e ricocheteando para o alto, voltando à trilha, onde bate no barranco de cima e depois volta a cair de novo, rolando. Rancheiro se vira para fugir, e a racionalidade assume e, em vez de correr trilha abaixo, ele salta para fora dela, agarrando-se em uns troncos finos logo acima e saindo do caminho dela. A rocha atropela seu pé ao passar. O cérebro de Rancheiro grita, por expectativa, que seu pé está quebrado até que a sensação o informe: o golpe quase não doeu. Ele continua agarrado ao barranco, sem entender nada.

Com isso, o câmera passa a filmar a pedra rolando direto até ele. Este homem está tão acostumado a ser invisível que passa vários segundos só assistindo à esfera marrom-acinzentada ficando cada vez maior em seu visor. Até que Rancheiro grita:

– Saia daí! – E o câmera finalmente reconhece o perigo.

Em pânico, ele larga a câmera. Indeciso entre fugir e lutar, ele fica no mesmo lugar, paralisado. Assustado e sem fala, ele olha a pedra, e só quando ela está prestes a acertá-lo é que reage, rolando de banda. Mas é tarde demais. A pedra o acerta em cheio, derrubando-o no chão e depois oscilando até parar na dobra da trilha. Rancheiro força passagem por trás da pedra, correndo para ajudá-lo. Garçonete vem logo depois dele, boquiaberta. Exorcista está imóvel lá atrás.

O câmera está xingando e mordendo o lábio inferior.

– Acho que quebrei o cóccix – diz ele. Enquanto Rancheiro o ajuda a ficar de pé, ele fecha os olhos apertadamente. Quando vai pegar o walkie-talkie, percebe que o pulso também dói.

– Ei, deixe comigo – diz Garçonete, pegando o aparelho. Ela aperta o botão e fala: – Oi, tudo bom? O nosso câmera se machucou. Uma pedra acertou ele. Precisamos de ajuda. – Ela faz uma pausa, depois acrescenta. – Câmbio, desligo. – E tira o polegar do botão.

Um momento depois, vem uma resposta:

– Ele está muito machucado?

— Não sei — diz Garçonete. Atrás dela, Exorcista vem se aproximando aos poucos. — Ele consegue ficar de pé, falar e não está sangrando nada, mas...

— Meu cóccix — diz o câmera. — Diga-lhe que quebrei o cóccix e talvez o punho.

— Ele disse que quebrou o cóccix e o punho.

— Vamos mandar ajuda. Esperem aí mesmo.

— Esperar aqui? — pergunta Exorcista em tom contrariado.

Garçonete gira para encará-lo:

— Ele se machucou!

— Ele está ótimo — retruca Exorcista, com um gesto de desdém para o câmera. — Desculpe, amigo, mas não é como se você estivesse morrendo.

— Já estamos por último mesmo — diz Rancheiro. — Esperar não vai piorar a situação.

— Como vocês sabem que estamos por último? — pergunta Exorcista. — Vocês dois mandaram mal na primeira Pista, os outros podem ter feito igual.

Rancheiro ainda está com o braço de suporte nos ombros do câmera. Voltando-se para ele, ele pergunta:

— Estamos por último?

O câmera respira com dificuldade. Ele olha para um lado e para o outro. Ele sabe que há câmeras montadas ali; sabe que não é permitido dar nenhuma informação aos concorrentes. Mas com certeza, pensa ele, esse cenário é uma exceção.

— Vocês estão lá para trás — diz ele.

— Viu! — diz Garçonete.

— Não importa — diz Exorcista. — Vou em frente. Se vão vir junto ou não, pra mim dá no mesmo. — Ele começa a caminhar.

— Mas a gente é uma equipe! — grita Rancheiro para suas costas.

Exorcista responde também gritando:

—Vejo vocês lá em cima!

Mais acima, os outros concorrentes veem um paramédico e um câmera saírem velozmente da floresta, cruzarem a pequena clareira e começarem a descer pela trilha. O câmera designado para Zoo e Mateiro está voltando às pressas; ele tem a melhor forma física da equipe de filmagem — é maratonista.

– O que será que aconteceu? – pergunta Biologia.

– Alguém deve ter se machucado – diz Engenheiro.

Todos eles – menos Mateiro, ainda enfurnado sozinho na mata– olham para o apresentador, que dá de ombros. O produtor de locação logo chega e chama o apresentador para uma conversa à parte. Os concorrentes observam-nos de longe, as cabeças balançando na vertical e o gestual ponderado das mãos, mas são incapazes de depreender o sentido disso.

– Ninguém parece estar em pânico – diz Zoo. – Seja lá o que aconteceu, não pode ser tão ruim assim.

– Aposto que foi aquela pedra – diz Biologia.

– Que pedra? – pergunta Engenheiro, e lhes contam sobre as pedras de isopor. – Uau – diz ele, olhando de relance para Zoo. Está feliz por ela não ter se ferido. Acha que vai gostar de assistir à reação dela à rocha, mais tarde, quando estiver em casa: o rapaz com que divide apartamento prometeu gravar o programa para ele no DVR.

A especulação acaba morrendo num silêncio entediado. Mateiro volta e senta silencioso junto a Zoo. Exorcista assoma no alto da montanha, andando pomposamente até onde está o grupo. Os demais ficam esperando a aparição de Rancheiro e Garçonete. Quando não aparecem – somados o paramédico, mais a espera, mais isso –, certas conclusões são tiradas.

Força Aérea fica de pé, pronto para a ação. Os demais começam falando todos juntos, fazendo perguntas. Mateiro só ouve e observa a floresta.

Exorcista adora aquela atenção toda.

– Foi radical – conta ele. – Veio essa pedrona gigante do nada. Eu pulei para fora do caminho, mas foi tão rápido... – Ele faz uma pausa, sacudindo a cabeça. Biologia, gentil, põe a mão em seu ombro. – Ela pegou o nosso câmera.

Todos se espantam.

– Ele ficou muito ferido? – É Força Aérea quem pergunta, mas todos querem saber a resposta.

– Bastante. Bastante mesmo.

O apresentador se aproxima, interessado.

A inquietação percorre o grupo de concorrentes feito uma vibração.

– Melhor eu ir ajudar – diz Médico Negro.

– Se você descer, perde o seu segundo lugar – diz-lhe o apresentador.

– O homem quase morreu e você *abandonou* ele? – diz Carpinteira a Exorcista. Ela se volta para o apresentador. – E por vocês, *tudo bem*?

O apresentador dá de ombros:

– Vocês são classificados pela ordem em que o último membro do seu time termina, e eles já estavam em último, de forma que não vejo que diferença faz.

Carpinteira fica olhando fixamente para ele.

E Zoo está pensando: faz diferença *sim*. Porque se Exorcista pôde abandoná-los, então Mateiro poderia tê-la abandonado e agora ele sabe disso. Ela não olha para ele, pois não quer vê-lo ponderando que se terminar em primeiro lugar valeu o fardo de carregá-la consigo. Mas Mateiro está pensando no homem ferido, no que o terá ferido.

Lá embaixo, o paramédico chega até o câmera e o examina. Seu cóccix não está quebrado, só machucado. Também teve uma torção no punho e umas poucas outras contusões e arranhões; seus ferimentos são leves, mais resultantes do impacto na terra do que do impacto da pedra, cujo impulso já tinha sido quase todo dissipado quando se chocaram. O paramédico opta por ajudá-lo a descer até a base da trilha; seus ferimentos não são suficientes para merecer um helicóptero. Os dois homens descem com cuidado pela trilha enquanto o câmera recém-chegado pede a Garçonete e Rancheiro para se aproximarem dele.

– Eles ainda não sabem como é que vão retratar isso – diz ele. – Se é que vão. Então, por ora, não conversem sobre isso, tudo bem? Se eles decidirem usar, gravaremos a reação de vocês depois.

Naquela noite, a decisão do alto comando será passada para os subalternos: façam o câmera assinar um termo de renúncia. Sua imagem não pode ser usada sem essa permissão explícita, uma concessão contratual para provar que ele e seus pares não estavam sendo manipulados. Que estavam sabendo de tudo, assim como o restante da equipe de produção. Mas o câmera não vai assinar. Não quer ficar conhecido como alguém que fica paralisado diante do perigo. Os produtores vão resmungar, mas não há nada que possam fazer. No mundo do programa, o incidente não ocorreu. Nem mesmo a parte posterior em cima da montanha. Mostrarão Rancheiro saindo atabalhoado da frente da pedra, e depois imagens da pedra anterior rolando cada vez mais devagar até parar, seguida por um intervalo comercial, depois do qual Rancheiro e Garçonete vão se juntar aos demais. As chegadas são emendadas para parecerem simultâneas; se Exorcista terminou o Desafio antes de seus colegas de equipe, foi por meros segundos.

O apresentador brada as boas-vindas aos últimos lugares e Exorcista vem correndo passar o braço pelos ombros de seus companheiros de equipe.

– Vocês não conseguem ficar longe de mim, não é? – diz ele a Garçonete, bagunçando o cabelo dela. Ela se afasta.

– *Por favor*, posso ir para outra equipe? – pergunta ela ao apresentador.

– Sim.

Garçonete olha para ele incrédula.

– Sério mesmo?

O apresentador faz um gesto na direção de onde os outros concorrentes estão sentados.

– Mas, primeiro, sente-se, por favor.

Garçonete, Rancheiro e Exorcista se espremem de forma que todos os onze concorrentes estejam agrupados sobre o pedaço de rocha nua. Vários estagiários e o produtor aparecem, os primeiros correndo por toda a parte enquanto o último se alterna entre conferenciar e gritar ordens. Um estagiário dá um espelho ao apresentador. Rancheiro é metralhado com perguntas, que responde honestamente.

– Cóccix? – pergunta Força Aérea. – Do jeito que ele falou, o cara estava prestes a morrer.

Garçonete pensa em qual será sua nova equipe, depois nota vários câmeras extras se aproximando, cobrindo o grupo de todos os ângulos.

– Outro Desafio? – pergunta ela. – Não vamos ter tempo de descansar?

– Não quando você chega em último – diz-lhe o apresentador, conferindo os dentes.

Garçonete está a ponto de protestar dizendo que o atraso deles não é culpa dela, que ela não devia ser penalizada, mas sufoca esse instinto quando percebe que, embora não seja a responsável por seu câmera estar ferido, a colocação de seu time é em grande parte culpa dela, sim. Rancheiro ou Exorcista poderiam ter percebido o erro que ela cometeu, mas nenhum dos dois o fez, de forma que ainda é o erro que *ela* cometeu.

Não posso ficar dependendo deles, pensa ela, e olha ao redor. Seus olhos param em Zoo, que está limpando a terra embaixo das unhas com uma agulha de pinheiro, e ela pensa, *Sim*.

Zoo percebe que está sendo encarada por Garçonete, assim como as intenções dela. Ela mantém o olhar firme nas próprias unhas, torcendo para Garçonete olhar para o outro lado. A última coisa que quer é algum inútil dependendo dela.

13.

Desta vez, quebro a vitrine com uma pedra. Atiro-a com toda a força que tenho a cerca de três metros de distância e quase erro.

– Pode ir – digo.

– Você não vem? – pergunta Brennan.

Nego com a cabeça e ele me olha como se eu já o estivesse deixando para trás.

– Isso aí é uma *butique* – digo. – Estou vendo a parte de trás daqui. – É claro que não estou vendo coisa nenhuma, mas a obscuridade atrás da vitrine não parece muito profunda. Estamos numa cidade que é uma grande armadilha para turistas. Toda cheia de bistrozinhos e lojinhas de suvenir kitsch. Esta loja, com um nome em letra cursiva rebuscada que não tenho paciência pra decifrar, oferece uma ampla gama de bolsas e sacolas na vitrine. Penso o quanto os donos da loja ganharam para deixar tudo exatamente como precisávamos.

Brennan passa pela vitrine quebrada.

– Ai – diz ele.

Eu me viro para o lado oposto, revirando os olhos.

– Mae, acho que eu me cortei.

– Você está sangrando? – pergunto.

– Sim.

– Bem, então pelo menos você sabe que está vivo.

Ouço tecidos se roçando; ele já está lá dentro. Imagino que esteja olhando para trás, me observando. Só para ter certeza de que eu não vou sair correndo. Como se eu tivesse energia para um ato drástico desses.

– Ande logo! – berro. Lá em cima, o céu ruge, cinzento. Penso naquele avião, mas esse ruído é apenas trovão. – Você devia pegar uma capa de chuva também – digo. – Ou um poncho. – Esse lugar parece do tipo que vende ponchos. Não ponchos práticos que ocupam pouco espaço, feito o meu, mas um bem pesado com todas as cores do arco-íris, pela ironia.

Um minuto depois ele já saiu. Não pegou casaco nem poncho, mas está segurando uma mochila. É toda brilhosa e com estampa de zebra.

– Essa é a única que tinham? – pergunto.

Ele se agacha e começa a enfiar seus suprimentos na mochila, com sacos plásticos e tudo.

– Gostei dessa – diz ele.

– Cada um tem seu gosto. – Talvez eu não devesse estar menosprezando um produto de patrocinador, mas que mochila mais *feia*. Brennan fecha o zíper da mochila e a joga sobre os ombros. Começo a andar.

– Mae, olha o que mais encontrei. – Ele estende a mão e eu paro para conferir. Fósforos. Seis ou sete caixinhas azul-escuras, estampadas com o mesmo garrancho indecifrável que havia no letreiro da loja.

– Que bom – digo. – Não vamos ter que parar de novo. – Pego os fósforos e os coloco no bolso, junto à lente dos meus óculos.

Poucos passos depois, ele pede:

– Você tem um band-aid?

– É muito feio o corte? – pergunto. Ele estende o braço. Sua manga está puxada para cima. Não vejo sangue algum na pele negra de seu braço, ele está longe demais de mim e o corte é muito pequeno. Encolho os ombros para tirar a mochila das costas e pego meu kit de primeiros socorros.

– Tome – digo, entregando-lhe uma pomada antibiótica e um pacote de curativos. Ele parece surpreso. Acho que esperava que eu fizesse o curativo para ele. – O tempo está passando – continuo. Com isso ele desperta e entra em atividade, tratando o braço. O céu ruge de novo, mais alto. Prevejo que Brennan logo irá se arrepender de não ter levado nada à prova d'água da loja Letra Rebuscada.

Não dá outra. Horas depois, ele está tremendo e pingando sob a chuva.

– Mae, *por favor*, podemos dormir numa casa hoje? – implora ele. Minha calça está enfiada nas botas, o capuz do poncho sobre a minha cabeça. Minhas coxas e canelas estão molhadas, mas, fora isso, estou bem.

– Não – digo.

– Os donos não estão mais lá. Não vão se importar.

Sugo meu lábio superior para me impedir de gritar.

– Mae, estou congelando.

– Eu ajudo você com seu abrigo – digo. – Mostro como evitar que entre vento.

Ele não responde. Seus tênis chapinham a cada passo. Um relâmpago rebenta no horizonte. Segundos depois, ruge o trovão. Sinto o chão tremer. Saímos da área turística e entramos nos subúrbios. Foi por isso que quebraram meus óculos, acho eu. Para poderem me mandar passar por áreas assim e só precisarem esvaziar as casas por algumas horas. Fico imaginando quanto custará isso – algumas centenas de dólares por família? Tudo para ferrar com a minha cabeça. E para conquistar telespectadores, porque preciso admitir que, se não estivesse aqui, se não estivesse competindo, eu assistiria a esse programa. Eu mergulharia de cabeça no cenário familiar, mas destroçado que eles idealizaram, e adoraria.

Outro ribombar de trovão. Todas as casas são mais altas que nós, então não me preocupo em ser acertada por um raio. No entanto, aqui não há muito detrito vegetal com que fazer abrigos e podemos não chegar à floresta antes de anoitecer. Talvez eu tenha que me render. Um barracão, penso. Não vou entrar em outra casa preparada por eles, mas poderia fazer uma concessão e dormir em um barracão de jardim ou garagem.

– Por que não podemos esperar até a chuva parar? – pergunta Brennan. – Que burrice.

Burro é você, penso. Foi ele quem não pegou uma jaqueta quando teve chance. O contrato dele deve proibi-lo de cobrir seu moletom, e as câmeras escondidas ali. Nesse caso, foi burro por tê-lo assinado.

Não que eu tenha sido mais inteligente do que ele, assinando o meu.

– Você já me atrasou o suficiente – digo. – Não vou perder a tarde toda.

– Atrasei você para ir *aonde*? – pergunta ele, parando. – À cidade? Está vazia, Mae. Lixo e ratos, a essa altura só deve ter sobrado isso. A gente precisa encontrar uma fazenda, algum lugar onde possamos ficar.

– É para onde você estava indo antes de grudar em mim? – pergunto. – Ia encontrar uma fazenda, ordenhar uma vaca e roubar os ovos das galinhas?

Ele se remexe, inquieto.

– Talvez.

– Então pode ir – irrompo. – Vá encontrar a filha de algum fazendeiro que foi deixada para trás e esteja solitária. Não se preocupe se o pai dela ainda estiver por perto, porque você vai conquistá-lo ou ele vai morrer. Mas não se esqueça de encontrar uma arma para você se defender dos bandidos. Ou você pode fazer um estilo mais retrô, medieval, usando arco e flecha. Com certeza é fácil como parece. Cuidado com qualquer pessoa se autodenominando Chefe ou Governador. E proteja sua mocinha, porque os maus sempre têm intuito de estuprar.

Ele fica me encarando, a chuva escorrendo pelo seu rosto:

– Do que você está falando?

De toda trama pós-apocalíptica já criada, acho eu. Dou as costas para ele. Quero sair dessa cidadezinha, e rápido. Ouço o *squish squish* de Brennan me acompanhando.

– Isso aqui não é filme, Mae – diz ele.

Dou risada.

Ele me empurra por trás, com força. Surpresa, caio para a frente, espraiada numa poça. As bases da minha mão ardem quando me apoio nelas para levantar. Elas foram rasgadas pelo atrito da calçada, pingam sangue. Meu joelho direito lateja.

– Filho da puta – digo, virando para olhá-lo nos olhos. – Filho de uma puta. – Quero esmagar a cara turva dele. Nunca dei um soco em alguém. Preciso conhecer a sensação. Preciso vê-lo sangrar.

Proibido acertar pessoas no rosto ou nos genitais.

Que tentem me impedir.

Ele é uma criança.

Ele tem idade suficiente.

Ele está com medo.

Eu também.

Você *tem* que seguir as regras.

Ele dá um passo para trás.

– Mae, me desculpe – diz ele. Está chorando. Outra vez. – Eu não queria... me desculpe.

Meus punhos estão apertados com toda a força.

– Por favor – diz ele. – Vou para onde você quiser. Mas não me deixe sozinho.

Desaperto minhas mãos.

– Se você disser mais *uma* palavra – digo para ele –, deixo você sozinho. – Ele abre a boca e eu levanto um dedo. – Uma palavra que seja, Brennan, e sumo no mundo. E se você encostar um dedo em mim de novo, não estou nem aí para o que vão pensar: quebro a porra da sua cara. Entendido?

Ele assente, aterrorizado.

Ótimo.

Pelo resto do dia, ele fica quieto. Não fosse pelas suas passadas encharcadas e ocasionais fungadas, eu era capaz de esquecer que ele está junto comigo. De certo modo, é o paraíso, e ainda assim, sem a matraca dele, me sinto sozinha de novo.

Agora estou com frio, e a calça úmida deixa minha pele irritada. Brennan deve estar muito infeliz. Logo vai anoitecer e a tempestade só piora.

Brennan espirra.

Estamos passando por um loteamento de McMansões, uma atrás da outra. Outdoors anunciam novas construções, disponíveis para aluguel. Casas, não lares.

Se ele ficar doente, só vai me atrasar ainda mais. Não importa o que ameacei antes, sei que não vão me deixar abandonar o meu câmera.

Entro no loteamento. As ruas têm nomes de árvore. Elm, Oak, Poplar. Viro a esquina da Birch, bétula, porque quando eu era pequena e uma tempestade de inverno cobriu todas as árvores com gelo – uma camada de um centímetro, mas me pareceu infinita – as bétulas brancas foram as árvores mais curvadas de todas, seus troncos flexionados feito corcovas. Quando o gelo derreteu, as bétulas brancas também logo voltaram a apontar para o céu. Poucas conseguiram se endireitar completamente – tantos anos depois, muitas ainda estão curvadas – mas não se partiram, e é disso que sempre gostei nelas.

A segunda casa no lado direito da rua Birch me chama atenção. É parecida com todas as outras, exceto por ter uma placa na frente que diz, em azul, IMÓVEL ABERTO À VISITAÇÃO – e sei que estou no lugar certo. Experimento a porta social. Trancada.

— Espere aqui – digo a Brennan. Dou a volta até os fundos. Minhas tentativas de arrombar a janela da cozinha fracassam. Vou ter que quebrá-la. Não há nada que sirva para isso nos fundos, então volto à frente da casa. A estaca de madeira de que pende a placa VENDE-SE está torta e bamba, como se fosse feita para eu puxá-la do lugar. Sinto Brennan me observando enquanto arranco a placa do chão. Volto à janela e a parto com a estaca. A chuva está tão barulhenta que mal ouço a vidraça se quebrar. Solto a placa, limpo os cacos do caminho, e me esgueiro por uma cozinha imaculada. Deixando uma trilha de respingos do vestíbulo com teto de catedral até a entrada social, abro a porta para Brennan e passo o ferrolho depois dele. Ao lado do vestíbulo, dois salões adjacentes estão mobiliados com fartura de assentos: sofás de *plush* compridos e poltronas profundas. Em um deles, os assentos rodeiam uma televisão tela plana empoeirada de pelo menos sessenta polegadas. Na outra, o ponto focal é uma lareira. Há uma pilha de tocos Duraflame junto a uma parede. Deve ser um dos patrocinadores.

Inspeciono o teto e vejo apenas um detector de fumaça. Não precisam de tantas câmeras fixas agora que Brennan está comigo.

Os tocos têm instruções impressas em suas embalagens de papel pardo. Nem Brennan seria capaz de errar com eles; jogo-lhe uma caixa de fósforos e vou lá para cima explorar mais. Prendo a respiração toda vez que abro uma porta, mas essa casa não é nada parecida com a cabana azul. É enorme, anônima, vazia. Abastecida, mas não habitada. Abro um armário de banheiro e despejo o álcool isopropílico da prateleira de cima nas palmas das mãos. Os arranhões não são feios o suficiente para eu me incomodar em fazer curativos. No quarto principal, abro closets e cômodas até descobrir um par de calças de pijama de fleece; dispo minha calça e visto essa. Encontro um pijama quadriculado masculino perfeito para Brennan e volto para o andar de baixo. Jogo-lhe as roupas e estendo minha calça, botas e meias junto à lareira.

— Vá se trocar – digo – e secamos suas roupas junto.

— A gente vai... — Uma expressão de horror cruza o seu rosto.

— Tudo bem. Pode falar. Só não fale demais.

Ele faz que sim depressa.

— A gente vai parar aqui? – pergunta ele. – Essa noite?

– Sim.

Ao que parece, o silêncio fez bem a ele. Ele para por vários segundos e depois diz:

– Obrigado, Mae.

– Vá se trocar.

A despensa tem um estoque de sopas enlatadas orgânicas vegetarianas e macarrão em formato de bichinho com molho de queijo. Esquento para mim uma lata de sopa de feijão-branco com arroz, e depois faço o macarrão com queijo para Brennan, substituindo o laticínio pedido pela caixa por uma lata de leite condensado. Ele limpa todo o conteúdo da panela e depois desaba no sofá com um suspiro. Momentos depois, está roncando. O som não me irrita tanto quanto antes. De fato, faz com que a casa pareça um pouco menor.

Jogo uma colcha de retalhos sobre ele, depois me enrolo em outra. Os sofás são moles demais; sento no tapete, de frente para o fogo, com uma xícara de chá de ervas. Não sei se vou ser capaz de dormir aqui. Porém, olhei todos os cômodos, então deve ficar tudo bem. Espero que fique tudo bem.

E se não ficar, se alguma coisa acontecer hoje à noite, será algo novo. Talvez eles despejem gafanhotos pela chaminé ou joguem algumas cascavéis de madeira pela janela quebrada. Ou mandem morcegos teleguiados com presas enormes. Ou talvez seja o dia da estreia dos saqueadores.

Sei que é inútil tentar prever a perversidade deles, mas não consigo evitar. Faz com que estar sentada aqui, à espera, nessa gigantesca mansão assombrada seja um pouco mais fácil. Eles vão esperar até eu dormir – ou estar quase dormindo – para atacar. É assim que eles operam; obscurecendo a fronteira entre sonho e realidade. Eles me fazem ter pesadelos, depois os tornam realidade.

O pior de tudo foi a cabana. A cabana azul demais que não consigo esquecer, não importa o quanto me esforce.

Encontrei a cabana dois dias depois de Canguru ter me deixado. Eu estava seguindo a última Pista que me deram. *Busque a placa após o próximo riacho*, dizia ela. Eu havia encontrado um leito de riacho seco a meras horas do meu acampamento, mas não havia placa, então continuei caminhando e procurando. Estava começando a ficar com medo de estar fora de rota, perdida, quando de repente lá estava: um ribeirinho marulhando, *você me achou, você me achou*. Pouco depois, rio abaixo, uma galeria, uma estrada, uma entrada para carros.

E o meu sinal, óbvio e inesperado ao mesmo tempo: uma fieira de balões azul bebê amarrados a uma caixa de correios, dançando, flutuando. Segui a entrada de carros até chegar a uma cabana de um só pavimento, azul, dotada de uma chaminé gorducha. Havia mais balões amarrados à porta da frente e um capacho de boas-vindas cinza. Lembro-me de peixes coloridos nadando na borda do capacho, emoldurando as palavras LAR, DOCE LAR, e paralisados com sorrisos de desenho infantil – ainda que eu não tenha reconhecido isso, naquela hora, como minha próxima pista.

A porta da frente não estava trancada. A cabana era azul e estava destrancada – não podiam ser mais óbvios do que isso. Entrei em uma sala inundada de azul bebê. Balões pontilhando o chão, uma torre de pacotes com embrulho azul sobre a mesa de jantar; havia um sofá azul, cadeira azul. Almofadas. Tudo o que tinha alguma cor era azul. *Tudo*. Não, uma exceção – lembro-me de um tapete, do contraste da marca acinzentada escura que minha mão deixou sobre o amarelo pálido depois que abri a chaminé e montei a fogueira. Mas, fora isso, tudo o mais era azul, eu lembro.

De início fiquei só na sala, cozinha e banheiro, deixando fechadas duas portas que presumi serem de quartos. Não havia luz, mas havia água corrente – e uma mamadeira azul na pia. Presumi que a água da bica podia ser bebida sem problemas e enchi minhas garrafas sem fervê-la antes, o que foi um erro. Havia barras de granola e um saco aberto de salgadinhos de queijo no armário. Comi alguns, o que talvez também tenha sido um erro, mas creio que foi mesmo a água que me deixou doente. Encontrei também um chá Twinings Lady Grey e fiz uma xícara para mim, pensando que tinha sido uma gentileza da parte deles.

Depois que terminei o chá, ou talvez ainda enquanto o estivesse bebendo, comecei a abrir os embrulhos da mesa. Eu esperava comida e uma bateria nova para o transmissor do meu microfone, uma Pista me informando para onde seguir. Mas a primeira coisa que desembrulhei foi uma pilha de álbuns de fotografias. Um tinha uma girafa na capa, outro, uma família de lontras. Todos eles tinham animais na capa, embora em um deles fosse apenas um urso de pelúcia sendo abraçado apertado por um menininho. Quando puxei a ponta do papel do segundo pacote – pequeno, macio – descobri uma fileira de minúsculas meias azuis e brancas, seis pares rotulados como RE-CÉM-NASCIDO.

Lembro-me de ter jogado as meias na mesa e ido para o sofá, suprimindo – por pouco – uma ânsia de pisotear um ou todos aqueles balões onipresentes. Até agora, sinto como foi maldosa a mensagem deles. Sei que eu lhes contei meus motivos para ter topado participar. Contei-lhes quando me candidatei e contei-lhes de novo a cada etapa do processo seletivo. Contei na minha primeira sessão de confessionário. Contei várias e várias vezes. Não devia ter ficado tão surpresa de terem me ouvido.

Depois disso, deitei no sofá e fiquei sem dormir por um bom tempo. Estava finalmente cochilando quando ouvi: um choramingo baixinho. O som me deixou completamente alerta e meu cérebro confuso determinou com dificuldade a direção de onde ele vinha. Do fim do corredor, de trás da porta do quarto.

A única iluminação era a da lua e das estrelas, filtrando-se pelas janelas. Lembro que andei pé ante pé pelo corredor, tateando o caminho, meus passos macios sobre as meias – foi esta a última vez que tirei minhas botas para dormir. O som era frágil e parecia o de um animal. De um gatinho, pensei eu, e destinado a mim. Eles sabiam que eu cuidaria dele. Sou mais amiga de cachorros, mas nunca abandonaria um gatinho órfão. Jamais abandonaria qualquer mamífero órfão, exceto talvez um rato.

Quando abri a porta do quarto, o miado parou, e eu parei junto. Uma parede de janelas em arco ladeava uma cama tamanho *queen*. Em comparação ao corredor, a iluminação natural ali se fazia potente; a roupa de cama refletia o cinza-azulado idílico da noite. Havia um ursinho de pelúcia sobre a cômoda, e uma dessas câmeras de vigiar babás. Lembro que ter identificado a câmera me deixou com uma sensação um pouco melhor, me deixou um pouco mais corajosa.

Mas ainda assim me assustei quando o choro recomeçou, poucos segundos depois. Estava mais alto, e consegui identificar que a fonte era o monte de cobertores no meio da cama. Um soluço engasgado interrompeu o choro. Intrigada, me aproximei da cama. A forma alongada sob os cobertores me trazia desconforto, mas eu já fora longe demais para desistir, e eles estavam me vendo, todo mundo estava me vendo. Peguei o pano e o puxei.

Quando se tem uma oportunidade, uma fração de segundo felizmente se parecerá uma eternidade, e foi essa eternidade que vivenciei quando levantei e imediatamente soltei o cobertor. O falso cadáver materno, de cabelos claros, ali deitado com olhos vítreos, a substância entre negra e marrom escorrendo por seu rosto de látex e manchando os lençóis. E em seus braços inchados e sarapintados, um boneco embrulhado em azul-claro. Seus lábios contraídos e paralisados, à espera da mamadeira sobre a pia. Eu mal o vi, mas vi. O cobertor escorregando muito lentamente da minha mão para encobrir aquele boneco cenográfico.

Eu me envergonho em admitir que o truque deles funcionou, que durante aquela breve eternidade, pensei que seus objetos de cena eram reais. E a trilha sonora recomeçou seu *loop* e o choro ressoou novamente e dessa vez eu ouvi: uma leve estática mecânica por trás do ruído. Ao mesmo tempo eles soltaram o cheiro pelas saídas de ventilação, acho, ou foi quando o percebi, ou talvez seja simplesmente menos importante na minha lembrança do que o som. De qualquer forma, foi a primeira vez que vivenciei o cheiro de podridão deles em lugar fechado e ele se entranhou na minha consciência. Fiquei lá parada, em transe, por um período de tempo que provavelmente não durou mais que alguns segundos, mas que toda vez que penso nele, toda vez que me lembro, parece mais longo, parece ter durado horas.

Embora eu saiba que era tudo de mentira, embora o boneco tivesse som e aparência ridículos, o impacto foi grande. Não sei por quê: minha exaustão, a pungência do que aquela cena deveria representar. Foi como se eles conhecessem o segredo por trás das minhas sessões de confessionário, foi o jeito de me contarem que sabiam que eu não estava lá para uma aventura antes de ser mãe, mas porque não acho que jamais estarei pronta para ter um filho. Quero estar pronta, quero fazer isso – por ele – quisera eu ser capaz, mas não sou. Eu me candidatei, vim para cá, com o intuito de adiar não minha inevitável maternidade, mas o momento de dizer a verdade ao meu marido.

Dentro da cabana azulíssima, eu não conseguia parar de me imaginar no lugar da mãe cenográfica sob as cobertas. O rosto do boneco estava – está – marcado a fogo em minha lembrança, mas a minha culpa se apossou da imagem e a deturpou. Vi o queixo do meu marido, miniaturizado e sem pelos. Vi o narizinho de *pug* que se destaca tão dramaticamente em fotos de quando eu era pequena. Vi a pequena depressão em sua cabeça descamada pulsar.

A trilha sonora do boneco chegou de novo à tossida – um som estrangulado, engasgado. Lembro que meu estômago se apertou, uma reação visceral.

Entrei em pânico. Dei meia-volta e saí correndo do quarto. Agarrei minha mochila e calcei minhas botas pulando dentro delas. Tropecei porta afora, escorregando no LAR, DOCE LAR enquanto balões se emaranhavam nos meus pés. Eu me livrei deles e segui a lei do menor esforço: o caminho de terra, que encontrava uma estrada de asfalto rachado onde minhas pernas trêmulas me deixaram cair ao chão. Bem ao lado da estrada, fiquei deitada em um leito de folhas velhas, atolada em exaustão, ódio e adrenalina se dissipando. Eles queriam que eu pedisse para sair, isso ficou óbvio, e eu quis, eu quis que tudo chegasse ao fim, mas não podia lhes dar esse gostinho. Fiquei lá deitada, marinando na minha raiva, por muito tempo. Por fim, sentei e tirei os óculos. Meu estômago revolto, fluidos cáusticos passeando entre minha garganta e intestino feito marés. Segurei os óculos entre os dedos e olhei para o lugar onde eles estavam, mesmo sem enxergá-los, relembrando sem parar que o falso cadáver e o boneco não eram de verdade, tentando entender o que eu deveria fazer a seguir, aonde queriam que eu fosse. Então uma bolha amorfa de espaço mais claro em algum ponto depois dos meus óculos chamou atenção do meu olho sem foco. Um espaço dançante e iridescente que, depois de um momento sem respirar, percebi que eram os balões, refletindo a luz da lua e flutuando sobre a caixa de correio ao sabor do vento.

Então entendi: a Pista não eram os álbuns de fotos nem os balões, mas o capacho de boas-vindas. *Lar, doce lar*. Era essa a direção para que eu tinha que rumar. Leste.

Eu também sabia que os criadores do programa iriam adorar meu pânico e minha fuga, e decidi, desse momento em diante, ser tão chata quanto possível. Seria essa a minha vingança. Fiquei em estradas secundárias e evitei casas. Num primeiro momento, a coisa andou devagar; fiquei doente – a água, talvez a comida, mas provavelmente a água – e perdi um ou dois dias, talvez três, mas acho que não, tremendo toda próxima a uma fogueira que quase não tive forças para fazer, mesmo com a pederneira.

Sinto-me aborrecida por tê-la perdido. É só um objeto, mas que objeto mais útil. Não sei como teria me virado naqueles dias da doença sem a pederneira; provavelmente teriam que me desqualificar, me tirar do jogo para minha própria segurança. Mesmo assim, cheguei perigosamente perto de dizer a frase de segurança; acho que foi apenas o fato de não terem vindo me buscar, de terem tido confiança suficiente para me permitir esperar passar, que me encorajou a não desistir, que me permitiu acreditar que eu ficaria boa. E fiquei. Melhorei, e sabia para onde tinha que ir; comecei a andar e achei pasta de amendoim e mix de cereais, e seu cadáver cenográfico seguinte, informando que eu ainda estava na rota certa.

A meu lado, Brennan resfolega especialmente alto e se remexe no sofá. Seu braço cai para o lado e por um instante seus dedos se fecham em punho antes de relaxarem e roçarem o piso. Ele parece confortável, sentindo-se em casa em meio às almofadas de pelúcia. Hoje ele não gritou.

Contemplo sua mão pendurada. A luz da fogueira reluz no mostrador de seu relógio de pulso. A curiosidade insone me impele a conferir as horas. Oito e quarenta e sete. Passei tanto tempo operando à base da luz, em vez de horário, que imediatamente sinto como se tivesse feito algo de errado. Meu rosto enrubesce, e percebo o porquê enquanto vejo os segundos digitais chegarem ao sessenta – eu não tinha a expectativa de que fosse funcionar como relógio. O que é tolice; não há motivo para um relógio-câmera não dizer as horas também.

Apoio meu chá frio e me reclino na direção da mão de Brennan, confrontando o mostrador do relógio sem piscar. *Sei que estão aí*, falo aos produtores com o olhar. Eu podia roubar o relógio e esmagá-lo, mas não farei isso. Vou deixar que me gravem, vou deixar que me sigam e documentem. Foi o contrato que assinei, afinal de contas. O que não vou permitir é que me façam perder a cabeça. Não vou deixá-los vencer.

Não importa o quê, vou seguir em frente. Vou romper sua linha de chegada, esteja onde estiver, e vou trazer comigo esse ser vivo cenográfico deles para que a minha vitória fique bem clara.

14.

O apresentador passa a mão pelo cabelo, ignorando o horizonte que emoldura seu reflexo enquanto se admira no espelho. Um estagiário deixa uma bolsa cilíndrica de lona a seus pés; o apresentador entrega o espelho a alguém e, ao ser autorizado pelo produtor, se aproxima dos concorrentes.

– A noite passada foi a última vez que vocês ganharam carne – diz ele –, mas os ganhadores do próximo Desafio vão ser recompensados com utensílios de cozinha, então sugiro que todos deem o seu melhor. Todos prontos?

Os concorrentes olham para ele. Zoo dá um joinha meia-boca. Engenheiro consegue fazer que sim com a cabeça. Carpinteira está com uma expressão aborrecidíssima, e Garçonete, de ombros caídos.

– Assim é que se fala – diz o apresentador. – Um urso esteve aqui, bem aqui, faz uma hora. Seu trabalho é encontrá-lo. Este desafio é Solitário, mas daremos uma vantagem conforme a ordem em que concluíram o último Desafio em Equipe. – Ele pega a bolsa de lona. – Para nossas equipes classificadas em primeiro e segundo lugares, temos um perfil de seu alvo. – Ele entrega sacos *ziploc* a Mateiro, Zoo, Médico Negro e Banqueiro. Cada um contém um tufo de pelo e um cartão plastificado com o perfil do urso-negro, incluindo ilustrações em escala de suas pegadas e excrementos. – Para quem ficou em terceiro, um perfil menos completo. – Ele entrega a Força Aérea e Biologia um jogo de cartões com tópicos sobre o comportamento do urso-negro. – E para o quarto e o quinto, tomem aqui. – Ele joga um apito laranja para cada um dos concorrentes restantes. – Talvez consigam assustá-lo e fazê-lo aparecer.

Garçonete se atrapalha e deixa cair o apito. Ele quica pela pedra até ir parar aos pés do apresentador. Ele espera que ela o pegue, e diz:

– Na verdade, há *dois* ursos. Metade do grupo vai atrás de um, metade de outro. Preciso que o membro mais velho de cada grupo fique ao norte de mim, e os mais novos ao sul.

Algumas equipes conseguem se dividir sem precisar conversar – Mateiro é pelo menos cinco anos mais velho do que Zoo, Médico Negro tem uma década a mais que Banqueiro, e Rancheiro é o mais velho de todos – mas os demais têm que perguntar. Força Aérea é mais velho que Biologia por questão de semanas, e todos ficam surpresos ao saber que Engenheiro tem dois anos a mais do que Carpinteira. Garçonete não quer dizer a idade, mas Exorcista – tendo quase quarenta anos – finge não ter certeza de quem é o mais velho dos dois. Por fim, ela diz:

– Tudo bem! Tenho vinte e dois.

– Eu também! – exclama Exorcista.

– Não tem, não – diz Rancheiro. Ele já está cansado de Exorcista. Todo mundo está. – Vá para lá – diz ele a Garçonete.

Exorcista se vira para o apresentador.

– Parece que sobrei.

O apresentador responde:

– Escolha um grupo.

Exorcista contempla suas opções. À esquerda do apresentador está o grupo do norte, que consiste em Mateiro, Médico Negro, Rancheiro, Força Aérea e Engenheiro. À direita do apresentador, o grupo do sul, com Zoo, Banqueiro, Garçonete, Biologia e Carpinteira.

– Sul – diz Exorcista. Ele dá um sorriso irônico e olha diretamente para Garçonete.

– Ótimo – diz o apresentador. – Então vá para o norte.

Garçonete sorri pela primeira vez no dia, e uma expressão atônita toma conta do rosto do Exorcista. Por fim ele meneia a cabeça – "Eu devia ter previsto isso" – e vai para junto do grupo ao norte.

Conversa paralela ao sul:

– Eu devia ter guardado um pouco daquele chocolate – diz Carpinteira.

– Acho que você vai ter que se virar com carne de urso – replica Banqueiro.

– Você acha que vai ser um urso de verdade? – pergunta Zoo.

Carpinteira olha para ela.

– Por que não seria?

– Ele disse que não vão nos dar mais carne. E os rastros de cervo ontem foram feitos por gente.

— O cervo que você comeu não era de mentira — diz Banqueiro.

— É verdade, mas... — Zoo para de falar. Ela não acredita que o programa os faria rastrear um urso-negro de verdade. A espécie costuma evitar gente, mas, se provocada, pode ser perigosa. Além do mais, não havia urso nenhum por ali uma hora atrás.

— Todo mundo pronto? — grita o apresentador.

Zoo puxa o cartão de identificação de seu saquinho *ziploc*, pouco impressionada. Parece-lhe que ganhar um desafio de dois dias deveria render um prêmio melhor. Ela esperava uma panela, ou talvez um mix de cereais com chocolate. Ela olha para a pegada de urso — que ela já sabe muito bem como identificar — e depois para as quatro outras pessoas assinaladas para o sul.

— Se acharem uma pegada, não pisem nela — diz ela, sem entender como vai funcionar isso de cinco pessoas rastrearem o mesmo animal, mas sem cooperar entre si.

O apresentador grita:

— Já!

E os concorrentes se dispersam.

Zoo hesita ao ver o empenho de seus companheiros.

— Isso vai ser um desastre — diz ela, antes de também começar a procurar.

Enquanto Mateiro vagueava pela floresta mais cedo, os produtores lhe disseram para evitar uma área, e é para essa área que ele caminha agora, por inferência. Exorcista o segue. Os demais seguem o próprio caminho. Mateiro vê a trilha quase imediatamente: folhas amassadas ladeadas por tufos de pelo marrom-escuro. Há pegadas perfeitas no solo. Ele sabe que um urso nunca seria tão óbvio, mas também sabe que não está rastreando um urso de verdade. Exorcista está colado nele.

— Não sou burro — diz Exorcista. — Se vejo um atalho disponível, é nele que eu entro.

A trilha leva a uma gruta em que Mateiro e Exorcista descobrem... coisa nenhuma. Só aranhas e líquen. A trilha fora uma pista falsa, plantada de propósito para atrair e atrasar Mateiro. Força Aérea encontrou a trilha certa, uma menos óbvia que começou muito perto do ponto de partida do Desafio e que só foi criada depois que Mateiro foi conduzido de volta ao grupo.

Os concorrentes estão cansados demais para ficarem implicando um com o outro.

— A gente devia ter feito esse Desafio também em grupo — sussurra o apresentador ao produtor de locação, que responde:

— Tudo bem, isso é só para garantir que fiquem exaustos.

O Desafio silencioso e árido é comprimido ao máximo. Os telespectadores verão vários concorrentes abrindo moitas, aqui e ali um close-up de olhos injetados, bocas abertas de cansaço. No grupo do sul, a primeira pegada de urso é rapidamente destruída por Banqueiro, que sem perceber apaga a pegada do bicho com uma sua. Quase todos do grupo serão mostrados caindo, escorregando, ou batendo a cabeça num galho. Zoo é a preferida do editor; ele a mostrará ajudando Carpinteira a se levantar de uma queda, mas vai cortar quando ela der de cara com um ramo de pinheiro baixo logo depois.

Garçonete se aproxima de uma touceira de mirtilo. Na beira da touceira ela colhe um deles e o deixa rolar pela palma da mão.

— Quero comer isso — diz ela. — Mas não sei se é venenoso. Digo, *parece* com um mirtilo, mas... melhor não. Melhor eu ir procurar o urso.

Ela larga a frutinha e entra pelo meio das plantas densas, afastando-as com as mãos. Após alguns minutos — segundos — ela ouve um grunhido e trava. Ali só estão ela e seu câmera; a concorrente mais próxima é Biologia, a uns quinze metros dali.

— Será que é ele? — sussurra Garçonete, e por fim o vê: a menos de três metros dela, na outra ponta de um tronco, uma massa rotunda de pelo negro com um metro de altura por dois de comprimento.

Garçonete começa a tremer inteira, sussurrando repetidas vezes:

— Ah, não... ah, não... ah, não...

Ela não percebe que o urso não se mexe, nem para olhar para ela, nem para comer as frutinhas a centímetros de sua boca e nem mesmo para respirar. Dez longos segundos se passam, até que as pisadas ruidosas de Biologia vindo em sua direção despertam Garçonete de seu estupor. Ela atravessa os arbustos de mirtilo e anda até o monte de pelos — é um urso *de verdade*, mas morto há tempos e preservado com cuidado — e olha de perto para o rosto dele, o focinho acastanhado, os olhos vítreos que não piscam, as presas afiadas expostas em uma boca que parece prestes a soltar um rugido. E aí ela percebe algo envolvendo o seu pescoço: uma garra de urso solitária, pendurada em uma correia de couro. Uma tirinha de papel está colada à correia, dizendo: TRAGA A PROVA.

A norte, Força Aérea encontra o segundo urso e pega o colar de garra dele. Mas Garçonete chega antes que ele ao apresentador, cujo rosto demonstra um terrível choque ao vê-la com a garra de urso. Ele se recupera rapidamente, ao menos o suficiente para dizer:

– Bem... parabéns!

– Foram as frutinhas – dirá depois Garçonete ao confessionário. – Eu não estava seguindo trilha nenhuma. Estava só andando à toa, daí vi as frutinhas e pensei: *Urso não gosta de comer fruta silvestre?* E lá estava!

Quando Força Aérea chega, os demais concorrentes são chamados de volta com uma série de gritos.

– Foi *ela* que encontrou? – exclama Exorcista. – Ah, não!

Garçonete mostra-lhe o dedo do meio, um gesto que será mostrado, mas com um mosaico embaçando, e Exorcista fica contente: mesmo tendo ela vencido um Desafio, ele viu que ainda consegue irritá-la.

– Nossos vencedores vão ganhar isso aqui – diz o apresentador, que segura duas idênticas bolsas cilíndricas. Ele entrega uma a Garçonete e a outra a Força Aérea. O sol já está baixo. Todos os concorrentes parecem exaustos, e estão mesmo. O dia foi árduo. O apresentador passa os olhos pelo grupo, gravemente, depois diz: "Boa noite", e sai andando.

Murmúrios de incredulidade são ditos pelos concorrentes.

– E o que a gente faz agora? – pergunta Biologia.

O rosto de Banqueiro está sem expressão.

– Acho que é melhor fazermos um abrigo? – diz Zoo. Ela olha para Mateiro e fica aliviada quando ele corresponde seu olhar.

Força Aérea abre o zíper de sua bolsa de lona; Garçonete percebe e faz a mesma coisa. Um câmera se aproxima dela, para gravar o que tem lá dentro. Ao se agachar junto dela na rocha nua, ele tosse. Parece que ele tem uma lixa na garganta.

– Só um instante. – Tosse ele para Garçonete. Ele pigarreia, cospe e depois senta aos poucos no chão, respirando forte. – Estou meio resfriado. Desculpe, pode continuar.

As mãos dele tremem, a ponto de as imagens ficarem inúteis; o editor terá de usar as do câmera debruçado sobre o ombro de Força Aérea. Os artigos serão identificados na tela, pululando um a um em forma de lista para os telespectadores saberem o que são: duas panelinhas metálicas com cabos dobráveis – idênticas à que Rancheiro ganhou no primeiro Desafio –, um pacote de caldo instantâneo de vegetais em pó, um saco de dois quilos de arroz integral, um conjunto de saleiro e pimenteiro, e um carretel de linha de pescar.

– Vai ficar frio aqui em cima – diz Mateiro. Ele fala baixo; somente Zoo, Carpinteira e Médico Negro o ouvem. – Melhor sair do topo.

– Dividimos o mesmo abrigo? – pergunta Carpinteira.

Mateiro faz que sim, depois dá as costas e sai andando da rocha nua até uma área arborizada em ligeiro declive. Zoo e Carpinteira vão atrás dele.

Médico Negro se volta para os outros e brada:

– Um abrigo só hoje, todos para cá! – Ele espera Força Aérea fechar a sua bolsa, se ficar de pé, e os dois vão andando juntos até as árvores.

Embora leve algum tempo até os concorrentes se organizarem, os telespectadores vão ver logo em seguida seu abrigo já construído pela metade. Carpinteira assumiu o comando da construção, e o abrigo parece ficar ótimo, mais para barraco. Está a vinte metros abaixo do cume da montanha, em uma área plana onde as pedras têm pouquíssimo musgo.

– Menos musgo significa menos água – explica Mateiro. – De forma que, se chover, não vamos ficar alagados.

A seguir, os telespectadores vão ver Mateiro se aproximando de Força Aérea.

– Não sei quanto tempo vamos ficar aqui – diz ele. – Não consigo apanhar alimento bastante para todos só com armadilhas mortais.

– Seu plano é alimentar todo mundo? – pergunta Força Aérea.

– É o certo.

– Vou ajudar.

Quando a noite cai, o abrigo do grupo está com quase quatro metros de comprimento, e tem um telhado inclinado baixo feito de galhos de pinheiro. Sua estrutura consiste em três galhos em forma de Y enfiados bem fundos na terra, cada um com um tronco de apoio parrudo apoiado em seu ângulo para formar "Vs" consecutivos. Uns trinta centímetros de folhas secas e palhas de pinheiro acarpetam o interior do abrigo, e um telhado do mesmo material recoberto com o pinheiro cortado dá o toque final. Construído em duas horas apenas com recursos naturais, o barraco tem uma aparência bastante profissional e acolhedora.

A seis metros do barraco, há um segundo abrigo, pouco mais do que uma pilha de folhas apoiada em uma pedra. Exorcista lembra que na noite de ontem não sentiu frio, mas sentiu-se abafado. Hoje ele quer ver as estrelas. Está deitado sobre a fina camada de húmus, ignorando os demais e esperando o pôr do sol.

Garçonete está sentada entre os dois abrigos com seu saco de arroz, que agora está mais leve. Dois copos do seu arroz estão cozinhando, juntamente com a mesma quantidade de Força Aérea, dividido entre as cinco pequeninas panelas. De início, ela hesitou em compartilhar, mas a generosidade instantânea de Força Aérea esmagou sua relutância; hoje os concorrentes vão se refestelar com um consistente mingau de arroz temperado com sal, pimenta, vegetais em pó e vários copos de folhas de dente-de-leão que Biologia, Médico Negro e Engenheiro coletaram enquanto Zoo fazia a fogueira e os demais recolhiam lenha. Hoje, todos contribuíram, e todos terão sua parte no butim.

Todos menos Exorcista, que ficou horas sozinho, descansando. Quando os outros se sentam ao redor da fogueira e começam a passar as panelinhas de acampamento entre si, ele se levanta do seu colchão de folhagem, se espreguiça e vai se sentar entre Garçonete e Engenheiro.

– O que você pensa que vai fazer? – pergunta Garçonete, que está segurando uma de suas panelinhas e um garfo plástico doado por Rancheiro.

– Estou morto de fome – responde ele, tocando o próprio estômago. – Passe um pouco disso para cá.

– Ah, não! – diz Garçonete. E depois algo que os espectadores não vão ouvir: – Você nos abandonou, e depois foi *dormir*.

– Deixa de ser ridícula – diz Exorcista.

– Ela não está sendo ridícula – diz Rancheiro do lado oposto da fogueira. Ele está com sua panelinha na mão. – Se quer comer com o grupo, tem que colaborar com o grupo.

A hostilidade de Garçonete não é surpresa para Exorcista, mas a concordância de Rancheiro sim, assim como as muitas cabeças assentindo ao redor do fogo. Ele olha rapidamente para uma lente de câmera como que acusando o aparelho de ter convencido os outros a isso. Na verdade, é exatamente isso que ele está fazendo; pensa que todos estão atuando – tal como ele próprio. Mas a verdade é que nesse momento muitos dos concorrentes esqueceram que estão sendo filmados. Um instinto ancestral começa a aflorar, não tanto uma mentalidade de sobrevivência do mais forte quanto uma falta de vontade de levar nas costas um indivíduo perfeitamente capaz, mas preguiçoso. Ninguém mais teria impedido ativamente Exorcista de comer, mas agora que Garçonete o fez, os demais estão inteiramente ao lado dela. Lampejos de culpa aparecem no olhar de quase todos, mas isso não chega a convencê-los de que estejam fazendo algo de errado.

– Vou morrer de fome – diz Exorcista.

– O corpo humano pode ficar até um mês sem comida – diz Mateiro. Ele é o único dentre todos que não sente culpa nenhuma.

– Vá procurar minhocas na terra – diz Garçonete. Ela come um bocado de arroz, fecha os olhos e solta um *hum* de deleite.

Exorcista avança e arranca a panela das mãos dela. Os olhos de Garçonete se esgazeiam e ela se joga em cima de Exorcista, fazendo-o rolar pelo chão e o arroz voar pelos ares. Ela desfere tapas com toda a força que existe em seus braços magros. Exorcista cobre o rosto e se encolhe em posição fetal, tentando suportar os golpes. Engenheiro corre em direção à briga: sua intervenção é ineficaz. Um segundo depois, Banqueiro arranca Garçonete dali enquanto ela guincha:

– Me sooolta!

Biologia vai para junto dela, massageando seus braços, tranquilizando-a. Das muitas coisas que ela diz nessa hora, a única frase que será passada para os telespectadores será:

– Ele não vale isso.

Carpinteira também fica junto de Garçonete, olhando feio para Exorcista. Zoo observa esta cena e pensa: é isso que esperam de mim, que eu a conforte. Mas ela não vai permitir que seu gênero defina o seu papel. Em vez de correr para consolar Garçonete, ela cutuca o fogo com um graveto, quebrando um pedaço gordo de madeira incandescente na parte de baixo em várias brasas de bordas vermelho-alaranjadas.

Exorcista está irritado e constrangido, ainda no chão.

– Ela bateu em mim! – grita ele. – Nossos contratos dizem que não se pode bater em ninguém!

Um dos câmeras fala em seu walkie-talkie. O produtor, do outro lado da linha, diz:

– Meu Deus, que dia, hein? Mas tudo bem, desde que tenha terminado. E diz uma coisa: filmou tudo? – E mais tarde, para seu colega remoto, ele vai acrescentar: – Pelo menos *isso* podemos usar. Merdas de termos de renúncia.

Junto à fogueira, Médico Negro chama atenção para um detalhe:

– Os contratos só proibiam bater no rosto, cabeça ou genitais dos outros.

Exorcista se coloca de pé e aponta o próprio rosto:

– E como você chama isso?

– Para mim, ela só bateu nos seus joelhos e braços.

– É verdade – diz Força Aérea. – Você se defendeu bem naquela posição fetal.

Zoo dá risada; Exorcista olha feio para ela.

– Não me importo – diz ela. – Você estava pedindo. – Seu tom desdenhoso surpreende Engenheiro, que esperava que ela fosse pacificar a situação. Nenhum dos câmeras flagra o olhar ligeiramente decepcionado no rosto dele, olhando de soslaio para ela.

Exorcista joga as mãos para o alto e retorna ao seu leito frugal. Os demais comerão em silêncio. O bloco do programa vai terminar com uma série de breves sessões no confessionário.

Carpinteira, muito editada:

– Ele mereceu.

Banqueiro:

– Ele foi tirar um cochilo enquanto todos os outros trabalhavam no abrigo. Eu me sinto um pouco mal com isso, mas por que teríamos que levá-lo nas costas? Além do mais, a decisão não era minha. Não ganhei o arroz. Já fiquei feliz em receber o que recebi.

Garçonete:

– Ele fica me provocando dois dias inteiros, e agora vem roubar minha comida? Nem pensar! Que morra de fome.

Exorcista:

– Toda sociedade precisa de um pária; o fato de essa ser uma microssociedade não muda isso. – Ele passa a mão pelo seu cabelo ruivo untuoso, atiçando as chamas. O segundo episódio de *Às escuras* termina aqui, com a promessa dele. – Querem me fazer de vilão da história? Tudo bem. Então vou ser o vilão.

15.

A rua Birch foi uma folga – dos pesadelos externos, se não daqueles criados pelo meu próprio subconsciente. Isso quer dizer que apenas meu próximo Desafio ainda está pendente. Quando Brennan e eu saímos da casa e deixamos o bairro de ruas com nome de árvore, fico imaginando se estarão aguardando algum sinal de Brennan. Talvez tenhamos que chegar a algum lugar específico antes.

No meio da manhã, chegamos lá: uma vizinhança manipulada a um grau que eu ainda não tinha visto. Não está abandonada – está destruída. Janelas quebradas, placas arrancadas do lugar. O que penso, de início, ser uma pedra muito deslocada do ambiente se revela um carro esmagado contra uma parede de tijolo. Passo por ele de olhos arregalados, me encolhendo involuntariamente. O carro que vejo me lembra da época de ensino médio, quando o clube antidrogas da escola pediu aos bombeiros para encenarem um acidente causado por bebida usando uma van semidestruída. Voluntários se cobriram de sangue falso e gritaram dentro da van enquanto a tesoura hidráulica cortava o metal para resgatá-los. Lembro meu amigo David se arrastando para fora da porta dianteira da van, tropeçando e por fim conseguindo ficar de pé, com um aceno para os bombeiros. A carona do motorista, Laura Rankle, "morreu". Ela era mais legal que a média das meninas populares, e os gritos de David enquanto ela foi arrancada, inerte, do veículo foram perturbadores. Eu fiquei me repetindo que não estava acontecendo de verdade. Não ajudou. Fiz o melhor possível para esconder minhas lágrimas, só mais tarde me dando conta de que alguns estavam escondendo também as deles. Meu pai sabia da encenação; lembro que ele me perguntou a respeito naquela noite. Antes que eu pudesse responder, minha mãe me cortou dizendo que ela acreditava – ela *sabia* – que aquilo ia salvar vidas, e que a van tinha batido justamente para cumprir esse propósito. Eu estava prestes a dizer que a experiência tinha sido intensa, mas depois do comentário dela dei de ombros e considerei dramático demais dizer isso.

Alguns quarteirões depois do carro batido, há um engavetamento. Há uma cor distinta no meio dele; não preciso ver a forma para entender que é um ônibus escolar. Um ônibus escolar e um punhado de veículos mais leves. Conforme vamos nos aproximando, vejo um falso corpo incinerado pendurado para fora da porta dianteira de um sedã enegrecido. Por um instante, imagino ali o rosto de Laura Rankle – não o rosto derrotado e esquálido que ela adquiriu depois de engravidar e ser abandonada pelo pai da criança, e sim o de adolescente.

– Mae? – diz Brennan. – Está tudo bem?

É uma pergunta absurda, pensada para me fazer falar. Quase o mando calar a boca, mas depois penso que se eu der uma boa história a eles, talvez me deixem em paz. Talvez se eu falar, o Desafio termine. Então eu conto para ele. Conto tudo sobre Laura Rankle e David Moreau. Sobre o sangue falso e o metal retorcido, o amálgama horrível da tragédia faz de conta e os resquícios do acidente real.

– Depois, quando um dos bombeiros deu a mão para Laura descer da ambulância, ela com um sorriso nervoso, mas de resto ótima, foi surreal – digo. Fazemos um pequeno desvio para passar de um carrinho de compras virado e eu continuo: – Pareceu real o bastante para me deixar com essa sensação de *e se* que foi difícil de me livrar.

Olho para Brennan.

– Estranho – diz ele.

A primeira coisa verdadeira que digo a ele, e tudo o que ele responde é "Estranho". Creio que é isso que ganhamos por tratá-lo que nem gente e não o fantoche da produção que ele é. A culpa é minha.

Talvez seja minha visão ruim, mas embora estejamos chegando perto do ônibus, ele ainda parece muito longe. Enquanto vou andando na direção dele, descubro que não me importo com o ônibus. Não me importo com o que está dentro dele. Porque esse mundo não é meu. Isso não é de verdade.

Na minha infância e adolescência, meus professores e orientador educacional falavam sobre "o mundo real" como se ele existisse à parte, separadamente da escola. Na faculdade, a mesma coisa, embora eu estivesse morando sozinha em uma cidade de oito milhões de pessoas. Nunca entendi isso. O que é o mundo real se não o mundo em que a pessoa vive? Em que ser uma criança é menos verdadeiro do que ser um adulto? Lembro a preparação para o jantar certa noite em que acampamos como grupo: Amy insinuando sua faca no ombro pelado de um coelho, separando o membro. O cuidado que ela tomava, o tempo que levava dividindo a carne igualmente entre as nossas panelas.

– Pensei que aqui ia ser *diferente* – disse ela. – Pensei que... – A hesitação dela atribuí ao fato de ela ter chegado ao osso com a faca. – Mas parece que não é menos escroto que o mundo real.

Na hora, não pareceu algo estranho de se dizer. Aqueles Desafios tinham margens bem definidas: começos e fins identificáveis, um homem gritando "Já" e depois "Parou!". Que saudades eu tenho disso. Agora é como se tudo fosse falso e verdadeiro ao mesmo tempo. O mundo em que navego agora é tramado, manipulado e enganador, mas também há aquele avião, as árvores, e os esquilos. Chuva. Minha menstruação talvez atrasada. Coisas grandes demais e pequenas demais para se controlar, contribuindo e conflitando ao mesmo tempo. Esse mundo vazio que criaram está cheio de contradições.

Chegamos ao ônibus. Fico arrepiada. A frente amarela do ônibus se mescla ao cinza do prédio, mas creio que tem espaço para passar atrás. Tem que ter.

– Mae, vamos dar a volta – diz Brennan.

– Eu estou dando a volta.

– A volta no *quarteirão*, Mae.

Entendi o que ele quis dizer. Dou a volta para trás do ônibus.

– Mae, *por favor*. Você não os está vendo?

Ele está falando dos cadáveres cenográficos se derramando da saída de emergência na traseira do ônibus. Conto cinco ou seis, e lá dentro deve ter mais. Também sinto o cheiro deles, feito o dos outros, mas com carvão também.

Olho para Brennan. Ele está tremendo, o exagerado. Meus amigos de colégio eram mais convincentes.

– Anda logo com isso – digo. Enfio a mão no bolso, esfrego a lente dos óculos, e começo a andar.

Brennan me acompanha em silêncio. Esses falsos cadáveres estão em decomposição, inchados e enegrecidos. Uma pilha de jornais e lixo se aglutinou feito neve junto ao pneu traseiro do ônibus. Piso em um saco de papel e algo mole cede sob a minha bota. Sinto algo consistente se romper e algo fino, longo e duro fazendo pressão contra o arco do pé.

Não é nada. Não olhe.

– Mae, não consigo ir aí.

Já passei do ônibus. Não quero virar para trás.

– Mae, não consigo. – Sua voz subiu de tom. Eu me obrigo a voltar atrás. Olho diretamente para Brennan, canalizando minha visão para ele apenas. Ele é um borrão marrom e vermelho, um humano reconhecível, mas por pouco. – Mae, *por favor*.

Ele não passa de outro obstáculo, outro Desafio. Um dispositivo de gravação criador de drama.

– Pare com isso – digo.

– Mas eu... – Ele se interrompe com um soluço. Não vejo o rosto dele, mas já o vi chorar tantas vezes. Sei como sua boca se contorce, como seu nariz escorre. Não preciso ver de novo para saber como é.

Deixe-o para trás.

Não posso.

Você não quer.

Eles não vão me deixar. Eles querem ele junto comigo. Ele precisa ficar comigo.

– Você consegue, Brennan – falo. Forço um pouco de suavidade na voz e digo o nome dele porque nomes parecem acalmá-lo. Ele me chama de Mae quase como quem respira, tanto que estou quase começando a sentir que é meu nome real. *Real*. De novo, aí está ele. Quando o irreal pesa mais que o real, qual dos dois é verdade? Não quero saber. – Eles não podem machucá-lo. Só venha rápido para a gente sair logo daqui.

Ele faz que sim. Imagino que esteja mordendo o lábio, uma tendência que ele tem.

– Só faltam alguns dias para chegarmos – digo. – Estaremos lá num piscar de olhos.

Vejo o braço dele se mexer em direção ao próprio rosto, e em seguida ele está maior, mais nítido, se aproximando. As listras preto e brancas da mochila ao redor de seus ombros. Um momento depois, ele está ao meu lado e vejo que sim, está chorando. Além disso, também está apertando as narinas entre o polegar e o indicador.

– Vamos – digo.

Em minutos, passamos pelo pior da destruição. Voltamos à mera desolação. Todo aquele trabalho, todo aquele dinheiro, e tudo o que tivemos que fazer foi passar por um ônibus. Não que tenha sido fácil, mas o desperdício deles me aborrece.

– Mae? – pergunta Brennan. – Por que não vamos pela rodovia?

A pergunta dele se associa à minha persistente inquietação. É como se estivesse me incitando a quebrar as regras.

– Nada de dirigir – digo.

– Ah. – Um instante de silêncio, e então: – E que tal andar por ela? Tem que ser mais rápido do que isso. – Será que é uma Pista? Será que eles também fecharam as estradas principais? Coisa grande. Bem grande. Não acredito nele. – Tem uma placa apontando o caminho bem ali – diz ele. – Está perto.

– Não.

– Por que não?

Não consigo responder; não sei a resposta.

– Mae, por que não?

Continuo a andar.

– Mae?

Esse nome me queima por dentro.

– Mae?

Sinto os dedos dele atravessando o ar, se aproximando do meu braço.

– O que eu falei sobre tocar em mim? – Minha voz estremece com tudo o que venho guardando aqui dentro.

Ele recua, gaguejando desculpas. Por um momento parece que vai deixar sua pergunta pra lá. Mas diz:

– Então, a estrada?

– Não, Brennan. – A minha frustração se acumula, se transformando em raiva. – Nós não vamos pegar a estrada.

– Por que não, Mae?

– Pare de me chamar assim.

– Por quê?

– E pare de perguntar "por quê".

A agitação apressa meu passo. Por que ele está me desafiando desse jeito? Por que não leva as regras do jogo em consideração?

Por quê?

Você sabe o porquê.

Seguro bem forte a lente dos meus óculos. Ela esbarra no calo do meu dedão a cada vez que é alisada. Recordo-me de tudo o que Brennan contou sobre quarentenas e doenças. Recordo o folheto, a casa toda azul, tão azul, e límpida feito céu de verão. Recordo o urso de pelúcia, me observando.

Se eu me permitir duvidar, tudo estará perdido. Não posso ter dúvidas. Não tenho. Tudo faz sentido. Metal e pelos, um drone lá no alto. Ele é uma peça na grande engrenagem. Que nem eu. Apenas segue regras diferentes.

Estou andando descuidadamente, mais rápido do que deveria. Dou uma topada com o pé no nada; tropeço. Brennan faz menção de me ajudar, mas eu saio de perto.

– Mae – diz ele.

– Está tudo bem. – Fixo meu olhar embaçado no chão, começo a andar de novo.

– Mae, o que é aquilo?

Ele está olhando para a frente. Tento ver o que ele vê, mas o horizonte é uma massa amorfa. Pressiono a lente dos óculos com mais força ainda, gerando calor.

– O que é o quê? – pergunto.

Brennan olha para mim, olhos arregalados. Está aterrorizado. Sinto um aperto no peito.

Seja lá o que estiver ali, não é de verdade.

Mas mesmo que não seja, é sim, e contradições podem ser perigosas. Lembre-se das letrinhas miúdas do contrato. Lembre-se do coiote. Dos dentes, das engrenagens, do sangue e do medo. Da boquinha do boneco gritando pela mamãe.

Puxo a lente do meu bolso e a limpo em minha camisa. Fecho o olho esquerdo, seguro a lente junto ao direito.

De repente, todas as árvores têm folhas. Folhas nítidas e individualizadas. A cerca de segurança à minha esquerda tem riscos, amassados e pontos de ferrugem. Há linhas de tinta branca contornando a estrada, tênues mas presentes, e um sapo atropelado desidratou-se feito carne-seca a um metro de mim. Quantas sutilezas eu perdi desde que quebrei os óculos? Quantos bichos atropelados?

Olho para Brennan. Ele tem sardas, e uma pequena casca de machucado na bochecha.

Desvio o olhar. Olho para a frente.

Uma árvore caída bloqueia o caminho. Um lençol branco está amarrado aos galhos de forma a cair reto, feito um cartaz. Há algo escrito no cartaz, mas está longe demais para ler, mesmo com a lente junto do olho. Outra Pista, finalmente. Começo a andar até ela.

– Mae, espere aí – diz Brennan.

– Você consegue ler o que diz ali? – pergunto.

– Não, mas...

– Então venha logo. – Abro o olho esquerdo também; nitidez e ambiguidade se mesclam em minha vista, e troco as pernas um pouco até me acostumar. Em segundos consigo distinguir as letras no aviso, a forma das palavras. Há duas linhas. A primeira são duas, talvez três palavras; a segunda linha é mais comprida, deixando o texto todo com cara de platô. A tinta escorrida deixa as letras mais embaralhadas, mas após alguns passos a mais, decifro a primeira palavra: NÃO.

Sinto que acabei de marcar um ponto. Ao ler uma palavra, estou começando a vencer esse Desafio.

– Mae...

Quero descobrir a mensagem toda antes de chegar muito perto, só para dizer que consegui. A segunda palavra é com U. Aposto que a palavra é "ultrapasse". O final sinuoso aumenta minha confiança. A segunda linha é mais difícil. Começa com QU. "Quem".

Brennan agarra o meu braço.

– Mae, pare – diz ele, agitado.

A visão se ajusta ao texto e compreendo a mensagem inteira:

**NÃO ULTRAPASSE
QUEM INSISTIR SERÁ ESTRIPADO**

– Estripado? – digo, abaixando a lente. – Que exagero.

E ainda assim sinto meu corpo se encolhendo, querendo se esconder. Mal lembro a sensação de ser abraçada por um ente querido, mas não tenho problema em imaginar a sensação de uma lâmina entrando pelo meu abdômen. O calor, um momento congelado no tempo, depois o derramamento. Imagino até o vapor subindo quando minhas entranhas quentes encontram o ar gelado. Depois imagino que sou eu quem estripa alguém.

– Vamos embora – diz Brennan, indicando o caminho por onde viemos.

O único jeito de abandonar um Desafio é dizer aquelas palavras, e desistir.

– Vamos dar a volta, Mae.

Estripado, penso eu. Que cartaz mais extremado e ridículo. É que nem o folheto, feito para o público de casa, não para mim.

Ao pensar nisso, uma sensação de completa desimportância me invade. Esse programa não é sobre mim. Não é sobre os outros contestantes. É sobre o mundo em que ingressamos. Somos atores em papéis pequenos, sendo nosso papel somente entreter, e não iluminar. Até agora pensei da forma errada nessa experiência – não estou aqui por ser interessante ou por ter medo de ser mãe, mas simplesmente para acentuar a criação deles. Ninguém se importa se eu chegar até o fim. Eles só se importam com os espectadores assistirem até o final.

Devolvo a lente ao bolso e dou um passo à frente.

– Mae!

Foi esse o jogo que topei jogar.

– Não! – A mão dele novamente no meu braço, mas sem puxar. – Por favor.

Agora estou perto o bastante para ler o cartaz mesmo sem lente; o fato de já conhecer seus dizeres ajuda. Brennan ainda está comigo, de forma que devo estar indo para o lado certo, apesar do que ele está dizendo. Será que Cooper também terá um "sombra"? Uma menina branca mimadinha? Talvez o rapaz asiático – qual era o nome dele mesmo? – seja o terceiro; isso seria adequado, uma diversidade sob medida para a TV. Ou o Randy, para dar um toque de drama? Duvido de que haja outra mulher. De jeito nenhum Heather chegou tão longe, e Sofia – bem, Sofia é uma possibilidade.

Chego à árvore caída. Estou junto ao cartaz, de pé. Será isso uma linha de partida ou de chegada? Não sei, mas sei que é alguma coisa. Eu me inclino para a frente. Tocar a árvore vai dar início a alguma coisa. Ao quê, eu não sei. Sinos e assovios, talvez, ou luzes estroboscópicas.

Minha mão se aproxima do borrão, encontra um galho sólido.

Sirenes não tocam. Sinalizadores não disparam até o céu. A terra não treme. A floresta continua na mesma.

A decepção vibra em meu peito. Eu tinha tanta certeza de que era um momento importante.

Não é a primeira vez que me engano.

Escalo a árvore, passo para o outro lado, tiro minha lente do bolso e esquadrinho a estrada à frente. Está vazia. Brennan pula ao meu lado sobre o pavimento.

– Bem – digo. – Nossas tripas ainda estão no lugar.

– Shiii – sussurra ele. Ele está encurvado feito um ladrão. – Eu ouvi falar nesse tipo de coisa.

Não prestei tanta atenção na história dele, mas tenho razoável dose de certeza de que isso é uma contradição.

– Pensei que você não tivesse visto mais ninguém depois de sair da tal igreja. – Falo em volume normal e ele faz "shiii" para mim de novo. – Tudo bem – sussurro.

– No começo, encontrei umas pessoas – conta ele. – Sempre doentes.

É uma revisão admissível, penso. E admito que sua preocupação é contagiosa. Será que estamos prestes a encontrar os tais saqueadores? Prossigo andando pé ante pé, a lente na palma da mão, pronta para tudo. Conforme avançamos, o olhar de Brennan vai dardejando de um lado para o outro.

Fico imaginando como estarão me retratando agora. Sei qual era o meu papel quando começamos. Eu era a garota zelosa que adorava animais, sempre alegre e disposta aos Desafios. Mas e agora? Será que vão me colocar de pirada? Provavelmente não; esse é o papel do Randy, com sua cruz de ouro ridícula e as histórias de bebês possuídos pelo demônio. Mas seja lá quem eu for agora, não sou mais quem eu era.

Fico pensando até se vou ser capaz disso outra vez, de ser aquela pessoa que sorria até as bochechas doerem. Era exaustivo, tão exaustivo quanto essa caminhada sem fim, de certa forma.

Tente. Experimente.

Ora, por que não?

Olho para Brennan e sorrio. Invoco meu tom de voz mais animado e digo:

– Que tempinho esse, hein?

Meu estômago dói; ser alegre é um sofrimento.

Ele simplesmente me olha de sobrancelhas arqueadas. Desfaço o sorriso dolorido e olho para o outro lado. E se eu nunca mais conseguir ser essa pessoa de novo? Não o exagero de mim mesma que fiz para o programa, mas a pessoa que eu era de verdade. A pessoa que batalhei tanto para me tornar depois de deixar o lar amargo da minha mãe. Detesto a ideia de ser triste assim pelo resto da vida. Mas vou me reajustar. Quando isso acabar. Preciso. Meu marido vai ajudar. Assim que eu o vir de novo, toda essa infelicidade irá para o espaço. Esta experiência vai se tornar o que era para ser – uma última aventura. Uma história para contar. Vamos adotar o galgo desengonçado dos nossos sonhos, jogar nosso estoque de camisinhas no lixo, e formar uma pequena família. Vou fazer isso, mesmo que não esteja pronta, porque você nunca pode estar pronta para tudo e, às vezes, ficar pensando demais em um desafio o torna insuperável e eu não sou a minha mãe. Logo essas dificuldades vão ser parte do passado a ponto de eu até poder fingir que me diverti por aqui ou talvez ficar grávida seja tão horrível que isso vá parecer férias. Antes de vir para cá, li um livro que faz isso parecer possível, falando em hemorroidas do tamanho de uvas e crostas na gengiva.

Será que foi por isso que ainda não menstruei?

Não. Eu não estou grávida. Sei que não estou. Essa é a reação do meu corpo ao estresse físico – essa caminhada toda, e quanto tempo passei sem comer quando fiquei doente?

Mas... e se?

Minha última menstruação foi uma semana antes de eu vir para o programa. Depois disso, fizemos sexo, mas com proteção – nunca tomei pílula; sexo sem camisinha é praticamente inconcebível para mim – mas talvez algo tenha dado errado. Talvez depois de todos esses anos algo finalmente tenha dado errado.

Lembro ter ficado assustada porque ia menstruar aqui, ficar preocupada com isso, com medo de um câmera gravar a prova do crime. Como se menstruar fosse vergonha. Como se fosse uma escolha. Agora simplesmente quero que aconteça para eu poder saber, para eu ter certeza de pelo menos alguma coisa.

Penso no boneco da cabana. Seu rosto marcado e abatido. Seus gemidos mecânicos de gato.

Eu *não* estou grávida.

Quero pensar em outra coisa. Preciso pensar em outra coisa.

– E aí, por que essa estampa de zebra? – pergunto a Brennan.

– Shiii!

Esqueci que estávamos cochichando. Formo um "desculpe" com a boca, só para fazê-lo falar.

Funciona. Pouco depois ele fala, baixinho:

– Isso me lembra do Aidan.

O irmão. Não lembro se era para ele estar vivo ou morto. Espere aí – Brennan falou em alguma coisa de ligar para ele, sobre telefones que não funcionam. Ele não sabe.

– Se você sobreviveu, ele também pode ter sobrevivido – experimento dizer. – Vai ver que a imunidade é genética.

– Minha mãe não sobreviveu.

– E o seu pai?

Ele dá de ombros.

– Ele estava no Exército. Morreu quando eu era pequeno.

Estou tentando decidir o que dizer a seguir quando um *tlec* bem alto à nossa esquerda me corta o fio da meada. Giro na direção do som; Brennan salta para trás de mim. Encontro, rápido, minha lente e a seguro próximo ao olho. Fecho o outro olho e espio a floresta.

É isso aí, penso. Tudo vai mudar agora.

Um lampejo em branco, um corpo castanho contraído sobre pernas finas, olhos enormes e tolos. Um veado-de-cauda-branca paralisado perante nossa presença. Dou um passo na direção dele e com isso quebro o gelo. O veado salta por cima de um toco, depois sai quicando pela floresta, a cauda branca em pé.

– O que foi isso? – pergunta Brennan, a voz trêmula.

– Um veado – digo. Ouço raiva em minha voz, mas só sinto mesmo cansaço.

Logo brota uma entrada para carros à nossa direita. Tiro a minha lente do bolso. A entrada para carros é um semicírculo que passa por um posto de gasolina, um minimercado, e um hotel de beira de estrada, para então voltar à estrada. Há uma picape negra junto às bombas, e as janelas do minimercado estão vedadas com tábuas. Uma das portas de quarto do hotel está aberta. Junto à outra, há uma máquina de lanches.

– Aposto que essa é a base deles – diz Brennan.

É claro que os saqueadores têm uma base. Prevejo um Desafio, mas esse lugar parece abandonado e está fora do caminho. Não há nada azul à vista.

– Acha que a gente deve dar uma espiada? – pergunta Brennan, de repente ousado.

– Você não queria passar da árvore – digo –, mas agora quer entrar aí?

Ele dá de ombros.

Alguma coisa naquela porta aberta me parece bem mais ameaçadora do que um cartaz pendurado em uma árvore tombada.

– Não precisamos de nada – digo. – Não há motivo para isso.

– A máquina de lanches está aberta – diz ele. – Vou lá dar uma olhada. – Ele dispara na direção do hotel. Eu quase grito por ele.

Fico com a lente sobre o olho e observo Brennan chegar correndo à máquina de lanches. Como ele disse, a parte da frente está entreaberta. Ele a obriga a terminar de abrir – o metal gemendo me faz ranger os dentes – e mete a mão lá dentro. Está pegando garrafas de alguma coisa, não vejo do quê. Quando acaba, ele vai de mansinho até a porta aberta. Prendo a respiração enquanto ele entra ali. Espero gritos, espero tiros, espero silêncio. Espero tudo e nada. Pode ser que seja aqui que nos separamos, porque não importa o que aconteça, não vou lá dentro buscá-lo.

Brennan volta a sair. Ele vem correndo em minha direção, deixando a porta aberta.

– Peguei um pouco d'água – diz ele. – E Fanta.

– Fantástico – digo sem expressão, guardando a lente de novo no bolso. – Vamos embora.

– Você não quer saber o que tinha no quarto? – ele pergunta.

– Não.

– Bem, digamos apenas que...

– Não! – explodo.

Não preciso saber o que tinha naquele quarto. Eu já sei. Mais cadáveres de mentira, mais joguinhos. Uma recompensa, caso eu consiga prender a respiração o suficiente para atravessar o quarto e chegar a um cofre, ou maleta, ou bolsa. Mas não há nada azul. Se for um Desafio, é um opcional, e opto por não participar.

Nas horas que se seguem, passamos por um punhado de casas e vemos vários outros veados. Quando paramos para acampar, percebo Brennan um tanto inquieto. Ele não para de me olhar e depois desviar o olhar. Claramente, ele quer dizer alguma coisa. Quando já estou quase chegando à metade do meu abrigo, não aguento mais.

– O que foi? – pergunto.

– Esse vidro no seu bolso – diz ele.

– Eu uso óculos – conto. – Eles quebraram pouco antes de nos conhecermos e aquela lente foi tudo o que consegui salvar.

– Ah – diz ele. – Eu não sabia.

Porque eu não contei, penso eu.

Terminamos de montar os abrigos, sentamos juntos no meio deles e dividimos um saco de mix de cereais com frutas secas. À medida que chega o pôr do sol, vou me sentindo mais pesada e ansiosa. Não faço uma fogueira e Brennan não me pede uma. Ele deita pela garganta um refrigerante quente inteiro. Eu beberico água. Não consigo parar de pensar no hotel, no que estaria por trás da porta aberta. Se foi o que eu estou pensando, por que então Brennan não parece perturbado? Por que ele não parece mais ligar para a placa de NÃO ULTRAPASSE? Não quero perguntar.

A lua está minguante e o céu, nublado. Há pouquíssima luz. Minha visão é um mosaico em tons de cinza sugerindo árvores e um garoto. Preciso fechar os olhos. Recuo para o meu parco abrigo, me aconchego nas folhas secas, e puxo o capuz por cima do gorro.

– Boa noite, Mae – diz Brennan. Ouço as folhas farfalhando, ele se ajeitando em seu abrigo.

Nessa noite, sonho que estou derrubando um bebê num penhasco e corro para pegá-lo, mas é tarde demais e meu marido está lá, me vendo, e não importa o quanto eu lhe pedir desculpas que nunca será o bastante.

Quando acordo, ainda está escuro e eu estou tremendo. Lembro bem demais do que sonhei, mais uma variação sobre o mesmo tema. Meu capuz saiu do lugar e eu me remexi até sair parcialmente do abrigo. De início, acho que foi o frio que me despertou – desde a chuva, mais parece que a mãe natureza apertou o botão de transformar verão em outono –, mas enquanto me esgueiro de volta para o abrigo, percebo um som lá no alto. Outro avião. Olho para cima, mas não consigo ver suas luzes por causa do toldo de nuvens. Soa longe, mas está lá. É só o que importa.

Da próxima vez em que abro os olhos, já está de dia. Pela posição do sol, sei que é mais tarde do que horário em que acordo normalmente. Ainda estou com frio – não tremendo, mas gelada. Meus dedos estão rígidos. Talvez seja o momento de encontrar roupas mais quentes. Mas devemos primeiro chegar ao rio – se não for hoje, no máximo amanhã. A partir dali, não podem ser mais que dois ou três dias. Isso eu posso aguentar. Então poderei dormir em minha própria cama com as cobertas até o pescoço, meu marido quente que nem fornalha atrás de mim. Espero que Brennan não vá fazer muita manha por causa do frio. Isto é, se é que ele sente frio. Talvez nem sinta, se for parecido comigo aos dezoito anos. No meu primeiro ano de faculdade, em Columbia, muitas vezes em pleno inverno eu nem sequer me incomodava em vestir um casaco ao correr para a próxima aula em outro prédio. Meus amigos tremiam ao meu lado, incrédulos, e eu dava de ombros e dizia:

– Vermont.

Olho de relance para o abrigo de Brennan ao sair do meu. Sua mochila zebrada está apoiada na parte de fora. Começo a desfazer meu abrigo de detritos, achando que o barulho irá acordá-lo, mas cada vez que olho em sua direção, só vejo imobilidade. Atiro longe o último galho da minha estrutura. Ele cai sobre um leito de folhas e acerta uma pedra. Ele dorme com toda essa barulheira, de algum jeito.

– Oi – digo eu, me aproximando de seu abrigo. – Hora de acordar. – Eu me agacho junto à entrada.

O abrigo está vazio.

– Brennan! – grito, ficando de pé. – Brennan!

E de repente estou hiperventilando e não consigo gritar o nome dele de novo. Fico girando no meu eixo, a floresta subitamente ameaçadora. Sei que ele faz parte do jogo e que desejei que sumisse desde que ele apareceu, mas não consigo, não consigo ficar sozinha. Não resta o bastante de mim para sobreviver a ficar sozinha de novo.

Penso em quatro palavras, feito gelo nas minhas costas: QUEM INSISTIR SERÁ ESTRIPADO.

Viro para o norte, onde a rodovia nos aguarda. Ele está lá, longe de vista, sei disso com terrível certeza. Ele pende de uma árvore, corda no pescoço, entranhas escorrendo de seu abdômen. Algum psicopata apareceu de noite para roubar minha única companhia. Ele meteu a faca na barriga dele, retorceu-a e cortou-o enquanto tapava os gritos de Brennan com a mão. Foi isso o que me acordou, não o frio ou um avião. Vejo Brennan chutando o ar e golpeando inutilmente com os cotovelos. O seu sangue vermelho fluindo sobre seu moletom vermelho. Morto, como todos, esperando por mim, que ainda estou aqui – por quê? Não consigo, não consigo mais me obrigar a seguir em frente, sabendo o que me espera, sabendo que ele se foi, é demais para mim e eu...

– Mae?

Giro na direção da voz e o vejo, me olhando fixamente. Por um momento não consigo atinar com sua aparência nem com o que ele disse – quem é Mae? Mas enquanto ele anda até mim e eu vejo a preocupação estampada em seu rosto, eu me lembro.

– Onde você estava? – pergunto. Mal consigo falar. Sinto o vento frio no meu rosto quente.

Brennan olha, tímido, para o outro lado.

– Tive que ir ao banheiro – diz ele. – Demorou um pouco.

Mordo o lábio inferior, me ajustando à informação. Meu corpo está gelado e rígido. Liberto meu lábio e digo:

– Você saiu para cagar.

Ele faz que sim, sem jeito.

– Desculpe se assustei você.

Ele passa por mim sem fazer contato visual e começa a desmontar seu abrigo.

Eu me sinto ridícula. Por um segundo, achei que ele tinha mesmo sumido.

Não importa o que eu achei. Ele está bem; ainda está aqui. Ainda está no jogo.

E eu também.

Às *escuras* – Por que toparam participar?
Dois episódios depois, tenho que perguntar – por que alguém entraria nesse programa?
postado há 31 dias por HeftyTurtle
283 comentários

melhores comentários
ordenados por: **antiguidade**

[-] NotFunnyWinger há 31 dias
Um milhão pro ganhador. $ 250.000 pro segundo e $ 100.000 pro terceiro. Precisa de mais incentivo do que isso?
    [-] MachOneMama há 31 dias
    Não se esqueça do Queridinho do Público! Mais um quarto de milhão para ele ou ela. Eu vou votar na carpinteira. É a única mulher que não é inútil nem irritante.
        [-] MuffinHoarder99 há 31 dias
        Pas-tor! Pas-tor! (Só pelo cabelo.)
            [-] MachOneMama há 31 dias
            Você tá de sacanagem? Alguém precisa chutar o saco dele, pra ontem.
                [-] HeftyTurtle há 31 dias
                Concordo. A Ruivaburra mirou alto demais.
    [-] BeanCounterQ há 31 dias
    Fiquem de olho no Albert. Conheço ele da faculdade e ele é surpreendente. Inteligente. Boa gente.
    [-] Fstokes1207 há 31 dias
    E quanto ao piloto? Estão ignorando o heroísmo dele. Esse programa não é nada patriótico.
        [-] LongLiveCaptainTightPants há 31 dias
        Tópico errado, colega. A campanha pra colocar bandeira no avatar fica aqui.

[-] LostPackage04 há 31 dias
Todo mundo ali quer desesperadamente aparecer. É o único motivo para alguém entrar num programa desses.

    [-] 501_Miles há 31 dias
    Talvez eles só queiram uma aventura, ou um desafio pessoal. Acho que têm coragem. Muita coragem.

        [-] LostPackage04 há 31 dias
        Aventura, o cacete. Quem está a fim de aventura vai mergulhar de um penhasco. Não ficar desfilando em frente à câmera pra tentar ganhar um prêmio.

[-] Snark4Hire há 31 dias
Eu topava! Só por causa da pedra caindo! *Tema do Indiana Jones*

    [-] NoDisneyPrincess há 31 dias
    Pena que não chegaram a acertar ninguém com ela. A pessoa ia ficar toda *rôcha*. Haha, entenderam? Roxa, rocha.

[-] CharlieHorse11 há 31 dias
Certeza de que só botaram o Coop para mostrar o quanto os outros são ruins. Cacete, vocês o viram inflando os pulmões?!

    [-] Velcro_Is_the_Worst há 31 dias
    Porque meter a boca num esôfago cortado tem muita utilidade na vida.

        [-] CharlieHorse11 há 31 dias
        [conteúdo deletado pelo moderador]

...

16.

Na manhã seguinte ao Desafio de rastrear o urso, os câmeras não voltam a aparecer, e pelos quatro dias seguintes os concorrentes raramente veem alguém que não seja uns aos outros. O apresentador sumiu, assim como o atarefado produtor e os estagiários enxeridos. No decorrer desses quatro dias, os concorrentes vão passo a passo adquirindo alguma competência. Não é que estejam achando fácil, mas estão mais que apenas sobrevivendo – em boa parte porque Mateiro tem agido como mentor para o grupo todo. No segundo dia, ao alcance das muitas câmeras e microfones montados pelo acampamento, Médico Negro refere-se a ele, brincando, como "o ancião da aldeia".

Um câmera se aproxima na manhã do terceiro dia, uma distração silenciosa, passando perto demais de todos com sua lente até chegar a Mateiro e tocar em seu braço. Hora do confessionário. Ele faz Mateiro sentar em um tronco ensolarado, à vista, porém inaudível pelos demais.

– Sim, eu podia muito bem sumir por aí e me virar sozinho – diz Mateiro. Um princípio de pelos apareceu em seu rosto e também em sua cabeça, revelando a total ausência de entradas em sua cabeça. – Eles provavelmente saberiam se virar. Dariam um jeito. Aprenderiam, como aliás *estão* aprendendo, e ela... só estou ajudando a aprender um pouco mais rápido. – Ele faz uma pausa, olhando para trás do câmera, para os outros labutando a distância. – Por quê? Porque é o certo. E é mais interessante. Ainda acho que nenhum deles é capaz de me superar a longo prazo, mas desse jeito pelo menos há um quê de desafio. Assim, não vou ficar complacente.

Depois desse depoimento virá uma montagem, com trilha sonora de *dance music* e tudo. Kitsch e contagiante. As passadas de Força Aérea vão se tornando cada vez mais confiantes sob o olhar vigilante de Médico Negro. Garçonete batalha para esculpir uma armadilha em forma de quatro; seus entalhes na madeira são descuidados e muitas vezes do lado errado dos gravetos – mas de repente isso funciona. Seus talhos não são exatamente perfeitos e suas mãos estão cheias de cortes e bolhas, mas a armadilha está de pé, aguentando precariamente o peso de um graveto comprido e pesado. De tão feliz, ela fica de olhos marejados. Banqueiro monta uma armadilha de laço que realmente pega um esquilo. Carpinteira e Engenheiro trançam ramos para fazer a treliça que vai cobrir o abrigo. Engenheiro tomou gosto por usar sua bandana vinho e marrom amarrada atrás da cabeça, cobrindo-a inteira. Quase todo mundo está aprendendo a estripar e esfolar pequenos animais de caça; Exorcista é um talento nato. Ele coleciona a cauda de todo esquilo que prepara, deixa o cotoco secar, depois guarda na mochila.

Os concorrentes já estão parecendo mais magros e mais resistentes. Rostos e mãos estão permanentemente encardidos. Os seios de Biologia diminuíram, mas em compensação suas maçãs do rosto ficaram mais faceiras. A cor de pele média do grupo escureceu um tom; o acampamento fica em grande parte à sombra, mas eles têm passado o tempo todo ao ar livre. Zoo se tornou a principal zeladora da fogueira, e sua jaqueta está pontilhada de furinhos feitos por fagulhas que pularam desgovernadas. Em uma tomada, vemos Mateiro ao lado dela, quase sorrindo enquanto ela lhe mostra a manga perfurada, com a fogueira ao fundo, chamas aparecendo em ambos os lados, mas não entre eles. Quase todos têm um rasgo no joelho da calça jeans ou no punho da camisa. A cueca samba-canção verde de Engenheiro pode ser vislumbrada pelo pequeno rasgo sob seu bolso de trás.

Uma linha negativa percorre a montagem: Exorcista. Ele foi convidado a se reintegrar ao grupo, e embora tenha aceitado o convite com aparente humildade, está minando o esforço alheio. Ele cutuca a armadilha em quatro de Garçonete para dispará-la, dando uma piscada para a câmera. Quando vai catar lenha, ele se demora apenas o suficiente e traz de volta apenas o suficiente para todos desconfiarem de que ele esteja enrolando, mas a única forma de provar isso seria desistindo e assistindo a esse episódio. Sua jogada mais ousada e mais furtiva: tarde da noite ele urina em uma das garrafas d'água de Garçonete. Ele descarta a urina e enche a garrafa com água limpa depois, mas, de manhã, Garçonete sente um certo sabor ácido na água que não consegue identificar.

Por fim, a montagem termina em uma cena: os concorrentes sentados ao redor da fogueira após seu terceiro dia integralmente passado como um grupo. Enquanto os outros conversam e travam amizade, Exorcista afia as pontas de sua vara rabdomântica. Zoo está fazendo um cozido com a caça do dia – um coelho –, arroz e folhas de dente-de-leão. Carpinteira está sentada a seu lado, e as duas fazem uma piada sobre entrar para uma comuna ou um *kibutz*.

– Talvez abram uma exceção para nós, mesmo sem sermos judias – diz Zoo – agora que somos autossuficientes.

No lado oposto da fogueira, Médico Negro está treinando o nó direito com sua bandana amarela e a azul-escura de Força Aérea. Mateiro está deitado, de olhos fechados, desfrutando de um descanso que todos concordam que é bem merecido.

De repente, Exorcista fica de pé e aponta sua vara rabdomântica por cima da cabeça de Garçonete para a floresta sombria. Ele corre atrás da vara, gritando:

– Achei um!

Garçonete fica assustada, mas quando Exorcista passa correndo por ela, ela simplesmente revira os olhos.

– Ele quer é causar reação – diz ela.

Mateiro entreabre as pálpebras e perscruta o grupo. Zoo lhe faz sinal de positivo e ele volta a descansar.

Naquela noite, sem que os concorrentes saibam, vai ao ar o primeiro episódio de *Às escuras*. Os telespectadores veem Garoto Cheerleader se separar dos outros; veem seu fracasso.

Na noite seguinte, Exorcista pega duas das caudas de esquilo que guardou e as amarra em cima das próprias orelhas com a bandana.

– O que é agora? – pergunta Rancheiro, enquanto Exorcista começa a fazer uma dança cheia de curvaturas e rodopios.

– Estou os sentindo – grita Exorcista. Ele abana os braços e gira. – Estou os ouvindo! – Uma das caudas de esquilo voa longe, indo parar no colo de Banqueiro.

Banqueiro a ergue com dois dedos e pensa em jogá-la no fogo.

– *Quem* é que você está ouvindo, afinal? – pergunta ele.

Exorcista vem girando e se achegando, arranca a cauda que Banqueiro segurava frouxamente. E agora canta:

– Eles querem que a gente vá embora! Ordenam que a gente sai-a já daqui! – Sua voz, tão irritante quando falada, é surpreendentemente macia ao cantar.

– Ele devia falar menos e cantar mais – diz Força Aérea. Médico Negro faz que sim com a cabeça.

Mais passos de dança, e a outra cauda cai, uma pluma cinza aos pés de Biologia. Exorcista posa, jogando os braços para trás e dobrando o joelho da frente, e uiva, espantando uma coruja de uma árvore próxima. Seu uivo vai minguando e enfim cessa. Exorcista, de um pulo, assume uma postura perfeita.

– Está tudo bem – anuncia ele. – Os espíritos disseram que podemos ficar.

Ninguém nem sequer olha para ele.

No dia seguinte, Carpinteira e Zoo estão sentadas juntas sobre uma árvore caída. Carpinteira está esculpindo uma espátula rústica enquanto Zoo afila uma armadilha em forma de quatro.

– Deviam tê-lo expulsado, ou pelo menos confiscado a cruz dele – diz Carpinteira.

– Eu sei – diz Zoo, num tom de *você já disse isso antes.*

Nesse momento, Zoo tira os olhos do que está fazendo, perplexa. Alguém se aproxima amassando imperiosamente a vegetação. Ela sabe que não é nenhum dos concorrentes. Até o mais barulhento deles agora anda mais leve pela floresta, tendo aprendido a dar passos mais cuidadosos, se não silenciosos. São passos altivos e destrutivos. São de alguém de fora. Carpinteira também levanta os olhos, e, um momento depois, o apresentador ressurgiu à sua frente, limpo e arrogante como sempre, com vários câmeras a reboque.

– Bom dia! – brada ele. Zoo e Carpinteira se entreolham, e Zoo forma a palavra muda: *Dia?* Estão acordadas desde que o sol nasceu; dez da manhã parece muito mais tarde para elas do que para o apresentador, que está desperto há apenas duas horas. – Venham para cá, chegou a hora do próximo Desafio.

Todos menos Mateiro e Força Aérea, que estão na floresta conferindo armadilhas, agrupam-se rapidamente ao redor do tronco caído. O produtor de locação fala no walkie-talkie:

– Tragam-nos aqui.

Catorze minutos depois, as sobrancelhas louras de Força Aérea dão um salto ao ver o apresentador. Mateiro não trai surpresa alguma, pois não sente nenhuma. Quando um câmera surgiu e lhe disse que precisavam deles no acampamento agora, ele concluiu que devia ser hora de outra atividade programada.

– Vocês tiveram conquistas impressionantes nos últimos dias – diz o apresentador. – Mas chegou a hora de deixar tudo para trás e começar outro Desafio em Equipe. – Ele pede a Garçonete e Força Aérea para ficarem à frente. – Como vencedores do nosso último Desafio – a surpresa comparece ao rosto de Garçonete; sua vitória já parece ter sido há tanto tempo –, cada um de vocês vai escolher três pessoas para a sua equipe. Os concorrentes que restarem vão ser o terceiro time.

– *Ad tenebras dedi* – diz Carpinteira.

Até mesmo o apresentador fica pasmo por um momento.

Zoo faz um *hã* de surpresa. Na outra noite, quando cozinhavam juntas, Carpinteira dissera a Zoo que estava pensando em sair, mas falara isso no mesmo tom em que propusera participarem de um *kibutz*. Zoo não entendeu na hora como Carpinteira se incomodava por Exorcista não ter enfrentado nenhuma repercussão por ter abandonado sua equipe e um homem ferido, mas agora entende.

– O que você está fazendo? – pergunta Engenheiro. Ele gostou de construir o abrigo com Carpinteira, fazendo piadinhas mútuas sobre polias e alavancas, e com referências *pop geeks* que são todas cortadas pelo editor porque são sobre programas de emissoras concorrentes.

Biologia toca o braço de Carpinteira:

– Você não pode desistir agora – diz. Seu lado professoral vê uma pessoa altamente competente não querendo exercer essa competência. Alguns outros murmuram objeções ininteligíveis.

– Desculpem – diz Carpinteira. – Mas, para mim, já deu.

É tudo que lhe permitem dizer antes de arrancarem-na dali. Seus motivos para desistir serão resumidos em uma declaração só.

– Eu sabia que não ia vencer e não estava me sentindo a Queridinha do Público, então pensei: *Por que continuar?* – Mas isso não é exatamente verdade; ela pensa que tinha chance, não de ficar em primeiro, mas talvez em segundo ou terceiro lugar. Ela arremata: – Não vale a pena.

Mas não está se referindo ao dinheiro do prêmio, nem ao tempo dela.

Os rostos dos dez concorrentes restantes são um estudo em surpresa – exceto pelo de Mateiro. Ele está bem no fim da fileira, impassível. O apresentador troca uma rápida ideia com o produtor, depois anuncia uma mudança de regras: Garçonete e Força Aérea agora vão escolher duas pessoas para suas equipes em vez de três, e os concorrentes que sobrarem vão formar uma equipe de quatro.

Ele se coloca ao lado de Garçonete e estende as mãos, punhos fechados.

– Escolha um.

Garçonete toca em sua mão direita, que desabrocha numa palma vazia. A esquerda revela um seixo sarapintado.

– Você escolhe primeiro – diz o apresentador a Força Aérea.

Força Aérea vai escolher seu melhor amigo. É óbvio, tão óbvio que até mesmo Mateiro se surpreende quando é escolhido primeiro. É uma aposta. Força Aérea fica perceptivelmente tenso até que Garçonete escolha Zoo. Ele escolhe Médico Negro, que sorri, entendendo e aprovando sua estratégia. Garçonete arremata seu time com Rancheiro, cuja estabilidade e silêncio são calmantes para ela.

– O quê? Ninguém me quer? *De novo*? – diz Exorcista, enquanto vai para junto de Engenheiro, Biologia e Banqueiro. Estarem divididos depois de trabalharem juntos por tanto tempo parece esquisito para muitos dos concorrentes. Nos últimos dias, haviam se deixado embalar por um falso senso de cooperação, o que era, é claro, o planejado.

O apresentador recita a versão para TV de suas instruções:

– Três amigos entraram nessa floresta ontem de dia para fazer uma trilha. Nenhum deles era montanhista de mão cheia, mas estavam confiantes demais. Não trouxeram água, nem comida, nem um mapa. Ao meio-dia de ontem, eles chegaram ao topo da montanha, onde acabaram se separando. Agora estão perdidos. O seu trabalho é encontrá-los, e é fundamental que façam isso antes do pôr do sol.

Esclarecimentos são dados fora da vista das câmeras:

– Quando encontrarem seu montanhista – diz o apresentador –, *precisam* verificar a identidade dele.

Também lhes concedem algumas horas para recolher seus escassos pertences e devolver a clareira a um estado mais natural. Mas não totalmente natural: são instruídos a deixarem seu abrigo. Os produtores querem que ele seja o grande atrativo de um concurso nas redes sociais, "ganhe um fim de semana na cabana rústica".

Por fim – agora está no meio da tarde –, os concorrentes são levados de volta à clareira onde começaram seu Desafio de rastreamento de urso há cinco dias. Dali, cada equipe é levada ao "último paradeiro" conhecido de seu alvo específico e recebe um envelope com informações sobre ele.

É dado o sinal e os grupos começam. Um longe das vistas do outro, Garçonete, Força Aérea e Engenheiro rasgam a ponta de seus respectivos envelopes.

– Timothy Hamm – diz Garçonete. – Caucasiano, sexo masculino, vinte e seis anos. Um metro e oitenta, oitenta e dois quilos. Cabelos e olhos castanhos. Quando desapareceu, usava calça jeans e um casaco vermelho de fleece. – Enquanto ela lê, os telespectadores verão a imagem de um ator que se encaixa nessa descrição.

O mesmo acontece quando Força Aérea e Engenheiro leem sobre seus alvos, respectivamente:

– Abbas Farran, caucasiano, sexo masculino, vinte e cinco anos, um metro e setenta e oito, setenta e quatro quilos, cabelo preto, olhos castanhos. Quando desapareceu, usava um suéter amarelo e calça jeans.

– Eli Schuster, caucasiano, sexo masculino, vinte e seis anos, um metro e setenta e três, setenta e três quilos, cabelo castanho, olhos cor de mel. Quando desapareceu, usava uma camiseta azul, colete branco, e calça cargo.

Ao ver a imagem de Abbas, muitos dos telespectadores vão dizer coisas como "Árabe", "Islâmico" e "Terrorista", nas mais variadas entonações. O refrão em comum será:

– De jeito nenhum que esses aí são amigos.

Mas, nesse caso, o programa está deturpando a realidade um pouco menos que o normal. A amizade entre os atores judeu e muçulmano é real; é por isso que foram escalados. Ainda que nenhum deles conhecesse o homem que faz o papel de Timothy Hamm antes desse trabalho.

Pretende-se que esse Desafio seja o clímax da semana de estreia, mas ele começa devagar. Força Aérea cede a liderança para Mateiro e sua equipe parte em busca de Abbas, cuja passagem por um matagal cerrado é denunciada por ramos partidos, cobertura de solo remexida, e, mais obviamente, uma dupla de fios amarelos puxados de seu suéter por espinhos.

Por insistência de Garçonete, Zoo assume a liderança de seu time.

– Isso vai ser divertido – diz Zoo aos companheiros, que olham para ela duvidando. Logo ela localiza as pegadas de bota e fios vermelhos sinalizando a passagem de Timothy.

O terceiro grupo tem dificuldades desde o começo. Exorcista e Banqueiro discutem sobre qual deles será o líder, enquanto Engenheiro e Biologia buscam sinais de Eli. São confundidos pelos próprios rastros, no entanto, e leva quase vinte minutos antes que Biologia aviste o tronco revelador com sua madeira mais clara, recém-exposta. Atrás do tronco, há folhas remexidas e uma mão perfeitamente impressa na terra. Os telespectadores verão um clipe de um rapaz judeu chutando a parte de cima do toco, aparentando frustração, depois pulando por cima dele, escorregando e caindo sobre um joelho e uma das mãos.

– Vamos – brada Engenheiro para Exorcista e Banqueiro, que de vez em quando olham feio um para o outro enquanto pretensamente procuram a trilha. O comportamento é raro para Banqueiro, mas ele ficou perturbado com a partida de Carpinteira. Ele está aqui mais pela experiência do que pelo dinheiro, de forma que a perspectiva de desistir à beira de um novo Desafio o aborrece, especialmente por ela ter desistido tão facilmente, como se não fosse nada. De todos, talvez tenha sido ele quem mais caiu na armadilha de ver seus concorrentes como colegas, e Carpinteira lhe pareceu uma das mais competentes.

Engenheiro e os outros acompanham Biologia, que se embrenha pelas árvores. Poucos minutos depois, ela para.

– Perdi a trilha – diz ela.

A câmera dá zoom em um par de fios – um azul e um branco – presos num galho de árvore bem na frente dela. Levará dezenove minutos até Exorcista encontrar os fios.

Enquanto isso, Mateiro está conduzindo sua equipe impecavelmente pela floresta, identificando os rastros deixados intencionalmente, bem como os que não foram. Daí, Mateiro arqueia as sobrancelhas; está tendo um dia de muitas surpresas. Ele se ajoelha em frente a uma pedra com uma pincelada vermelha.

– O que foi? – pergunta Médico Negro, admirado da facilidade com que Mateiro segue uma trilha que ele não consegue nem sequer ver.

– Parece que ele caiu aqui – diz Mateiro. Ele aponta para uma depressão na terra a pouca distância da pedra. – Isso foi o joelho dele. – Outra, mais próxima. – E isso foi o cotovelo. – Por fim, ele aponta para a pequena mancha na pedra. – Parece que ele bateu a cabeça.

– Bateu a cabeça? – diz Médico Negro. Ele troca um olhar preocupado com Força Aérea.

Mateiro fica de pé:

– Daqui em diante a trilha é mais clara. Ele parece que está cambaleando.

– Concussão? – pergunta Força Aérea.

– É provável – diz Médico Negro. Ele se volta para o câmera. – Isso aqui é de verdade? – pergunta, seu treinamento médico ganhando de toda a sua inclinação a seguir as regras do jogo. O câmera o ignora. Médico Negro empurra a câmera para o lado, chegando junto do verdadeiro rosto do homem. – Isso. Aqui. É. De. Verdade? – O câmera fica abalado, incomodado. Médico Negro exige contato visual. – Se você não sabe, preciso que chame alguém que saiba pelo rádio – insiste ele. – Agora.

O câmera puxa o walkie-talkie do cinto. Aponta a parte de cima para Médico Negro.

– A bateria acabou – diz ele.

– Acabou porra nenhuma – diz Força Aérea, tomando-lhe o aparelho. Ele empurra o botão de liga-desliga, mas a luz indicadora não se acende. Ele tira a bateria do lugar, coloca-a de volta. Nada. Os produtores pensaram que algo assim poderia acontecer, e os câmeras foram todos instruídos a colocar baterias descarregadas em seus walkie-talkies para esse Desafio.

– Acho que desse ponto em diante, precisamos presumir que é de verdade – diz Médico Negro. Ao ver a sobrancelha arqueada de Mateiro, que estava incrédulo, ele acrescenta: – Só por garantia.

Cerca de um quilômetro dali, Zoo engatinha no chão.

– O que você está fazendo? – pergunta Garçonete.

– Procurando mudanças na coloração, na textura – diz Zoo. – Uma parte brilhosa em um lugar fosco, ou uma parte fosca em um lugar brilhante. Coisas assim.

– Está vendo alguma coisa? – pergunta Rancheiro. Ele se agacha junto dela, com uma das mãos segurando o chapéu.

– Não sei – diz Zoo. – Ele obviamente veio por ali. – Ela aponta para um lugar alguns metros à direita. – Mas depois disso...

– Depois disso *o quê*? – pergunta Garçonete.

– Exatamente.

Rancheiro fica de pé:

– Estão ouvindo isso? – pergunta.

Zoo e Garçonete inclinam ambas a cabeça para ouvir.

– Água? – pergunta Garçonete.

– Acho que é – diz Rancheiro. – Se eu estivesse perdido e ouvisse água, é para lá que eu iria.

– Boa ideia – diz Zoo.

Poucos minutos depois, encontram uma pegada de bota. Zoo dá um tapinha nas costas de Rancheiro.

Eles chegam ao riacho. Garçonete aponta para uma impressão vermelha de mão sobre uma pedra no meio do rio e pergunta:

– Aquilo é sangue?

Sim, pensa Zoo, e logo depois: não. Quase fala: Sangue *falso*, mas pensa melhor e não diz nada. Ela não sabe se é possível ser desclassificada por professar descrença, mas não quer arriscar. Em vez disso, ela diz:

– Ele deve ter caído.

– E depois foi para aquele lado – comenta Rancheiro, apontando para um lugar rio abaixo onde outra pedra está manchada de lama e pincelada com mais tinta vermelha.

Bem mais atrás, Exorcista enfim encontra os fios que se pretende que levem essa equipe à sua marca de sangue. Mas o quarteto anda devagar, implicando entre si. Tentando ser a voz da razão, Biologia gira o corpo para trás e bate palmas – *plac, plac, plac-plac-plac* – um truque que usa para ganhar a atenção de alunos irrequietos.

– Concentração! – demanda ela. Seus colegas de time olham todos para ela, mas a mirada de um está visivelmente pousada abaixo de seu rosto. Ela vai com passos largos até Exorcista e ele, surpreso, olha em seus olhos. – Assim está melhor – diz ela.

– Ela tem razão – diz Banqueiro, interpondo-se entre Biologia e Exorcista antes que o ruivo possa reagir. – Vamos nos concentrar em achar Eli.

O pé de Banqueiro aterriza na próxima pista – um sulco na terra – e a apaga. Há pistas mais sutis em abundância, mas ninguém nesse grupo as enxerga. Mateiro teria enxergado; até Zoo ou Força Aérea teriam, provavelmente, enxergado a forma geral da trilha. Mas essa equipe-miscelânea vai, de agora em diante, fracassar. Os olhos de Engenheiro vão pousar sobre uma alteração na paisagem: uma mistura de erosão natural, da passagem de um cervo, e imaginação. Ele e seus colegas de equipe querem ver rastros, precisam ver rastros, de forma que os veem. Logo estarão seguindo uma trilha que não exatamente existe, e seguindo-a na direção errada.

O grupo de Mateiro está na rota certa, rapidamente avançando na direção de seu alvo, que cobriu uma área maior do que eles haviam previsto, já mais de seis quilômetros. Mateiro pensa duas coisas: primeiro, que nenhum dos outros grupos irá encontrar seu alvo antes de o sol se pôr; segundo, que talvez a intenção seja não encontrarem mesmo.

Mas Mateiro está avançando mais rápido do que a produção havia previsto. Quando seu time está a quatrocentos metros da linha de chegada, eles precisam aviar os preparativos. O ator que representa Abbas Farran é arrancado de seu café e celular para a maquiagem, e por fim colocado no local onde terminou sua trilha.

Então Força Aérea, Mateiro e Médico Negro o encontram. O ator que pensam ser Abbas está sentado numa pedra pouco antes do topo de um despenhadeiro erodido. Ele geme com a cabeça entre as mãos. Os concorrentes não veem que há um despenhadeiro, não sabem em que altura estão – e nem mesmo que é a beira de um penhasco, embora a topografia atrás do ator sugira pelo menos um declive íngreme.

– Abbas! – grita Médico Negro. – Abbas, você está bem?

O ator geme um pouco mais alto e fica de pé de repente.

– Quem é? – pergunta ele. Ele se vira para o grupo. O líquido vermelho pinga de sua testa e produziu borrões por todo o seu rosto e mãos.

Pela falta de reação do câmera, Mateiro sabe que o sangue é falso, que não há perigo de verdade. Ele fica revoltado – já esteve em emergências de verdade, já resgatou montanhistas verdadeiramente perdidos e feridos – e não quer fazer parte daquele escárnio. Mas ele precisa do dinheiro. Ele percebe que Médico Negro parece preocupado de verdade; este é o momento *dele*, pensa Mateiro, dando um passo atrás.

O ator que representa Abbas tropeça na direção do abismo.

– Opa! – diz Força Aérea. – Cuidado aí, cara.

Médico Negro está avançando na direção dele, com determinação e cuidado ao mesmo tempo. Força Aérea vai atrás do amigo. Ele e Médico Negro chegam ao ator ao mesmo tempo. Força Aérea toma o braço do rapaz para sustentá-lo, e Médico Negro diz:

– Sente aqui, meu filho. – O ator permite que eles o abaixem até a pedra onde estava sentado antes, e Médico Negro se ajoelha, olhando nos seus olhos. – Pode me contar o que houve? – pergunta.

O ator meneia a cabeça como se estivesse tonto:

– Eu... eu não sei – diz. – Eu... obrigado.

O produtor de locação sai andando rápido da floresta, gritando:

– Bom trabalho! Todo mundo venha para cá!

E de repente o ator que encarna Abbas ferido está de pé, estável, de olhos atentos. Ele enxuga a testa com a manga e vai até o produtor, pedindo:

– Pode me dar um lenço umedecido?

Força Aérea se retesa; Médico Negro fica de pé e olha para ele.

– Bem – diz Força Aérea. – Acho que isso responde àquela pergunta.

17.

Brennan e eu saímos da floresta na metade da manhã e margeamos outra cidadezinha cujos residentes foram pagos para vagá-la. Pelo que vejo, esta área é decadente e já está assim há tempos; passamos por um celeiro caindo aos pedaços e um posto de gasolina abandonado há anos cujas bombas foram removidas. O tipo de lugar desesperadamente necessitado de um dinheiro da TV, o tipo de lugar facilmente maquiável para as necessidades do programa. Conforme vamos andando, Brennan se lamuria sobre evacuações e bioterrorismo, câncer contagioso de efeito imediato e outras baboseiras, até que eu o mando ficar quieto.

Ainda estou a dias de chegar em casa, mas não há tantas maneiras assim de se cruzar um rio e estamos chegando perto da ponte que meu marido e eu usamos com mais frequência, uma travessia cercada de bosques e cidades pequenas. O centro de treinamento do Exército para garotos da idade de Brennan fica logo ao norte daqui. Imagino por um segundo o que aconteceria se eu continuasse nessa direção em vez de atravessar a ponte. Brennan provavelmente daria um jeito de me fazer parar, ou haveria outro ônibus bloqueando a passagem, este sem jeito de se dar a volta. Ou talvez finalmente tivessem que interromper a encenação – um produtor saindo de trás de uma árvore, meneando a cabeça na direção leste.

Eu poderia testá-los, mas prefiro simplesmente ir para casa. Começo a acreditar que ela é o meu verdadeiro destino e não apenas uma direção, que eles de fato fizeram isso: limparam o caminho todo até a minha casa.

– Vamos começar a procurar um lugar para passar a noite – digo a Brennan. – De manhã atravessamos o rio.

Minha proclamação o energiza, e ele sai dando uma corridinha na frente.

A sós comigo mesma, penso sobre minha iminente volta para casa. Eu me imagino postada de frente para a casa de dois pavimentos e três quartos que compramos verão passado. O terreno de dois mil metros quadrados que compramos tem uma ligeira inclinação para cima; a casa estará acima de mim. Vou seguir as lajotas entremeadas na grama, que estará grande, pois era sempre eu quem cortava – justo, levando em conta o tempo que meu marido passava indo e voltando do trabalho, uma hora em cada sentido. Um sacrifício que ele fez por mim para que eu pudesse ficar próxima de um emprego que paga muito menos, o melhor que consegui encontrar na minha área. Mas também para que pudéssemos morar num lugar mais propício para se começar uma família. A lonjura do trabalho dele não era para ser permanente. Os filhos seriam o divisor de águas, conforme combinamos. Ele ganharia o máximo de dinheiro possível até eu ficar grávida, e aí procuraria um emprego mais próximo de casa. Eu concordei. Falei *mais tarde*, porque *nunca* era severo demais.

Depois de eu ter cruzado a grama alta, vou pisar no capacho com boas-vindas bordadas – um presente da minha sogra. *Lar Doce Lar* é a Pista que me leva até em casa, mas nosso capacho tem o sobrenome do meu marido bordado. O meu, não. Minha sogra não aceitou eu não ter mudado meu nome. Transformamos isso numa piada e escrevemos meu sobrenome nele também, com hidrocor – embaixo do dele, só que maior. Ela só veio nos visitar uma vez desde então, e deu uma risada desagradável:

– Esqueci que você é *moderna* – disse-me ela.

A porta social vai estar fechada, é claro. Não seria a mesma coisa se não me permitissem abri-la. Pisco, imaginando a sensação fria da maçaneta metálica na palma da mão. Essa maçaneta foi nossa primeiríssima compra depois do próprio imóvel – ou uma de nossas primeiras compras. Compramos um carrinho inteiro de quinquilharias e produtos de limpeza na Home Depot naquele dia, incluindo um kit para consertar telas de janelas. Foi o primeiro conserto oficial que fizemos em casa, cobrindo um buraco no que o corretor chamava de solário e nós, de varanda mesmo. Ela fica acima do quintal dos fundos, e é ali que me sento para tomar café todas as manhãs, observando cervos e roedores se refestelarem em minha horta falida. Ano que vem vou cercar os canteiros.

A porta social da casa dá para um pequeno nicho, quase um saguão, com a sala de estar à direita e uma escada à esquerda. Há uma colagem de fotos do nosso casamento na parede. Uma pilha de correspondência na mesa embaixo dela. Vou entrar, passar disso tudo, dobrando à direita, e é ali que ele vai estar, na sala. À espera. Sorrindo. O resto da minha família provavelmente vai estar presente também, embora eu preferisse que não. Pode até ser que arrastem meus colegas de trabalho também, ou alguns dos amigos da faculdade que listei como referências.

Vai haver uma faixa pendurada na parede ao fundo, meu marido bem embaixo dela, ao centro. Seu cabelo negro vai estar desgrenhado, precisando de um corte, porque ele sempre espera demais para ir ao barbeiro – ou talvez tenha acabado de cortar o cabelo para me receber. De qualquer modo, ele vai ter desbastado um pouco a barba, de forma que ela vai estar curta, exceto pela zona embaixo do queixo que ele sempre esquece. Será que sua coloração de pinguim vai estar mais pronunciada, com o branco maior? Talvez. O grisalho dele parece que surge sempre em bloco. Ele vai ter aparência cansada, porque mal vai ter dormido no dia anterior, sabendo que eu estava prestes a chegar em casa.

Ao lado dele, de pé, os meus pais. Minha mãe ranzinza por não a deixarem fumar dentro de casa e quem somos nós para dizer a ela o que fazer ou deixar de fazer? Mas quando eu entrar, sua testa há de desfranzir porque ela sabe que tem um papel a cumprir: o da Mãe, que me deu à luz, me criou, me orientou, fez de mim o que eu sou. Meu pai estará a mais alguns centímetros dela do que alguém esperaria de um marido feliz. Ele estará sorrindo, no entanto – se não um marido feliz, pelo menos um pai feliz – e vou conseguir sentir seu cheiro de calda de bordo lá da porta, pelo menos na minha imaginação.

Por um momento, permanecerei ali, só olhando. Absorvendo a visão de tantos rostos familiares, do rosto do homem que amo. Da pessoa que me ensinou o que era ser sinceramente generosa, a se doar sem expectativas nem ressentimentos. Cujo realismo e pé no chão me ajudaram a aprender que tentar conseguir tomar a decisão perfeita a cada passo é o caminho certo para a infelicidade; que quando se trata de escolher uma casa, carro, televisão ou bisnaga de pão, nem tudo precisa ser do bom e do melhor. Cujo hábito de sorver o cereal matinal me ajudou a entender que se irritar com alguém não é o mesmo que deixar de amá-lo, uma distinção que sei que deveria ser óbvia, mas com a qual sempre me atrapalhei. Que me ensinou que estar junto é melhor que estar sozinho, mesmo que às vezes seja mais difícil, mesmo que às vezes eu esqueça.

Não sei se vão metê-lo num terno, ou se estará vestido em roupas casuais, talvez com calça jeans e o suéter azul-marinho com zíper até o peito que comprei para ele no Natal passado. Não importa. Só importa que ele vai estar lá. Que ele vai dar um passo adiante, e que depois eu vou dar um passo adiante, e não vou mais conseguir vê-lo porque meu rosto vai estar encaixado em seu lugar de praxe: entre a saboneteira e o queixo dele. Todos ao nosso redor vão comemorar e bater palmas. Será como nosso beijo no casamento, uma rodada efusiva de aplausos. Uma celebração de uma conexão tanto verdadeira como simbólica. Vou brincar de sussurrar pedidos de desculpas pelo meu cheiro, mas ele não vai entender nada porque – eu me conheço! – vou estar chorando demais para conseguir ser inteligível.

E vai haver algum tipo de anúncio – eu ganhei! Ou talvez tenha chegado em segundo, ou terceiro, ou antepenúltima. Não me importo, só quero ficar na minha casa. Só quero poder dizer que não pedi para sair.

Vamos comemorar, todos nós, seja lá quem estiver na casa. E vou assinar qualquer contrato de última hora, e os câmeras irão embora. Brennan vai embora, se é que chegou a entrar. Ao cair da noite, seremos só nós dois, sozinhos, juntos.

Vou ter que tomar banho. Em algum momento vou olhar o e-mail. Em poucos dias vou estar assistindo à televisão, dirigindo, fazendo compras. Pagando contas, usando dinheiro, me perdendo na multidão. Usando um vaso sanitário que volta a se encher d'água depois de utilizado – esta pelo menos é fácil de imaginar. O pensamento de nunca mais ter que usar folhas como papel higiênico é uma delícia. Mas voltar ao trabalho? Sentar em uma escrivaninha, responder e-mails, me preparar para uma excursão de escola que vem vindo? Sei que vou fazer essas coisas, mas não consigo exatamente me imaginar nelas.

A ideia de voltar ao trabalho me parece especialmente exótica. Antes de eu ir embora, meus colegas de trabalho e eu brincamos sobre como eu ia narrar minhas aventuras em nosso boletim interno trimestral, e usá-las para pedir doações. Agora isso parece impossível, mas talvez com algum distanciamento eu consiga encontrar o ângulo certo para manipular minhas experiências em benefício do centro. Conscientização sobre o vírus da raiva, por exemplo. As tomadas que certamente fizeram do meu terror frente àquela boca espumosa – certamente isso dá uma boa capa de folheto informativo.

Penso se aquele Desafio já terá ido ao ar. Sei que o cronograma de produção é apertado, mas não sei o quanto. A cena deve ter ficado ridícula. Um bicho de pelúcia lerdo de controle remoto se chocando contra o meu abrigo, metendo o nariz lá dentro, girando a cabeça de plástico, e soltando um rosnado pré-gravado ao toque de um botão.

Penso na minha pose indefesa e suplicante em face de uma enganação tão óbvia e sinto nojo.

Pelo menos eu não pedi para sair. Eles me assustaram, mas foi tudo.

Vejo Brennan correndo de volta em minha direção e eu engulo com força a raiva que ainda sinto, pensando no coiote deles.

– Mae – grita ele – tem um supermercado mais para a frente. – Ele freia completamente a alguns metros de mim. – Está todo trancafiado, mas encontrei uma janela.

O supermercado está a pouco mais de meio quilômetro à frente, um prédio um tanto dilapidado bem no fundo de um estacionamento vazio. As portas da frente e as janelas são cinzas, presumo que vedadas por portas de ferro baixáveis. Penso no cartão de fidelidade preso ao meu chaveiro, que deixei pendurado em um gancho lá em casa. Sobre a correspondência, junto à colagem.

– O que será que está em oferta? – pergunto. Brennan dá risada, e, enquanto estamos atravessando o estacionamento, ele corre na frente. Hoje ele está se comportando como um jovem de verdade. Parece feliz. Eu costumava me comportar assim, mas não quando era mais nova. Só depois que, adulta, me tornei feliz é que consegui relaxar – a ponto de, um ano depois de casar, estar fazendo piadas de peido quase todo dia. Tinha até uma recorrente em que eu, fingindo que era uma gambá, torcia o quadril para o lado e sibilava, "tssssss".

Está aí algo que ainda não pretendo fazer em frente às câmeras.

Brennan para em frente ao canto mais distante do supermercado e me chama com um gesto. Eu aceno em resposta e ele some na quina da construção. Logo estou andando ao longo da fachada, e vejo que a pichação é um retrato todo escorrido de uma nuvem de cogumelo. Contorno a quina. Brennan está a uns cinco metros de mim, equilibrando-se sobre um carrinho de supermercado e espiando por uma janelinha alta.

– É um escritório – diz ele.

– Será que você passa por aí? – pergunto.

– Acho que sim. Pode me dar algo para quebrar o vidro?

Ali perto há uma caçamba de lixo, aberta e fedida. Mais lixo está empilhado junto a sua lateral, inclusive um cano enferrujado. Entrego o cano a Brennan e minha mão volta laranja. Limpo o resíduo na minha calça enquanto ele parte a janela.

– Limpe os cacos da borda – digo a ele.

– Eu sei. – Ele arranca os aguilhões da esquadria, depois se esgueira para o interior. – Venha, Mae!

Subo no carrinho de mercado, e com isso meus ombros chegam à mesma altura que a janela quebrada. Lá dentro, Brennan está de pé no meio de um escritório apertado. Ele estende a mão para fora, mas tanto a janela quanto o quarto são muito pequenos. Tentando ajudar, ele só atrapalha. Acabo tendo que falar:

– Saia da frente. – E consigo descer.

A porta do escritório destranca do nosso lado e dá para um corredor cujas laterais são forradas de escritórios e que culmina em uma dupla porta vaivém. Certa vez, quando criança, entrei por uma dessas portas à procura do banheiro e me postei atônita em frente às paredes de concreto nu que me saudaram, depois uma porta lateral se abriu e uma lufada de ar frio seguiu uma moça que saía dela. Ela levava um pote de sorvete, e com toda a gentileza ela me reconduziu à loja. Apesar da gentileza dela, lembro ter ficado chateada por ela não ter me dado nem um pouco de sorvete. Eu achava que merecia, por ter encontrado aquele local secreto.

Brennan abre uma das folhas da porta de um chute, depois estende rápido a mão para apará-la na volta. Um tremendo desperdício de energia. Eu saio junto com ele, saindo direto no açougue. À nossa esquerda vejo prateleiras abertas que deveriam estar refrigeradas, mas não estão. As placas, não consigo ler, mas qualquer um que já tenha feito compras para casa, ainda que uma casa bem pequena, conhece: bovina, de porco, frango, *kosher*. Um punhado de embalagens fétidas, o plástico inflado pelos gases da putrefação. E embora eu já tenha sentido fedores muito piores do que esse, coloco a camisa sobre o nariz. Perpendicularmente à carne apodrecida há gôndolas e mais gôndolas de produtos não perecíveis, longe de estarem plenamente abastecidas, mas ainda assim com amplo sortimento.

– O que acha de sopa em lata? – pergunto.

– O quê? – responde Brennan.

Repito o que disse, articulando cuidadosamente por trás do pano da camisa.

– Não – diz ele. – Quero Lucky Charms.

Atrás do pano, permito-me sorrir enquanto o acompanho à ala dos cereais. O supermercado está na penumbra, mas não está tão escuro quanto eu esperava. A luz penetra no ambiente por fendas de ventilação no teto e claraboias no teto arqueado da seção de hortifrúti. O chão está empoeirado, e consigo enxergar trilhas lustrosas serpeando pelo meio da camada opaca. As trilhas estão salpicadas com pontinhos negros. Na ponta da gôndola ao lado há pilhas de Rice-A-Roni, dez por dez dólares. Várias das caixas foram roídas, seu conteúdo esparramado pelo chão e misturado com mais fezes de rato.

Ouço Brennan parando, depois um som de deslizamento que imagino que seja ele retirando uma caixa de seu desejado cereal com marshmallow. Som de papelão rasgando, depois de plástico. Deixo o expositor de fim de gôndola e vou para junto dele. Ele está mastigando aveia e marshmallow aos punhados, um sorriso satisfeito pregado em sua boca enquanto mastiga.

– Aposto que a gente encontra leite em pó se você quiser uma tigela de verdade – digo. Os olhos dele crescem com a possibilidade e ele faz que sim, as bochechas salientes. – Mas primeiro vamos ver o que eu vou querer – completo.

Embora várias prateleiras estejam vazias, a seção ainda contém um monte de marcas. Fico surpresa que os patrocinadores tenham permitido uma coabitação dessas nas prateleiras. Mas suponho que eles possam embaçar o que quiserem censurar com a maior facilidade. O Lucky Charms é fabricado pela General Mills, de forma que volto o olhar para as marcas da Kellogg's, só porque eu posso. E eu mudo de ideia. Será que têm Kashi? Pouco depois, encontro a prateleira que eu quero, a marca, e por fim o produto. Restam duas caixas. Pego uma delas e partimos em busca do leite em pó.

Estou prestes a despejar o leite na minha panelinha de acampamento, quando penso: *Dane-se*. Podemos muito bem usar o que está aqui. Levo Brennan até a seção de papelaria e pegamos um pacote de garfos plásticos, e depois, colheres. Levamos nosso material até a zona de exposição de mobília plástica de quintal cheia de coolers vazios, brinquedos de praia dentro de redes, e sinalização empolgada – LIQUIDAÇÃO TOTAL! Acendo um par de velas e comemos sentados sob um guarda-sol totalmente desnecessário. O cereal que escolhi é mais doce do que eu me lembrava.

Depois que Brennan termina sua terceira tigela de Lucky Charms, ele enxuga a boca e pergunta:

– Esse lugar é bom para passar a noite, não é?

Claramente, ele quer minha aprovação.

– Claro – digo. E, sem saber por quê, as palavras simplesmente saem da minha boca: – Cheira bem mal e estou preocupada com todo esse cocô de rato, mas fora isso, parece bom.

Como eu sou ruim, penso eu, ao ver o rosto de Brennan desabar de decepção. Quero pedir desculpas, mas pelo quê? Ele é um câmera, e não um amigo meu, e não tem a idade que aparenta ter. Não posso pedir desculpas. Não diretamente. Em vez disso, digo:

– Vamos explorar mais um pouco o ambiente. Descobrir o que queremos levar conosco na reta final.

– Reta final? – pergunta ele.

– Sim, não estamos longe. A dois ou três dias. – Penso: a quilômetros. É uma distância tão pequena que nos separa agora.

– E quando chegarmos lá, o que acontece?

Isso ele deve saber melhor do que eu. Meu humor azeda. Com tudo isso que ando imaginando, sei que deve haver um último Desafio me esperando, algo mais intenso do que vencer grandes distâncias. Algo que o público, as câmeras achem irresistível. Ao pensar nisso, tiro minha lente do bolso e olho com atenção para o teto. As câmeras são fáceis de encontrar, mas não consigo descobrir se são câmeras de segurança normais ou se o programa colocou outras, mais sofisticadas. Das duas que vejo, uma está apontada para nós e a outra para os caixas desativados. Será que é porque algo vai acontecer lá, ou para criar um clima? Vou me preparar para a primeira opção. Este é o lugar perfeito para um Desafio, afinal de contas, porque dá a sensação de ser seguro.

Brennan e eu passamos um pente fino nas gôndolas. De início, eu nem sequer considero uma opção revirar a seção de hortifrúti, porque com certeza tudo deve ter virado papa, mas aí um balcão com batatas me chama a atenção. Raízes comestíveis – elas duram bastante. Com uma espécie de esperança tímida, me aproximo das batatas. Mesmo de perto, é difícil de saber. Quase retiro minha lente do bolso, mas aí estendo a mão, me preparando para encontrar batatas podres.

De jeito nenhum vão deixar que eu me saia com essa.

Meus dedos encontram uma casca marrom e firme. A sensação é tão inesperada que eu desconfio dela. Faço pressão, leve, depois mais forte, e ainda assim a batata não cede.

Não está podre.

Devo ter feito algo certo, algo incrível, para ganhar um prêmio desses. O lençol-cartaz, acho eu. É minha recompensa por escalar a árvore caída, por passar direto pelo hotel. Por ser corajosa, depois prudente.

Dou uma leve corrida até à frente da loja e pego uma cesta de compras. Ouço Brennan gritar por mim, mas não respondo. Em momentos estou selecionando as batatas, encontrando as "melhores" segundo um padrão que não saberia enunciar. Na verdade, só quero pegar em todas elas. Passo para o balcão adjacente. Cebolas. Alho. Gengibre. Apesar de toda a podridão encenada ao meu redor, só sinto cheiro de tempero. De sabores. A meia hora seguinte é um borrão frenético em que passo varrendo as gôndolas e coletando ingredientes: lentilhas, quinoa, latas de cenouras fatiadas e vagens, ervilhas. Azeite. Tomates cozidos em cubos. Ataco a seção dos temperos – pimenta-do-reino em pó, tomilho, alecrim, cominho, cúrcuma, salsa seca, pimenta calabresa. São sabores que não combinam entre si, sei disso, e ainda assim, quero todos.

Há embalagens plásticas de lenha na frente da loja, cinco tocos por pacote. Abro espaço no chão, perto de onde comemos cereal, e faço fogo dentro de uma minúscula grelha a carvão.

— Isso não vai disparar os *sprinklers*? — pergunta Brennan.

— Não tem luz — digo a ele. Não tenho ideia de se sistemas anti-incêndio precisam de eletricidade para funcionar, mas eles desativaram tudo o mais nesse mundo abandonado. Vou fazer uma fogueira de tamanho pequeno, só para garantir. Coloco a grelha sobre as chamas, e coloco uma panela de lentilhas para ferver.

Em seguida, coloco uma batata sobre uma tábua. Respiro fundo e levanto a faca. Solto o ar e corto ao meio a oval sarapintada. As duas metades caem uma para cada lado, revelando uma umidade lustrosa na carne do legume. Sento-me em uma cadeira plástica, olhando fixamente para a metade de batata em sua tábua de cortar plástica sob este guarda-sol de plástico e sinto uma excitação parecida com alegria. O que é ridículo; é só uma batata. Mas há alguma coisa em sua realidade orgânica em meio a todo o plástico e conservantes que me comove por sua extraordinária beleza.

É ótimo se sentir assim — mesmo que seja por causa de uma batata —, mas isso também me deixa nervosa. Sou uma tartaruga colocando a cabeça para fora quando predadores ainda bicam seu casco. É uma péssima jogada, estou me colocando em perigo, mas, ainda assim — preciso sentir isso. Preciso saber que ainda sou capaz de alguma alegria. Acaricio a metade da batata com a mão, e me entrego.

Primeiro eu sorrio, depois assobio. Não é uma música de nada, cheia de trinados hesitantes e padrões ascendentes repetitivos. Não é uma canção, é um derramamento. Não sou uma pessoa musical; isso é o melhor que posso fazer. Corto a batata em cubos, depois outra, e estou prestes a atirá-las na água fervente com as lentilhas quando penso: "não, batatas rústicas". Dou uma corrida até a seção de utensílios de cozinha e arrumo uma frigideira. Pico uma cebola, quatro grandes dentes de alho, com brotos verdes e tudo. Enfiando minha mão em uma luva de forno, seguro a panela sobre a grelha esquentando um fio de azeite. Quando ele esquenta, jogo as batatas, a cebola e o alho lá dentro de uma vez só. O chiado, o aroma; dou até risada. Salpico uma generosa camada de pimenta-do-reino e alguns flocos da pimenta calabresa, revirando tudo com uma requebrada do pulso, e por fim cubro a panela deixando as batatas cozinhar. Fatio mais cebolas e alho, descasco gengibre só para sentir seu cheiro, depois vai tudo para a panela de lentilhas, seguido pelas cenouras, feijões e ervilhas em lata, depois que os escorro. Os tomates jogo com caldo e tudo. Pelo menos uma colher de sopa de tomilho seco, mais pimenta, da calabresa e da do reino, e primeiro apenas uma pitada de alecrim, depois outra. E – por que não? – uma folha inteira de louro. Destampo as batatas rústicas, mexo nelas com uma espátula plástica.

De repente, Brennan está do meu lado e estou feliz em vê-lo.

– Que cheiro bom – diz ele.

– Por que você não tenta achar um frango em lata para jogar aqui?

– Já fui! – Ele sai correndo.

Está escuro na loja agora. A área em que cozinho está bem iluminada devido ao fogo, mas apenas uma sugestão de luar e céu estrelado penetra pelas frestas de ventilação lá no alto. Não tenho a menor ideia de quanto tempo se passou desde que entramos aqui. Ao mesmo tempo, parece que foram só alguns minutos e muitas horas.

Brennan retorna e larga meia dúzia de latas de peito de frango cozido sobre a mesa. Destampo duas delas e despejo o conteúdo de ambas no cozido das lentilhas, que agora está espesso, borbulhante e coberto de espuma branca. Concedo mais uns minutos para as lentilhas cozinharem, depois despejo meio saco de quinoa lá dentro.

– Vai ficar pronto em quinze ou vinte minutos – digo.

– E quanto a essas? – pergunta Brennan, meneando a cabeça na direção das batatas rústicas. Eu as mexo e furo uma com um garfo de plástico.

– Quase prontas. – Deixo-as sem tampa para que possam ficar coradas.

– Eu estava pensando – diz ele. – E se pegarmos todos os panos de prato e coisas assim, e usá-los para forrar as cadeiras para dormir?

Há uma ou duas horas, eu provavelmente teria desdenhado dessa ideia e dito que era desnecessário, mas agora ela me tenta. Digo que sim, e Brennan começa a transportar braçadas de paninhos do lugar onde ficam. Ele rasga as embalagens e as deixa em cima de um par de espreguiçadeiras de praia.

– Pode ser que tenha toalhas de praia em algum lugar – digo. – Podemos procurar depois de comer.

Ele faz que sim, depois se senta em frente a mim. Sirvo uma porção generosa de batatas num prato de papel e entrego para ele. Fico impressionada que ele espere até eu ter me servido antes de atacar o próprio prato. Então ele parece um aspirador, sugando tudo sem parar. Eu hesito, no entanto, apreciando o cheiro.

– Como está a comida? – pergunto.

Sua resposta vem mutilada pelo fato de se recusar a parar de enfiar comida na boca, mas acho que ele disse:

– Maravilha.

Espeto um pedaço de batata com cebola com o garfo plástico. Ergo o garfo e provo meu primeiro pedaço, deixando a comida ficar entre a minha língua e o meu palato por um momento. A consistência da carne da batata, a resistência da sua casca torrada, o amargor do alho ligeiramente tostado, a doçura da cebola caramelizada. Já comi esse prato inúmeras vezes desde a infância, e ainda assim nunca gostei tanto dele quanto hoje. É uma ambrosia. Só falta mesmo é... Eu abaixo o garfo.

– Só um segundo – digo, e saio correndo pela loja escura. Não consigo ler as placas das gôndolas, mas vejo uma ponta de gôndola com mistura para panquecas e vou até ela. Um segundo depois estou com o que quero, um pequeno jarro de "calda de bordo legítimo de Vermont". Não coloco calda de bordo em batatas rústicas desde que eu era criança; era assim que meu pai sempre fazia, e desde que virei adulta resolvi cortar da dieta esse açúcar todo.

Quando volto à mesa, Brennan já terminou suas batatas e está de olho nas que sobraram na panela.

– Pode pegar – digo enquanto abro a tampa da calda. Só um fiozinho, é só isso que eu quero. Uma pequenina gota sobre o meu prato, uma que talvez dê para encher uma colher de chá. Planto o jarro sobre a mesa e misturo as minhas batatas com o garfo. O próximo bocado que como é puro conforto, uma espécie de composto de todos os bons momentos da minha infância. Meus pais são mananciais de amor, minha vida é feita de brinquedos, raios de sol e calda de bordo. É uma sensação de memória em vez de memória mesmo. Sei que minha infância nunca foi essa moleza toda, mas por um momento eu me permito sentir que foi.

Brennan está reabastecendo o seu prato. Eu me aproximo e largo calda sobre o prato dele também. Ele me olha, surpreso, não sei se por eu ter compartilhado ou por ter posto calda na batata.

– Confie em mim – digo, e em seguida eu penso: chocolate quente. É isso que eu quero agora, chocolate quente. Fico de pé, dando uma espiada no cozido de lentilhas e mexendo-o um pouco. A quinoa ainda não abriu. Volto às gôndolas e volto com uma caixa de chocolate em pó, uma chaleira, e outro garrafão d'água. Rasgo a embalagem da chaleira, encho-a de água, e a coloco na grelha. Esqueci de pegar copos, no entanto. Eu volto para as gôndolas.

Bam!

O som violento e metálico ressoa vindo da frente da loja. Viro na sua direção, amuada. Não vejo nada na confusão escura onde descansam as caixas registradoras. *Bam*, de novo, feito um trovão, e paro onde estou. Brennan aparece ao meu lado. Só quando ouço o som pela terceira vez é que sou capaz de decifrar sua fonte. Alguma coisa – pessoa – está lá fora, batendo nas portas de ferro.

18.

O grupo de Zoo está acompanhando o rio há oitocentos metros, em busca do ponto onde seu alvo saiu da água.

– Você acha que a gente perdeu o lugar? – pergunta Rancheiro.

– Provavelmente – diz Zoo. – Quer dizer, por que ele ficaria tanto tempo na água? E, se tivesse ficado, já teríamos achado outro sinal disso. Não é?

– Quanto tempo ainda temos? – pergunta Garçonete.

Zoo olha para o sol. Ela ouviu dizer que se pode estimar as horas pela distância a que o sol está no horizonte, mas não sabe mais além disso. Ela decide chutar.

– Uma hora?

A resposta exata seria setenta e seis minutos. Têm mais setenta e seis minutos para encontrar Timothy, e mais de três quilômetros pela frente.

Decidem dar meia-volta. Aproximando-se por um novo ângulo, Rancheiro vê um galho partido com uma mancha vermelha, a partir do qual Timothy se içou para um barranco um tanto alto e entrou na floresta de novo. Zoo e Garçonete estão do lado oposto do riacho que Rancheiro. Elas atravessam, equilibrando-se sobre as pedras. Rancheiro ajuda Zoo a pular os poucos passos finais, depois estende a mão para Garçonete. Antes que ela consiga pegar sua mão, seu pé esquerdo escorrega e vai parar na água que bate no tornozelo.

– Droga – diz ela. Segundos depois ela está em terra, sacudindo seu pé molhado. Ela se senta em uma pedra e desamarra o tênis.

– O que você está fazendo? – pergunta Zoo.

– Não posso andar assim. – Garçonete descalça o tênis, depois sua meia de algodão encharcada, amarelada e com marcas marrons. Ela agita os dedinhos; seu esmalte de unhas verde rebrilha ao sol. Ela torce a meia. – Será que temos tempo para esperá-la secar? – pergunta ela. Zoo e Rancheiro se entreolham. – Pelo visto, não. – Garçonete faz uma careta de nojo ao calçar de novo a meia úmida, seguida pelo tênis. Ela se levanta, fechando a cara. – *Detesto* molhar o pé.

– A gente já deve estar perto – diz Zoo. – Você não vai ter que aturar isso muito tempo. – Seu tom é consolador, mas ela está ansiosa para voltar à caminhada. Está mais difícil para ela sorrir para Garçonete do que antes.

– Aposto que o grupo do Cooper encontrou o sujeito deles há horas – diz Garçonete, seguindo seus colegas de equipe floresta adentro.

– Emery não disse que a ordem importa – responde Rancheiro olhando por cima do ombro. – Só que chegássemos lá antes do pôr do sol.

Zoo grita para os dois, lá atrás:

– É, acho que nós...

– Puta merda! – grita Garçonete. Rancheiro e Zoo se viram para encontrá-la pulando no pé molhado e resmungando mais palavrões. O câmera flagra o desprezo na expressão de Zoo, mas o editor não vai usar essa tomada.

– O que houve? – pergunta Zoo.

– Acho que quebrei o dedão. – Garçonete se senta no chão, lágrimas nos olhos, apertando com força o lábio superior entre os dentes. Ela estende as mãos e segura o pé seco.

– No que que você tropeçou? – Zoo vê gravetos e alguns pedregulhos, mas nada duro ou pesado o bastante para causar uma dor tão alarmante em Garçonete.

– Não sei, mas doeu. – A câmera viu: uma raiz protuberante obscurecida por folhas. – Meus pés estão fodidos – diz Garçonete.

Rancheiro se agacha junto dela:

– Tire esse tênis, vamos dar uma olhada.

Um pedaço de menos de meio centímetro da unha do dedão de Garçonete rachou, projetando-se para cima. Brota sangue da ferida, mas Garçonete é perfeitamente capaz de mexer o dedão para cima e para baixo.

– Não está tão feio assim – diz Rancheiro. – Um band-aid deve resolver.

Agora Garçonete chora, em silêncio, mas sem disfarçar. Ela vasculha sua mochila e puxa dela seu kit de primeiros socorros. Rancheiro aperta um pedaço de gaze ao redor do dedo dela até o sangramento parar, depois, ágil, passa pomada antibiótica na unha e a enrola num band-aid. Ele fica à vontade enquanto cuida de Garçonete, mimando-a como teria feito com sua filha.

Zoo observa o cuidado de Rancheiro e os olhos molhados de Garçonete.

– Topada no dedão é um saco – diz ela, só para dizer alguma coisa. Quando o curativo fica pronto e Garçonete não faz qualquer menção de recolocar o calçado, a simpatia limitada de Zoo termina de se evaporar.

Garçonete sente mais que a dor de ter machucado o dedão. Ela sente a frustração de seus músculos exauridos, a necessidade desesperada do seu corpo por cafeína e açúcar, a umidade em seu pé esquerdo que parece ter se infiltrado em seu espírito. E agora que está chorando, não consegue se obrigar a parar.

– Desculpe. – Ela funga. – Só me dá um minutinho.

Muitos telespectadores não entenderão por que está sendo Rancheiro, e não Zoo, a consolá-la. Que Zoo tenha se mantido à parte naquela noite, ao redor da fogueira, era desculpável – já havia duas outras mulheres cuidando de Garçonete – mas agora? Os cromossomos de Zoo não são os que gritam uma necessidade incontornável de apaziguar e consolar? Zoo não é a biologicamente adaptada para velar pelos mais novos? Por que não é ela quem está segurando a mão trêmula de Garçonete?

A explicação que muitos telespectadores vão preferir é uma ideia tão presente no senso comum quanto o instinto maternal: inveja feminina. Garçonete é mais jovem, mais magra e mais bonita, afinal de contas. Mas Zoo não liga de Garçonete ser bonita, magra ou jovem. Ela só liga para o fato de ela estar atrasando sua equipe. Ficaria igualmente aborrecida com um homem fazendo o mesmo.

Os minutos vão correndo enquanto Garçonete luta para parar de chorar. Ela está se esforçando, está mesmo, mas seu corpo desafia sua vontade, e a mão paternal de Rancheiro em suas costas só piora as coisas. Ela quer ser ignorada por ele para poder se recompor. Passam-se treze minutos entre a topada de dedão e ela estar pronta para seguir em frente. O editor vai retratar a demora em menos de um minuto, mas vai intercalar com imagens do sol poente para parecer que ela ficou sentada ali por muito mais tempo, como se tivesse chorado por horas a fio.

O resto da trilha é clara; o trio logo sai do meio das árvores a cinco metros de onde o grupo de Mateiro saiu mais cedo. O horizonte é de um vermelho carregado. Um homem branco de cabelos castanhos usando um casaco vermelho está de pé na beira de um penhasco com uma das mãos em sua testa.

– É ele – diz Zoo. – Conseguimos.

– Timothy! – grita Rancheiro.

O homem se volta para eles. Seu rosto está coberto de líquido vermelho. Seu corpo cambaleia, e de repente ele cai para trás, despencando pelo penhasco.

Garçonete dá um grito e Rancheiro corre na frente. Zoo fica olhando, calada. Ela vê a corda segurando o homem que caiu no penhasco, vê que ela se retesa. Sabe que está assistindo a uma encenação, que o homem não caiu de verdade. Sabe também que sua equipe acaba de perder. Seu queixo treme de frustração.

Por algum tempo, o único som é o de Garçonete fungando, o único movimento é o dela limpando o nariz com o pulso. Rancheiro diz:

– A gente tem que... verificar se é ele mesmo?

Zoo e Garçonete olham para ele, e por fim Zoo diz:

– Sim.

Rancheiro lidera o grupo numa curta descida em zigue-zague. O ator que fazia Timothy Hamm já sumiu de cena. Em seu lugar, jaz um manequim todo maquiado, bem na base do penhasco, com os membros retorcidos, numa paródia da morte. O manequim está vestido de forma idêntica ao ator e rodeado por uma poça de líquido carmesim. Está de bruços e usa uma peruca, que está aberta na lateral, vazando gosma rosa. A pele de látex está adornada com feridas repulsivas e um osso de gesso se projeta da lateral de um dos joelhos.

As lágrimas silenciosas de Garçonete explodem num choro desabalado de pânico. Zoo olha para o alto e pensa: mesmo que o homem tivesse caído de verdade, a queda não é grande o suficiente para causar um estrago desses. Rancheiro vira de costas para as duas, e para o manequim ensanguentado, agachando-se com as mãos sobre os joelhos. Zoo o observa tirar o chapéu e dizer:

– Senhor, escutai a nossa...

A expressão de Zoo está fechada, seu lábio tremendo um pouco. O resto de seu time não está fazendo o que precisa ser feito, de forma que ela se aproxima. Ela se prepara psicologicamente o melhor que pode, dizendo de si para si que aquilo não parece de verdade, que não é de verdade.

– É só cenografia – sussurra ela, se aproximando centímetro por centímetro.

Todo o seu corpo treme, agora que ela está prestes a encostar no cadáver artificial. Primeiro ela dá uma busca nos bolsos do casaco de fleece – vazios. Aí ela vê a protuberância retangular no bolso de trás do boneco. Ela está tentando não pisar na poça vermelha, mas sem isso não alcança. Pouco a pouco, ela aproxima o pé, entrando na zona vermelha. Ela insinua os dedos bolso adentro, segura a carteira, e pisa longe, rápido. Garçonete ainda chora. Zoo abre a carteira e vê a carteira de habilitação: Timothy Hamm.

– Como você consegue? – diz Garçonete. Zoo demora um momento até perceber que é com ela que a outra falou.

– Como é? – pergunta ela, se virando.

– Como você conseguiu chegar tão perto? – pergunta Garçonete. Sua voz está afogada em medo e admiração, mas há algo a mais... ao menos pelo que Zoo ouve. Decepção. Acusação?

– Isso só aconteceu por sua causa – diz Zoo. Sua voz é constrita, irada, e não muito alta. – Você e sua topada no dedão, choramingando e atrasando o grupo como se fosse a única que já se machucou na vida.

Garçonete está chocada, assim como Rancheiro e o câmera. Os produtores também ficarão chocados, e o editor, que vai dar um duro danado para explicar e exorcizar este momento. Mas pelo menos um telespectador não ficará chocado: o marido de Zoo. Ele conhece esse lado secretamente competitivo dela, sua impaciência para com autopiedade e demora. Ele também sabe que, nela, o medo pode se expressar como maldade.

Garçonete só sabe que está sendo atacada.

– Você é louca – diz ela. – Só parei por, tipo, um minuto. Isso não é culpa minha.

– Um minuto? – diz Zoo, numa fúria controlada. – Pela sua noção de tempo a gente passou quanto tempo nessa floresta, então? Uma hora? Se aquilo foi um minuto, eu peço pra sair agora mesmo. Quem devia pedir pra sair é *você*; você nunca vai ganhar, e assim não ia puxar para baixo quem se esforça mesmo pra ganhar, sua perua.

Ela olha fixamente para Garçonete, esperando uma réplica que não vem, depois dá meia-volta e sai andando rápido até o meio das árvores. Garçonete e Rancheiro a observam de olhos arregalados. O câmera está com um meio-sorriso na cara. Está tão feliz que até esquece os incômodos beliscões que sentiu na mucosa do estômago o dia inteiro. Quando Zoo volta, poucos minutos depois, ele torce para haver mais.

– Desculpe – diz Zoo. – Eu não queria...

Garçonete se recusa a olhar nos seus olhos.

Mas, naquela noite, enquanto o segundo episódio de *Às escuras* vai ao ar e os telespectadores se chocam ou riem quando Garçonete se atraca com Exorcista por conta de uma panelinha de arroz, Garçonete senta-se em frente ao câmera e reage ao que Zoo fez por meio do confessionário:

– Tem alguma coisa errada se a pessoa é tão legal o tempo todo, toda sorridente e solícita, e de repente explode daquele jeito. Não me importo tanto assim com o que ela disse, já fui chamada de coisa bem pior que perua, mas estou decidida a nunca mais confiar nela de novo. Sabe, Randy pelo menos *assume* que é louco de pedra. Com ele você já sabe o que esperar. Prefiro lidar com isso do que com alguém tão falsa.

Os olhos de Zoo estão injetados por trás das lentes, o céu acima dela totalmente negro.

– O que posso dizer? – pergunta ela à câmera. – Vocês conseguiram me atingir e acabei descontando nela. É, eu de fato acho que perdemos por causa dela, mas eu não devia... eu simplesmente não devia. – Ela suspira e dá uma olhada para as estrelas. – Faz o quê, pouco mais de uma semana que estou aqui? Se isso for um sinal de como as coisas vão caminhar, isso me deixa... bem, me deixa nervosa. – Ela olha de novo para a câmera. – Mas sabe de uma coisa? Não é de verdade. Sei que não é para eu dizer isso e que vocês vão simplesmente cortar na edição, mas aquele cara pulando do penhasco, e o manequim lá embaixo? Tudo isso é do jogo, só isso. Desde que eu tenha isso sempre em mente, vou ficar bem, não importa o quanto o jogo ficar perverso. E se todo mundo que estiver assistindo a isso ficar sabendo que às vezes sou meio babaca, bem, consigo viver com isso também.

Ela levanta. A última tomada do terceiro episódio do programa será dela andando para longe, voltando a uma fogueira que os telespectadores não a viram montar. Será o último depoimento de Zoo no confessionário.

19.

– Quem é? – sussurra Brennan.
– Como eu posso saber? – respondo.

Meu medo ficou mais intenso, virou raiva. Eu devia saber que relaxar não era uma opção – antigamente, eu *sabia* – e agora eles têm mais um vídeo, mais um momento que eu nunca vou conseguir superar. O pior de tudo é que não sei o que faço agora.

O que será que *eles* querem que eu faça? Que atenda à porta. Afinal de contas, bateram à porta.

– Será que vamos embora? – pergunta Brennan.

– Acho que não – digo. – Está escuro lá fora. E acho que não encontraram a janela, senão não estariam batendo na porta de ferro. – Eu me amaldiçoo assim que falo isso; não imagino áudio melhor que pudesse ter lhes dado. Eles vão passá-lo, e mostrar imediatamente depois alguém embaixo daquela janela, olhando para o alto.

– Como nos descobriram aqui, Mae?

– Não sei, a gente estava fazendo barulho. E talvez tenha saído alguma fumaça. – Não, contaram a eles. Estavam numa van jogando baralho enquanto o sol se punha, esperando o momento de agir.

– O que a gente faz? – pergunta Brennan. Só faz perguntar.

– Faz a mala – respondo, porque espera-se que eu faça o jogo deles, não é? – Em silêncio. Vamos esperar irem embora, já prontos para partir.

Ele faz que sim e ambos nos voltamos para a fogueira e para nossas mochilas. Estou enfiando cebolas e batatas na minha quando a batida estrepitosa ressoa outra vez. Não vejo nada outra vez. Quando vejo, estou andando na direção das registradoras.

Um sussurro urgente atrás de mim:

– Mae!

– Shiii. – Faço em resposta. – Quero ouvir o que eles estão dizendo.

Que engraçado, não consigo parar de falar – e pensar – em *eles*. Parece um fato indiscutível que é mais de uma pessoa lá fora. Talvez porque o som seja tão amplo, tão intrusivo.

Vou pé ante pé até a frente da loja, passando por uma ala de caixas sombria. Ao chegar à área de ensacamento, ouço mais um *bam*. Sinto a porta de ferro tremulando com o contato. Uma voz, masculina e abafada. A única palavra que tenho certeza de que ouvi é "abre". Seja quem for, quer entrar.

Talvez eu esteja errada. Talvez não sejam *eles*, mas *ele*. Alguém que eu conheça. Cooper em outro momento *já chega*. Julio, querendo companhia depois de eras sozinho. O rapaz asiático, calejado por suas experiências.

Bam.

– Abre aí! – As palavras me chegam claramente dessa vez, e eu reconheço a voz. É um tenor de *showman*, exalando bravata. *Randy*. Estou impressionada. Importunar os outros é o oxigênio dele; como é que conseguiu sobreviver ao Desafio Solo?

– Sei que você está aí dentro! – *Bam*. – Deixe a gente entrar! – *Bam*. *Bam*.

– Desculpe, Randy – sussurro. Desejo que houvesse um olho mágico para eu poder ver como ele está depois dessas semanas. Eu o visualizo segurando uma tocha, chamas iluminando seu cabelo rebelde e fazendo cintilar seu colar cafona. A essa altura, ele deve estar vestido inteiramente com caudas de esquilo.

Espere aí.

Ele falou *a gente*. Eu estava certa; é mais de um. Randy não está só.

Uma segunda voz lá fora, mais baixa e mais grave:

– Isso não vai funcionar.

Conheço essa voz também. Emery disse que saberíamos quando o Desafio Solitário tivesse acabado e eu sei; é esta a hora. *Você consegue*, foram as últimas palavras de Cooper para mim, nunca ditas em voz alta, mas as ouvi perfeitamente, e pensei que *conseguiria mesmo*. Mas não consigo, e agora posso dizer para ele *obrigada* e *sou casada*. Porque não sei *o que* ele sentiu – se é que sentiu –, mas sei bem o que me percorreu a espinha. Eu devia ter dito para ele. No instante em que senti, deveria ter dito para ele; em vez disso, eu...

mas eu não tive *intenção* de pensar aquilo e fiquei confusa, pensei que tinha visto a pessoa que poderia ter sido, mas não, é diferente – nós dois somos diferentes – porque eu nunca *escolhi* sozinha, não até eu vir para cá, e esse é o maior erro da minha vida. Não quero ser Cooper, quero ser *eu mesma*, ser o *nós* que deixei para trás – o *nós* que escolhi. E sou capaz, e *vou mesmo* – porque o Desafio Solitário acaba de *acabar*.

Eu me jogo contra as portas automáticas. Empurro-as e puxo, depois bato forte no vidro.

Brennan está do meu lado.

– Mae, o que você está fazendo?

– A gente tem que deixá-los entrar. – Mas as portas não querem abrir. Não consigo descobrir como abri-las. – Me ajuda aqui – peço.

– Mae, não, isso é...

E lá de fora:

– Oi? Quem está aí?

A cabeça de Brennan gira na direção das portas, e grito:

– Cooper, sou eu! Não consigo abrir as portas.

Uma pausa, e depois:

– Tem uma saída de emergência na outra ponta.

– Está bem! – Percorro a fila de vitrines, procurando. Tento pegar minha lente, mas minha mão está tremendo e estou correndo e não consigo segurá-la direito.

Brennan me pega pelo braço.

– Mae! Pare!

– São meus amigos – digo-lhe, me desvencilhando.

– Do que você está *falando*?

A incredulidade dele me faz parar para explicar.

– Bem, Cooper é meu amigo. Randy... ele... mas se ele conseguiu chegar até aqui e Cooper está colaborando com ele, ele tem que...

– Espere – cochicha Brennan. Ele me leva à saída de emergência, que suponho que ele já estivesse vendo esse tempo todo. Estou tão entusiasmada que estou palpitando, meu fôlego, minhas pálpebras, sinto-me capaz de levantar voo. – Oi! – grita ele.

– Estamos aqui – diz Randy.

– Quem são vocês? – pergunta Brennan.

– Amigos – responde Randy.

Avanço para a porta.

– Quais são os seus nomes? – grita Brennan.

A voz que estive identificando como a de Randy diz:

– Eu sou Cooper.

Despenco de uma altura inimaginável.

Estou afundando, murchando inteira. O medo me assola, me preenchendo da ponta dos pés até o couro cabeludo e me puxando para baixo. Não é a presença desses dois desconhecidos que me assusta, é eu ter pensado que os conhecia. Que minha percepção esteja assim tão longe da realidade.

Brennan se vira para mim, a vitória bem clara no seu rosto. Pela primeira vez ele se sente superior a mim – com todo o direito.

Meu medo me deixa, vaza do meu corpo, e fico vazia, lavada e gélida por dentro.

Não dá mais para fazer isso.

Cuidar. Explicar. Fingir.

Vou andando de volta até o fogo e me sento.

– Mae! – Os olhos de Brennan estão esbugalhados de preocupação. Lá fora, os homens gritam, ou talvez seja apenas um deles.

– O que foi? – respondo. Mexo as lentilhas. – Se eles vão entrar, vão entrar. Se não, não vão. Não está nas nossas mãos.

Brennan se remexe, inquieto.

– Vou guardar minhas coisas.

Alguns minutos depois, os homens fazem silêncio. O borbulhar do cozido é o som mais alto do ambiente, até que Brennan fecha o zíper de sua mochila que acabou de encher.

Comemos. As batatas rústicas, o cozido, tudo sem gosto nenhum. Brennan parece ressabiado. Pergunta de novo sobre ir embora. Não respondo. Tal como os homens lá fora, ele logo para de tentar. Há mais cozido do que conseguimos comer.

– Café da manhã – digo eu, tampando a panela e retirando-a do fogo moribundo. Penso na primeira risada de Cooper, uma dádiva. Como me senti especial quando ele saiu andando, o balde na mão.

– Você acha mesmo que é seguro dormir aqui? – pergunta Brennan.

Dou de ombros. Deito na minha cadeira forrada com toalhas. Os panos sob o meu corpo formam pregas desconfortáveis. Me levanto e varro todos para o chão de uma vez só. Deito de novo. Nosso fogo não passa de brasas agora.

– Mae?

Fecho apertado meus olhos. Estou tão cansada.

– De manhã, vamos procurar um carro. Vamos dirigindo o resto do caminho.

– Não – digo eu.

– Por que não?

– Você sabe por quê.

– Tudo bem – diz Brennan.

– Vá dormir – falo.

Abro os olhos. As achas do fogo são um borrão laranja pálido.

Ad tenebras dedi. Eu poderia dizer a frase. Eu deveria. Eu me ajeito na cadeira, de forma a ficar de frente para o teto, a câmera lá em algum lugar, me observando. Se eu dissesse as palavras, será que religariam a força na hora? As portas da frente se abririam? Emery entraria, me daria um tapinha nas costas, e me diria que meu esforço foi digno, mas que agora era hora de pendurar a bandana azul esfarrapada que amarrei em volta da minha garrafa e ir para casa? Haverá um carro à minha espera lá fora?

Ou será que não aconteceria nada?

O pensamento me perturba. Eu não posso desistir. Não posso fracassar. Embora exausta, embora frustrada, preciso seguir em frente. Não me deixei outra escolha.

Uma das mãos em meu ombro me desperta, não sei quanto tempo depois. Mais tarde. Ainda está escuro. Não enxergo nenhum sinal do fogo.

– Mae – diz um sussurro em meu ouvido. – Acho que estão aqui dentro.

– Quem?

– Ouvi alguma coisa lá nos fundos. Escute só.

De início, não ouço nada, só Brennan respirando ao pé do ouvido. Por fim, ouço o ruído de uma porta rangendo ao se abrir. Bem na hora.

Resignada, digo:

– Pegue nossas mochilas.

Rumamos para a frente da loja, depois margeamos os caixas até chegarmos à entrada da seção de hortifrúti. Nos esgueiramos de balcão em balcão, nos aproximando dos fundos da loja. Brennan respira forte demais às minhas costas.

De outro lugar, ouço:

– Onde eles estão? – É a voz do Não Randy.

E depois outra, mais alta:

– Olá?

Pela proximidade das vozes, creio que os homens estão bem do lado de fora das portas de vaivém. Estamos a poucos metros à esquerda deles, com as costas coladas nas prateleiras de molhos para saladas. Esta é a reta final, penso cá comigo. A reta final de um jogo que se prolongou tempo demais.

Ouço seus passos e algo farfalhar. Os passos rumam em nossa direção. Estendo o braço para impedir Brennan de se mexer. Com meu antebraço pressionando seu tórax, sinto o nervoso de sua respiração.

Os dois vão passando pela gente devagar, andando na direção da outra ponta do mercado. Por alguns segundos, nada além de ar nos separa, até que um estande de nozes e pecãs embaladas se interpõe entre nós. Logo os dois homens estão no local onde encontrei as batatas. Pelos passos suaves que ouço, apreendo que estão andando na direção da frente da loja, provavelmente planejando uma busca gôndola a gôndola. Faço um gesto para Brennan me seguir e contorno com cuidado a quina da bancada na direção das portas de vaivém.

Crac. Bem debaixo do meu pé. Seja lá no que eu tenha pisado, o barulho foi alto. Brennan e eu ficamos paralisados de terror. Os passos que andavam pela loja cessam, e de repente eles estão correndo pra cima da gente.

Medo, fuga, instintos mais fortes que a razão. Grito:

– Corre! – E empurro Brennan para as portas. Corremos para o escritório por onde entramos e bato a porta atrás de nós. Tremendo, atrapalhada, não consigo achar a tranca. Brennan joga a mesa para baixo da janela.

Uma súbita força contra a porta me faz voar longe. A adrenalina me impulsiona e eu empurro de volta, batendo a porta de volta no lugar. Aí surge Brennan, me ajudando.

– A tranca! – digo.

Ele a encontra e gira, trancando-a.

– Será que isso segura? – pergunta ele. Estamos os dois apoiados contra a porta sendo esmurrada.

– Não sei. – Olho para a janela. Não acho que seja possível sairmos por ela antes que eles arrombem a porta.

Cessam os murros contra a porta. Nem Brennan nem eu nos mexemos.

– A gente só quer conversar – diz o Não Randy.

– Até parece! – grita Brennan em resposta.

– Para – digo para ele.

Olhando pela janela, vejo que o céu está clareando. Está quase amanhecendo. Não sei por que estão aqui, só sei que querem que os derrotemos. Acho que não nos machucariam, mas podem roubar nossos materiais, ou nos amarrar, ou nos trancar no frigorífico. Poderiam nos atrasar de cem formas diferentes, e eu não seria capaz de aturar nenhuma delas.

– Olha aqui – grito – A gente não tem nada que você queira. Esse lugar está cheio de comida. Deixe-nos em paz.

– Tem comida por toda a parte – diz Não Randy.

– Então o que vocês querem? – pergunta Brennan.

– O que eu falei: conversar. Eu e o meu irmão estamos sozinhos desde que rolou essa merda toda. A gente mora nessa rua.

– O que a gente faz? – Brennan me sussurra.

Só consigo pensar numa coisa: em continuar conversando com o homem do outro lado da porta e sair daqui. Olho para a sala cinzenta e embaçada ao meu redor.

A cadeira da escrivaninha. Nos filmes, sempre enfiam cadeiras sob as maçanetas para emperrá-las e isso sempre segura o vilão tempo suficiente para o herói conseguir escapar. Ergo um dedo para Brennan, pedindo que faça silêncio e espere.

– De onde você é? – pergunta o Não Randy. – É da área?

Com todo o silêncio possível, me descolo da porta. A cadeira da escrivaninha está a seu lado, a coisa de um metro. Prendendo a respiração, eu a levanto do chão. Ela raspa no chão, mas Não Randy ainda está falando e sua voz mascara o som.

– Quantos vocês são? – pergunta ele. – Vocês também são da mesma família, como nós?

Aproximo a cadeira da porta e encaixo seu espaldar sob a maçaneta. Não tenho a menor ideia se isso vai segurá-los.

– Vocês ficaram doentes? Meu irmão ficou, depois melhorou. Já eu nunca fiquei, seja lá o que isso seja. Eles tentaram nos evacuar junto com os outros, mas não deixamos. Esse é o nosso lugar, sabe? Você deve saber, ainda está por aqui. E não sobrou muita gente aqui.

Meneio a cabeça na direção da janela, e Brennan se afasta da porta. Indico de um gesto que é para ele ir primeiro, e ele escala a escrivaninha de metal. O Não Randy ainda está falando:

– Costumava ter um grupo nessa rua, três malucos. Eu conhecia um deles, e ele não parava de insistir para a gente se juntar a eles. Mas não quisemos. Eles eram loucos mesmo, sempre falando de invasores. Esse grupo, meu irmão e eu, achei que éramos os únicos que sobraram no condado inteiro. – Agora Brennan está em pé, as mãos apoiadas na janela. Ele se alça para cima e se joga para fora, pés primeiro. Fico olhando ele desaparecer. – Agora eles não têm aparecido mais, ou morreram ou foram para outro lugar, não sei – diz Não Randy. – Desde então, a gente...

Batidas, golpes, sons de luta vêm pela janela. A voz abafada de Brennan grita:

– Mae!

Então uma voz mais grave, um grito:

– Cliff!

Filho da puta, penso. Por isso que Não Randy não parava de falar, para o parceiro poder ir discretamente lá para fora.

A porta atrás de mim abre de um estrondo, a inútil cadeira derrapando até a parede. Não Randy entra na sala. É um homem branco alto, forte, barbado. Estou encurralada entre ele e a escrivaninha; o homem lá de fora luta ruidosamente para conter Brennan.

– Aqui só tem uma! – grita Não Randy, ou Cliff. Ele dá um passo na minha direção. Está bem perto agora, mais alto do que eu uns trinta centímetros. Vejo seu rosto: atarracado e comum. Sua barba é louro-avermelhada.

Um repentino silêncio lá fora.

– Harry? – grita Cliff.

– Estou bem – responde seu parceiro. – Era só um pirralho.

Foi Brennan o silenciado.

Cliff estende a mão e toca meu braço:

– Fique tranquila – diz ele. – Agora a gente pode cuidar de você.

A arrogância dele, a preguiça de quem escreveu o seu roteiro. Fico furiosa. Mas o que posso fazer? Esse cara duas vezes o meu tamanho bloqueando minha saída, e seu suposto irmão bem do lado de fora da janela.

Digo o que pede o roteiro:

– Não preciso que cuidem de mim.

– Está tudo bem – diz Cliff. Agora a mão dele está no meu ombro. Bater no braço de um homem desse tamanho não vai ter efeito nenhum a não ser deixá-lo fulo da vida, e eu conheço as regras. Não posso bater em nenhum ponto significativo. – Temos um lugar seguro para ficar – acrescenta ele. Seu bafo fede tanto quanto aqueles corpos falsos.

Fodam-se as regras.

Mando um gancho bem no queixo do sujeito. Desfiro o golpe com toda a minha força de anos de aulas de cardiokickboxing. Retorço o quadril com o movimento, levanto o calcanhar do chão, esmago a cara dele com meu punho. Sangue mana da minha mão enquanto o homem cambaleia, zonzo.

Não lhe dou chance de revidar. Passo por ele correndo, pela porta e pelo corredor, pelas portas vaivém, e entro na gôndola mais próxima. Tropeço, caindo espraiada, me ergo de novo, ouço Cliff xingando lá atrás, me perseguindo. As portas vaivém fecham de estalo às suas costas.

Disparo na direção da saída de emergência. Ouço o homem me perseguindo, mas vou conseguir fugir. Baixo a barra da porta com uma ombrada e empurro. Saí, estou livre, já...

O segundo homem está à minha frente, sorrindo à luz da alvorada. É branco, menor que Cliff, maior que eu. E tem um machete na mão.

Ele avança contra mim, o machete do lado. Desvio para trás, caindo de novo e aterrizando de lado junto de minha mochila, aí aparece o Cliff, me puxando para eu ficar de pé; minha cabeça vira tão forte para trás que minha vista fica escura.

A fúria me engolfa e me fortalece. Eu luto. Chuto, unho, mordo. Quero matar esse homem. Ouço gritos, e entendo de forma distante que eles são meus, até que Cliff se afasta, atingido. Sinto gosto de sangue, meu ou dele, não sei, um quê de cobre na minha boca. Minha mão direita lateja e não consigo destravar meu punho fechado.

Cliff está dobrado ao meio, nariz sangrando. Não preciso enxergar para saber que ele está cheio de ódio no olhar. Não Cooper está observando, girando o machete por diversão.

– Porra, Harry. – Cliff fala com ele. – O que você está fazendo aí parado?

– Ela é louca – diz Harry. – De jeito nenhum que vou chegar perto dela.

Não vejo nem um pingo de vermelho naquela lâmina, mas isso não quer dizer que não exista. Preciso ir até Brennan e ter certeza de se ele está bem. Ele está em algum lugar depois da quina do mercado. Cliff e Harry estão entre nós.

– O que você fez com ele? – pergunto, para ganhar tempo.

– O garoto está bem – diz Harry. Seu machete continua girando.

Cliff fica de pé e ergue a mão até o nariz pingando sangue. Vejo que sua mão também está sangrando. O significado esclarecido do gosto metálico em minha boca me dá um nó no estômago. Estou desclassificada. Tenho que estar. Não só bati nesse homem como o *mordi*. Forte o suficiente para tirar sangue.

Cliff dá um passo em minha direção.

– Olha – diz ele. – Eu entendo. Você passou por muita coisa. A gente também.

Por que não estão detendo ele? E me detendo?

Continuo agachada e de olho enquanto Cliff dá mais um passo. Agora estou percebendo que muito do sangue em minha boca está vindo de um corte no interior do meu lábio, que sinto inchar e latejar.

Desrespeitei uma regra e nada mudou.

Talvez estejam abrindo uma exceção. Circunstâncias especiais, como quando a Heather bateu no Randy e não houve consequência? Ela foi provocada e por isso perdoada. Eu também estou sendo perdoada. Porque conflitos são bons para a TV e é só com isso que se importam.

Com conflito – e com o inesperado.

– Tudo bem – digo. – Eu vou com vocês.

Cliff para e olha para Harry. É claro que não compram minha súbita obediência. Não deveriam mesmo, mas preciso que acreditem nela.

– Acho que quebrei a mão – digo, e me permito sentir dor. Permito que toda a minha frustração aflua. Enquanto começo a tiritar, penso em meu marido. A enorme necessidade que tenho de chegar em casa, o tanto que passei, andei e vivi. Penso na cabana azul, na mensagem que me deixaram lá. Invoco um dos instrumentos mais simples de que disponho – lágrimas. Sinto-as deslizando pelo rosto; sinto o gosto do sal.

Cliff sossega imediatamente. Estende as mãos em um gesto apaziguador.

– Quero ver meu amigo – digo.

– Por aqui – diz Harry. Ele se dirige ao canto do prédio, à janela quebrada. O machete rodopia a seu lado, casualmente. Cliff me dá o braço. Vejo o corte em seu rosto, a pele já inchando no canto de sua boca, o sangue escorrendo de sua mão e pulso. Ele me segura de perto, mas de leve, como se eu não fosse uma ameaça. Estou acostumada a ser considerada inofensiva, mas é porque geralmente não machuco ninguém. Será que ele acha que eu ter lutado foi algum último suspiro de fúria feminista, agora já extinto? É nisso que ele resolveu acreditar?

Posso trabalhar com isso.

Enxugo meu rosto com a manga enquanto ele dá a volta na quina do prédio, me segurando.

Brennan está deitado de costas na calçada. Sua mochila zebrada espia por cima de seu ombro. Não vejo vestígios de sangue, mas com seu moletom vermelho e pele negra, minha vista poderia perfeitamente disfarçar uma ferida. Me arranco de Cliff. Ajoelhando, ponho uma das mãos sobre o peito de Brennan, sinto que ele ainda está inteiro, ainda está respirando. Ora – claro que está. Está só fingindo. Sei como esta cena funciona; ele vai abrir os olhos no momento mais dramático. Só preciso mesmo é criar esse momento.

Vejo uma centelha alaranjada e prateada sob a janela.

Harry cutuca Brennan na perna com o pé.

– Ele não parava quieto – diz. – Eu não sabia o que fazer.

Cliff assente para Harry, que enfia o machete no cinto da calça e ergue Brennan por cima do ombro.

– Ele é mirrado mas é pesado, o filho da puta – diz Harry.

De um pulo me afasto de Cliff e arrebato o cano enferrujado sob a janela. Antes que qualquer um dos dois reaja, acerto o joelho esquerdo de Harry. Meio que espero que o cano se dobre ao meio feito espuma, mas o contato é firme, reverberando pelos meus braços e ombros. Harry dá um berro e cai no chão, largando Brennan, que ao contrário das minhas expectativas nada faz para aparar a própria queda. É um peso morto.

– Merda – digo.

Harry puxa o machete de seu cinto e eu dou nele com o cano. A faca sai rodopiando e retinindo pelo chão. Acho que ouço Brennan gemer, mas não tenho certeza, e aí vem Cliff com tudo pra cima de mim. Salto para escapar – tarde demais. Seus braços apanham minha cintura e me puxam para baixo. Perco o cano assim que meu queixo toca a calçada; meus dentes batem, minha vista espoca feito um flash. Tonta, sinto que estão me puxando e me girando para eu ficar de costas para o chão, minha mochila um caroço nas minhas costas. Minha visão parece um aquário, mas vejo Cliff em cima de mim, expressão severa. Meus braços e pernas estão sendo segurados. A testa dele está pressionando meu tórax, minha garganta, me prendendo no lugar.

Antes eu poderia ter fugido. Sem o Brennan. Eu deveria. Por que não fugi?

Cliff está rosnando ameaças sem sentido. Ele vai fazer isso e aquilo outro comigo. Dor empilhada sobre indignidade. Seus lábios se mexem com fascinante lentidão em meio aos pelos loiros ensanguentados de sua barba. Tudo o mais aconteceu rápido, mas esse momento se arrasta. Percebo que esse homem vai me matar. Todo mundo tem um limite, e eu cheguei ao desse homem. Vejo isso em seus olhos tão juntos. Olhos cor de mel. Uma cor, um nome que circulei certa vez num livro há muito tempo, brincando sobre vestir uma futura filha para o Halloween; a primeira piada do bebê. Quero lutar, mas meus músculos estão inertes. Como quem mal desperta de um sonho, estou ciente de onde estou, vejo, compreendo, mas não consigo me mexer. Talvez a queda tenha me deixado paralítica. Talvez a melhor coisa para mim seja o fim, aqui e agora.

Olho em outra direção. Não quero que esse desconhecido irado seja a última coisa que eu veja na vida. Olho para as árvores despenteadas atrás da caçamba de lixo onde encontrei o cano da primeira vez. Minha visão ruim facilita fingir que a paisagem é bela. Eu pisco, minhas pálpebras deslizando tão lentas, tão espessas, que são tudo o que consigo sentir. E então faço um desejo. Desejo que o produtor saia correndo de trás dessas árvores despenteadas e corra em nossa direção. Ou Cooper, ou Emery, ou Canguru, ou até mesmo um dos estagiários atarefados. Qualquer um, desde que seja de verdade e grite para Cliff parar. É este o meu desejo, e como todo desejo que vale a pena fazer, sei que é impossível.

Isso não faz parte do programa.

Nada disso faz parte do programa.

Nada tem feito parte do programa faz um bom tempo.

Algo dentro de mim se liberta, um desafogo quase prazeroso; não preciso mais explicar nada. Eu batalhei. Batalhei, lutei, me esforcei – e fracassei. Encontro paz nessa ideia, em fazer tudo o que poderia ter feito; em fracassar sem ter culpa disso.

Pelo menos eu não desisti.

Um som úmido, um grunhido. Meus olhos se voltam, contra a minha vontade, para Cliff. Abismos cor de mel me encarando duplamente. Sinto que ele está em cima de mim, mas o peso mudou – só a gravidade fazendo força. A boca de Cliff se mexe, puxando ar. E por fim ele desmaia, seu queixo batendo em minha testa. Sua barba ensanguentada recobre meus olhos. Provavelmente eu devia estar gritando, mas só sinto mesmo é confusão. Não entendo como ele está morto e não eu.

Um embuste, penso eu. O programa, tudo faz parte de...

A distância e a dor nos olhos de mel de Cliff jamais poderiam ser tão bem fingidas.

Mas meus óculos estão quebrados e eu...

Você *viu*.

Fecho os olhos. Sinto pelos ásperos pinicando minhas pálpebras, o peso dele me esmagando. Vejo Brennan caindo ao chão, mole. Sinto o cano batendo no joelho de Harry, o impacto. Meu coração, minha garganta parecem ser apertados por um torno enquanto as implicações vão se revelando a mim, e eu fecho os olhos fortemente porque é tudo que posso fazer, mas não basta, e nada vai bastar, eu sei.

Estou viva, e o mundo é exatamente o que parece.

Não consigo respirar. Não quero respirar. Preciso respirar.

Desde *quando*? Quando foi que tudo mudou?

Acima de mim, Brennan bufa com o esforço de tentar tirar Cliff de cima de mim. Ele chama o que pensa ser o meu nome. O queixo do homem morto desliza de cima de mim fazendo *tunc* na calçada.

Cenografia, penso eu, desesperada, mas estou presa embaixo de algo bem mais pesado do que o homem sobre o meu peito.

– Mae! – Ouço. – Mae, você está bem?

A pedra era de isopor.

O sangue era artificial.

A cabana era azul.

Será?

A cabana era azul, *sim*. Tanto azul, balões e cobertores e papéis de presente. A *luz* era azul, tudo era azul.

O interior das minhas pálpebras faísca. Vejo luz avermelhada nas margens.

As cortinas eram vermelhas.

Um vaso laranja sobre a mesa; coloquei gravetos dentro dele.

Meus olhos não conseguem se fechar com força suficiente. Vejo tinta castanha, com bordas vermelhas.

Eu o matei.

Um bebê tossindo, preso nos braços de sua mãe morta. Uma casa que não era tão azul quanto eu queria lembrar. Ao vê-lo, entrei em pânico. Saí correndo. Deixei-o para morrer.

– Mae – diz uma voz distante bem no meu ouvido.

Eu não sabia. Como poderia saber?

– Mae, você está bem?

Uma eternidade interminável. Bochechas rosadas, olhos remelentos, a pequena depressão em sua testa pulsando levemente. Não era estática naquele choro, era *necessidade*. Deixei a manta cair e me convenci de que era tudo mentira, mas a única mentira era minha. Eu sabia sim.

– Mae!

Abro os olhos. O rosto de Brennan está a centímetros do meu, e sinto sua mão tocando meu ombro. Olho para além dele e vejo o machete se projetando da lombar de Cliff. Minhas costas estão geladas. Estou deitada em uma poça do sangue do morto, que esfria rapidamente.

– Eu o matei – digo. Minha voz é um soluço, mas não sinto lágrimas. Sinto o sangue gelado nas minhas costas, a secura na boca, minha testa latejando. O calor e a pressão da mão de Brennan. Olho de novo para o rosto de Brennan. É magro, mas não comprido. Suas bochechas pretendem ser redondas. Nelas não há nem a promessa de fios de barba. Não é um rosto de adolescente, é de criança; ele é criança. Uma criança que salvou a minha vida enfiando um facão de um palmo nas costas de um adulto.

– Você consegue se mexer? – pergunta ele.

Como não vi o quanto ele era novo?

– Mae! Você consegue se mexer?

Estou com náuseas e inundada de tristeza e meus músculos duros opõem resistência, mas descubro que consigo controlá-los. Faço que sim. Brennan me ajuda a levantar. Minhas roupas estão grudentas, encharcadas de sangue. Sinto o cheiro de morte recente.

Ouço um gemido baixo, um grunhido deplorável, e percebo que os dedos de Cliff estão estremecendo. O homem com o machete na espinha não está morto. Um bafejo de excremento chega ao meu nariz. Não é de *morte* que sinto o cheiro, e sim de *moribundo*.

A mão de Brennan está no meu braço. Ele treme inteiro; nós dois tremmos, acho.

Um som de raspagem vem de trás de nós. Giro cambaleante, trazendo Brennan comigo.

Brennan, baixo:

– Precisamos sair daqui, Mae.

A voz de Harry é um rugido ameaçador de ódio, e aos nossos pés o grunhido de Cliff está ficando mais alto e sua cabeça está se mexendo, rolando de um lado para o outro. Ele é um cão vadio, mutilado em uma armadilha que o pegou por engano. Ele é um coiote e eu ainda estou de pé.

Harry está gritando. Ouço-o chorar pelo irmão. Ele vem muito lento em nossa direção, um borrão instável, pulsante.

– Mae. – O braço de Brennan passa pela minha cintura, e deixo porque sinto uma instabilidade enorme.

– Parem! – grita Harry. Paramos por causa dessa palavra que costumava significar alguma coisa, tudo. Desejo que Harry fique de pé de um floreio, segure a mão de Cliff, ajudando-o a ficar de pé, e que aí os dois se curvassem como no fim de um espetáculo, dizendo: "Pegamos você!".

Queria tanto que pudesse ser isso.

Mas nenhum dos irmãos consegue ficar de pé e Harry não parece saber o que dizer; talvez não tenha achado que esperaríamos. Ele está simplesmente nos olhando e pensamentos sobre o programa de TV não param de pipocar em minha consciência mesmo eu sabendo que são falsos e um choro de bebê não para de ressoar na minha cabeça.

Harry continua nos olhando fixamente – ou talvez para o seu irmão, não consigo ver seus olhos – e ouço a respiração de Cliff, entrecortada, seu corpo batalhando por seus últimos segundos de existência, apesar da dor, apesar do fim inevitável. Agarrando-se a uma vida inútil, como o corpo humano cisma em fazer.

Ouvindo a lixa em sua garganta, o entendimento atravessa meu coração feito uma facada.

Meu marido.

Se. Logo.

A conclusão lógica desse raciocínio é inescapável.

Harry se obrigou a levantar apoiado no joelho saudável. Ele se agarra em um carrinho de supermercado e se obriga a ficar de pé. Sua ascensão parece encenada, o jeito como a luz do dia vem aumentando ao fundo, e preciso que seja mesmo. O céu está tão claro; tento encontrar um drone. Então o entendimento se reestabelece, rápido e esmagador, e Brennan dá um puxão urgente no meu braço, tomando uma atitude. Só consigo pensar que talvez eu esteja errada de novo, porque quero muito estar, e fico me confundindo sem saber em que lembranças confiar. Estou à procura de algo concreto e meus pensamentos se concentram em uma panela de lentilhas cozidas. Eu a fiz, *sei* que a fiz, está lá dentro, e por um momento a existência daquela meia panela de lentilhas é a única coisa em minha memória recente que sei que é verdade.

Absurdamente, descubro que estou com vontade de oferecer o cozido de lentilhas a Harry e Cliff, como se compartilhando esta única coisa real com eles eu pudesse ser capaz de rebobinar o mundo e me transportar para casa; lá estaria eu, com meu marido, e ele estaria vivo, e eu seria quem eu costumava ser, e o último mês pareceria menos que um sonho, menos que um pensamento – nunca teria acontecido. Mas Cliff começa a gritar e esse grito contém líquido; sangue ou bílis, gorgolejando embaixo dele. Harry dá um passo em nossa direção, depois cai de novo no chão ao lado do irmão. Minha garganta está paralisada, não tenho nada a oferecer, e Brennan está na liderança. Viramos as costas aos irmãos mutilados e mancamos juntos na direção da estrada, na única direção que sei andar.

Às *escuras* – Reações depois da primeira semana?
Por que obrigaram ela a pegar a carteira? Aquilo foi doentio. Admito que começou meio devagar, mas agora é oficial: eu não... consigo... parar... de assistir!
Postado há 29 dias por LongLiveCaptainTightPants
301 comentários

melhores comentários
ordenados por: **antiguidade**

[-] HeftyTurtle há 29 dias
Até que aconteceram algumas coisas interessantes, admito. Queria ver mais da professora de ciências na semana que vem. Acho que ela vai ser a zebra do programa.

    [-] HandsomeDannyBoy há 29 dias
    Concordo. Aposto que ela vai para o pódio. O Pastor vai colocar o resto pra correr.

[-] MachOneMama há 29 dias
Como é que eles estão matando tanto bicho impunemente? Estou surpresa que a Sociedade Protetora dos Animais não tenha invadido o set ainda.

    [-] BaldingCamel há 29 dias
    Tenho certeza de que eles têm todas as autorizações necessárias.

    [-] CoriolisAffect há 29 dias
    Talvez tenham. Não é como se estivessem nos mostrando tudo. Mandei mensagens pro meu amigo no set mas ele só responde "cláusula de sigilo". Sacanagem.

[-] Coriander522 há 29 dias
Estava de bom tamanho para ficar de molho em casa numa sexta com um princípio de resfriado. Não sei se vou me dar ao trabalho de continuar assistindo quando estiver melhor.

...

20.

Exorcista, Biologia, Engenheiro e Banqueiro entram no acampamento bem depois do anoitecer, moles, exaustos, se arrastando. Fracassaram de forma tão retumbante no último Desafio que tiveram que ser pegos por uma van e levados para junto dos outros. A carona não será mostrada, seu fracasso sim. Se o quarto episódio de Às escuras fosse ao ar algum dia, teria começado com uma tomada do fictício Eli Schuster manquitolando pela floresta. Um lembrete, depois a tela escurecendo, sugerindo mistério.

Todos os concorrentes restantes são reunidos ao redor de uma fogueira.

– Fico imaginando o que aconteceu com ele – diz Biologia.

Zoo alimenta o fogo com um graveto.

– O nosso caiu do penhasco – diz ela.

Biologia olha para ela admirada:

– Sério? – pergunta.

A resposta de Zoo é clara: uma expressão que diz não, não é sério, lembre onde estamos. Um olhar que não pode e não será mostrado, embora o editor de vídeo a adore por causa dele. Adore apesar da exaustão que o engolfa enquanto assiste.

Exorcista está amarrando uma cauda de esquilo ao redor do pulso.

– Vamos encontrá-lo – diz ele. Prende uma ponta da cauda nos dentes e aperta o nó. Falando em meio à pelagem, complementa: – Se não nesse mundo, no além.

– Cale a boca – fala Garçonete, mas sem ânimo. Exorcista também está cansado e finge não ter ouvido.

Mateiro está sentado à parte, uma figura sombria longe da fogueira. Quando Garçonete começa a reclamar de seu pé dolorido, Zoo levanta e se junta a Mateiro. Senta-se ao lado dele de modo que seus joelhos se encostem.

– Tudo bem com você? – pergunta ele.

Mateiro tapa o microfone com a mão antes de responder:

– Não.

Naquela noite os concorrentes dormem amontoados em um abrigo improvisado no último minuto. De manhã, eles se reúnem na frente do apresentador, desconfiados.

O apresentador os saúda do lado do poste de eliminação, depois puxa uma bandana amarelo-neon do bolso e a espeta ao lado da rosa, de Garoto Cheerleader. O mais surpreendente neste gesto é o lembrete de que só uma noite se passou desde que Carpinteira pediu para sair. Banqueiro pensa no belo e resistente abrigo do último acampamento, e olha por cima do ombro para o monturo feioso de galhos sob o qual dormiram na noite passada.

– Ontem – diz o apresentador – foi um dia duro para todos nós.

Todos nós?, repete sem som a boca de Zoo.

– Olha só quem fala – sussurra Garçonete.

O apresentador prossegue:

– Mas como vocês sabem, foi além da conta para um dos seus companheiros, que desistiu antes mesmo de tentar cumprir o Desafio mais recente de vocês. – Ele começa a andar de um lado para o outro na frente deles, segurando a mochila de Carpinteira. – Hoje eu só tenho uma coisa para distribuir. – Ele puxa uma garrafa cheia d'água da mochila.

Caso tivesse chegado a ver essas imagens, o editor teria cortado nesse instante para Carpinteira, indo embora no banco de trás de um carro com vidros escuros.

– Só tem outra mulher que creio ter chance de ganhar alguma coisa – diz ela. – Então acho que é para ela que vou doar a minha água. *Garota poderosa*, coisa e tal.

O apresentador dá a garrafa cheia a Zoo.

– Obrigada – diz ela, não muito surpresa. Pensou que tinha uma chance de cinquenta por cento de ganhar a garrafa, sendo os outros cinquenta por cento de Engenheiro. Engenheiro tinha feito mais ou menos a mesma estimativa, embora tenha dado a vantagem a Zoo, sessenta para quarenta, pensou ele.

O apresentador volta com passos compridos a sua posição central anterior.

– Hoje promete ser ainda mais desafiante do que ontem.

Um câmera o interrompe com uma tosse alta e forte. Todos se viram para ele. Ele está à esquerda do grupo, e é o mesmo que interrompeu ontem. Zoo secretamente, de si para si, dá um apelido para cada operador de câmera e o deste é Trapalhão.

– Com licença – diz Trapalhão. – Desculpem.

Sua voz é frágil. Ele tosse de novo, dobrando o corpo. Não consegue parar de tossir. O produtor anda até ele e os dois conversam baixinho entre tossidas. O apresentador fica a distância, visivelmente enojado. Logo depois, o câmera vai embora com o produtor, que com um gesto manda o apresentador seguir em frente.

– Que bom que eles têm redundância – diz Engenheiro a Zoo, indicando a meia dúzia de outros câmeras passeando pela área. Na gíria interior de Zoo: Maratonista, Magrelo, Canguru, Encanador, Cara de Bode e Bafo de Café, cujo bafo só cheirou a café uma vez, mas já bastou. Só uma fração da equipe.

O apresentador dá uma tossidinha de olhem-para-mim.

– Hoje promete ser ainda mais desafiante do que ontem – diz ele novamente. – Venham comigo.

Enquanto vão andando, Força Aérea diz a Médico Negro. – A gente nem ganhou um prêmio por ter encontrado aquele sujeito ontem.

– Tem razão – diz Médico Negro. – Que estranho.

Zoo ouve a conversa e pensa: "Sua recompensa foi não ter que puxar a carteira de um bolso encharcado de sangue." Não ter que assistir ao homem pulando. Mateiro anda a seu lado, pensando no quanto é indevido receber recompensas por causa de uma farsa.

O grupo chega à pequena clareira no topo do penhasco de ontem, onde o Especialista está em pé em meio a dez estações sinalizadas por cor, usando a mesma camisa de flanela que usava em sua primeira aparição. Ele cumprimenta os concorrentes com um brusco meneio de cabeça. O apresentador para bem ao lado dele e diz:

– Até agora, vocês tiveram formas modernas de fazer fogo a seu dispor. Agora, se quiserem acender uma fogueira, vão ter que acender do jeito como se fazia antes de existirem fósforos, antes de existirem... – Ele aponta para Zoo com o olhar. – ... pederneiras. Vocês vão ter que usar um arco e broca.

– Estou aqui para demonstrar a técnica – diz Especialista. – Podem se aproximar e prestem atenção.

Ele se ajoelha e apanha os componentes de seu kit de fazer fogo: um arco de madeira bem curvo com corda de tendão de cervo, uma plataforma de madeira fina, uma pua de madeira mais resistente da espessura de um polegar, uma pedra do tamanho da palma da mão, e um ninho de fazer fogo tecido com grama seca e fiapos de entrecasca. Em segundos ele já prendeu bem a pua na corda do arco e a pressionou contra a plataforma, que fixa no chão com o pé. A pedra soquete desapareceu em sua palma, que ele apoia sobre a pua. Fixando a mão que segura a pua, o Especialista começa a mexer o arco paralelo ao chão, para a frente e para trás. A pua primeiro resiste, depois começa a rodar. O Especialista mexe o arco mais rápido. Um fino fio de fumaça começa a subir da madeira. Para os não iniciados: mágica. Garçonete fica boquiaberta. Até Mateiro fica impressionado – nem ele conseguiria fazer melhor.

Especialista tira a pua da madeira de base, revelando uma depressão chamuscada com contorno de pó negro. Ele esculpe um entalhe em V no buraco chamuscado com a faca.

– O objetivo aqui é fazer um tição – diz ele.

Ele coloca um pedaço de casca de árvore sob a plataforma, reposiciona o kit, e volta ao vaivém com o arco. A fumaça brota e ele se empenha no vaivém. A fumaça engrossa. Especialista retira a pua para revelar um pequenino tição, que vira sobre o ninho de fogo. Ele acondiciona o ninho entre as mãos e sopra no meio dele. Uma fagulha de luz quente se expande até virar um laranja bruxuleante. Uma soprada depois, nascem as chamas.

Especialista direciona as chamas para longe do rosto.

– O resto vocês sabem – diz ele. Ele larga o kit e pisa nele até apagá-lo. – Boa sorte.

O apresentador se adianta:

– Vence o primeiro a acender seu ninho de fogo – diz ele. – Já!

Os concorrentes rumam para suas respectivas estações, menos Exorcista, que em vez da sua verde-limão vai até a vermelha de Mateiro, correndo. Ele arrebata a plataforma marcada em vermelho e a joga no penhasco:

– Agora nós também...

Força Aérea toma o braço de Exorcista e torce-o atrás das costas. Exorcista dá um grito.

– Que merda foi essa? – diz Força Aérea.

– Só igualando as condições, colega – diz Exorcista, se retorcendo para aliviar a pressão.

Mateiro anda até a beira do penhasco e olha para baixo. Está arrependido de não ter corrido até sua estação. Não achou que precisava correr para ganhar esse Desafio.

Médico Negro toca o braço de Força Aérea:

– Ei, calma aí – diz ele.

Força Aérea se retesa, depois relaxa.

– Desculpe – diz. E solta o braço de Exorcista.

Exorcista lhe dá um soco no estômago.

Força Aérea se curva, mais surpreso do que machucado.

– Não foi na cara! – diz Exorcista. – Nem na genitália! – Ele mete a mão no bolso, puxa uma cauda de esquilo, joga-a em Força Aérea. Ela flutua pelo ar até ir parar a seus pés. – Quero ver sua posição fetal defensiva, se é boa! – grita ele. Outro rabo de esquilo, dessa vez batendo no joelho de Força Aérea. O homem olha atônito para Exorcista.

Médico Negro se interpõe entre eles:

– Epa, epa, epa – diz ele. Um rabo de esquilo faz *plaf* em seu tórax.

Mateiro está se afastando do grupo; vai consertar a situação sozinho.

Exorcista tira a mochila das costas. Agachando-se, ele puxa mais um punhado de rabos de esquilo.

Médico Negro olha para o apresentador pedindo ajuda.

– Sei que vocês podem resolver isso sozinhos – diz o apresentador.

Uma cauda passa zunindo pela orelha de Médico Negro.

– Por que você não pega a madeira dele? – grita Biologia para Mateiro de sua estação laranja.

Mateiro arranjou um pedaço de toco caído e acaba de puxar sua faca.

– Ele vai fazer uma nova! – grita Exorcista. Ele atira uma cauda na direção de Mateiro; ela cai a mais de cinco metros dele.

– Está sentindo cheiro de fumaça? – pergunta Força Aérea. Todos os envolvidos no conflito se voltam e veem Engenheiro indo e voltando com seu arco, uma grossa coluna de fumaça encaracolada subindo de sua plataforma de listras vinho e marrom. Engenheiro é um talento nato, e está bem à frente dos outros que resolveram se dedicar ao Desafio em vez de ao teatrinho de Exorcista. Zoo nem sequer conseguiu fazer sua pua azul bebê girar; a pua não para de escapar da corda do arco. Garçonete está tentando fazer sua pua ficar de pé sem enrolá-la no arco. Biologia não consegue fazer a sua virar. Banqueiro está fazendo o vaivém com o arco, mas em vez de fumaça, seu kit produz um rangido agudo.

Exorcista corre para seu kit verde-limão, e Força Aérea se volta para o seu azul-marinho. Médico Negro dá um passo na direção de sua estação amarelo-mostarda; sua bota topa com uma pedra pequena no pior ângulo. Ele cai, aterrizando pesadamente sobre a mão direita. Ele ouve o *pop* de um ligamento se rompendo. Ele se põe de joelhos, pressionando forte o punho junto ao corpo. O pulso já começou a inchar, o sangue acumulado forçando a pele como que com raiva.

Força Aérea já está a seu lado.

– Doutor? Está tudo bem? – pergunta.

– Precisa do paramédico? – pergunta o apresentador.

– Estou bem – garante Médico Negro ao amigo, mas em seguida olha o apresentador nos olhos e faz que sim. – O paramédico, por favor. – Um estagiário o leva embora. Força Aérea o observa sumir em meio às árvores, depois volta-se, relutante, para a sua estação. Sabe que já perdeu muito tempo para ter chance de ganhar esse Desafio.

Engenheiro termina de esculpir seu entalhe e volta a enrodilhar sua pua no arco. A nova plataforma de Mateiro está quase pronta, mas é tarde demais; assim que ele começa a mexer o arco, Engenheiro conseguiu seu tição. Um momento tenso enquanto Engenheiro vira o tição em seu ninho de fogo e sopra, mas a palha se acende e o apresentador brada:

– É o campeão!

Engenheiro deposita seu ninho de fogo incandescente na terra com toda a delicadeza. Está sorrindo, tímido mas orgulhoso.

– Preciso apagar? – pergunta.

Mateiro solta seu kit e vai a passos largos até Exorcista.

Exorcista está sentado de pernas cruzadas com a pua na mão e o arco na outra.

– Ei, é que eu... – começa ele.

Mateiro o agarra pela jaqueta e o obriga a ficar de pé. A pua e o arco de Exorcista saem quicando pelo chão.

– Você pensa que assusta – diz Mateiro. Seu rosto está a centímetros do de Exorcista, seus olhos tão estreitos quanto os de Exorcista estão arregalados. Sua voz é gelada, sem entonação. – Mas está errado. Mais uma gracinha dessas e vou fazer você ter inveja desses esquilos cujo corpo você tem profanado. Fui claro?

– Puta merda – sussurra Garçonete, seu rosto alternando entre choque e alegria enquanto Exorcista faz que sim rápido e sem parar. Todos estão olhando. O apresentador chega perto, sem saber o que fazer; Mateiro tem sido tão estável que ele não esperava um confronto de verdade. Nem Exorcista, nem mesmo quando ele estava vindo direto pra cima dele. A única que entende que o problema não é Exorcista é Zoo. Ela quer pegar no braço de Mateiro, levá-lo à parte, falar que está tudo bem, que aquilo não passa de um jogo. Lembrá-lo de o porquê de estar aqui. Mas ela teme o que pode parecer se for até lá, o que pode vir a significar e não faz nada.

Mateiro solta Exorcista, mantendo sua pose rígida e olhar gelado até Exorcista tremer e recuar um passo. Enquanto Exorcista tenta gaguejar desculpas baixinho, Mateiro dá meia-volta e sai andando de volta para sua estação. Um silêncio assombrado desce sobre a clareira.

O ninho de fogo de Engenheiro queimou até se apagar a seus pés. O apresentador tenta reassumir o controle dando-lhe um tapinha nas costas.

– Hora da sua recompensa! – Os concorrentes vão chegando aos poucos. O último a surgir é Exorcista, que se posiciona bem longe de Mateiro.

Enquanto isso, fora de cena, Médico Negro diz ao paramédico:

– Senti o estalo. – E eles trocam um olhar de conhecedores. A olhada seguinte de Médico Negro é para a câmera, para quem fala com apenas um indício de amargor: – *Ad tenebras dedi.*

O apresentador diz a Engenheiro:

— Primeiro, você precisa escolher mais uma pessoa para compartilhar sua vantagem com você.

Engenheiro nomeia Zoo, rápida e decididamente. Ela vai para junto dele.

O apresentador puxa dois sacos plásticos cheios de massa seca da bolsa cilíndrica.

Zoo resolveu fingir que nada demais aconteceu, só interpretar o papel para o qual a escalaram. Ela pega o saco de meio quilo de penne e sorri até doer:

— Massa! — diz ela, se empenhando em compensar por sua explosão da noite passada. — Obrigada.

Engenheiro fica tão feliz com a reação dela quanto com seu próprio meio quilo de massa.

— Além disso — diz o apresentador —, cada um de vocês agora pode roubar um artigo de qualquer outro concorrente. — Garçonete abre a boca; Biologia faz um muxoxo; Força Aérea não se importa, ainda pensando em Médico Negro. — Mas antes que o façam, saibam que a próxima fase dessa competição é um Desafio Solo de grande duração. A partir de hoje à noite, cada um de vocês vai ficar totalmente sozinho.

Já não era sem tempo, pensa Zoo. Mateiro olha para o chão, pensando a mesma coisa. A maior parte dos outros resmunga.

Engenheiro é o primeiro a escolher, roubando o cobertor térmico de Mateiro.

— Foi mal, cara — diz ele. Engenheiro é friorento; está com frio agora mesmo, apesar do calorzinho da tarde.

— Agora, qualquer coisa que não seja o cobertor pode ser sua — diz o apresentador a Zoo.

Zoo está pensando em seu penne e como cozinhá-lo. Suas garrafas plásticas vão derreter se forem colocadas no fogo. Mesmo tentar cozinhar com elas sobre uma pedra quente deve danificá-las.

— Vou ficar com uma dessas canecas de metal — diz ela a Garçonete. Zoo não se sente mal nem pede desculpas. Afinal de contas, Garçonete tem duas.

Um estagiário irrompe da floresta, arrastando uma mochila e o poste com as bandanas rosa e amarela. Ele posiciona o poste de pé ao lado do apresentador e cochicha em seu ouvido.

– O que houve? – pergunta Força Aérea, se virando rápido na direção da floresta. – Cadê o Doutor?

– O Doutor infelizmente não vai seguir com a gente – diz o apresentador. É tudo o que ele sabe, mas falou como se estivesse sonegando informação e Força Aérea quer lhe dar um soco na cara. O apresentador puxa a bandana cor de mostarda de Médico Negro e a espeta no poste.

– O que aconteceu? – Força Aérea exige saber.

O apresentador o ignora, conferenciando à parte com o produtor de locação. Ao retornar, ele fala como se não tivesse havido nenhuma interrupção:

– Devido às circunstâncias do seu próximo Desafio, vamos distribuir os suprimentos dele agora. – Ele pega da mochila duas garrafas d'água e o purificador de água em gotas. – Duvido que alguém vá ficar admirado de para quem ele deixou isso aqui. – Ele entrega uma garrafa e o purificador a Força Aérea. – E isto. – Ele entrega a outra garrafa a Banqueiro, que foi simpático quando Médico Negro machucou a mão. – Mas ainda temos uma surpresa. – De um floreio ele puxa o saco de lixo amarrotado que Médico Negro recebeu de Garoto Cheerleader. – Esse aqui vai para... – Ele encara os concorrentes todos, de repente torce a cabeça na direção de Zoo. – Você.

– Ué – diz Zoo. Ela teve algumas conversas casuais com Médico Negro, mas nada digno de nota. Esse presente, embora pequeno, para ela é um mistério.

Garçonete franze a testa ao ver aquilo. Se este episódio chegasse a ser editado, se chegasse a ir ao ar, agora cortaria da cara feia dela para Médico Negro.

– Espero que Ethan ganhe – diz ele. Está sentado em um toco, braço na tipoia. – Vou deixar o purificador e uma água para ele. Elliot pode ficar com a outra. – Ele fecha os olhos, claramente sentindo dor. – O saco de lixo? Dê para aquela mulher, a loura de olho verde que se empenha tanto. Ela está aqui pelos motivos certos. – Com isso, um paramédico o ajuda a se levantar e começa a levá-lo pela trilha. Pouco depois, o câmera dá as costas, e o paramédico solta o braço de Médico Negro.

O apresentador entrega a cada concorrente um mapa de orientação sinalizado.

– Com isto, vocês vão chegar cada um ao seu local de passar a noite. De manhã, todos vão receber novas instruções. No decorrer desse Desafio Solitário, haverá novos suprimentos disponíveis para vocês, mas nem sempre estarão óbvios. Então, fiquem de olho e lembrem-se da sua cor ou morram de fome.

– Quanto tempo esse Desafio vai durar? – pergunta Rancheiro.

– Vocês saberão quando acabar.

– O que é para a gente comer? – pergunta Garçonete. Está ficando quase sem arroz. Seus olhos voam para Força Aérea, acusadores.

– Conforme eu falei, ou fica de olho ou morre de fome. – O apresentador gosta dessa fala. Hoje ele dormirá em um hotel, e enquanto se prepara para ir para a cama, irá repeti-la com diversas entonações e floreios. – Boa sorte – diz ele, e com isso anda alguns passos, até ter saído por pouco do enquadramento.

Mateiro orienta seu mapa e bússola, depois se volta para o grupo. Faz contato visual com Zoo e forma as palavras: *Você consegue*, depois parte na direção do primeiro marco indicado em seu mapa: um pequeno lago a cerca de um quilômetro e meio ao norte. Não está nem aí para a perda de seu cobertor térmico; não chegou a usá-lo nem uma vez.

Enquanto Engenheiro e Zoo guardam seus novos suprimentos, Rancheiro, Força Aérea, Biologia e Banqueiro tomam cada um o seu rumo. Garçonete olha para o seu mapa e morde o lábio – inconscientemente. Está aterrorizada. Exorcista está vendo. Ele ainda está um pouco mexido também, e pela primeira vez mostra alguma gentileza para com ela.

– Vai dar tudo certo – diz ele.

– Eu sei disso – retruca ela.

A raiva de Exorcista se manifesta.

– Talvez não dê certo nada. Talvez você morra de fome, caia num buraco. De qualquer modo, a perda é pouca. – Ele dá um último riso de escárnio para ela, depois some, voltando pela trilha onde o grupo passou a noite.

Engenheiro se detém ao lado de Garçonete antes de seguir Exorcista.

– Boa sorte – diz ele. Garçonete devolve o sorriso dele, sincero.

Os concorrentes vão pingando um a um em seus acampamentos – trechos dispersos de floresta ou campo marcados apenas por um kit de arco e pua na cor de cada concorrente – e se acomodam com diferentes graus de conforto. Zoo deixa de lado o arco e pua, usa sua pederneira, e janta massa pura.

– Gosto de ficar só – diz ela.

Engenheiro consegue produzir outro tição com o arco e come comida quente, ainda que cozinhe a sua em um buraco na terra forrado com folhas.

– O que importa é se deu certo – diz ele. Ele estende o cobertor térmico ao redor dos ombros enquanto come. Logo está tremendo da mesma forma.

Garçonete constrói um abrigo exíguo e se distrai do próprio medo concentrando-se na náusea que embrulha seu estômago vazio.

– Estou morrendo de fome – diz ela, mesmo sabendo que não é bem o caso.

Exorcista desencava algumas larvas de um tronco podre e as engole com grandes floreios. Biologia pensa na parceira em casa e mastiga umas folhas de menta que encontrou próximo de seu acampamento. Rancheiro tira suas botas e faz uma espora rodopiar enquanto estica os dedos do pé. Banqueiro passa uma das mãos pelo cabelo gordurento, depois faz uma pequena fogueira.

– Só sobraram nove fósforos – diz ele.

Dois dos acampamentos Solitários são diferentes. Força Aérea encontra uma tenda azul-escura em seu destino, e Mateiro, uma vermelha. Nenhum dos dois percebe que essa é sua recompensa por chegar a seu montanhista a tempo ontem. Presumem que os outros também receberam abrigos. Mateiro se mete lá dentro sem comentários, se espraia no chão e fecha os olhos. Força Aérea fica plantado do lado de fora da tenda por um momento, numa fúria silenciosa. Quer voltar para buscar Médico Negro. Mas aqui ele não está na guerra, e nem mesmo num treinamento, e deixar homens para trás é essencial em qualquer corrida.

– O que você acha de... – começa o câmera.

Mas Força Aérea o cala mal-humorado:

– Não.

A várias centenas de metros dali, um estagiário desmonta uma tenda cor de mostarda.

21.

Ele está vivo. Tem que estar. Eu estou viva, Brennan também. Os irmãos cujos gritos nos perseguem sobreviveram. Outros também podem ter sobrevivido. Meu marido pode estar entre eles. É *possível* que esteja.

– Mae? – murmura Brennan. Estamos mancando pela rua, andando rápido demais e não rápido o bastante. – Eu precisei. Não foi?

Vejo os familiares riachos escorrendo pelo rosto dele. Penso no machete espetado naquelas costas.

– Você precisou – murmuro de volta.

Mas eu não precisava. Não precisava ter me candidatado; não precisava ter saído de casa. Nada disso era necessário.

– Quantos anos você tem? – pergunto a Brennan. Meu queixo lateja; dói falar, pensar, respirar, existir.

– Treze – diz ele.

O mundo se abala, e num instante ele está em meus braços e eu só consigo dizer uma coisa:

– Sinto muito.

E digo isso para ele, para meu marido e para a criança que deixei para morrer em uma cabana marcada em azul. Havia azul, sei que havia. Não era tudo azul, mas tinha algumas coisas. Tinha sim.

Bochechas rosadas. Braços sarapintados.

– Tudo o que você falou sobre a doença era verdade? – pergunto.

Brennan assente em meus braços e funga. Seu cabelo roça na ferida aberta que lateja em meu queixo.

Fecho os olhos e penso no meu marido, passando sozinho por tudo isso. Preocupando-se, imaginando coisas, e então talvez uma coceirinha em sua garganta ou efervescência no estômago. Letargia pesando em seu corpo feito chumbo. Sinto muito, digo de novo, baixo, mas de todo o coração. Sinto muito por ter insinuado que a vida com você não me bastava. Sinto muito por não estar pronta. Sinto muito por tê-lo deixado. Mesmo se... mesmo se tudo isso fosse acontecer de qualquer jeito, pelo menos teríamos continuado juntos.

Se as histórias que Brennan contou são verdadeiras, então a chance de qualquer indivíduo sobreviver a seja lá o que for isso é ínfima. E meu marido e eu sermos imunes é tão estatisticamente improvável que equivale a ser impossível. Sei o que me espera em casa, e ainda assim, aqui estou, implorando: *por favor* e *talvez*. O menor *talvez* do mundo, e sei que se eu não for até lá, vou ficar me perguntando isso enquanto eu continuar a existir nessa horrível Terra devastada.

Um pensamento intruso: o de um comercial de produto de limpeza mostrando uma visão microscópica do antes e do depois – mata noventa e nove vírgula noventa e nove por cento das bactérias. Aquelas poucas bactérias esparsas no "depois", mostradas simplesmente por motivos jurídicos – somos nós, Brennan e eu. Resíduos. Pelo que ele contou, foi questão de dias para que todos os que estavam dentro da igreja morressem, com exceção dele. Pelo menos cem pessoas, disse ele. Extrapolando a partir desse número, são milhões. Quando começou, bem quando saímos para o Desafio Solitário? Em algum momento entre isso e eu ter achado a cabana, quatro ou cinco dias depois. Um intervalo tão pequeno.

Eu me recordo do operador de câmera que foi embora depois do Desafio do montanhista perdido, adoentado demais para trabalhar, e de repente entendo por que Canguru não apareceu naquela manhã, no Solitário. E eu fiquei aliviada. Eu fiquei *agradecida*.

Eu chamei aquele que foi embora de Trapalhão. Eu o apelidei *disso*.

Sinto um nojo violento de mim mesma.

Será que algum deles sobreviveu? Cooper? Heather ou Julio? Randy ou Ethan ou Sofia ou Elliot? O jovem engenheiro bem-educado cujo nome não consigo lembrar? Preciso me lembrar do nome dele, mas não consigo.

Brennan estremece em meus braços e uma admiração arrependida percorre o meu ser: pensei que ele era um operador de câmera. Pensei que...

— Sinto muito pela sua mãe – digo.

Sinto a pele pegajosa do meu queixo formigar e despedaçar-se quando o menino se afasta de mim.

— Por que você agiu como se fosse mentira? – pergunta ele.

Treze anos. Quero contar a verdade para ele. Quero contar tudo, sobre o programa e a cabana e o amor que abandonei em nome de uma aventura, mas dói demais. Eu também não quero mais mentir, de forma que digo:

— Dá para me culpar?

Ele dá uma risada fungada e eu penso: que criança admirável.

Logo estamos andando de novo, atrasados por nossas respectivas dores e ferimentos. Minha mão direita está inchada, inutilizada. Não consigo mexer o pulso nem os dedos. Estou preocupada com Brennan ter ficado com uma concussão, mas ele parece estável e não vejo nada de errado com suas pupilas, então acho que está bem. A não ser que haja sinais de que eu não esteja enxergando, sinais que não sei como procurar.

Depois de muito tempo, ele pergunta:

— Você já matou alguém, Mae?

Não sei como responder isso porque acho que a resposta é sim, mas não era a intenção e eu não quero mais mentir, mas não posso lhe contar tudo. Não posso falar de tudo. Mas ele precisa de uma resposta porque tem treze anos e acabou de esfaquear um homem. Um homem que ia me matar e provavelmente a ele também, mas ainda assim. Penso no coiote raivoso. Ainda lembro de ter visto engrenagens, mas também me lembro de ter visto carne, como se duas versões daquele dia existissem de fato, igualmente verdadeiras. E por um segundo eu penso: "ora, por que não – talvez eu esteja errada e aquilo ainda tenha sido parte do programa. Talvez as coisas só tenham ficado reais depois." Mas é um pensamento amargo e forçado, e sei que estou forçando a barra.

Brennan aguarda a minha resposta. Seus olhos de cão pregados em mim.

— Não do mesmo jeito – respondo. – Mas há alguém que acho que poderia ter ajudado, e não ajudei. – Minha garganta está se fechando; a última palavra mal escapole.

— Por que não? – pergunta ele.

Em minha lembrança, a mãe cenográfica tem olhos verdes que eu reconheço de espelhos e não sei se eram de verdade, se seus olhos estavam abertos ou fechados.

Ela não era cenográfica.

– Eu não sabia – rouquejo, mas não está certo dizer isso. – Era um bebê e eu pensei... – Mas eu *não* pensei, só entrei em pânico e saí correndo, e como posso explicar alguma coisa que não sei se lembro direito? – Eu estava confusa – experimento dizer. – Cometi um erro. – Não que isso desculpe o ocorrido, ou qualquer coisa.

– Eu não me arrependo – diz Brennan. – Sinto que deveria, mas não me arrependo. Ele ia matá-la.

Sinto dor na base da minha garganta, onde o braço de Cliff pressionou. Um ferimento que consigo sentir, mas não ver. Por que ele me atacou? Se o mundo está assim, por que o instinto da pessoa ao encontrar outra é agredir? Por que ele iria...

A mão dele no meu ombro. Lembro a mão dele. O bafo dele. Mas foi só isso: um fedor.

Será que o primeiro golpe foi *meu*?

– Mae?

Será que ele estava se defendendo de *mim*?

Estava. Ele encostou em mim, mas não me bateu. Não me lembro das palavras dele. Tento fechar a mão; um lampejo de dor, mas meus dedos não se mexem. A culpa de Brennan é culpa minha também. Mas ele não sabia e não pode saber – que eu causei aquilo. Que ele não precisava ter matado.

– Você não tem nada do que se arrepender – digo-lhe.

Mas eu me arrependo de tudo. De tudo mesmo.

O sangue deles, sem sentido. Seus gritos atrás de nós, sem sentido. Toda essa morte, sem sentido. Uma observação sem sentido. Não *existe* por quê, nem resposta. Tudo que existe é esse *existe*. Sistemas colidindo, obliterando existências, deixando a mim, um restolho sem sorte, para trás. Os mundos acabam, eu testemunho.

– Obrigada por salvar a minha vida – digo para Brennan. Não estou agradecida por isso, mas foi o que ele fez; não devia ter feito isso, mas foi o que ele fez. Ele também foi deixado para trás, e pelo menos ele não tem que estar sozinho, pelo menos eu posso carregar esse fardo para ele, este fardo que eu causei.

Sinto muito.

Logo atravessamos a ponte, andando abaixados por uma via de pedágio automático, e arrombamos um posto de pedágio histórico para passar a noite nele. Sei que tipo de sonho vai vir, de forma que não durmo, e periodicamente sacudo Brennan para acordá-lo porque acho que é isso que eu deveria fazer. Ele parece mais irritado do que grato, e tomo isso como um bom sinal.

Depois de ter acordado Brennan pela quarta vez, me esgueiro para o lado de fora e fico sentada lá, apoiada ao lado da porta do posto de pedágio. Minha roupa pesa de tanto sangue ressecado; o peso dela me empurra contra o solo.

– Saudade de você – sussurro.

Nossos filhos teriam nascido com olhos azuis. Mas será que esse azul teria se transformado em verde ou castanho, ou teria nos surpreendido e continuado azul? Cabelos negros, castanhos ou louros, talvez até mesmo naquele belo tom avermelhado que sua mãe tem em fotos de vocês quando jovens? Nenhum jeito de saber. Jogue os dados, tenha um filho. Cruze os dedos para os genes serem bons. E se. Quem sabe. Perguntas viram afirmativas nesse covarde mundo novo. Nossos filhos nunca vão nascer. Mas essa perda não é nada, nada mesmo, comparada a perder você.

A porta ao meu lado range, se abrindo. Olho para cima e sinto os olhos queimarem, uma pressão no peito. Sinto que estou tremendo. Uma certeza física.

Brennan senta-se e, sem palavras, se reclina junto a mim. Eu o sinto tremer também.

A noite passa. Os dois dias seguintes são monótonos, dolorosamente lentos. Observo Brennan com atenção e tento identificar cantos de pássaros enquanto caminhamos; tudo para não pensar no meu marido, porque a cada vez que penso, acho que vou desmaiar. Mas é sua imitação de um ganso-do-canadá que ouço no céu, e quando o movimento vago à nossa frente revela, pelo som, ser um bando de chapins, tudo o que consigo enxergar é meu marido deixando cair alpiste ao encher o comedouro do quintal de casa. Em meus sonhos sempre estou caminhando, e sozinha. Quando acordada, Brennan está ao meu lado e a desolação ao redor não mais parece digna de nota, nem mesmo quando passamos por ruas que conheço. Deixo minha lente no bolso. Não quero ver o que foi feito do meu bairro.

Estamos a pouco mais de quatro quilômetros de casa quando o sol se põe. Estou toda travada. Tudo dói. Minha mão não melhorou nada. Brennan parte a janela de uma pequena casa e me ajuda a entrar. Murmuro desculpas ao passar pelo umbral. O dono desta casa pode ser um desconhecido, e falecido, mas ele ou ela era também meu vizinho.

Com a dor física e a proximidade iminente da minha casa, não consigo dormir. Eu me alongo em um tapete e observo o borrão azul-acinzentado em que minha visão transformou o teto. Brennan ronca a noite toda. Pensei que seus terrores noturnos poderiam voltar depois do supermercado, mas ele parece ótimo. Ou melhor do que eu esperava. Melhor do que eu, embora talvez só me pareça assim porque só ouço meus próprios pensamentos e sonho meus próprios sonhos. Estou com nosso bebê de olhos azuis nos braços, protegendo-o de uma multidão agressiva, e aí uma lâmina cujo dono não vejo me perfura por trás e nos espeta a ambos de uma vez.

De manhã, mal consigo ficar de pé, e leva uma hora de caminhada até meus músculos se soltarem. A esta altura, já estamos próximos. Passamos pelo que um dia foi meu café preferido e por uma loja de quinquilharias que abria em horários imprevisíveis. Uma vizinha idosa certa vez me contou que a loja a surpreendeu abrindo no dia do Natal. Ela encontrou um jogo de porcelanas para chá idêntico ao que lembrava que a mãe teve, mas que fora perdido em um incêndio.

– Cinco dólares – contou ela. – Milagre de Natal.

Sua mãe nunca a deixara usar o jogo de chá, e tê-lo agora, contou-me a senhora, causava-lhe uma felicidade quase insuportável. Eu lhe perguntei se agora ela o usava todo dia para compensar o tempo perdido, e ela olhou para mim como se eu fosse o diabo.

– Eu não o *uso* – disse ela.

Passo pela vitrine forçando a visão, tentando ver. Estão expostos velhos livros de culinária e utensílios de cozinha empoeirados: um liquidificador, um porta-utensílios com margaridas pintadas do qual brota uma solitária espátula de plástico, uma panela de ferro fundido azul.

Meia hora depois, chegamos à minha rua. Lixo soprado pelo vento derrapa pelo asfalto. Eu paro de andar. Brennan dá mais uns passos antes de perceber.

– Mae? – pergunta ele, se virando.

Quatro entradas de carro para a esquerda: a minha caixa de correio.

Está lá, está lá mesmo. Mas não vejo a casa. Uma monstruosa casa estilo Tudor bloqueia minha visão. Dentro da casa Tudor, há um jogo de chá fora de uso.

Conforme vamos descendo a rua, sinto meus nervos se contraírem, resistindo a cada passo. Passamos pela casa Tudor e a minha casa se torna visível com seu gramadinho em aclive. Revestimento em ripas amarelo-claro, porta social emoldurada por um par de frondosos arbustos. Uma calha que estava solta quando parti agora pende desavergonhadamente do telhado. A grama está comprida e amarelada e pontilhada de trevos-brancos.

– Onde a gente está? – pergunta Brennan.

Estou tremendo enquanto subo os degraus de pedra. Espio pelas janelas da sala, mas está escuro lá dentro e não consigo ver além do vidro. Um jornal embalado em plástico descansa junto à breve trilha até a porta. A grama cresceu à volta dele como se ele fosse uma pedra. Passo por cima do jornal. Estou prestando atenção enquanto ando, mas não ouço nada lá dentro. Só minha respiração, meus passos, o sangue pulsando em minhas têmporas. Brennan atrás de mim, e a brisa de outono massageando a grama crescida. Um sino de vento ao longe, talvez.

O sol reluz na maçaneta, e me detenho um momento até ter coragem de pegar nela. A maçaneta está gelada, como eu imaginei, mas também trancada. Ódio corre pelas minhas veias: depois de tudo, eles ainda vão me fazer arrombar minha própria casa.

Mas não tem mais *eles* nenhum, não mais.

Dou um passo para trás. Tem alguma coisa errada. Algo específico. Olho ao redor, e vejo – o capacho de boas-vindas sumiu. O nome do meu marido e o meu, alegremente entrelaçados, sumiram.

Essa não é a minha casa.

Não consigo respirar, não consigo parar de tentar inspirar ar.

– Mae, o que você tem?

Fecho os olhos, dobro o corpo ao meio, e ponho as mãos nos joelhos.

Essa é a minha casa.

Essa *é* a minha casa.

Levanto os olhos de novo. Eu conheço essa tinta lascada na esquadria da janela. Eu conheço as cortinas listradas mal e mal visíveis pela janela da sala. Essa casa é a minha. O capacho não está, mas é um detalhe superficial. Uma questão jurídica. Eles não queriam o nome dele na cena.

Ah, se houvesse mesmo um *eles*...

Abano a mão espantando os ganidos preocupados de Brennan e espero até recuperar meu fôlego. Eu me recuso a arrombar minha própria porta da frente, então dou a volta para a dos fundos. Minha horta vencida enlanguesce ao lado de um canteiro de flores que cresceu demais, e lá está, enrolado em cima de um banco – o capacho de boas-vindas. Uma mangueira desenrolada serpeia entre ele e a torneira na lateral da casa.

A porta de tela que guarda a varanda dos fundos não está trancada. Entro, passando por uma pequena estátua de concreto de um sapo meditabundo, comprado a um dólar, na loja de quinquilharias. Ouço Brennan me acompanhando. Uma vela de citronela está bem no centro de nossa mesa de tampo de vidro.

Verifico a porta dos fundos. Também está trancada, mas tem janelinhas, nove imponentes retângulos. Passo por Brennan e pego o sapo meditabundo. Ele é compacto e pesado. Uso-o para espatifar o retângulo de vidro mais próximo da maçaneta. O vidro partido espeta meus dedos. Passo o braço pelo buraco e destranco a porta.

A porta dá para a cozinha. A primeira coisa que noto ao entrar é o cheiro. De guardado, de mofo. Atravesso a cozinha lentamente, estreitando os olhos para enxergar. Há pratos na pia, algumas tigelas e um copo. Acho que o copo tem um canudinho saindo dele. Passo da geladeira, na direção do saguão. Meu pé esbarra em alguma coisa, com tinido de metal, e dou um pulo para trás, assustada.

Uma tigela para cães. Por um momento, não consigo conceber sua presença ali, mas entendo que ele deve ter feito preparativos para a minha volta. Um cachorro para a criança. Um compromisso gigantesco, não é de se admirar que nunca tenhamos admitido ser tão grande. Empurro de volta a tigela para junto da geladeira com o pé e entro no saguão. Há um lavabo em frente a mim e a sala de estar fica logo à esquerda, depois da porta em arco.

Enquanto ando para a sala, esbarro o olhar no nosso quadro com a colagem do casamento, pendurado ao lado da escadaria. Lá estamos nós, oito imagens congeladas da felicidade. Felizes para sempre. A minha preferida é a dele sozinho em seu terno cinza-claro e gravata verde-musgo. Ele está me esperando chegar ao altar – um altar ao ar livre cercado de amigos e árvores e flores e acarpetado com trevos. Seu rosto é sério. De quem está falando sério. Mas no cantinho da boca aponta um sorriso.

Viro para a entrada em arco. Ainda é possível haver uma faixa pendurada. Ainda é possível que ele esteja ali, me esperando.

No nosso primeiro encontro de verdade, ele comparou meus olhos a uma garrafa de água Pellegrino. Uma garrafa cheia, especificou ele – porque são cintilantes e cheios de gás. Dei risada e impliquei com ele por ser tão cafona, fazendo pouco do momento mesmo enquanto o separava para guardar.

A sala de estar se desvenda aos meus olhos. Ele não está nela. Não há faixa alguma. Sou só eu nesse cômodo vazio e ligeiramente atravancado. Mas há sinais de sua presença: algumas caixas de videogames pelo chão junto à estante dos eletrônicos, seu laptop fechado sobre a mesa de centro. Uma pilha de roupa limpa em cima do sofá, esperando para ser dobrada. Sento-me no sofá, reconhecendo um par de sambas-canção vermelhas decoradas com vários tipos de nó de marinheiro. Uma camiseta azul de uma meia maratona que corremos juntos.

Junto ao laptop há vários controles remotos, um de PlayStation, e o livro de nomes de bebês que compramos antes de eu partir. Pego o livro. Minhas juntas estão sujas de sangue e meus dedos deixam manchas claras em meio à poeira da capa. Folheio as páginas cheias de orelhas. Um gosto azedo me sobe à boca. Algumas das dobras nos cantos das páginas são novas. Em uma dessas páginas está sublinhado *Abigail*. Em outra, *Emmitt*.

A primeira vez que dormimos juntos, virei para o lado na manhã seguinte e encontrei-o me olhando com aqueles olhos cor de cacau.

– Está meio cedo para chocolate – disse eu –, mas tudo bem, aceito uma mordida.

E enfiei o rosto perto do dele e mordisquei seus cílios. Senti que ele ficou tenso e o arrependimento bateu na hora – fui longe demais, estraguei tudo – mas aí ele riu, um Big Bang de risadas, o início de tudo, o início de nós dois.

No saguão, Brennan entra em meu campo de visão. Está olhando a colagem do meu casamento. Imagino se ele me reconhece nas fotos, com o cabelo encaracolado e o rosto todo maquiado, usando um vestido tomara que caia marfim cujo único enfeite eram esparsos cristais Swarovski. Vou para a letra *B* masculina do livro. *Brennan*. A origem é irlandesa, como pensei, mas o significado é inesperado. *Tristeza*, diz o livro. *Pesar. Lágrima.*

Uma dolorosa risada se desprende do meu peito.

Brennan olha para o meu lado.

Fecho o livro e esquadrinho a sala de estar, desejando uma Pista. Tudo o que vejo é a nossa vida, abandonada. Levo o livro para as estantes embutidas na parede do fundo, e enfio na brecha entre *Cozinhando para dois* e *1984*. Quando nos mudamos para cá, a primeira coisa foi tirarmos os livros das caixas, desordenadamente, nos prometendo instituir um sistema assim que nos acomodássemos direito. Esvaziamos a última caixa dentro de um mês, mas a esta altura já tínhamos nos acostumado a brincar de Onde Está Wally toda vez que quiséssemos achar um livro. Fingíamos que era escolha nossa, essa brincadeira.

– Vou lá em cima – digo, e Brennan dá passagem.

O antepenúltimo degrau vai ranger, penso eu.

O antepenúltimo degrau range.

O corredor do segundo andar é longo e estreito, com duas portas em cada lado. À direita, um banheiro, seguido do nosso quarto. À esquerda, um quarto de hóspedes e nossa miniacademia de ginástica, que estava marcada para virar o quarto do bebê. Planejávamos botar o equipamento de ginástica no porão quando chegasse a hora. A esteira ergométrica e os tapetes de ioga, os halteres desencontrados que nunca usamos. O porão é uma caverna obscura, mas a gente ia dar um jeito nele. É o que sempre dizíamos.

A porta do banheiro está aberta; espio lá dentro. Nossa cortina de box com cena do Antártico está amarrotada a um canto da banheira, mas sei qual desenho de pinguim é qual. A Fran em meio a um passo desengonçado. Horatio e Elvis descansam na dobra da cortina, em seu iceberg.

Em frente ao banheiro, a porta do quarto de hóspedes está fechada. A porta para a academia caseira, nosso ex-futuro-quarto de bebê, também está fechada.

Mas a porta do nosso quarto está aberta. Vi isso desde que cheguei no alto das escadas, e agora que estou a apenas um metro do umbral, vejo uma fatia do quarto pela fresta. Nossa cômoda dupla, a porta do closet. Não consigo ver nossa porta nem a suíte. Eles ficam à direita do umbral, escondidos pela parede.

Sinto a cabeça difusa, tensa.

Você não devia estar aqui.

Não tem outro lugar para eu ir.

Sinto Brennan próximo, logo atrás de mim. Apoio minha mão esquerda na parede, espraiando meus dedos respingados de sangue sobre o papel de parede amarelo, floral e feioso – outra coisa que pretendíamos mudar mas nunca mudaremos. Permita-me estar errada, desejo eu. Que ele esteja ali, esperando, segurando um buquê de flores mistas. Ele sempre as compra mistas, porque sabe que lírios são meus preferidos, mas esquece quais são os lírios e detesta perguntar. Há sempre um lírio nos buquês mistos, pelo menos nos bons, de forma que funciona. Penso no cheiro doce que vai se desprender desse buquê misto. A não ser que ele tenha afinal perguntado ao florista e comprado apenas lírios. Lírios com pólen laranja acumulado em seus estames, de beleza magnífica mas cheiro horrível e prontos para manchar meus dedos.

Talvez seja o cheiro disso que eu venha sentindo desde que subi as escadas. De pólen de lírio. Talvez o quarto todo esteja cheio de lírios, e o fedor de seu pólen apodrecido esteja preenchendo o ar, vazando para o corredor e me encontrando.

– Lírios – digo em voz alta. – São lírios.

Mas pólen de lírio não tem esse cheiro.

– Mãe? – diz Brennan.

– Não posso – digo. Não posso andar para trás, não posso andar para a frente. Não posso ficar aqui parada para sempre.

– Eu entro – diz ele.

Barro seu caminho com minha mão inchada, mas ele nem se mexeu.

Tenho que usar de toda a minha força para levantar meu pé.

Reconheço nosso edredom castanho e dourado. Os lençóis estão amarrotados, com um montículo na ponta de lá. No meu lado. Perto da cabeceira, uma zona escura e peluda.

Sinto uma grande pressão atrás dos olhos. Esse é o meu castigo. Pelo penhasco, pela cabana. Por ter ido embora.

Não posso olhar. Não posso vê-lo assim.

Um bebê. O nosso filho. Um menino de olho azul-claro. Eu o deixei lá, às lágrimas. Eu tinha obrigação de ter descoberto. Seus dedos tão gorduchos e móveis, e eu o deixei ali e aqui está você, morto, e eu nem sei há quanto tempo pois estava ocupada com outro jogo.

Nós nos conhecemos jogando um jogo chamado *Wits and Wagers*, e na última rodada você apostou tudo na minha resposta: 1866. Eu errei por um ano; você perdeu tudo e eu também. Três anos depois, seu padrinho narrou essa nossa história de prejuízo mútuo como uma história em que os dois acabaram ganhando, fazendo um brinde que nos levou às lágrimas e ao riso. Depois ficamos pensando: quantos outros brindes de casamento fizeram referência a um assassinato?

Meus olhos procuram a janela. A luz do sol me ofusca. Devia estar era chovendo.

Sinto-me bater no chão sem ter passado pela queda, sem ter sentido meus joelhos fraquejarem.

Você se foi. Está bem ali, mas se foi.

Brennan passa por mim em direção à cama. Não consigo olhar para ele; não consigo *não* olhar para ele. Se eu piscar, minha pele vai rasgar. Fixo o olhar no pé da cama mais próximo. De mogno, comprada de um desconhecido na internet; negociamos um desconto de cinquenta dólares por causa de um arranhão que, assim que polido, sumiu. Brennan vai tocar as cobertas, fazendo o que não consigo fazer porque já fiz isso antes, já vi o que tem embaixo delas, e fico aqui ajoelhada torcendo para o meu coração parar de bater, implorando-lhe isso – *por favor*. Um par de chinelos marrons, tamanho 43, ao pé da cama. Um presente de aniversário meu para você. Tipo do presente prático, não divertido, e prometemos nos dar um de cada tipo, sempre. Estão tortos, e quase te vejo ali, descalçando-os de um chute antes de se meter nas cobertas. Do meu lado.

Castanho e dourado se mexem na beira do meu campo de visão. Odeio o menino por isso. Ele não devia vê-lo assim. Ninguém devia vê-lo assim. Você não deveria *existir* assim. Minhas mãos estão inertes sobre o colo, uma repulsivamente inchada e machucada, a outra toda ralada. Não consigo sentir nenhuma das duas. Só consigo sentir o *ba-bump* interminável, avassalador, do meu coração, com sua grotesca insistência em continuar batendo. O edredom não caindo – sendo colocado. Você, agora coberto. Meus ouvidos zumbem. O menino olha para mim. Minha testa bate no chão, no folheado descascado do que pensávamos ser madeira de lei.

Não era isso o que eu queria. Não era isso que eu pretendia.

Pressão, as mãos de Brennan em meus ombros. O chão recua; não tenho mais resistência no corpo. Ele está falando – ondas batem, meus ouvidos ainda zunindo – e penso: *você* é tudo que me sobrou. Ódio feito fogo e medo feito combustível. Não é assim que isso deveria acabar, como *nós dois* deveríamos acabar. O rosto do garoto em cima de mim, implorando, suplicando, precisando, tentando. Uma frase fura o bloqueio.

– Está tudo certo.

Sem parar: *está tudo certo*. A resposta automática; ele não sabe o que está dizendo. Não está tudo certo, está tudo errado. *Eu* estava errada. Errada em partir, errada em temer, errada em mentir, errada em pensar que você não seria capaz de tornar possível até termos um filho juntos. Me *perdoe*, eu estava *errada*, vou estar errada para sempre – mas eu voltei.

Não é possível que signifique alguma coisa agora, mas sim.

Eu voltei.

22.

As imagens do primeiro dia integralmente dedicado ao Desafio Solitário são enviadas ao estúdio, mas o editor não chega a vê-las, a passá-las. Não ajusta o tom das árvores nem a saturação dos olhos de Zoo. Os concorrentes vão procurar e caminhar e coçar picadas de mosquito em tempo real para todo sempre. Naquela noite o terceiro episódio de *Às escuras* vai ao ar, o primeiro e único episódio final semanal. Tem ótima audiência, mas poucos vão se lembrar dele. Os vídeos do segundo dia de Desafio Solitário nem mesmo chegam a ser mandados. Um drone pousa; nunca mais alçará voo.

No terceiro dia, Exorcista acorda e encontra seu operador de câmera desmaiado do lado de fora de seu abrigo com muco vermelho escorrendo do nariz. Ele usa o walkie-talkie do câmera para pedir ajuda. A voz do outro lado está em pânico, mas garante que vai mandar ajuda. Exorcista fica com a cabeça suada e ensanguentada do câmera em seu colo por horas, contando-lhe histórias e pingando água em sua boca. A ajuda não chega, e o coração do câmera bate pela última vez. Exorcista tenta carregar o corpo para fora da floresta, mas depois de oitocentos metros vagarosos ele cai no chão, exausto. Murmura uma extrema-unção, cruza os braços endurecidos do homem sobre o peito, e o deixa sob um vidoeiro-preto. Logo ele confunde uma combinação de muita sede e náusea provocada por patógenos com fome, e decide caçar. Tropeçando pela floresta, o delírio toma conta dele feito uma névoa. Um galho balança com o peso de um esquilo; ele arremessa sua afiada vara rabdomântica. A vara voa, bate no tronco de outra árvore, e vai parar sob um monte de folhas. Exorcista fica procurando a vara rabdomântica até anoitecer. No escuro, ele começa a suar até sentir ânsias de vômito. Ele não consegue parar de tossir. Sente-se quente. Limpa o nariz escorrendo e a manga vem vermelha. Ele chora, vendo o olho injetado de sua ex-mulher. Seu monstro interior não é nada comparado a esta possessão – tão rápida, dolorosa e absoluta. Em um momento de semilucidez, ele se pergunta por que nunca lhe ocorreu tentar exorcizar a doença do operador de câmera. E então o demônio agarra seus órgãos com todas as garras que tem e dilacera suas entranhas.

A ajuda chega a quatro dos concorrentes. Força Aérea, Biologia, Engenheiro e Banqueiro são trazidos ao acampamento da produção por seus câmeras ainda bem de saúde. E quando o operador de câmera de Mateiro não aparece na terceira manhã de Desafio Solitário, Mateiro segue seu rastro da noite passada e o encontra enrodilhado em seu saco de dormir, febril. Mateiro ajuda o câmera a voltar para o acampamento-base. Esses cinco concorrentes são evacuados e mandados com os remanescentes da equipe de produção para a quarentena, onde são enjaulados um a um em cubículos de plástico. Ali, cercados pelos sons de desconhecidos chorando e morrendo, são novamente filmados.

O patógeno de rápida mutação e ainda não identificado pega Mateiro primeiro, sem preâmbulos. Ele sua, chora e delira, mas não sangra e não morre. Uma combinação de genética e de anos forçando seu sistema imunológico até o limite o salva. Ele viverá até a velhice, contando sua história a poucos, nunca publicamente, sempre se perguntando se deveria ter se esforçado mais para encontrá-la.

Tudo o que Banqueiro pega é um resfriado. Passa seus dias de quarentena alternando-se entre medo e tédio. Quando depois é transportado para um campo de refugiados na Califórnia, contará sua história para quem quiser ouvir.

Em seu segundo dia de quarentena, sangue escorre dos olhos e nariz de Força Aérea maculando seu rosto perfeito de guerreiro. Ele sempre achou que, se morresse jovem, seria em um único e glorioso acidente de avião. Seu último suspiro é o grito de um falcão perdendo a presa. Biologia se vai relativamente em paz, passando inconsciente pela dor, pensando na parceira. Engenheiro fica consciente até o fim. Otimista a vida inteira, até no instante de morrer ele pensa: *eu vou ficar bom*.

Rancheiro é um dos que ficou para trás na pressa da evacuação. Ele encontra o acampamento da produção, mas só dias depois, só quando está sem mais ninguém além de Especialista, que insistiu em ficar para trás para procurar os outros. Quando Rancheiro o encontra, ele é reconhecível quase que só pela camisa de flanela. Moscas se refestelam em seu sangue espalhado e ressecado. Rancheiro continua a procurar os outros, e depois de uma semana é derrubado não pela calamidade grassando ao seu redor – à qual ele tem os genes para sobreviver – mas por micróbios de uma água parada que bebeu sem pensar. Ao morrer, ele estará sorrindo, vendo seus três filhos a distância, brincando. Seus filhos e filha jamais saberão os detalhes da morte do pai. Vão crescer desejando poder saber mais, e que ele nunca tivesse ido para o leste. Ah, se ele tivesse ficado em casa, dirão eles.

Garçonete não tem os genes para sobreviver. Na terceira manhã do Desafio Solitário ela acorda febril, um grito mudo em sua garganta. Não consegue se sentar. Seu câmera está de pé em cima dela, ouvindo a convocação desesperada no walkie-talkie:

– Tragam-nos de volta. Tragam todos de volta!

Ele vê o pingo vermelho descendo de sua narina esquerda. Ele larga a câmera e sai correndo. Garçonete o observa correr. Sua febre lhe diz que aquilo foi um engano. Ela pega o apito que ganhou no começo do Desafio de encontrar o urso e o leva aos lábios, mas não tem mais fôlego suficiente para produzir som. O câmera vai mentir dizendo que não a encontrou. Ele morrerá também, rápida e dolorosamente demais para sentir remorso.

Zoo desperta nessa terceira manhã sentindo apenas uma certa rigidez nas juntas. Ela espera o seu câmera, mas ele não aparece. Sem que ela saiba, ele está deitado entre as folhas caídas do verão passado a uns cem metros de distância, gritando disparatada e inutilmente em seu walkie-talkie. Em minutos, o câmera também vai morrer. Em horas, urubus-de-cabeça-vermelha vão encontrá-lo. Em dias, seus restos mortais serão espalhados por coiotes.

Se Zoo fosse atrás do câmera agora, talvez o achasse. Mas não o procura, e sim espera. Descansa e lava suas roupas sem muita eficácia em um córrego que atravessou ontem, antes de montar acampamento e receber sua Pista mais recente. Enquanto esfrega as meias para expulsar o suor, seu corpo se prepara para uma luta que sua mente não sabe que vem por aí. Em sua segunda manhã verdadeiramente sozinha, ela conclui que é esperado dela que continue andando, seguindo a Pista: *O rumo é certo; procurando, eu acho. Busque a placa após o próximo riacho.* Enquanto urubus rodopiam pelo ar e pousam fora de sua vista, Zoo desmantela seu abrigo, atrela uma garrafa d'água ao cinto, e joga a mochila nas costas.

– Bem – diz ela, diretamente à câmera minúscula postada lá no alto, onde seu abrigo estava antes. – Melhor eu ir atrás desse riacho.

Ela bate a poeira dos fundilhos da calça e começa a andar, na direção leste porque esta foi a direção à qual lhe mandaram por último e a Pista diz que ela está no rumo certo. Para o leste, passando por um leito de córrego seco à beira do qual um estagiário resgatado jamais colocará uma caixa. Para o leste, na direção de um riacho que corre por uma galeria, sobre a qual há uma estrada onde entradas para carros grassam feito tendões de uma raiz.

Na ponta de uma dessas entradas para carros há uma mãe recente – exausta e um tanto enjoada –, mas feliz, fazendo pouco caso de seu desconforto como algum nebuloso mal pós-parto. O menino recém-nascido desta mãe gorgoleja atrelado ao peito dela em um "canguru", enquanto ela amarra três balões azuis em sua caixa de correio, preparativos para uma festa que ela nunca chegará a dar na pequena casa marrom com remates vermelhos; uma casa decorada com um toque de azul. Uma pequena e elegante dose, pensa a nova mãe.

Só o suficiente.

23.

Tudo mudou; nada mudou. Brennan e eu caminhamos. Para onde, eu não sei. Não consigo comer, mas Brennan me dá uma garrafa com água algumas vezes ao dia e eu bebo dela. Fora isso, ando o dia todo e espero passar a noite, pensando em você.

Agora o vejo adormecido, seu cabelo semigrisalho, sua testa lisa e despreocupada. As pálpebras pálidas, riscadas de veias, protegendo olhos inquiridores, seus olhos cor de chocolate. Frio e oco, você jaz na cama onde tantas noites tentou dormir quando lá estava eu, meu nariz a centímetros do seu, olhos abertos, esperando você sorrir ou abrir os olhos. Às vezes eu aumentava a intensidade dessa olhada roçando em você, porque eu nunca consegui me acostumar com o quanto você me amava e esta parecia uma forma fácil de comprová-lo. Às vezes – muitas vezes –, você reclamava, mas até mesmo nesse momento sorria. Você também achava que tinha sorte.

Eu poderia ter pelo menos enterrado você. Eu poderia ter incinerado o seu corpo e carregado as cinzas penduradas no quadril. Eu poderia tê-lo espalhado pelo jardim.

Eu poderia ter queimado a casa. Eu deveria.

Nem sequer tirei foto. Nem sequer peguei minha aliança. Mal me lembro de ter ido embora, e a única coisa que tenho de nós dois sou eu.

Não fui nem mesmo capaz de olhar. Não fui capaz de olhar para você desumanizado. Não fui capaz de ver o que você havia se tornado.

Perdoe-me.

– Mae?

Um desconhecido. Foi tudo o que restou.

– Você era casada? – pergunta Brennan.

Uma ou duas vezes ao dia ele tenta fazer isso, conversar sobre a minha casa, como se ter estado lá fizesse dela uma experiência mútua. Como se ele soubesse alguma coisa. Faço que não com a cabeça, um esforço incomensurável. Não posso falar sobre você. Não vou.

Estamos sentados ao lado de uma fogueira que levou o fim da tarde todo para ser construída. Ele está requentando sopa ou feijão, algo enlatado. Faz dois dias que ele me levou para fora do quarto, descendo as escadas, passando pela porta dos fundos. Como eu saí do lugar ainda não sei.

Brennan olha para o meu lado, depois de novo para a terra.

– Meu irmão gostava de zebras quando criança – diz ele. Tem contado muitas histórias sobre o irmão. Isso eu deixo: é ruído branco. – Eu era bebê, então não me lembro, mas minha mãe sempre falava disso nos aniversários e tal. Todo mundo estava brincando com caubóis e alienígenas e robôs, e Aiden desenhando listras num cavalinho de brinquedo que encontrou no parque.

Ele faz uma pausa para remexer o que quer que esteja naquela lata. O cheiro é atroz. Todos os cheiros são atrozes. Seiva e pinheiro e fumaça e morte: intercambiáveis.

– Era a história preferida dela – continua ele. – Eu detestava. Parecia que éramos pobres, ela não tinha como comprar um brinquedo para ele. A gente não era pobre. Não éramos ricos, mas também não éramos pobres. Minha mãe era técnica jurídica. Aiden ia fazer faculdade de direito. Minha mãe dizia pra ele que os advogados sempre estavam exaustos, então talvez fosse melhor ele virar médico. Isso eu achava engraçado.

Ele começa a descascar o galho que usou para mexer a lata.

– Eu não fiquei doente, então talvez *ele* não tenha ficado doente – diz ele. – Mas minha mãe, sim, então... Já sabe, tiveram aqueles dois caras. Tanta coisa ruim que poderia ter acontecido mesmo se ele não tivesse ficado doente, sabe? Mas e se ele ainda estiver por aí?

Isso refresca minha memória: eu estive doente. Depois da cabana, eu fiquei doente. Pensei que fosse culpa da água, mas não era. Era disso, seja lá o que *isso* for.

Eu não desisti porque eles não vieram; no meu delírio, eu sabia que meu estado não podia ser tão ruim assim porque estavam me permitindo continuar sozinha. Se eu estivesse em perigo eles viriam me ajudar – assim me convenci. E afinal de contas ninguém veio porque estavam todos mortos, ou morrendo, como eu estava, exceto pelo fato de eu não ter morrido e todos os outros sim.

Você também.

Enfio o rosto nas mãos, bloqueando a presença do mundo, um mundo que continua insistindo em existir.

Quando minha avó morreu, meu pai falou pela primeira vez que me lembro no conceito de "ir para o céu". Uma estratégia para lidar com a situação. Eu entendi como essa súbita expressão de fé o ajudou a dissipar sua dor. Quanto a mim, eu tinha o pingente: uma opala retangular que cintilava na palma da mão e me lembrava da sabedoria dela. Não lembro por que eu achava minha avó sábia, o que ela teria me dito. Hoje em dia não me lembro de mais nada sobre ela, embora lembre o amor que senti por ela.

– Detesto isso – diz Brennan. – Detesto não saber se o Aiden ainda está vivo ou não.

Minha avó não foi para o céu e nem você. A energia que corria pelo seu cérebro, que fazia de você *você*, agora está tão dispersa quanto a dor do meu pai. As células que abrigavam essa energia estão mortas, e conforme forem apodrecendo, libertarão os átomos que formavam o seu corpo, que bombeavam o seu sangue, que *foram* o seu sangue. Uma vez li que, do jeito como os átomos viajam no decorrer do tempo, todo mundo que está vivo hoje em dia contém pelo menos um que já fez parte do corpo de Shakespeare. Pensando dessa forma, nossos ancestrais são só um, e um dia, seus átomos vão se tornar todo mundo. No devido tempo os átomos que juntos formam minha pele, meus ossos, minha medula, meu cabelo e entranhas e sangue vão voltar a se misturar com os seus. Vou ser que nem você então, inexistente e por toda a parte.

Não precisamos de nenhum céu para que isso seja verdade. Não precisamos de Deus para estarmos juntos de novo.

Mas eu desejo isso. Queria poder rezar, e com isso me consolar. Queria ser capaz de acreditar que você ainda é você, mais do que átomos, me olhando lá de cima. Mas para mim já chega de fingir, de mentir para mim mesma, de achar que querer é igual a poder. De forma que só me resta a verdade: você não existe mais. Posso vê-lo na cama, expirado. Fecho os olhos e te vejo, expirado. Atravesso a névoa ao meu redor e te vejo inerte, preservado – expirado. Vejo seu rosto como me lembro dele, mas essa imagem de você só existe na minha imaginação. Já vi o bastante para saber como é. Gases, podridão, inchaço e fedor. É isso que você se tornou e, embora me venham lampejos disso, não suporto pensar em você desse jeito. Vou me permitir uma última mentira: que você está lá feito uma escultura sob as cobertas. Nesta mentira eu o encaro até você sorrir, e dou um beijo de boa noite em sua testa e me viro para o lado para deixá-lo dormir.

Às *escuras* – Reações depois da primeira semana?
...
[+] postado há 29 dias por LongLiveCaptainTightPants
301 comentários

melhores comentários
ordenados por: **mais recentes**

[-] CoriolisAffect há 28 dias
Meu amigo operador de câmera morreu. Seja lá o que esteja acontecendo, pegou ele. Quem é desse programa está fodido. Está todo mundo fodido.

. . .

24.

Quando visualizo a cabana, imagens que parecem igualmente verdadeiras se revezam. A casa é azul; a casa é marrom. Há balões por toda a parte; há só um punhado deles, espalhado. Pilhas de caixas azuis; um trio de embrulhinhos. Quero cortar a diferença pela metade, só para parar de imaginar, mas a memória não deveria ser um meio-termo.

O bebê teria morrido de qualquer jeito.

É isso que fico me dizendo, mas não ajuda e sei que não é verdade. Não necessariamente. Eu poderia tê-lo salvado, talvez.

E eu estaria andando por essa avenida em curva com um bebê atrelado no peito? Um recém-nascido sem qualquer parentesco comigo. Isso não é sobrevivência, é altruísmo, e a única pessoa a quem eu já quis dar a melhor parte de alguma coisa foi você.

Por que o capacho de boas-vindas estava lá atrás? A gente nunca o lavava. Por que você o lavou?

Por que acho que isso importa?

Não acho. Estou me distraindo. Não quero me distrair de você. Mas preciso fazer isso; minha língua está seca e meu estômago vazio. Você me diria para seguir em frente e estou seguindo. *Estou*. Andando, me movendo. Mas meus pés se arrastam; não consigo levantá-los, pensando em você. E vejo Brennan se esforçando, e penso – penso que não posso deixá-lo fracassar.

Eu voltei, Miles. Estou aqui, mas você não mais e preciso continuar não porque quero, mas é tudo o que o meu corpo consegue fazer. Perdoe-me. Perdoe-me e que saudade e você se foi.

Pisco para esquecer o asfalto e focalizo nas folhas amarelo-amarronzadas lá no alto, com borrifos tardios de verde. Antigamente eu achava que o outono era lindo.

Eu amava você. Você se foi. Perdoe-me.

– *Ad tenebras dedi*.

Quando nivelo meu olhar embaçado, Brennan está me olhando fixamente, dedões escondidos sob as alças de sua mochila de estampa zebrada.

– Mae?

Sinto meu corpo pronto para chorar, meus olhos repuxando. Penso no irmão dele, na mãe, em tudo que ele perdeu. Ele teria salvado o bebê. Ele me salvou mesmo eu tendo sido tão cruel com ele.

– Aonde estamos indo? – pergunto.

Ele me encara. Um pouco depois, responde:

– Não sei.

Um tom cauteloso, porque minha voz ainda tem tons e preciso escolher um e ele é uma *criança*. Não acusador, mas só de pergunta:

– Você não tem um plano?

– Só de tirar você daqui. – Brennan ajeita a mochila nas costas. – Aonde você acha que devíamos ir?

Devíamos. Uma decisão que não estou qualificada para tomar. Mas conheço sim um lugar, um lugar de que Brennan pode até gostar.

– É longe – falo –, e não é uma fazenda, mas há espaço e um poço com bomba manual. Uma pequena estufa e umas dúzias de bordos. Tinha galinhas, talvez ainda tenha. – Não sou mais capaz de alimentar esperanças, mas a lógica me diz que há uma chance, uma chance de verdade, porque se *existe* um componente genético na resistência, eu preciso tê-lo recebido de algum lugar. Ou de um, ou de outro. Embora possa ter sido um recessivo, uma conexão não expressa e invisível que não pôde salvar nenhum dos meus pais e que ainda assim, me salvou.

– Onde fica? – pergunta Brennan.

– Em Vermont.

– Então vamos.

É isso: *então vamos*. Porque ele confia em mim. Apesar de tudo que eu fiz e deixei de fazer, ele confia em mim. Não para de tentar me salvar. Está se empenhando tanto.

Não posso deixá-lo fracassar.

∼

Cinco dias. Estou comendo de novo, duas refeições ao dia, segurando minha colher-garfo de punho fechado feito um bebê segurando um giz de cera. Meu queixo ainda está dolorido e tudo tem um gosto horrível. Conforme vamos andando, sinto meu punho latejando na mão inchada, e me pergunto se algum dia ficarei boa.

Estamos passando por um shopping a céu aberto, acho eu. Concreto e desolação, franquias de restaurantes e papelarias. Logotipos ubíquos que reconheço sem ver, que não significarão coisa alguma para a próxima geração, se é que haverá uma próxima geração.

Que desperdício esse cenário. Loja após loja após loja; celulares que nunca serão carregados, jogos que nunca serão jogados, gavetas que nunca serão abertas, óculos que...

– Brennan, espere.

– O que foi? – pergunta ele, girando na minha direção.

– Aquilo é uma loja de óculos?

Ele olha para onde estou olhando, do outro lado da rua, procura, e acha.

– É – diz ele, e ao primeiro indício de resposta afirmativa já estou atravessando a rua. Não preciso nem olhar para os dois lados.

– Você acha que eles vão ter os óculos de que você precisa dando sopa? – pergunta Brennan, ao sair correndo atrás de mim.

– Não. Mas vão ter lentes de contato.

Ele quebra a porta de vidro e estou lá dentro. Vou direto ao fundo, onde encontro uma parede inteira de amostras grátis. Vasculho a seleção inteira, levando qualquer uma com diferença de até um quarto de grau em relação à minha receita. De uso diário ou de longo prazo, sem distinção. Enfio todas na mochila. Creio que isso vai durar pelo menos um ano inteiro. Enquanto estou enchendo a mochila, sinto algum objeto no bolso para celular e puxo dele o transmissor de microfone descarregado do programa. Do tamanho de uma caixa de fósforos e totalmente imprestável. Jogo-o no chão e aproveito o espaço do bolso para estocar mais lentes. Depois, lavo e esfrego minhas mãos com sabão e água potável na pia da sala de exame; tem sido fácil encontrar garrafas de água mineral, a ponto de agora eu poder até lavar as mãos com ela. Fico com o purificador em gotas que levei da loja, todavia, por não saber o que vem pela frente. Estou quase conseguindo estender os dedos da mão direita. Consigo segurar a garrafa com força suficiente para entornar seu conteúdo, embora tenha que inclinar o braço todo junto.

Penso em Tyler me dando o saco de lixo. Por que para mim, nunca vou saber. E provavelmente nunca vou saber também se ele está vivo ou morto, se qualquer um deles está. Se tinha alguém *capaz* de ter sobrevivido, esse alguém era o médico, mas aposto que Heather é a única que restou. Eu e Heather, as mais inúteis do grupo inteiro. Cooper provavelmente deve ser sido o primeiro a morrer.

Deixo a garrafa vazia e olho no espelho em cima da pia. Um rosto vazio e devastado me encara de volta. Uma rugosa casca de ferida em seu queixo, a mancha amarela de um hematoma antigo em seu pescoço. Inútil, mas ainda aqui. Despetalo a tampa de uma das pequenas embalagens. Nunca coloquei lentes usando a mão esquerda antes. Até mesmo a retirada da lente no nicho e seu posicionamento no indicador são problemáticos, e a lente não para de esbarrar nos meus cílios. Por fim ela passa raspando, contacta meu olho – e pula para a minha bochecha. Outra tentativa fracassa, e outra, até que por fim a lente desliza para dentro e se acomoda no lugar certo, ardendo um pouco. A segunda lente leva ligeiramente menos tempo para entrar no lugar, depois se dobra ao meio no meu olho. Parece que estou de volta à sexta série, me atrapalhando com meu primeiro par de lentes de contato, correndo com lágrimas nos olhos maltratados para o ônibus.

O ônibus.

Aquelas crianças eram de verdade.

Aquelas eram crianças *de verdade* e eu passei direto, às cegas.

Em que eu pisei?

Em quem.

Eu me sento na cadeira de exame, que geme com o peso, enterro a cabeça nas mãos. A sensação é de que o resto da minha vida inteira tem que ser um pedido de desculpas, que a cada passo à frente pedirei desculpas pelo último.

Descanso até poder tentar de novo, até poder me concentrar de novo em algo tão comum e concreto quanto colocar lentes de contato. Volto ao espelho. Plástico e córnea finalmente se colam. Pisco para ajeitar a lente e, de repente, tudo está tão nítido que assusta.

Descubro Brennan lá na frente, experimentando óculos de sol. Vejo os furinhos em seu moletom vermelho, o punho esfarrapado de sua manga esquerda, o desalinho de seu cabelo crescido, sua postura imperturbada. Vejo alguém que não vai precisar se arrepender para o resto de seus dias. Ele pega um par de óculos com lentes gigantescas e armação amarelo-canário; acho que talvez sejam femininos, mas quem pode saber? E o que importa? Vejo o tom rosado sob suas unhas e penso nas mãos de Cooper cobertas de sangue. Um calor no meu peito parece raiva e eu sei – eu a sentiria. Se fossem as mãos de Brennan cobertas de vermelho, eu sentiria. Ele coloca os óculos escuros no rosto.

– Ficaram bem em você – digo, me esforçando.

Ele passa os óculos para o alto da cabeça:

– Obrigado.

Saímos da loja e seguimos a estrada na direção norte. O vazio, a desolação, o lixo podre espalhado e o silêncio nos rodeiam. Não dá para negar a amplitude disso. A extensão da coisa me deixa aturdida. Não sei se fico grata ou ressentida por meus óculos terem quebrado. Embora, quem pode saber, talvez eu tivesse me apegado à mentira mesmo que eu pudesse enxergar. O cérebro é um órgão terrível e maravilhoso, faz de tudo para sobreviver. Duvido que eu jamais vá ser capaz de chegar a conclusões sensatas sobre esses dias loucos e enlouquecedores. Prefiro simplesmente esquecê-los.

Brennan e eu caminhamos apesar dos veículos abandonados que nos rodeiam. Andamos porque o mundo está silencioso demais para carros e sem uma palavra concordamos em caminhar e, até onde sei, sou a última pessoa da Terra que sabe dirigir.

Quando chega o anoitecer meus olhos coçam, cansados, desacostumados ao enleio das lentes, desacostumados à visão. Essas lentes são de uso diário, descartáveis; atiro-as ao fogo e elas desaparecem.

– Elas fazem muita diferença pra você? – pergunta Brennan. Ele voltou a ser um borrão.

Faço que sim, fecho os olhos, massageio as têmporas. O fogo estala.

– Brennan – digo. – Eu sinto muito. Eu não sabia o quanto era ruim. Não quero falar sobre... aquilo de antes. Mas sinto muito.

– Foi porque você não conseguia enxergar? – pergunta ele.

Faço que sim outra vez. Não é mentira.

– Sua visão é tão ruim assim?

Ouço um roçar que é ele alimentando a fogueira. Espero. Sei o que vem por aí: uma história. Sobre a mãe dele, talvez, mas mais provavelmente sobre o irmão dele. Aiden tem andado muito conosco nesses últimos dias.

– Não parecia tão ruim assim – diz Brennan. – Pensei que era tipo... o Aiden tinha óculos, mas só precisava deles para dirigir. Era a única hora em que usava. – Ele faz uma pausa. Será que alguma vez Aiden esqueceu os óculos em casa e meteu o carro na traseira de uma viatura de polícia? Talvez tenha entrado na contramão numa rua de mão única. – Mae – continua Brennan, levantando a voz. – Lá na sua casa...

– Não. – É a resposta instintiva. Não posso, não vou. Ele me pegou desprevenida e conseguiu me deixar na defensiva.

– Mas...

– Não! Não quero falar disso. – Mesmo isso já é falar demais. Fecho apertado as pálpebras, mas elas não são capazes de bloquear as lembranças. Um tufo de cabelos negros, uma manta caindo. Sinto a ameaça de abandoná-lo fervilhar na minha garganta. Vou fazê-la sim, se preciso, sendo mentira ou não.

Eu o sinto me encarando.

– Brennan. *Por favor.*

Um longo momento depois, ele por fim diz:

– Então tá.

<u>Às escuras</u> – Tentando localizar minha esposa
Oi? Se alguém estiver lendo isso, minha mulher era uma das concorrentes do *Às escuras* e desde agosto que estou tentando localizá-la. Já tentei todos os contatos de emergência que tenho da produção, mas não consegui falar com ninguém. Sei que alguém daqui conhecia um operador de câmera, e se você puder me ajudar, se alguém aí puder me ajudar, peço que por favor.
Por favor.
[-] postado Agora por 501_Miles
0 comentários

25.

Na tarde seguinte estamos andando pela estrada quando vejo um paraquedas preso nas árvores à nossa esquerda. Brennan dispara na frente para ver primeiro, e já é a terceira vez no dia em que ele se intitula nosso "agente de reconhecimento". Vejo-o se deter em frente à bem definida fileira de árvores.

– O que é isso? – grito.

– Uma caixa! – grita ele em resposta. – Enorme!

Quando chego lá, ele está rodeando um enorme engradado de plástico, espiando lá dentro. Ele e o engradado têm a mesma altura.

– O que você acha que é? – pergunta ele.

– Uma caixa enorme – digo-lhe. Ele ri, mas não cheguei nesse ponto ainda. Talvez nunca chegue.

– Mas de onde veio? – Ele ainda está circundando a caixa, feito um cão farejador.

A caixa não está conectada ao paraquedas, que é gigantesco, maior do que eu achava ao vê-la da estrada, e paira sobre nós feito um grande céu verde. Os cordões arrebentaram, ou foram cortados. *Não é para olhar, e sim para fazer uma varredura.* Mas os rastros dessas pessoas são os mais óbvios que já vi.

– Isso foi largado de paraquedas – digo, me recordando de uma trilha no céu, de um som durante a noite.

– Está vazia – anuncia Brennan. Ele está irrequieto; creio que de empolgação. – Isso quer dizer que alguém levou o que tinha nela, não é? Há outras pessoas nessa área?

Avanço e passo a mão na caixa de plástico. Fria, lisa, inorgânica. Imagino um avião enorme abarrotado de caixas idênticas em vez de passageiros, voltando vazio para casa.

– Também nos diz que tem alguém por aí organizado o suficiente para realizar outro Plano Marshall – digo.

– O que é Plano Marshall? – pergunta Brennan, enfiando-se na caixa para examinar sua parte de cima.

É difícil, bem difícil. Conversar. Será que Cooper se sentiu assim no início, ao conversar comigo?

– Você não estudou sobre a Segunda Guerra Mundial na escola? – pergunto.

– Nazistas – replica ele. Sua voz produz um pequeno eco. – A Segunda Guerra Mundial foi a dos nazistas.

– *Touché*. – A palavra escapole da boca e eu queria poder pegá-la de volta. Mais que *eu te amo*, costumávamos dizer *touché*. Trocávamos gracejos e depois um beijo. – Não importa – falo. – Nem sei se essa referência faz sentido. – Porque o Plano Marshall foi diferente da Ponte Aérea de Berlim, não foi? E era uma *ponte aérea*, quer dizer, embora eu sempre tenha presumido que os suprimentos chegavam de paraquedas, talvez os aviões pousassem.

Será que resta gente suficiente no mundo para os nomes históricos certos importarem alguma coisa?

Essa caixa sugere que sim. Não sei como me sinto a respeito disso, de restar gente suficiente, mas os meus entes queridos não estarem entre eles. É mais um ajuste mental a fazer, e não sei quanta mudança ainda sou capaz de suportar.

A cabeça de Brennan brota da caixa.

– Será que tentamos encontrá-los? – pergunta ele.

Noto movimento no canto do meu campo de visão e os vejo: um trio de desconhecidos em pé no meio das árvores, nos observando. Um senhor de idade negro com cabelo branquíssimo, uma mulher branca mais ou menos jovem, e outro homem, também mais ou menos jovem, que aparenta ser latino-americano, mas talvez só tenha cabelos escuros e um bronzeado.

– Mae? – pergunta Brennan.

– Acho que não vamos precisar – respondo.

– Por que não? – Ele pula para fora da caixa. – Você... – Ele percebe meu olhar fixo, acompanha meu meneio de cabeça. – Ah – faz ele.

～

– Nome? – pergunta o senhor de idade.

É outro senhor de idade. Este é um branco barbado, e essa fazenda pertence à sua família há gerações. Ou assim reza a lenda. Pouco mais de um mês depois da peste – é assim que a chamam, de peste – e esse santuário perdido no oeste de Massachussetts já tem lendas.

Esta é a primeira pergunta que ele nos faz, mas já tomou diversas notas em seu grande livro encadernado em couro. Raça e sexo, presumo eu. Impressões gerais. A energia irrequieta do Brennan, a minha carranca permanente.

– Brennan Michaels – diz Brennan. Ele está sentado ereto na cadeira, ereto demais. Sua perna direita trabalha numa máquina de costura invisível.

– Imune ou curado? – pergunta o homem.

– Como é?

– Você é imune à peste ou pegou e depois ficou bom?

– Ah. Imune.

O senhor anota algo.

– Alguma habilidade digna de nota? Tarefas que você teria especial facilidade para fazer?

– Eu... hã...

– Ele tem treze anos – intervenho.

O barbudo se volta para mim, sobrancelhas arqueadas. Não gosto dele.

– E você, em que você é boa?

– Eu não morro – respondo – mesmo quando todos morrem.

As sobrancelhas dele voltam para o lugar.

– Temos trezentas e catorze almas aqui que podem dizer a mesma coisa. Alguma habilidade de verdade?

Minha antipatia por ele diminui um pouco.

– Ela sabe fazer fogueiras! – intromete-se Brennan. – E abrigos de galhos e tal. E é muito boa em...

Eu o calo com um olhar paralisante. Não vimos muito da fazenda, caminhando com nossa escolta, mas é enorme e pontuada por várias estruturas. Havia tratores em funcionamento, barulho. A vida aqui vai além de abrigos de detrito vegetal.

– Não sou médica nem engenheira – falo. – Não sei rastrear um cervo e não sei escorar um telhado, mas faço o que for preciso fazer. Vocês me ensinem, ou descubro sozinha. De algum jeito vou dar conta.

O homem escreve mais um pouco.

– Bem, você não me soa preguiçosa – diz ele. – Desde que esteja disposta a contribuir, pode ser de alguma valia. E você é o quê, imune ou curada?

– Curada, acho.

– Qual o seu nome?

– Mae – digo. Talvez eu devesse ter hesitado, ou dado o outro, mas Mae é a versão de mim que me trouxe até aqui.

– Mae de quê?

Dessa vez eu hesito mesmo, e dou a única resposta que parece verdadeira.

– Woods.

Às *escuras* – Tentando localizar minha esposa
...
[+] postado há 1 dia por 501_Miles
18 comentários

melhores comentários
ordenados por: **popularidade**

[-] LongLiveCaptainTightPants há 1 dia
O amigo de um amigo meu encontrou o banqueiro do programa num acampamento no perímetro urbano de Fresno. Ele foi evacuado da floresta com alguns dos outros participantes. Disse que no começo pensava que era tudo coisa do programa, demorou pra perceber que era uma emergência mesmo. Vou procurar falar com eles aqui, ver se consigo o contato dele.

    [-] 501_Miles há 1 dia
    Obrigado. Esse é o primeiro indício que consigo – muito obrigado.

        [-] LongLiveCaptainTightPants há 4 horas
        Consegui. Segue mensagem privada.

[-] Trina_ABC há 1 hora
Oi, 501_Miles – sou de uma afiliada da ABC no perímetro de São Francisco. Ouvimos falar que você está procurando sua esposa e adoraríamos falar com você. Se estiver disposto a compartilhar sua história, por favor me mande uma mensagem particular. Talvez eu possa ajudar.

...

26.

—Esse lugar não é nada mau, hein, Mae? – pergunta Brennan. Ele está sentado em sua cama de lona em frente à minha, amarrando os cadarços. Estamos num celeiro que foi convertido em dormitório e abriga duas dúzias de pessoas. Este canto é nosso. Foi gentil da parte deles nos dar um lugar para ficar.

– Podia ser pior – respondo. Estou ficando melhor em colocar minhas lentes com a mão esquerda, mas ainda é difícil, ainda mais sem espelho.

– E quanto a Vermont... – diz Brennan.

– Estamos melhor aqui.

Ele ergue os olhos, esperançoso:

– Você acha que a gente deve ficar?

Afasto a mão do olho e pisco rápido. Arde por um segundo, mas logo a lente se acomoda.

– Sim, acho que a gente deve ficar. – Porque o futuro dele é mais importante do que o meu passado.

Estamos aqui há quatro dias. É difícil estar cercada de gente depois de tanto tempo sozinha, ou quase. Mas há menos dramas do que eu esperava. Todo mundo tem uma função, e a cumpre com um mínimo de queixas.

– A maioria de nós passou por maus bocados até chegar aqui – disse-me a médica enquanto examinava a minha mão. – Sabemos que tudo pode ficar muito ruim, se deixarmos. Então, não deixamos.

Outra lenda: houve uma tentativa de estupro, bem no começo. Deixaram a mulher atacada escolher o castigo e ela escolheu, em vez disso, perdoar. Disse algo sobre já haver muita dor no mundo e não precisar acrescentar mais. Não está claro quem exatamente é esta mulher – nunca ninguém dá nomes ao contar essa história –, mas se este é de fato um novo mundo, logo logo alguém vai erigir uma estátua para ela. Ou uma igreja. Logo estarão implorando à memória dela, e em seguida à sua versão mítica, para perdoar pecados sem conta.

Para me perdoar, não sobrou ninguém.

Perguntei à médica sobre minha menstruação; ela disse que a de quase todas as mulheres aqui deixou de vir pelo menos por um mês. É o estresse físico, como pensei. Ela me fez subir em uma dessas balanças altas que rangem, o tipo que também mede sua altura. Quarenta e sete quilos; treze a menos abaixo do peso em que penso como sendo o meu. Ela disse que meu corpo logo deve voltar ao normal, agora que estou segura. Ela usou mesmo essas palavras: "normal", "segura". Acho que foi por isso que contei-lhe sobre o coiote. Ela só me observou. Acabou que eu sabia mais sobre raiva do que ela. Se eu ainda estiver de pé daqui a um mês, estou limpa.

Não contei a Brennan. Creio que é melhor não falar em raiva até que, a não ser que, eu desenvolva um medo irracional de água. Ele começou amizade com uns garotos da idade dele, mas volta para mim toda refeição, toda manhã, toda assembleia, e todo entardecer, que nem um bumerangue. Pelo que eu fico grata.

– Mae – diz Brennan enquanto eu coloco a lente no olho direito. – Quando a gente estava na sua casa...

Um mundo diferente, uma vida diferente, uma versão de mim diferente.

– Já disse, Brennan, não quero conversar sobre isso.

– Mas agora é diferente.

– Não – digo, firme. Pisco até ajeitar a segunda lente no lugar.

– Mas, Mae...

Ele parece que está culpado, talvez meio assustado. Penso se ele não roubou alguma coisa. Pegou, no jargão dessa nossa nova realidade.

– Se for alguma coisa pela qual você quer pedir perdão, está perdoado – digo. Ele ainda parece extremamente incomodado. Preciso lhe dar mais alguma coisa. – Em vez de falar disso, me diga o que havia naquele quarto de hotel. – Porque isso é algo com que ainda não consegui me conformar, e preciso fazê-lo para poder esquecer.

– Ah. – Seus tênis estão amarrados. Ele esfrega a ponta do pé direito no chão de terra batida forrado com feno, desenhando uma oval. – É idiota. O quarto estava cheio de eletrônicos. TVs e laptops, X-boxes, coisas assim.

— Nenhum corpo?

— Não. — Uma segunda oval, gêmea ligeiramente inclinada da primeira, formando um X bem estreito. — Mas as coisas estavam todas empoeiradas, como se ninguém passasse por lá há um bom tempo.

— Então quem quer que tenha colocado essas coisas no hotel deve estar morto — digo.

— Deve — concorda ele. Uma terceira oval. O pé dele é um lento espirógrafo.

Olho à volta do celeiro. Há um punhado de outros andando por ali, preparando-se para começar o dia. Já ouvi cerca de uma dúzia de explicações diferentes para a peste desde que cheguei aqui, mas a maioria é da opinião de que teve algo a ver com extração de petróleo por fraturamento hidráulico. Ou o processo liberou algum patógeno pré-histórico, ou foi o método de dispersão de alguma toxina criada pelo homem. Uma das mais ardentes defensoras da teoria do patógeno das profundezas da Terra é uma indiana idosa que, no momento, está à porta do celeiro. Ela sorri e nos dá um aceno, depois pega a mão da menininha branca — de uns quatro ou cinco anos de idade — que nunca vi a mais de três metros de distância dela. A ideia de fraturamento hidráulico ter algo a ver com isso não faz nenhum sentido, e acho que essa senhora sabe disso. Ela só precisa de algo para acreditar; todos eles precisam.

— Talvez quem colocou todas aquelas coisas no hotel esteja aqui — digo a Brennan.

— Mae!

O olhar dele chega a doer em mim.

— Podem estar, Brennan. Ou homens feito aqueles dois no supermercado podem aparecer um dia desses. — Talvez Cliff e Harry *estivessem* aqui, se não fosse por mim. Talvez eles também fossem se encaixar em alguma função. — Este lugar é bom, mas só porque alguém conseguiu chegar até aqui não quer dizer que seja boa pessoa. Então não vá ficar complacente. — Ele se remexe no lugar. — Brennan, me promete. — Porque não dá, não posso perder ele também.

— Prometo, Mae.

— Obrigada — digo. — Preciso ir, estou na escala do café da manhã.

— Que sorte a sua — diz Brennan. — Vou ficar a manhã inteira rachando lenha.

Ele faz uma vozinha tão lamurienta que não consigo reprimir um breve sorriso, impressionada por sua resiliência, por rachar lenha lhe parecer dureza.

– É melhor do que fazer ovos mexidos para trezentos desconhecidos – digo-lhe. – Já já vou estar junto de você, assim que minha mão sarar.

– Mae, quanto tempo você acha que vamos ficar aqui?

– Não sei – respondo. – Talvez mais um dia, talvez para sempre.

Às *escuras* – Tentando localizar minha esposa
...
[+] postado há 5 dias por 501_Miles
109 comentários

melhores comentários
ordenados por: **ascendentes**

[-] LongLiveCaptainTightPants há 3 dias
O Elliot ajudou em alguma coisa?
    [-] 501_Miles há 34 minutos
    Ele disse que ela não foi embora junto com ele. Que alguns ficaram para trás. Ela ficou para trás. É tudo o que ele sabe.
        [-] Velcro_Is_the_Worst há 29 minutos
        Você sabe quantos corpos estão apodrecendo a leste do Mississippi nesse exato momento? Milhões. Sua mulher é um deles. Ela bateu as botas. Já era. Aceite logo e siga com sua vida.
            [-] LongLiveCaptainTightPants há 28 minutos
            Não dê ouvidos a ele, Miles. Teve sobreviventes sim. Tem havido contato via rádio com comunidades de sobreviventes e estão falando em mandar equipes de resgate assim que for seguro. Assim que puderem.
                [-]501_Miles agora
                Eu sei. Obrigado. Se alguém tem tudo para ter sobrevivido, é a minha Sam.

...

27.

Rostos se aglomeram ao redor da câmera. Mais calmos que o esperado, mais limpos do que o esperado, mais magros do que já foram. A maioria deles está sorrindo e muitos chorando, e sua respiração empana o ar. Um por um, aceitam panfletos e garrafas d'água de homens e mulheres usando coletes laranja. Nucas assentem e meneiam enquanto trituram a geada sob suas respectivas botas, sapatos e ocasionalmente chinelos. Não obstante a força da comunidade que estava sendo construída ali, quase todos querem ser salvos.

A quase cinco mil quilômetros dali, um homem assiste à cena em uma velha TV de tela plana. Ele tem sorte, divide o quarto com apenas dois outros homens – colegas de Costa Leste, ainda que não os conhecesse desde antes. O homem tem uma barba de quatro meses que costumava ser mais preta do que grisalha. Seu queixo está encaixado na palma da mão e ele mordisca uma unha enquanto esquadrinha os rostos distantes. Um alerta ao qual ele não irá reagir pisca em seu iPhone, deixado na cama de lona a seu lado. O serviço foi restaurado na área em que ele está há dois meses, mas não havia nenhuma mensagem, não dela. A mãe dela deixou uma, ligando de seu telefone fixo, em agosto; ela não soava muito bem e ninguém atendeu em suas tentativas de retornar a ligação. Já é a terceira vez que ele assiste à entrada de equipes de resgate em um acampamento. Nenhum foi muito fácil, mas este está sendo o mais difícil até agora. É o maior grupo de sobreviventes que se conhece, de mais de trezentas pessoas. Sua melhor chance.

Uma repórter aparece em frente à câmera, microfone na mão. Ela é educada e elegante, seu rosto simétrico ampliado pela maquiagem especial para alta definição. Não é a repórter que tem ajudado o homem com sua busca; esta nada sabe sobre ele. Ao ver seu sorriso confiante, ninguém adivinharia que uma infecção miasmática misteriosa cuja origem as autoridades só recentemente começam a detectar reduziu a população de seu país em um terço e a do mundo quase pela metade. Uma legenda na base da tela diz: REFUGIADOS DO LESTE DOS ESTADOS UNIDOS RESGATADOS.

A legenda mente. O homem esquadrinhando a tela em busca do rosto da esposa é que é o refugiado. Tornou-se um ao tomar um ônibus para a quarentena em vez de pegar o último trem para casa. Seus colegas de quarto são refugiados, assim como centenas de outros como eles: desabrigados à espera da hora de ir para casa. As pessoas desse acampamento não são refugiadas. São sobreviventes. Cada uma tem uma história sobre como chegou a essa comunidade que viceja nas montanhas de Massachussetts. O árabe baixinho que acaba de aceitar uma garrafa d'água era motorista de táxi em Washington, D.C. Ele ficou doente; sua mulher e filhos também. Ele foi o único a se recuperar, acordando desidratado em seu apartamento ao lado de sua falecida família. Sua vontade de viver foi mais forte que sua dor, mas por pouco. A indiana idosa no canto direito da tela perdeu a filha e o neto dias antes de salvar a vida da menininha branca que está montada em seus ombros; ela arrebatou a menina do seu assento enquanto a água entrava pela janela do Mini Cooper que seu pai delirante havia acabado de jogar num rio. O garoto negro de moletom vermelho segurou a mão da mãe enquanto ela definhava em um banco de igreja. Uma vez sozinho, começou a caminhar para o sul, mas acabou virando para leste ao encontrar uma desconhecida intratável que ele só não abandonava porque estava muito sozinho. A história da desconhecida intratável é a mais estranha de todas, crivada de autoengano e falsidade. Até o proprietário legítimo da fazenda que tantas dessas pessoas começaram a chamar de casa tem uma história, embora ele não tenha viajado até lá. A história dele trata de decidir abrir suas portas, de se decidir pela caridade depois de já ter perdido tanto.

Com o tempo, muitas dessas histórias virão a ser celebradas, mas por ora todos ainda estão contabilizando as perdas. Por ora, a mera sobrevivência dessas pessoas já é notícia o bastante. Tudo o que a repórter quer saber é:

– Como você se sente?

– Estarrecido!

— Exaurido!

— Abençoado!

Nada substancial, nada inesperado. Só lágrimas e lugares-comuns. O homem que está assistindo não ouve nenhuma delas. Um labrador cor de chocolate trota pelo quadro e seu coração se aperta. Ele não sabe o que aconteceu com a galgo inglês fêmea que adotou uma semana antes de o mundo que conhecia implodir. A cadela era para ser uma surpresa para sua esposa. Malhada e dócil, bem como ela sonhava, e com um nome que ela teria adorado: Freshly Ground Pepper. Ele deixou a cadela dormir na cama de casal, até mesmo na noite em que ela revirou o lixo e vomitou algo espumoso assim que saíram para dar o passeio de fim de tarde.

A repórter localiza o rapazinho negro de moletom vermelho. Sua desconhecida, uma mulher branca de casaco de fleece verde manchado e gorro azul, está andando junto com ele, a mão pousada com leveza em suas costas. O garoto parece feliz e perplexo, mas o rosto da mulher é de pedra. A repórter adora o contraste, a conexão. Ela agradece a uma chorosa viúva pelo seu tempo e avança em direção à dupla.

Os olhos do homem se aguçam, seus ombros se empertigam. Ele acha que sua esperança e imaginação estão lhe pregando uma peça. Depois de todo esse tempo sem ter notícias, ele não tem certeza. Ela é magra como um esqueleto e seu cabelo desponta curto e claro do gorro, mas...

— Como você se sente? — pergunta a repórter. Cercado de tanta algazarra, o garoto não sabe o que dizer. A repórter sorri para ele, pensando que é timidez, depois se vira para a mulher com rosto de pedra e repete a pergunta.

A certeza assola o nosso espectador, e ele acredita, levanta e grita, resoluto — é ela. Ele olha para os lados querendo contar para alguém, mas está sozinho. Passou meses procurando e temendo; agora está rindo e socando o ar de alegria.

A câmera dá uma guinada para o lado; a mulher de rosto pétreo está tentando passar direto por ela.

— Senhora? — insiste a repórter, aproximando-se.

A mulher olha de esguelha para ela, depois para a lente. Ela não sabe dos olhos que a observam tão exultantes. Ela não imagina que esses olhos ainda existam, nem que aquilo que não deixou o garoto lhe contar — que o garoto não sabia que ela não era capaz de enxergar – fosse isso: que o corpo sobre a cama não era humano. A mulher passeia os olhos pela multidão, pelo tumulto, pelos salvadores, pelas garrafinhas d'água e coletes cor de laranja. Ela não se sente abençoada. Tudo acabou. Só está começando. Ela vai resistir. O câmera vai se aproximando pouco a pouco e a repórter estica o microfone na direção do rosto dela. Mas a mulher não tem confissões a fazer e essas obstruções, esses dispositivos sugadores de imagem e vida, tudo isso são coisas que deixaram de ser reais. Seu olhar duro e esverdeado passa da lente para o homem atrás dela.

– Tire essa câmera da minha cara – diz ela. – Agora.

AGRADECIMENTOS

Tenho muitos agradecimentos a distribuir, e o primeiro lote vai para o homem mais inteligente que conheço, mas que foi ingênuo o bastante para se amarrar a mim para a vida inteira perante a lei. Andrew, obrigada por me dar uma segunda chance em nosso primeiro encontro, por seu amor e apoio logístico durante a escrita deste romance, e tudo o mais que aconteceu e que acontecerá – em especial, as risadas.

A seguir, agradecimentos jogo rápido aos familiares: obrigada ao meu pai por entender meu impulso criativo e apoiar minha decisão de seguir um caminho tão incerto. Obrigada à minha mãe por minha criação não convencional, que reconheço ter um grande papel em quem eu sou hoje em dia. Obrigada a Jon por responder minhas perguntas sobre a Força Aérea e por ser um irmão mais velho tão incrível no geral. Obrigada a Yvette por sua gentileza e compreensão ao longo dos anos. Obrigada a Helen por aguentar minha ambivalência adolescente e por sua amizade.

Quero dizer um "valeu" para meus colegas da nona série: Purva, Katie, Xining, Shelly, Lynn, Emily e Aditi. Seu apoio e camaradagem durante todos esses anos por vezes muito longos significam muito para mim, e sua explosão de alegria quando as coisas finalmente começaram a dar certo para mim é a própria definição de amizade. Um grande obrigada ao dr. He por responder minhas perguntas médicas relativas ao livro com tanta rapidez e consideração; à Lynn pela sessão de fotos; e à família Galipeau por oferecer jantares, drinques e excelente companhia enquanto o mundo ruía.

Alex e Libby: grata por seu feedback e amizade, e por não terem permitido nem os anos, nem a distância atrapalharem a continuidade de nossa pequena oficina literária. Vocês não apenas me impelem a ser melhor, como também me inspiram a sê-lo. Espero que eu tenha ajudado vocês metade do que me ajudaram com meus escritos.

À incrível equipe BOSS: obrigada pela aventura do tipo que só se tem uma vez na vida. Só uma mesmo, pois já foi o bastante. Agradecimentos especiais a Cat, Jess e Heath; não posso imaginar guias melhores durante aquelas duas árduas e extraordinárias semanas. Obrigada também aos funcionários (e residentes) do Prospect Park Zoo, por me fornecer refúgio e inspiração em meio ao alvoroço que antecedeu minha escapada ao noroeste do Pacífico.

Obrigada a Shelley Jackson por me dar um empurrãozinho a mais na direção da estranheza. Obrigada a Lee Martin pelos pressupostos, mesmo que eu tenha deixado a maioria de lado depois. Obrigada a Julia Glass por sua amabilidade no aeroporto em um momento de muita tensão.

Obrigada à Catto Shaw Foundation pelo lugar calmo para dar meus toques finais. Obrigada ao pessoal legal de Aspen Words pela comunidade, e por Lucy.

Lucy Carson. Chamá-la de agente dos meus sonhos é dizer pouco, porque jamais sonhei que teria o privilégio de trabalhar com alguém com tanta paixão quanto essa mulher. Lucy, você me dá esperança e autoconfiança. Saber que você está do meu lado faz toda a diferença. Obrigada. Obrigada também a Nichole LeFebvre, por tratar dos detalhes com tanta rapidez e amabilidade.

Obrigada a Jessica Leeke pela manhã que possivelmente foi a mais empolgante e surreal da minha vida, e por seu entusiasmo incessante desde então.

Obrigada a Gina Centrello e a todos na Ballantine que contribuíram para trazer este livro à luz, inclusive: Libby McGuire, Kim Hovey, Jennifer Hershey, Susan Corcoran, Quinne Rogers, Kelly Chian, Betsy Wilson, e – é claro e especialmente – Mark Tavani. Mark, este livro não poderia ter se tornado o que é sem suas perguntas perspicazes, suas sugestões certeiras e seu auxílio bem-humorado. *Literalmente*, não posso agradecer o bastante.

Por fim, obrigada de novo a Andrew, que pediu para ser mencionado com destaque. Pode ser exagero meu, mas acho que ele merece.

Impressão e Acabamento:
GRÁFICA STAMPPA LTDA.